悬案不悬

冒辟疆著《红楼梦》七十三证

冒廉泉 著

图书在版编目（CIP）数据

悬案不悬：冒辟疆著《红楼梦》七十三证 / 冒廉泉著. --北京：华夏出版社，2016.6

ISBN 978-7-5080- 8823-5

Ⅰ. ①悬… Ⅱ. ①冒… Ⅲ. ①《红楼梦》研究 Ⅳ. ①I207.411

中国版本图书馆 CIP 数据核字(2016)第104686号

悬案不悬：冒辟疆著《红楼梦》七十三证

作　　者	冒廉泉
责任编辑	韩　平
出版发行	华夏出版社
经　　销	新华书店
印　　刷	三河市少明印务有限公司
装　　订	三河市少明印务有限公司
版　　次	2016 年 6 月北京第 1 版 2016 年 6 月北京第 1 次印刷
开　　本	720×1030　1/16
印　　张	20
字　　数	260 千字
定　　价	38.00 元

华夏出版社 网址：www.hxph.com.cn 　地址：北京市东直门外香河园北里4号 　邮编：100028
若发现本版图书有印装质量问题，请与我社营销中心联系调换。电话：（010）64663331（转）

目 录

序一：争鸣刚刚开始 / 5

序二：如皋红学初露峥嵘 / 7

序三：他走在孤独的路上，但并不孤独 / 9

小引 / 11

自序一：调整结构，转型升级 / 17

自序二："冒著《红楼》"初探 / 22

如皋的《红楼梦》七十三证证据分类 / 38

冒辟疆著《红楼梦》的七十三条证据

一证 隐藏在大观园中的如皋水系 / 3

二证 贾母中秋赏月涩浪坡，黛湘池沿联诗碧宛湖 / 7

三证 "三证齐备"的原型 / 17

四证 大观园中的如皋城墙 / 19

五证 小宛、黛玉葬花焚稿，千古绝证 / 22

六证 如皋的"包袱"怎么跑到《红楼梦》里了？ / 24

七证 "火肉"——冒辟疆的"著作印章" / 27

八证 如皋土话"咪"字研究 / 30

九证 "猴"字猴不出如皋，却猴到《红楼梦》里去了 / 33

十证 冒辟疆为有音无词的如皋土话造词之一："宝相花" / 35

十一证 冒辟疆为有音无词的如皋土话造词之二："稿子"和"果炅" / 36

十二证 冒辟疆为有音无字的如皋土话造字之三：㖸（kiā） / 40

十三证 冒辟疆为有音有字的如皋土话造词之四：这们 / 42

十四证	隐藏在《红楼梦》中的其他如皋地域方言 / 43
十五证	"两府一园"遥相呼应（见附图） / 54
十六证	冒家巷西府是宁国府的原型（见附图） / 58
十七证	《红楼梦》中吸水烟考 / 63
十八证	板鹞风筝空降大观园 / 65
十九证	贴一炉子烧饼 / 72
二十证	吃喝不分 / 74
二十一证	杨柳不分 / 75
二十二证	腰门 / 76
二十三证	庄连着庄的如皋风光 / 77
二十四证	《红楼梦》中如皋过去的雨具 / 79
二十五证	水乡风光 / 81
二十六证	挑粪 / 83
二十七证	扇风炉、茶吊子和瓦灶 / 84
二十八证	主食大米 / 86
二十九证	《红楼梦》香芋 VS 如皋香堂芋 / 87
三十证	没有火炕只有木床，大观园在南方 / 90
三十一证	没有辫子只有小脚，尤三姐一脚踏翻主流红学的架构 / 93
三十二证	清代之作者不可能指元明为近日 / 97
三十三证	是今上征采"才人"，清代是没有的 / 98
三十四证	时间坐标之一：元明的戏剧 / 100
三十五证	时间坐标之二：贾府的瓷器全是宋元明的名瓷 / 102
三十六证	时间坐标之三：明代的服饰、明代的发型 / 104
三十七证	《芙蓉女儿诔》是冒襄留下的锦囊妙计 / 107
三十八证	闺阁昭传的原型 / 109
三十九证	林四娘实名制的"闺阁昭传" / 112
四十证	冒辟疆灯下蝇头，抄传《石头记》 / 116
四十一证	红楼梦作者的负罪感 / 121
四十二证	冒襄赈灾，宝玉原型初见端倪 / 123
四十三证	贾宝玉的原型是冒辟疆 / 128

四十四证	林黛玉的原型是董小宛 / 131
四十五证	冒董之爱与宝黛之爱共同特点 / 133
四十六证	冒辟疆的倡和与《红楼梦》诗社 / 135
四十七证	贾政的原型是冒政 / 136
四十八证	蜜水儿似的如皋"浆酒" / 139
四十九证	熟悉女性的作者才能写出《红楼梦》 / 142
五十证	"辉宗"和"妙玉" / 146
五十一证	冒府和贾府都蓄有昆曲戏班 / 148
五十二证	小宛奇巧美食　宝钗神丹妙药 / 150
五十三证	两个桃叶渡，真实证据 / 152
五十四证	两个毗陵故事指向一个作者 / 154
五十五证	两个曲栏，紫竹花径飘香 / 156
五十六证	爱奇石者才能写《石头记》 / 157
五十七证	冒襄和曹雪芹共有"四个一样"！ / 159
五十八证	风尘碌碌　一事无成 / 163
五十九证	念及当日所有之女子 / 164
六十证	天恩祖德奴仆成群、锦衣纨袴、饫甘餍肥 / 165
六十一证	大如洲的甄士隐和封肃——如皋的真事隐和风俗 / 167
六十二证	冒襄不仕是假，埋头著《红》是真 / 169
六十三证	冒襄的爱情观和文艺思想贯彻《红楼梦》始终 / 177
六十四证	如皋奶奶们媲美大观园奶奶们 / 182
六十五证	文学家兼画家的冒襄才能开出绘画用品清单 / 183
六十六证	精通香料的冒辟疆有能力在《红楼梦》中大写香料 / 184
六十七证	《如皋县志》和《同人集》出现许多《红楼梦》之用词 / 189
六十八证	削足就履，把万年一劫篡改为三十年一劫 / 190
六十九证	冒贾都受庶弟之害 / 191
七十证	文坛早已确认《红楼梦》—冒辟疆文化体系 / 192
七十一证	"悼红轩"的由来考证 / 197
七十二证	建修大观园的山子野是"真事隐" / 198
七十三证	被剔除的"如皋元素"实例 / 200

以史为鉴——恭应诸君

金杯授予黄金秋 / 205
感谢王正康先生广泛合作，多方交流，其寻真正作者！ / 208
也谈《红楼梦》与如皋 ——与沈新林先生商榷 / 212
假设不能当真
　　——回答钱玉林先生《简评冒辟疆是〈红楼梦〉作者的新奇观点》 / 221
答姜光斗先生的质疑 / 225
论冒辟疆著《红楼梦》之可能性和必然性 / 231
斥董小宛入宫之说 / 243
关于冒辟疆著作《红楼梦》探讨的历程轨迹表 / 247
附录1　关于冒辟疆的故宅　（冒舒諲） / 249
附录2　《红楼梦》与如皋　（沈新林） / 255
附录3　简评冒辟疆是《红楼梦》作者的新奇观点　（钱玉林） / 264
附录4　冒襄根本不可能是《红楼梦》的作者　（姜光斗） / 267

后 记 / 272

序一：争鸣刚刚开始

今日如皋已掀起了一股红潮。我知道，涌动如皋、波及整个红坛的红潮是由一名高级工程师冒廉泉先生掀起来的。他利用业余时间，不迷信红学权威，不囿于成说，早就开始质疑曹学，并勇于探索，历经三十多年呕心沥血、筚路蓝缕的研究，提出了冒辟疆著《红楼梦》新说。最近冒廉泉先生又马不停蹄，花大力气，把其研究成果整理成《悬案不悬——冒辟疆著〈红楼梦〉七十三证》一书。每取一证，都留下了他深深的足印，足见他的认真与执着。他明知我支持土默热红学，对他的新见新说有所质疑与保留，仍嘱我作序，让我给予冷静客观的评论，其大智大勇，令人钦敬。

有人认为冒廉泉先生是如皋冒辟疆的后人，猜疑他是为祖先争著作权。对于这种莫须有的诬枉，冒廉泉先生在"前言"中掷地有声地说："本人堂堂正正一耄耋，坦坦荡荡地研究冒辟疆著《红楼梦》，决无掺杂家族因素！"有人不信，可我信。本人凭他完全用证据说话这一点，即可知冒廉泉先生光明磊落的胸襟和其凭良知行事的品行。记得在2012年杭州土默热红学研讨会上，我提出"曹寅之孙曹雪芹系子虚乌有"的观点，被主持人称为"石破天惊"。因为在这位主持人的见闻中，从未有人提出过这样的新观点。殊不知，后来听冒廉泉先生谈起，他早在20世纪80年代已怀疑曹寅之孙曹雪芹著《红楼梦》说了。这不由得让人肃然起敬。如今我已发现甲戌本与庚辰本《石头记》过录本上写有八条批语的松斋与绮园，前者是曹寅的大兄，后者是曹寅的文友。面对这一考证成果，主流红学家们关于曹寅之孙曹雪芹于乾隆十九年写成《石头记》之说还站得住脚吗？这也无疑给彼此一致否定"曹寅之孙曹雪芹著《红楼梦》说"增添了底气。

有人说冒廉泉先生的"冒辟疆著《红楼梦》说"所列的证据，"全是捕风捉影之谈"，那是闭着眼睛瞎说。

难道《红楼梦》中大观园的描写一点儿也没有如皋水绘园的影子吗？

难道林黛玉形象中没有冒辟疆之爱妾董小宛的影子吗？

难道妙玉形象中没有吴蕊仙的影子吗？

难道《红楼梦》中出现了许多如皋特有的方言、土语与风情习俗，不可以证明《红楼梦》中有大量的南方文化元素吗？

难道冒辟疆接触多情才女的机会不比主流红学家心中的寅孙曹雪芹多吗？

难道根据冒辟疆符合《红楼梦》作者应具备的十四个条件，推测出是冒辟疆著《红楼梦》，这样推理的大方向错了吗？

难道冒廉泉先生考证出来的冒辟疆其家世生平、痴情性格与风雅举止，不比主流红学家心中的寅孙曹雪芹更像《红楼梦》的主人公贾宝玉吗？

有这种想法的人还是睁开眼睛看看此书的七十三条证据吧！

以冒廉泉先生为代表的如皋红学同仁对《红楼梦》中如皋元素的探讨，与土默热先生与土默热红学研究者们对《红楼梦》中杭州元素的探讨一样，这种探讨拨正了《红楼梦》研究的航向，更贴近了《红楼梦》成书的时代、气候和土壤。《红楼梦》的文化元素，虽然南北皆有，但主要来自南方。《红楼梦》原稿成书时间应该是在康熙年间，《红楼梦》作者应是洪昇或冒辟疆那样有情痴性格的大文豪。考证的细部有时可能不准，可能有误，但对航向的把握是正确的。

只有这样的探索多了，深了，广了，《红楼梦》的原型素材被大量发现，一代又一代的《红楼梦》研究者才有可能了解《红楼梦》是如何被孕育、创作的，才能从中发现《红楼梦》原典如何移动变化的轨迹，从而确认真正的原创作者究竟是谁。只有认准了《红楼梦》的真正原创者，才能更见《红楼梦》的瑰丽与辉煌。因此，从求真斥假、正本清源、为红学长远的健康发展出发，对《红楼梦》原型素材的探索考证具有巨大的学术价值，是应该大力提倡并予以热情鼓励的。

历史的尘沙掩盖了许多真相，在至今仍找不到《石头记》原稿抄本的情况下，何以证明谁是《石头记》的真正作者？最为有效的办法是文本的文化解析。如胡适那样"大胆假设，小心求证"，用单一的历史考证方法，百年红学所走的弯路证明是行不通的。无论土默热红学还是冒辟疆著书说，基本上走的都是文本解析的路子。从对《石头记》文本的文化解析出发，寻找颇多相同或相似的历史人物、景物、事件，用多维定点的方法，让原创者从其聚焦点上显形。

但我们也要冷静客观地看到，此种方法虽说大方向正确，但最容易犯的是"以偏概全"的毛病。而且求证者因视野尚不够开阔，偏于一隅之见，自信满满，往往不能自知偏颇之处。这是最应引起我们重视和警惕的。

为了说明问题，我试以对林黛玉形象的原型素材的探索为例。

鲁迅在论述艺术典型化手法时有句简练易懂的名言，谓"杂取种种人"。林黛玉的形象，正如土默热先生所说，"按照文学创作的一般规律，作者必然把'亲睹亲闻'的若干同类女儿的事迹，综合而成一个理想的林黛玉形象"。林黛玉可谓是古典文学中不朽的女子形象，是中华文化的瑰丽结晶，其原型素材绝不可能是一对一那么简单。我想在这里，介绍土默热红学对林黛玉原型素材的探索与研究，与冒廉泉先生对林黛玉原型素材的探索与研究做个比较。

在土默热红学体系中，洪昇的妻子黄蕙是林黛玉原型之一。

《红楼梦》中林黛玉有个前身，是西方灵河岸三生石畔绛珠仙子。国内"三生石"仅有一块，在杭州灵鹫峰天镜寺内。这就意味着其投胎转世及《石头记》故事发生地是杭州。又传说灵鹫峰是从古印度佛教的西天灵河岸边飞来的，所以这句"西方灵河岸上三生石畔"只能是杭州的特指。据光绪版《杭州府志》卷三十九记载："文华殿大学士兼吏部尚书谥文僖黄机墓在灵鹫山。"这里是黄氏家族的祖茔。黄机与其父黄克谦、其子黄彦博，祖孙三代均葬于灵鹫峰南侧的白乐桥南。黄机是洪昇的外祖父兼妻祖父，也就是说，这里乃是洪昇妻子黄蕙祖宗庐墓所在，也就难怪作者要让林黛玉的前身绛珠仙子来自"西方灵河岸上三生石畔"了！

洪昇与黄蕙从小青梅竹马，感情甚笃，是表兄妹，又是同日生。二人结成夫妻后，共同历经了三次家难，黄蕙为洪昇还了一辈子的眼泪，应是林黛玉原型之一。

《红楼梦》中林黛玉参与建立海棠诗社，发起重建桃花诗社。据记载，西溪清初女诗人林以宁曾参加"蕉园五子诗社"，并重建"蕉园七子诗社"，林以宁参与和重建蕉园诗社并且是蕉园诗社的主要诗人，因此人们可从林黛玉身上看到林以宁的影子。

林以宁是谁？林以宁，字亚清，是清初杭州进士林纶的女儿，江南道监察御史钱肇修的妻子，她"能文章，工书善画，尤长墨竹"。林以宁的父亲林纶进士出身，曾任钦差河东道巡盐御史，这与《红楼梦》中林黛玉的父亲林如海曾任钦差两淮巡盐御史有着极大的相似性。林纶在山西任职，林以宁在杭州生活，父女关山重重，遥遥相望，这与林黛玉和其父林如海之间的情形也是很相似的。

由此可见，林黛玉身上有林以宁的影子，林以宁也应是林黛玉的原型之一。

杭州西湖孤山苏小小墓侧的玛瑙坡旁，原有一个小小的石坟，墓碑上刻着"明诗人小青女史之墓"。冯小青，明代万历年间南直隶扬州人。小青工诗词，解音律，嫁给杭州富家公子冯生为妾。小青为冯生大妇崔氏所嫉妒，被徙居到孤山别业囚禁起来。小青的亲戚杨夫人劝她改嫁，小青坚决不从，凄怨成疾，命画师画像自奠而卒，年仅十八。小青死后，冯生将小青的诗稿和画像带回家中，不料被崔氏发现并焚毁。杨夫人经多方搜集之后，结集刊印了小青的诗稿，并名之为《焚余稿》。在《焚余稿》中有"瘦影自临秋水照，卿须怜我我怜卿"，就被直接运用到书中形容林黛玉。从"冷雨幽窗不可听，挑灯闲看《牡丹亭》。人间亦有痴于我，岂独伤心是小青"的诗句中，林黛玉隔墙如醉如痴品赏梨花院内传来的《牡丹亭》乐曲的一幕便跃然纸上。冯小青与林黛玉皆为才女、情女，皆是红颜薄命、英年早逝，不同的是，冯小青诗稿是在她死后被妒忌她的冯生大妇崔氏焚毁的，林黛玉则是生前自焚诗稿。那么，"黛玉焚稿"是否借鉴了"冯小青诗稿被焚"呢？答案是肯定的。我国著名《红楼梦》版本收藏家杜春耕先生，多年来倾注大量心血研究冯小青悲剧故事，从而得出"林黛玉身上有冯小青影子"的结论。

林黛玉身上还有秦淮名妓柳如是的影子。著名的国学大师陈寅恪在《柳如是别传》中写道：《红楼梦》作者"糅合王实甫'多愁多病身'及'倾国倾城貌'，形容张、崔两方之辞，成为一理想中之林黛玉。殊不知，雍、乾百年之前，吴越一隅之地，实有将此理想化的河东君"。河东君即是柳如是。

在明末清初，柳如是可是个名人。江南艳妓，风尘诗人，爱国侠女，集万种风流、千般才情于一身的响当当"花王"名流。后与著名才子陈子龙一见钟情，在松江城南门外南园"小红楼"里同居。陈子龙《春日早起》诗中写道："独起凭栏对晓风，满溪春水小桥东。始知昨夜红楼梦，身在桃花万树中。"这可能是《红楼梦》书名的一个来源。两人同居两年后不得不分离，柳如是怀着极度痛苦的心情来到杭州，寄住在大盐商汪然明的西溪水阁。在陈子龙殉国后，柳如是缠绵病榻，长期呕血。《红楼梦》中林黛玉的《葬花吟》，表达的就是柳如是此时美人迟暮、漂泊无归的凄惶心情。其中有四句诗："三月香巢已垒成，梁间燕子太无情！明年花发虽可啄，却不道人去梁空巢也倾。"香巢即爱巢也，指鸳鸯同宿之处。可宝黛并未成婚配，也无同宿的爱巢之事。在《红楼梦》文本中找不到"香巢已垒成""人去梁空巢也倾"这四句诗的依据。土默热先生推测，林黛玉的《葬花吟》是作者糅合了柳如是与陈子龙在小红楼同居又分离后所怀的极度痛苦的心情创作的。

在土默热红学中，林黛玉形象还糅合了明末著名才女叶小鸾的素材。林黛玉"冷月葬花魂"的诗句，出自叶小鸾"戏捐粉盒葬花魂"；其梅花诗中"傲骨欺霜映碧绮，数竿修竹伴清幽"的诗句，其意韵与林黛玉颇相合。叶小鸾寄住舅家，才华横溢，婚前早逝，传说死后成仙，可见林黛玉身上也有叶小鸾的影子。

洪昇与冒辟疆都是江南大文豪，相互是否了解呢？现在尚无证据证明洪昇到过如皋，是否"亲睹"过冒、董其人。笔者已从《洪昇年谱》中获知洪昇有位过从甚密的友人——钱塘人康熙癸丑进士汪鹤孙，他在《甲戌立春日寄怀雉皋冒辟疆先生》一诗中有"羁客江潭畏岁芳，感时怀旧意难忘"之句，可见他与冒辟疆先生曾是好友。江南文豪相互交游，相互推崇，很正常。通过文友谈论对方情况，并对他们的诗作进行品赏，也可算是"亲闻"了。因而各自的家世生平、思想性格、有什么传世之作彼此均有所了解。由此可以推想，洪昇在创造林黛玉形象时，糅合了异常美貌、能诗擅琴、多愁善感、患有肺病、泪葬残花的董小宛的形象，是完全有可能的。

在土默热红学体系中，以洪昇亲见亲闻的六个林黛玉原型，其中包括了如皋的董小宛，证明《石头记》原创者为洪昇，是否比仅凭如皋一个董小宛的原型证明《石头记》原创者为冒辟疆显得更有说服力呢？因此客观地看，冒廉泉先生断言"林黛玉的原型就是董小宛"，这个判断似乎有以偏概全之嫌；如果把这个判断改为"董小宛是林黛玉原型之一"，就比较客观了。以如皋学人对董小宛更深入、更细致的了解，为红坛提供了更丰富的林黛玉原型素材，这依然有着不可替代的学术价值。

冒廉泉先生与如皋红友还列举了几十万字的证据，证明冒辟疆为《石头记》原创者；土默热先生与土默热红学研究者也已汇集了七百多万字的证据，证明洪昇为《石头记》的原创者。不错，大家均是凭证据说话，这就得比谁的视野更开阔，谁的证据更多，更有说服力。

我以为土默热红学与冒辟疆著书说，双方在否定曹寅之孙曹雪芹为《红楼梦》作者，确认《红楼梦》只能产生于康熙时期，《红楼梦》文化元素主要来自南方，均采用原型研究方法，这几方面基本相同。从与主流红学错误陈说对阵的角度说，两者可以视为同盟军；而在认定谁是《红楼梦》原创者的观点方面，是既竞争又互补的关系。

作为土默热红学研究者，我自然更倾向于洪昇著书说。当然，冒廉泉等如皋红友倾向于冒辟疆著书说，我也能理解。现在争鸣才刚开始，多少年以后情况如何，那就很难说了。学术乃天下之公器，不属一家之私。可能在如皋红友与各方面有识之士的共同努力下，冒辟疆著《红楼梦》说证据成倍翻番，远胜土默热红学，成为多数人认同之说，我作为土默热红学研究者也会乐观其成。不是吗？我们求真斥假、正本清源的总体目标是一致的。

体育竞赛中不能既当运动员，又当裁判员，这样的裁判难保公正。同样道理，学术上的竞赛，参与者又要当裁判，也往往会有失偏颇。如果把此公案交由主流红学家来评判，行吗？也不行。如果他们不改变"寅孙曹雪芹著《红楼梦》"的学术立场，在顽固的思维定式作用下，就会把我们双方颇有学术价值的研究贴上"猜谜式研究"或"凭猜想立论"的标签，全部予以否定。我们彼此既然选择了追求真理的道路，那就得有长期探索的思想准备。一时之争在于势，千年之争在于理。就让历史做裁判吧！

如皋红楼梦研究会会长刘桂江先生在《〈冒辟疆著作《红楼梦》汇考〉序》中意味深长地引用了中国红学会原会长冯其庸教授在《红学之路漫漫》中的一段话："《红楼梦》是永远讨论不完的，它将与人类历史并存。我确信，在研究《红楼梦》的学术领域里，不论有多少见解，也不论其见解是否发自权威，历史只能选择一种，即真实的、符合客观实际的见解。"我愿与冒廉泉先生及海内外红学同仁以此共勉，为红学的健康发展继续努力，发表更多"真实的、符合客观实际的见解"。是以为序。

中国红学会理事、杭州土默热红学研究中心副主任兼研究院常务副院长、平湖市红楼梦学会常务副会长　王正康

序二：如皋红学初露峥嵘

九十年前，以胡适先生为首的《红楼梦》考证派，考证的出身金陵、十二三岁随家人定居北京、只活了四十多岁的曹雪芹著作了《红楼梦》，肯定是推测的，是完全不靠谱的牵强附会。《红楼梦》的作者问题一直是一个未解之谜。1979年中国改革开放后，在党的"百花齐放，百家争鸣"的方针指引下，《红楼梦》研究又踏上新的征程，打破思想上的一些束缚，"不唯上，不唯书，只唯实"。在学术研究上也是一次解放，敢于讲真话的多了，也敢于开诚布公了。

原在甘肃省兰州市"甘肃省海外工程总公司"工作的高级工程师、退休后回家乡定居的冒廉泉先生，今年已八十岁了。就是他二三十年前，从列宁格勒藏本《石头记》第七十九回的一段对话中，发现了一个如皋常说的土语"唻"字，引发兴趣，后来又陆续阅读到很多的如皋方言，从这儿开始，他联想到冒辟疆，研究冒辟疆与《红楼梦》的关系。他经过二十多年孜孜不倦的认真研读，坚信是冒辟疆用化名曹雪芹著作了《石头记》（即《红楼梦》）。

如果说冒辟疆著作了《红楼梦》比较可信的话，那确实是石破天惊的一件颠覆性大事。2013年下半年，冒廉泉、李实秋、康健等几位老先生纷纷兴奋地告诉我他们的研究看法和态度……至此，我也被卷进这潮流中，拾起五十八年前看过的《红楼梦》，也细细地研读起来，尤其是书中的语言，我感受到，很多很多都像我们如皋一带的方言土语，这太奇妙了，五十八年前读了，只是一点感觉，哪儿曾想到是如皋人写的呢！现在一听一看，还真有点像！

2014年8月18日在如皋市一些领导的关心支持下，"如皋红楼梦研究会"正式成立了，一帮民间"草根红迷"团结起来了，好像有了个"家"。大家劲头更大了，一篇篇研究文章不断地涌现，颇有说服力。一年半来，我会先后出版了《亚洲新闻周刊特刊〈红楼梦〉》《冒辟疆著作〈红楼梦〉汇考》第一辑和第二辑。还召开了四五次专题研讨会，来自北京、上海、南京、山东、贵州、福建等地的专家、学者赴如皋参会，热烈讨论，成果丰硕。冒廉泉先生的《悬案不悬——冒辟疆著〈红楼梦〉七十三证》，是冒老先生三十多年的心血凝结，七十三证就是七十三篇文章，他不断地研究，不断地发现，不断地总结，形成了七十三个佐证，其中不少认识具有独特性、唯一性。这七十三个佐证，以期帮助我们了解究竟是不是"明末四公子"之一的冒辟疆以其化名曹雪芹著了《红楼梦》。

真理越辩越明。当今对于《红楼梦》作者存有数十说，多个说法经不起咬嚼，比较可信的集中在七八说上。而冒辟疆著作《红楼梦》一说，是其中重要的一说，研究还在继续，研究重在深化。我相信通过对明末清初历史的研究，对《冒辟疆全集》与《红楼梦》对接的微观研究等，定会有更多有利于确定冒著《红楼》的证据显露于世，到那时，"待到山花烂漫时，他在丛中笑"。

如皋红楼梦研究会　刘桂江

2015.12.21

序三：他走在孤独的路上，但并不孤独

廉泉先生年近八十，钻研冒辟疆著作《红楼梦》几近三十年。

前三十年，他献身于边疆的建设事业，在大西北建广厦，拓通途，为河西走廊的现代化添砖加瓦。他用青春的汗水滋润了"丝路花语"，他也曾随援建大军用青春的脚步丈量过非洲大地。这三十年，他脚踏大地硕果累累，充实而饱满。

后三十年，他孜孜不倦，钻进了前辈冒辟疆的世界，钻进了《红楼梦》的天地。他一个"泥瓦匠"出身的高级工程师居然越界跨行，指点起"上层建筑"，难怪他后三十年的路艰难而孤独。

然而，凭着他的执着和顽强，凭着他多年的职业习惯和职业操守：严谨、认真、实事求是、一丝不苟，他咬定青山，不为名，不图利，不惧权威，不信鬼神，不怕嘲笑，不畏孤独，在冒著红楼的路上一走近三十年，终于在八十高龄的当口看见了微露的曙光。

我与廉泉非故交，但为知己，纽带便是冒辟疆。我俩都属鼠，他大我一轮。但他常常显得比我还年少幼稚，常常只生活在"冒著红楼"的天地里。他不掩饰、不做作、无城府，喜怒哀乐全在脸上：同道者，他开怀拥抱；歧途人，他横眉冷对。我也常常"劝慰"他要有雅量，然而他一睹谬论，依旧会"怒发冲冠"。我理解，一个寂寞的旅者，长期被排斥于主流之外，长期被冰封冷落，未曾盛开而凋零，岂不是红学之大不幸?!

他无意当什么"红学大家"，也非博取虚名的文坛"高手"，洋洋洒洒几十万言的"七十三证"承载了他的一片痴情；字里行间追溯真理的韧性，何止"批阅十载"？这不由得让我想起贾宝玉的痴和冒辟疆的痴，也许廉泉的血管里

淌的就是先贤先祖的血。我以为这就是廉，而廉涌出了泉！而今，以廉泉先生为代表的如派红学已非独泉，它汇成了河，直奔长江，注入东海，波澜壮阔。

2015年9月，如皋红楼梦研究会举办了成立一周年以来的首次《红楼梦》作者新探研讨会，来自大半个中国的近四十名专家、学者相聚"水绘园"畔。我应邀出席并赋诗一首以示祝贺：

水绘园里尽朝晖

如派红学辟疆土，

寻常百姓论今古。

堆山封土几许厚？

石破惊天飞宏图！

自与廉泉结缘，进而结识如皋众多研究者，我深为他们的研究成果惊叹，深被他们的研究精神感动。如派红学开辟了红学研究的新疆土，如派红学正是从研究冒辟疆入手，是冒辟疆和如皋这块丰厚的文化土壤滋养了如派红学，这便是如派红学的特点和特质。它不沉湎于一味的"索隐"，也不玩弄什么玄乎其玄的"考证"，他们脚踏实地，认认真真从《红楼梦》文本出发，拓展出多学科的探索研究，在更广阔的人文背景下，就版本、建筑、园林、水系、人物、事件、情节、细节，乃至天文历法诸多方面列举了大量事实，向迷雾重重的旧红学投去了一枚"石破天惊"的炸弹，向世人展现了一幅全新的画卷。

如今的天下是一个开放的天下，是百姓可以通过互联网参与讨论研究的天下，不是几个"大人"可以垄断的象牙塔的天下。

庆幸廉泉先生在他的"烈士暮年"迎来了百家争鸣的大好局面。

感谢韩平女士独具慧眼，独往如皋给孤独而寂寞的廉泉先生带来关注和温暖。

更要感谢华夏出版社有勇气——面对商品经济大潮的浮浪，面对主流红学的壁垒——敢为平凡小人物立言的担当。

金陵　寒江雪

2015年平安夜于石头城侧，秦淮水畔

小 引

明代万历（1573—1620）时如皋县城池图（见图一）上的水系可概括为三句话十八个字："如皋城内外河，北墙下两洞口，转一圈水倒流。"

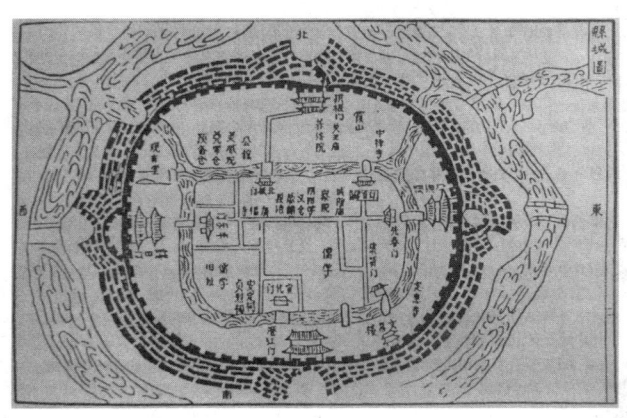

图一　明万历时如皋县城池图

无独有偶，《红楼梦》第十六、十七两回有三段文字："会芳园本是北拐角墙下引来一段活水"，"原来这桥便是通外河之闸，引泉而入者"，"原从那闸起流至那洞口，又开一道岔口。引到西南上，共总流到这里，仍旧合在一处，从那墙下出去"。这三段文字也可以概括为三句话十八个字："会芳园内外河，北墙下两洞口，转一圈水倒流。"（详见第一证）

如皋民间大如门扇的喜字形状的板鹞风筝（见图二），放飞时小排哨尖声如响鞭，大嘟子洪亮像钟鸣。

无独有偶，《红楼梦》第七十回有"又见一个门扇大的玲珑喜字带响鞭，在半天如钟鸣一般，也逼近来"。（详见第十八证）

图二　如皋民间大如门扇的喜字形板鹞风筝

两幅存于江苏省如皋市的实物图，确系如皋水系图和板鹞风筝。

这两幅图也都记载在《红楼梦》中，它们把如皋带进《红楼梦》，也让读者在《红楼梦》中读到如皋。

14世纪明代嘉靖年间开挖和建造的如皋城池，过了近百年后，到了万历年间，如皋秀才们绘制成《明万历时如皋县城池图》。这就是我们今天看到的"外圆内方两水关"的如皋水系古地图。这种水系是国内唯一的水系，目前仍在运行之中，在世界上也属罕见。

到了17世纪，如皋冒辟疆就是面对着这幅"外圆内方两水关"的如皋城池图，用三段文字把如城水系镶嵌在《红楼梦》第十六回和第十七回中。它们藏得十分隐蔽，非常巧妙。只有把这三段文字集中到一起，才能分析出，原来大观园水系的原型，就是如皋"外圆内方两水关"的水系，它们的共同点是：内外河、北墙下、两洞口、转一圈、水倒流。

《红楼梦》第七十回所写的门扇大、喜字形、带鞭响、如钟鸣的大风筝和如皋板鹞风筝如出一辙。不用分析，不用推敲，可以说《红楼梦》作者直白描摹的正是如皋大风筝。我们这样推论也许会遭到质疑：全中国到处都有风筝，就是大风筝也不一定出在如皋，你有证据吗？

现在我可以告诉大家，2006年5月20日，我国公布了第一批国家级非物质文化遗产名录，其中438 Ⅷ-88风筝制作技艺，就有我们如皋的板鹞风筝，据2014年6月6日《中国文化报》刊登的文章《板鹞风筝响云霄》载："鹞出如皋，无巧不备。"清乾隆《南通州志》和嘉庆《如皋县志》记载：风鹞出如皋……从此，如皋板鹞风筝得到国家确认，进入国家层面的有效保护系统。能进入国家级非物质文化遗产名录的都是珍贵、稀有、濒危的文化品种，是世界上独一无二、绝无仅有的。

事实上，《红楼梦》中有我们如皋的六大实景，简单归纳为：

一、板鹞风筝

在世界上，它出自中国，在中国，它出自如皋，在历史上，《通州州志》和《如皋县志》有记载，在当今，它登上了国家非遗名录。它就是中国唯一的、如皋特有的板鹞风筝。《红楼梦》中也有板鹞风筝！

二、如城水系

万历地图上，"如皋城内外河，北墙下两洞口，转一圈水倒流"。
这是中国唯一的、特有的水系。《红楼梦》也有同样的水系！

三、涩浪坡

涩浪坡，土石坡。平稳路，百十步。小脚女，登顶坡。一转弯，山环抱。近水边，低洼地。修凹晶，虚实合，令人叹！

山下面，有水池。靠水边，有池沿。池沿长，十来米。可赋诗，可赏月。湘云妹，立池沿。抛石片，白鹤飞。

这是如皋水绘园涩浪波的地形地貌。《红楼梦》中贾母赏月的小山也是同样的地形地貌。

四、女儿墙

水绘园中有女儿墙。园林专家考证，这是国内唯一的园林女儿墙体系。大观园里同样有女儿墙。

五、小花枝巷

小花枝巷就在咱水绘园二里外，那里的"鲍家场"世代居住着鲍姓人家。

这是中国唯一的地名、距离、姓氏组合小区。《红楼梦》里也出现了同样的地名、距离、姓氏组合小区。

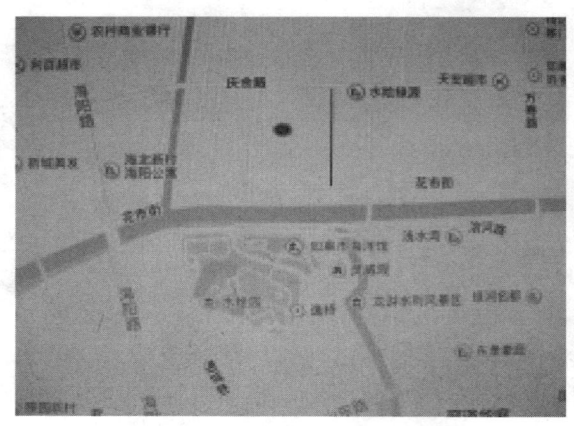

六、两府一园

如皋冒氏两府一园是国内少见的、特有的建筑模式,《红楼梦》里也出现了同样的两府一园的建筑模式。

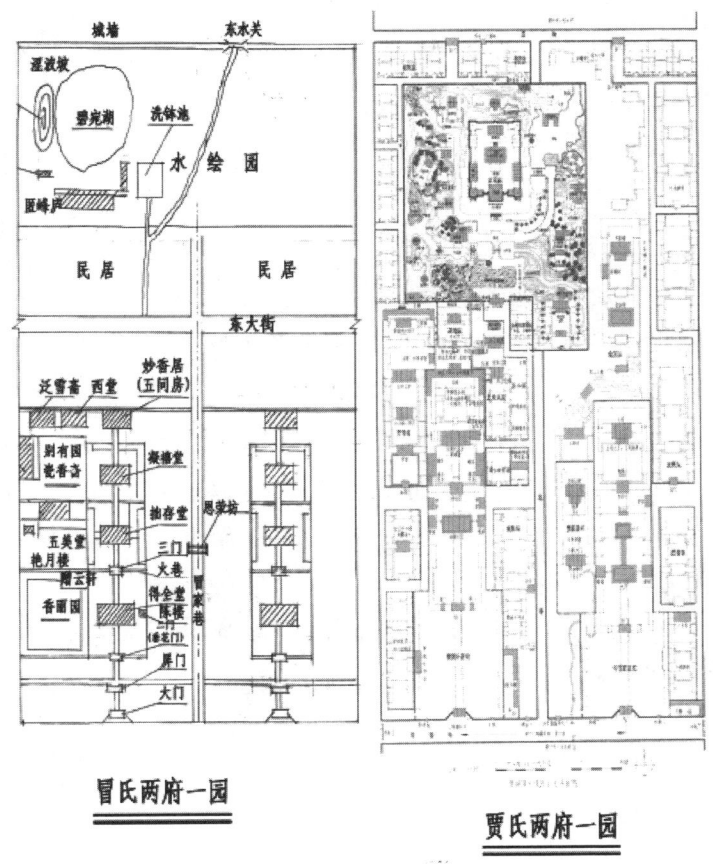

冒氏两府一园　　贾氏两府一园

此六证,无可争。可以见,可以闻。可以摸,可以听。

众游客,红谜友。到如皋,观其妙。红楼梦,在如皋。

我们找不到有关书稿、文章、诗歌和绘画来证明冒辟疆撰写了《红楼梦》,但我们找到了七十三条旁证来证明冒辟疆著作了《红楼梦》。这里,我们首先拿出如皋六大实景摆在本书前面,此六证就是所有证据的样板、领路人和讲解员。这七十三条证据有《红楼梦》书中给出的内证,有发生在如皋的证据,有发生在江淮大地的证据，有推理出来的证据……

这七十三条证明：《红楼梦》的故事不是发生在清乾隆时代。

这七十三条证明：《红楼梦》的故事不是江宁织造曹寅家的盛衰史。

这七十三条证明：《红楼梦》的故事发生在江淮地区。

这七十三条证明：《红楼梦》的作者不是胡适考证的曹雪芹。

这七十三条证明：《红楼梦》的作者是如皋人冒辟疆，他的笔名是曹雪芹。

这七十三条是一连串真实、复杂、曲折、有趣的证据。

这七十三条证据是 73 颗撒向红学界、红楼爱好者的种子，它们是会发芽、生根、开花、结果的。

我们把这七十三条证据公开发表，希求红学界的专家学者和广大的红学爱好者，对它们进行甄别、鉴定、评论，甚至质疑。相信真金不怕火炼！

在这本书里你将会看到《红楼梦》的作者从被误考、被模糊的历史迷雾中挺身而出，他就是冒辟疆，笔名曹雪芹！

我相信红学家、红学爱好者会理智、冷静、客观、公正地做出判断。

现在，也许我们应站在史实面前认定，应该在如皋恢复一座冒辟疆·曹雪芹故居，应该修建一座冒辟疆·曹雪芹纪念馆，就像绍兴有鲁迅故居、鲁迅纪念馆、三味书屋、百草园一样。

现在，也许我们应该在水绘园入门广场，雕刻一座冒辟疆和董小宛的情侣像，他俩手牵手走进了大观园……让红迷们仰慕，让青年们暇想。

自序一：调整结构，转型升级

三年前，2012年12月，杭州黄金秋电话采访我，杭州上空石破天惊！
三年后，2015年12月，北京路艳霞电话采访我，北京上空板鹞轰鸣！
黄金秋、路艳霞是调整结构的先锋！是转型升级的勇士！
《红楼梦》的作者面临调整结构，转型升级！

一、主流红学界的困惑

稀奇古怪的《红楼梦》作者身世，绝不是今天才发现的，红学界的大师和巨匠都是绝顶聪明的文化精英，他们早就知觉了，否则不会有大红学家俞平伯先生沉痛感慨："一百年红学走到今天，红学愈昌，红楼愈隐。红学家说得越多，《红楼梦》越显其坏，结果造成一切红学都是反《红楼梦》的怪现状。"俞平伯先生的临终遗言竟然是"我看红学这东西终究是上了胡适的当了"！

当然，也不会有当今红学大师刘梦溪先生震撼红学界的呼声："索隐派终结了，考证派式微了，剩下的就是一大堆令人百思不得其解的谜团，滚来滚去又都变成了死结。"

更不会出现许多红学会理事，对京西曹雪芹之说提出质疑，纷纷另辟蹊径。

尽管大师、巨匠已有所觉悟，红学会的理事也有倒戈，但主流红学依然坚如磐石。学校教科书、辞海字典、报纸杂志、广播电台、电视电影、红学讲坛、红楼旅游、红楼菜馆……至今没有丝毫改观，依然保留着曹雪芹提前出世、四岁就写《石头记》的天方夜谭式的神话。难道中国红学家脑子进水啦，不怕天下人耻笑？红学界没有禁区，也没有人设雷区，只能说有个迷区。我曾向68家报纸、杂志投寄《红楼梦作者解谜》一文，全部石沉大海。

二、破后立谁，百年难题

红学界可以找出几十条理由，轻而易举地把"四岁儿童写红楼"否定掉，把京西那位喝粥赊酒的曹雪芹朋友从著作《红楼梦》的宝座上请下来。但是，拥戴谁来坐这把交椅？谁有资格、谁有能力坐上这把交椅，这是个百年难题。

确立新主，是咱们中国文坛的大事，是全体红学爱好者关心的大事，甚至可以上升到是全社会的大事，是正本清源，是振兴中华文化的大事。新主没有确定，正是红学界不能冲出迷区的关键，三百多年来正因为无有所立，才使中国红学界迷惘几百年，才使矛盾百出的京西曹雪芹稳坐作者宝座数百年。确立新主要慎重，新主要众望所归。

寻找、选择、论证、确认《红楼梦》的作者，从《红楼梦》诞生之日起就展开了，它是红学研究的重要内容。近年来红坛上出现了六十多位候补作者，但都问题多多。红学界在等待、在期盼，盼望一颗新星从天而降。

如今红学界露出霞光，他就是如皋冒辟疆，他出身明末清初的官宦之家，有着与贾府极其相似的生活环境，在爱情天地和坎坷人生中是翻过跟头的过来人。他是被誉为江南才子、云中白鹤的人。他符合著作《红楼梦》所需的七大境遇和十四条件，他从众多的候补中脱颖而出。

我们既不考证，也不索隐，我们决不牵强附会，我们也不生搬硬套，2012年我们发表了部分文本证据。这些证据就在《红楼梦》中，只要查阅书本就能明白。我们找到了许多唯一的、独特的、离开如皋不可能发生的证据，这些证据得到如皋的刘桂江、郝建荣、康健、李实秋、徐建平、张奎高、钱祖尧、钱祖荣、康冬梅、傅济生、李虹、肖芝宁、葛洛如等众多研究者的支持和认可。在如皋市领导的关怀和支持下，2014年成立了"如皋红研会"，众学者有了一个"家"，探索到更多证据，研究文章不断涌现，可谓硕果累累。"冒著红楼"，迅速发展成为"一说"。这"一说"的证据在互联网上公布后，就迅速得到广大红学爱好者的强烈支持，以迅雷不及掩耳之势，传遍各地。北京、上海、天津、重庆、南京、常州、徐州、宁波、湖南、海南、山东、河北……许多学者、教授、教师、干部通过信件、电话、微信、电子信箱等表示信服、惊叹、敬仰，并索要书籍。"冒著红楼"的证据如一股洪流冲向红学界，如一股强光照亮红学界，如一支强劲的催化剂解开了红楼作者百年之谜!

"冒著红楼"还吸引了外地记者、学者、教授、企业家的关注,黄金秋、陈颖、施亮、韩勇、张振山、邹伟俊、吕佩浩、王建予、王新建、路艳霞、韩平、顾滨燕、魏东光……南北文化界的精英纷纷来到如皋,在不到100天内,举办了三次系列研讨会,这是中国民间红学研究少见的聚会,这是当年冒辟疆水绘园倡和的再现。

主流媒体《北京日报》也开始行动了,2015年12月3日发表了记者路艳霞的文章《红谜的世界,你读懂了吗》,作者用肯定的文字介绍了我们如派红学的方言、板鹞风筝、水系等主要证据。文章还引用了人民文学出版社副总编周绚隆的话,"将更多精力放在对文本的阅读、理解上",这正是我们如派红学所采用的研究方法。

一石击起千重浪,《红楼梦》故事发生在如皋的许多确凿证据,将会吸引更多的媒体报道,引发更有成效的《红楼梦》作者真实身份的研讨。

三、拨乱归正,任重道远

我们在探讨《红楼梦》作者方面刚取得了一点小小的进展,反对者也大有人在。例如南京著名红学家严中先生说,《续琵琶》是曹雪芹祖父曹寅1703年的剧作,质问1693年去世的冒辟疆怎么能"未卜先知"呢?对此,如皋红研会研究员傅济生老先生著文列举大量证据,指出《续琵琶》早在明代已出现,并非清初曹寅所著。傅济生老先生已作了专文发给有关报刊,大家也可在傅老的博客中读到。

2015年12月4日学者王彬发表了《曹雪芹是〈红楼梦〉作者的三大理由》一文,从语言学、叙事学、文献学三方面,论证《红楼梦》的作者一定是曹雪芹,其学者气派,令人望而却步。然而细读该文,全是"曹著红楼"的老调重弹。

王彬先生在另一篇文章《请尊重曹雪芹》中说:"近日网上流传《红楼梦》的作者是江苏如皋的冒辟疆,这些其实都不是新闻,而是早已有之的旧闻,不过是沉渣再次泛起……今年是曹雪芹诞辰三百周年,本应该隆重、虔诚纪念,奇怪的是,反而有人借机炒作《红楼梦》的作者是冒辟疆,从而剥夺曹雪芹对《红楼梦》的著作权,真不知是何居心,而有的地方领导还要前去祝贺,这就叫人不解。这是出于什么动机呢?对曹雪芹这样一位伟大的小说家,我们应该尊重他、爱护他,而不应总是以不负责任的'戏说''猜谜''罗织''剥夺著作权'的态度对待他与《红楼梦》，我们应该尊重曹雪芹，尊重他就是尊重中国的文学经典与文化瑰宝。"

  关于《红楼梦》作者的争议，从1754年《石头记》问世以来就已存在。中国艺术研究院红楼梦研究所早在1982年5月20日就指出：曹雪芹存在不少争论的问题：他的生卒年问题、籍贯问题、父亲问题、回京后教育问题、青年时期经历问题，统因文献无证，不能确指。难道我们研究这些"存在不少争论的问题"，是沉渣再次泛起了吗？是在剥夺曹雪芹的著作权吗？是在"戏说"吗？是在"猜谜"吗？是在"罗织"什么吗？王彬先生难道不知道《红楼梦》"存在不少争论的问题"吗？我们如派红学，探索到近百条"冒著红楼"的证据，哪一条是沉渣？王彬先生能直截了当地指出吗？这是我们如派红学最愿意倾听的。

  学界也指出，胡适考证的1724出生的曹雪芹是建立在假设和谎言上的，中国历史上没有一个生于1724年并写作《红楼梦》的曹雪芹。曹寅的后人中没有叫曹雪芹的，曹氏宗谱也没有记载曹雪芹这个人。胡适考证的曹雪芹是不存在的，这是不容否定的事实。而北京西郊的'雪芹故居'是个假文物，北京东郊的雪芹墓地是个伪墓地。

  我倒要请教王彬先生，谁不尊重曹雪芹？谁不维护曹雪芹？谁在损伤中国的文学经典与文化瑰宝？对于一个并不存在的"京西曹雪芹"每年都要顶礼膜拜，就像村妇到土地庙上香叩头一样，这才是不维护曹雪芹，这才是不尊重曹雪芹，这才是损伤中国的文学经典与文化瑰宝！

  地方领导也是红学爱好者，地方领导以普通人的身份参加民间的红楼研讨会有何过错？如果要责问地方领导前去祝贺是何居心，我倒要问王彬先生，你们年复一年地重复一个谎言，纪念一位京西虚假作者，相信一个四岁儿童写作《红楼梦》的神话，是出于什么动机呢？

四、解释谜团，拆开死结

  "如派红学"研究者通过对文本的研究，挖掘了近百条证据，我们的结论是：曹雪芹是冒辟疆的笔名，冒辟疆用笔名曹雪芹著作了《红楼梦》。我们没有"戏说"，没有"猜谜"，只要看看我们"如皋红研会"出版的《汇考》和《七十证》就会知道。这些唯一的、独特的、确凿的、无懈可击的证据，让我们初步解开了谜团，拆开了几个死结。

"冒襄巧布迷魂阵,胡适误导入曹营。"冒辟疆用笔名曹雪芹在《红楼梦》中设下了无数个难解之谜,那是他为了避免文字狱而布下的迷魂阵。而胡适之先生像三国中的周瑜、司马懿一样陷入了孔明布下的迷魂阵,拼命在曹营(曹寅家族)中考究曹雪芹。这是百年来《红楼梦》作者研究的历史,也是当代《红楼梦》作者研究的现状。

俞平伯先生遗言,"我看红学这东西终究是上了胡适的当了"!刘梦溪先生发出震撼红学界的呼声:"索隐派终结了,考证派式微了,剩下的就是一大堆令人百思不得其解的谜团,滚来滚去又都变成了死结。"

俞平伯先生、刘梦溪先生是从冒襄的迷魂阵中冲出曹营的大将军,他们虽然没有找到《红楼梦》的真正作者,但他们敢于否定京西曹雪芹,放弃《红楼梦》作者研究的"学术成果",是两位可敬的红学家!

我们欢迎红学家到如皋来实地考证,我们应在一个平等、友好的气氛中坐下来共同探讨《红楼梦》的作者问题。

自序二："冒著《红楼》"初探

土默热先生发表在《学术研究》上的《曹雪芹著作权证据盘点——兼与周思源教授商榷》一文中有一段话，我将其作为本书自序的开场白：

"百年红学走到今天，红学愈昌，红楼愈隐。红学家说得越多，《红楼梦》越显其坏，结果造成一切红学都是反《红楼梦》的怪现状（俞平伯语）。以至于索隐派终结了，考证派式微了，剩下的就是一大堆令人百思不得其解的谜团，滚来滚去又都变成了死结（刘梦溪语）。红学早已到了应该总清算、另辟蹊径的时候了。"刘梦溪先生认为："新材料发现之前，红学没有希望。"

土默热先生接着说道："我并不完全同意刘先生的这个结论。首先是现今掌握的关于曹雪芹的证据，已经足以证明曹雪芹并非《红楼梦》作者，《红楼梦》也不是乾隆年间的作品。其次，明末清初的文化史料极为丰富，运用这些无须重新'发现'的史料，比对《红楼梦》体现出来的晚明思想文化气脉，来探寻《红楼梦》的创作真相和作品真谛，并非难事。红学界过去不过是受胡适误导，走错了路而已，回归到正确的道路上，红学大有可为，大有希望！"

胡适考证的曹雪芹矛盾百出

三十多年前我在82版《红楼梦》第七十九回中发现"噇"字写成"哤"，我就疑惑了，这"哤"字（那时还没有简化字的提法）不是我儿时私塾先生教的土字吗？这个字在《新华字典》、《辞海》里都没有，怎么跑到《红楼梦》里来了？这个"哤"的原始出处在哪里？对此，我一直追查到甘肃省图书馆古籍部，在中华书局出版的苏联列宁格勒东方学研究所藏手抄本《脂砚斋重评石头记》第 3468 页中，终于看到"咪"字。该《石头记》是毛笔楷书手抄印本，应是"咪"的原始出处了。

如皋私塾先生造的土字怎么写到《红楼梦》里去了？难道《红楼梦》作者曹雪芹会说如皋话？于是我就开始研究《红楼梦》作者，发现整部《红楼梦》仅在第一回和第一百二十回，出现了曹雪芹的名字，除此之外没有任何关于曹雪芹的记载。当今公认的《红楼梦》作者曹雪芹是胡适先生 20 世纪 20 年代考证出的，但是其出身、年龄、经历等矛盾百出，二百多年来红学界对《红楼梦》作者的考证从未止步。

1754 年《脂砚斋重评石头记》面世，书中交代了七个作者：茫茫大士、渺渺真人、石兄、空空道人、吴玉峰、孔梅溪、曹雪芹，再加上重评《石头记》的脂砚斋，就有八人之多，他们都参与了《红楼梦》的创作、抄传、修订、披阅、增删、评注。《红楼梦》开卷第一句话是："此开卷第一回也。作者自云：因曾历过一番梦幻之后，故将真事隐去，而借'通灵'之说，撰此《石头记》一书也。故曰'甄士隐'云云。"由此看来，《红楼梦》故事和作者都是"真事隐"，这八个人哪个是隐藏的真正作者，真正作者能否是隐藏得更深更远的第九位，他是谁？是文学界和广大读者关心的大事。

《石头记》作者身份越是扑朔迷离，越是隐姓埋名，读者的好奇心越强烈，茫茫大士等七个作者中，茫茫大士、渺渺真人、石兄和空空道人本是仙人，凡夫俗子焉知其身世？只有孔梅溪、吴玉峰、曹雪芹三人是凡间俗人，但孔梅溪和吴玉峰只是给小说题名而已，与创作《红楼梦》无关，七人之中唯一与《红楼梦》关联密切之人当为曹雪芹。曹雪芹虽然只是对前人已著之《红楼梦》进行了披阅和增删，并不能说是创作者，但毕竟有他十年辛苦的记载，弄清楚他的身世也许就能解决《红楼梦》作者之谜了。但是茫茫人海，到哪里去找一位叫曹雪芹的文人，实在是迷惑了千万个读者和红迷们。

《石头记》面世后，文学家袁枚（1716—1797）第一个提出"江宁织造曹寅（1658—1712）其子雪芹撰《红楼梦》一书"。他的理由一是，曹雪芹是曹姓后人，因此要到曹姓名人中去找一位叫曹雪芹的文人。二是，《红楼梦》乃皇亲国戚大户人家的故事，作者必须有显赫的家世，而曹寅家世袭江宁织造六十年之久，四次接驾康熙皇帝，是极富人家，曹寅应当有个儿子叫曹雪芹，因此他在

《随园诗话》中断然写下"江宁织造曹寅其子雪芹撰《红楼梦》一书"。三是，人们提出为何说雪芹是曹寅之子而不是孙子？袁枚深知，1727年曹府被抄家时，曹寅就是有孙子也尚是儿童，儿童是不可能撰写《红楼梦》一书的，所以他一口判定"曹寅其子雪芹撰《红楼梦》"。

学界对于袁枚的"寅子雪芹"说，虽无史书记载或手稿之类证据，但认为其考据的三条理由尚属合理。于是，在相当长一段时期，学界普遍承认江南织造曹寅之子曹雪芹著作了《红楼梦》。曹雪芹出身江宁织造曹府，有贵介公子经历，曹府被抄家，曹雪芹有潦倒没落生活体验，曹雪芹有条件写出自传体小说《红楼梦》。

但到20世纪20年代，胡适先生对江南织造曹府考证发现，曹寅只有两个儿子曹颙和曹頫，没有叫雪芹的儿子。这下可难住了一心探寻曹雪芹身世的红学界，有关曹雪芹身世的探寻走进绝路。但这也难不住胡适先生，南京曹寅家族找不到曹雪芹的记载，就到北京皇族家人文章诗词里去找，功夫不负有心人，胡适先生终于在宗室诗人敦敏和敦诚的诗中发现有位叫曹雪芹的朋友，根据诗句得知，这位曹雪芹，名霑，字梦阮，号雪芹，又号芹溪，住在北京西郊，能作诗画，家贫食粥，作画换酒。1763年去世，享年四十岁。敦诚的《四松堂集》中诗句"扬州旧梦久以觉"后还有夹注"雪芹曾随先祖织造任"，这条夹注就是《红楼梦》第一回"于悼红轩中披阅十载"的曹雪芹成为曹寅之孙的"确凿证据"，从而否定了袁枚"寅子雪芹"说。

但胡适意外地发现，记载"雪芹为楝亭孙"的《四松堂集》是1796年印刷的，这时作者敦诚已去世五年，这条记载是刻印《四松堂集》时增加的一个笺条，笺条不是敦诚的手稿，是别人加上去的，其可信度无从证明，很可能是伪造的。

胡适认为《红楼梦》的作者必须出身累世为官的极富极贵诗书礼乐之家。《红楼梦》又是一本官宦之家贾府的盛衰自传体小说，曹寅家完全具备这些条件。碰巧，第一回又有曹雪芹悼红轩十年披阅、增删《石头记》的记载，更有袁枚说"寅子雪芹"，尽管弄错了，但胡适断定曹雪芹是江宁织造曹寅的后人是无疑的。尽管查遍曹氏宗谱和清廷档案，都没有发现有叫曹雪芹的，但胡适顾不上这些，胡适宁可相信一个笺条不可靠的记载，也不愿承认曹寅没有孙子曹雪芹的事实。

以考证闻名的胡适为啥不考证，与《石头记》面世同时代的袁枚竟然把曹雪芹错定为曹寅的儿子？程伟元也说"作者相传不一，究未出自何人"，胡适为啥想不到《红楼梦》存在一个更深更远的作者，而把著作权硬塞给曹寅的一个孙子曹雪芹？

胡适臆断的、假设的曹雪芹，矛盾百出，质疑、否定之声一直不断。校注齐全的 1982 版《红楼梦》，在其前言中也明确指出：1727 年南京曹家获罪被抄，三周岁的"曹雪芹随家迁回北京以后的情况，文献绝少记载"，"曹雪芹究竟住在何处，他的青年时期是如何度过的，这些问题，统因文献无证，不能确指"。这不是清清楚楚地、毫无疑义地告知，曹雪芹是个查无实据的人吗？但我国著名红学家、校注齐全的 1982 版《红楼梦》校注工作顾问周汝昌先生对他亲自参与编撰的校注前言却视若无睹，他在 2010 年出版的《曹雪芹传》所附"曹雪芹生平简表"中记载，曹雪芹 1724 年出生，1727 年至 1740 年，十三年中北京曹家四次变故，却没有片言只字直接记载曹雪芹的资料。到了 1754 年，曹雪芹的名字突然记载于《脂砚斋重评石头记》抄本。

《脂砚斋重评石头记》凡例中最后两句是"字字看来皆是血，十年辛苦不寻常"，说明《石头记》写作用了十年时间。接着第一回又有"曹雪芹于悼红轩披阅、增删十载"，又是一个十年时间。该本在北京面世前还要经过初评到重评，我们估计最少要用六年。这样，写作十年、增删十年、初评到重评六年，合计二十六年，于 1754 年面世的《石头记》最迟也应在 1728 年开始写作。1728 年，曹雪芹才四岁，一个四岁儿童就开始创作伟大巨著《红楼梦》，实属稀奇古怪的旷世奇谈！据记载，《红楼梦》还有二评、三评、四评，以及十多个抄本，必然占用时间，加上这些时间，《石头记》成书面世要三十年以上，那么，曹雪芹在娘胎中就开始写作了！这是中国文学史上闻所未闻的离奇怪事，简直可称人类文明史上最荒唐的闹剧！

以上这两点是人世间不可能发生的神话，是曹雪芹著《红楼梦》的死结，但近百年来红学考证就建立在这梦呓之上。

历史进入 21 世纪，在 2013 年 8 月 29 日《人民政协报》上刊登了蔡义江的一篇纪念曹雪芹逝世 250 周年的文章。

蔡义江写道:"童年是最富于幻想的多梦年代,而且最好发问,什么都想知道。适逢此际,家遭巨变。这真是老天爷的安排!大人们内心都有巨大的伤痛,也正想有个可以谈谈的地方,于是这个半懂事不懂事的可爱的孩子,便成了他们倾吐的唯一对象。其中数奶奶经历最丰富,她会绘声绘色地给小孙子讲述往昔他爷爷时代的种种有趣的故事;母亲当然也能说出不少来;还有为'赡养两代孀妇'而发还的老婢仆,也会'闲坐说玄宗'地给他谈谈往事。这一切在他幼小的心灵中所产生的影响是难以估量的。他会时时神游于早已失去了的石头城里的伊甸园,而想象会不断地填补记忆的缺失,让通常的楼堂馆舍、庭院小景都逐渐幻化为巍峨的宫殿和奇妙的仙境。

"幼小的曹雪芹随家人迁至北京崇文门外蒜市口的平民生活区后,生活是困苦的。但因他祖上与康熙有着特殊关系,故与京城高层有姻戚关系或世交旧谊者必定不少。虽说曹𫖯获罪,在京不能或不便走动,尚为孩童的雪芹,是无须避嫌地被人领着进那些王府侯门豪华的大宅深院的。眼前所见,竟是自家的昨天了。也许他会想,我爷爷时比你还阔得多呢,有谁知道?感受刺激定会很深。再看他后来交往的周边人物,不乏没落的天潢贵胄,如敦敏、敦诚兄弟便是努尔哈赤十二子、被赐死的阿济格的五世孙;永忠是康熙十四子、被雍正长期禁锢的胤禵的孙子,如此等等。今昔的巨大荣枯变化,雪芹是知之甚多、看得不少的。这些都会给他的小说创作提供极丰富的素材。"

读完这段文字我不禁产生两个问题:一,作者亲自参加校注的82版《红楼梦》前言明明写着"曹雪芹随家迁回北京以后的情况,文献绝少记载",当然,"绝少记载"不是"绝无记载",从1982年到2013年已三十一年了,这三十一年中红学家们也许对有关曹雪芹童年的记载有了重大发现,也许考证发现了"绝少记载"之外还有"些许记载"、"零星记载"。

记载着:"童年曹雪芹听到奶奶、母亲、老婢仆讲述往昔他爷爷时代的种种有趣的故事";记载着:"孩童的雪芹,无须避嫌地被人领着进那些王府侯门豪华的大宅深院,感受刺激定会很深!"

果有此事吗?笔者和全中国的"红迷"们,也真心希望红学家们能发现记载北京曹雪芹童年的蛛丝马迹,证明曹寅确有个孙子叫曹雪芹。但是,绝无此事!假如真的发现有记载北京童年曹雪芹的资料,那可是惊天动地的大事,红学家们要欣喜若狂，红迷们要惊奇不已，文学爱好者要奔走相告，大报、小报、广播、电视要竞相报道这个世界级的新闻，红学界少不得要开研讨会、座谈会、庆功会！

但是，很遗憾，三十多年来红学界对北京童年曹雪芹的研究冷冷静静、平平淡淡，没有一点令人振奋的报道。这再次说明胡适臆断的"寅孙雪芹"纯粹是子虚乌有，曹寅根本没有一个孙子叫曹雪芹！《人民政协报》纪念曹雪芹逝世250周年的文章是不是又一次无中生有，又一次忽悠红迷们的智力！

二，读者怎么能相信一个幼童听听故事就能"不断地填补记忆的缺失"？儿童的"记忆的缺失"是什么？是他投胎转世前的记忆丢失了吗？是前世灵魂附体让幼儿曹雪芹填补了缺失的记忆吗？于是乎"楼堂馆舍、庭院小景都逐渐幻化为巍峨的宫殿和奇妙的仙境"，给他的小说创作提供极丰富的素材。这里作者向我们展示了幼童曹雪芹不但是个神童，而且是个"转世灵童"！

于是乎，四岁转世灵童曹雪芹1728年就开始创作《石头记》，经过"十年辛苦不寻常"的写作，1738年十四岁时终于完成这部包罗万象的伟大巨著，朋友们拿去转抄转抄复转抄，文人们拿去一评二评复评注。脂砚斋在重评中写下："字字看来皆是血，十年辛苦不寻常"，肯定创作的辛苦。曹雪芹又综合文学界各种评论，在"悼红轩中披阅十载，增删五次，纂成目录，分出章回，则题曰《金陵十二钗》"。1754年《脂砚斋重评石头记》八十回抄本终于在北京书市面世，价昂数十金一部。

五十年后的1789年前后，高鹗和程伟元，"所传只八十回，殊非全本。颇以为憾，于是竭力搜罗，积有廿余回，又于鼓担上得十余回。细加厘剔，截长补短，抄成全部一百二十回"。从此中国文学史上最伟大而又最复杂的作品《红楼梦》诞生了！

亲爱的读者们，尊敬的红迷们，你们不要以为我在讲笑话，或者在胡说。我讲的有一半是对的，伟大的复杂的包罗万象的《红楼梦》经过十年创作，十年披阅和增删，六年抄转和评注，二十六年不算多，也许要有三十年或更长的时间，创作时间之长是正确的、可信的。另一半传世灵童的神话依然笼罩在中国红学界上空。

寻找真正曹雪芹的途径

我们探讨《红楼梦》的作者必须弄清作者是什么时代的人，什么地方的人，然后在那个时代、那个地域的文人中去找，才是探寻作者的正确之路，才是不走弯路少走弯路的必由之路。

《红楼梦》第二回贾雨村长篇大套地议论世间男女，文中"近日的"逸士高人都是元代、明代人。《红楼梦》第四回"近因今上崇诗尚礼，征采才能，降不世之隆恩，除聘选妃嫔外，凡仕宦名家之女，皆亲名达部，以备选为公主郡主入学陪侍，充为才人赞善之职"，经查，才人为宫中女官名，品位低于皇帝妃嫔，初设于魏晋时，南北朝到明代多沿袭，清代宫中无此称呼。笔者发现贾府女人全部是小脚，小脚元春进宫当了皇妃，小脚老太贾母带着一群小脚夫人数次进宫，这个宫绝不可能是清宫，因为清廷是禁止缠足的，军阀孙殿英掘墓盗宝发现慈禧就是天足！不难判断，《红楼梦》的故事绝不是清代的故事，作者绝不是胡适考证的生于乾隆时代的曹雪芹。这是《红楼梦》作者给我们提供的极有价值的、无可置疑的、不容否定的三大内证！

《红楼梦》中所出现的几十个剧目都是元代、明代和清初的传奇或杂剧，因此，《红楼梦》作者应是一位极其熟悉明末清初流行传奇、杂剧的文人。

《红楼梦》中贾府使用的酒器、茶具、碗碟俱是宋、元、明代极品瓷器，竟未发现有中国历史上艺术水平最高的清初景德镇瓷器，可见作者是明末清初之人。

《红楼梦》中大量的服饰和发型的描写反映的基本是明代的特色。只有生活在明末清初的人，才能亲眼看到这些服饰，才能做出如此细致的描写。

近代大陆和港台地区数十部《红楼梦》题材的戏剧、话剧、电影、电视剧演员绝大多数是明代服饰，说明文艺界的编剧、导演、演员心目中的《红楼梦》就是发生在明代的故事。用明代服饰演出《红楼梦》影视剧，在十几亿中国观众心目中被认为是理所当然的。如不信，哪天舞台上、电视里出现了拖着辫子的贾政、贾琏、宝玉，穿花盆底鞋的贵妃娘娘和众多的宫女，以及穿着清代大袄的贾母，观众还会去买单吗？这说明观众心目中认可《红楼梦》是明代的故事。

这就出现了一个奇怪现象，一面是主流媒体几十年无所不在地重复着《红楼梦》是清代中期曹雪芹所写清代江宁织造曹府的兴衰荣辱史，一面又不敢采用清代服饰和发型来排演《红楼梦》的故事，这说明什么问题呢？这说明红学家们考证的曹雪芹，漏洞百出，证据不足，根基不深，拿不出令人信服的证据，因此在服饰的选择上底气不足、心有余悸，不敢正大光明坚决果断地采用清代服饰。由此也可以作为一个旁证，确定《红楼梦》的作者应是明末清初之人。

我们锁定了作者的出生时间段以后，更应从作者生活的时代、家庭背景、人生阅历、知识才能、社会交往、爱情韵事、家境遭遇等七个方面去寻找《红楼梦》的作者。几十年的寻找中，我们总结出著作《红楼梦》必须具备十四个条件：

1. 作者应生活在明末清初。

2. 作者应出生在世代累官的封建官宦大家庭，是诗礼簪缨之族，有贵介公子的身份。

3. 作者应有由盛入衰的坎坷人生，风尘碌碌，一事无成，又有丰富的社会阅历。

4. 作者应有平等、善良、博爱、同情的品质。

5. 作者应是文学巨匠，除有《石头记》著作外，应有可观的诗文辞赋留世。

6. 作者应是知识广博、知之甚多的通才、全才、奇才。

7. 作者应熟悉女性，有丰富的女性生活素材。

8. 作者应经历过生死相恋的爱情故事，体验过呕心沥血、生离死别之痛。

9. 作者应爱石成癖，隐喻自己是"无材补天"的"石头"，记述了一部千古不朽的鸿篇巨制。

10. 作者应是如皋人，才能运用如皋特有的方言、土语、风情习俗，熟知如城水系和水绘园景点。

11. 作者应有强烈自责之心，怀着负罪感创作这部不朽巨著。

12. 作者应生活在类似宁国府、荣国府和大观园这样的"两府一园"的环境中，有丰富的园林建造知识。

13. 作者应熟悉南京秦淮河名不见经传的桃叶渡，熟知桃叶渡的美女生涯，并有为她们的身世昭传的愿望和能力。

14. 作者应熟知昆剧、热爱昆剧，蓄有昆剧家班。

在明末清初这段时间里谁是《红楼梦》的真正作者，也就是最原始的第一写作人？有人说是洪昇，有人说是吴梅村，也有人说是李渔……但我认为是冒辟疆更确切。冒辟疆的生活时代、家庭背景、人生阅历、知识才能、社会交往、爱情韵事、家境遭遇等七个方面无不与《红楼梦》情节吻合，高度一致。再按以上十四个条件衡量冒辟疆，条条具备。因此，我们可以确认《红楼梦》的作者就是冒辟疆，明末清初的江南四大才子之一，诗人、作家、社会活动家、慈善家、水绘园倡和首领、一代文学巨匠冒襄冒辟疆！冒辟疆是最佳人选！

我们寻找到了冒辟疆以笔名曹雪芹著作了《红楼梦》的七十三条证据。这七十三条信息，就是埋藏在《红楼梦》中的冒辟疆元素，它们像七十三个电子元件，不断地发射信号，关键是我们的头脑终端接收器，能否把这些信号接收下来，经过选择、清理、过滤、推理，最后形成一条条证据。冒辟疆的信号有强有弱，有的很直观，有的很隐蔽，有的要反证。我们分析这些证据绝不生搬硬套、牵强附会、指鹿为马、捕风捉影，而是以冷静、客观的心态，严格遵守合理、可信、准确、真实的八字原则。

许多朋友赞赏这七十三条的合理性。但也有友人提出这七十三条不是直接证据，今人难以信服，朋友们认为最好找到"冒著红楼"的手稿或者旁稿，即使是冒襄朋友的诗、文、画，只要能明示"冒著红楼"就行，这才是最后的有力证据。对此本人认为：二三百年来成百成千的红学专家、成千上万的红迷们不知"踏破铁鞋"多少双，时至今日，仍然是一个"无觅处"！《红楼梦》作者的考证是个世界性难题，我们要想找到作者手稿或者史家实录，抑或侧面记载，那真是比登天还难！

我们这七十三条证据都是在合理、可信、准确、真实的前提下确立的。我们再用唯一性、独立性、独特性去鉴别这七十三条，从中筛选出确凿的、无懈可击的、毋庸置疑的十几个证据，光明磊落地公布，让朋友们研究，甚至质疑我们的证据，我们相信红学专家们、红迷们会用冷静而科学的眼光审视我们的证据，在一个公开、公平、公正、和谐、和睦、和气的氛围中，共同研讨我们国家乃至世界的伟大著作《红楼梦》的作者问题。什么是唯一性、独特性、独立性？笔者认为，这些证据只能发生在如皋！这些证据只能发生在冒辟疆或董小宛的人生中！换一个地方或换一个人就不可能出现！笔者认为只要具备了唯一性、独特性、独立性的证据，就应视为确凿的真实证据，甚至可视为铁证！在合理、可信、准确、真实八字方针下，用唯一性、独特性、独立性的标准来衡量。使我们树立信心，提高兴趣，把冒著红楼更加深入地探讨下去！

确认曹雪芹为如皋冒辟疆的笔名，这个题目太新鲜，太敏感，太突兀，也太沉重，简直是不可思议，多数人不予接受，就是主流媒体也是"曹雪芹著作《红楼梦》"的观点一统天下，哪有允许探讨"异端邪说"的发言余地？主流媒体对于此类呼声从不报道，对于怀疑曹雪芹著作《红楼梦》的文章，总是不屑一顾，不予登载。

但是近两年来，冒辟疆用笔名曹雪芹著作《红楼梦》的民间探讨，其速度之快、规模之大出乎本人意料。我，一介退休耄耋，能在如皋甚至红学界掀起如此浪花？那是难以想象的。2012年8月《新民晚报·新如皋》连载了我的浅作《冒辟疆著作〈红楼梦〉初探》一文。杭州记者黄金秋先生面对新生事物，敢于排除非议，于2012年12月对我进行了采访，而后首先在杭州《生活周刊》予以报道，接着又在香港《成报》、《亚洲新闻周刊》相继刊登。"冒辟疆用笔名曹雪芹著作《红楼梦》"这一命题的出现，同时得到如皋市原市委副书记刘桂江、如皋市原党史办公室主任李实秋、著名摄影家康健、退休地质专家洪民权、退休干部钱祖荣以及出资刊印小册子《〈红楼梦〉作者解谜》却不愿留姓名的企业家李玉坤等人的重视，自由撰稿人鞠九江先生在南京和重庆也对此予以报道。他们是一群极有远见的老年壮年精英，他们具有敏锐的眼光，着眼大局，看到未来，看到冒辟疆著《红楼梦》无可限量的文化和经济能量。他们不辞辛苦地争取多方支持，通过他们的努力得到市领导的首肯。

两年来在杭州、南京、南通、重庆、香港等地区，多家媒体对《冒辟疆著作〈红楼梦〉初探》进行了转载或详细报道和评点，与此同时，互联网上也热传此文，在如皋兴起一股探讨冒辟疆著《红楼梦》的热潮，自发交流研究成果，自费印刷《〈红楼梦〉作者解谜》，向市领导汇报，向文化机构和红学爱好者推介。如今探讨冒辟疆用笔名曹雪芹著作《红楼梦》的课题，得到了领导的关心和支持，2014年8月18日在如皋成立了如皋红楼梦研究会。这是研究探索"冒著红楼"从个人和小集体的范畴发展到正规组织的一个飞跃，红研会决定汇编出版冒辟疆著《红楼梦》的相关研究文章。2014年10月，研究会正式刊印发行《冒辟疆著作〈红楼梦〉汇考》第一辑,《汇考》收集了如皋地区近二十位红学爱好者的研究文章,图文并茂洋洋二十五万字。与此同时,香港《亚洲新闻周刊》隆重发行"探秘《红楼梦》特刊"。这两种书刊的印刷发行把从如皋兴起的冒辟疆著作《红楼梦》的研究推向全国乃至世界各地,"冒著《红楼》"的课题将会在红学界得到更多专家学者的研究和认同。

这是探讨我们如皋名人冒辟疆用笔名曹雪芹写作《红楼梦》的一个良好开端。感谢诸位领导、众位学者、新老好友的热心、真诚的帮助。但是撼山易,撼曹雪芹难,冒辟疆用笔名曹雪芹著作《红楼梦》的探讨任重道远。

笔名曹雪芹的作者是一位天才、奇才、通才,他创作的中国古典小说《红楼梦》是中国也是世界古典文学的巅峰,他的光辉而伟大的名称是中国几代红学研究者公认的。我们寻找笔名曹雪芹的作者的身世,绝不损害他在中国文学界的地位,曹雪芹著作《红楼梦》是永恒的、不可动摇的!

我们不否认研究"红学"就是研究"曹学",但我们不赞成研究胡适先生考证的北京那位"著书黄叶村"的与《红楼梦》没有丝毫关系的曹雪芹的"曹学"。

曹雪芹,你在哪里?我们怀着一颗虔诚而崇拜的心寻找你的真实身份,我们耐心地、仔细地研读《红楼梦》和冒辟疆的著作,寻找虚幻的你和冒辟疆的共同点,就是为了还历史清白,就是为了澄清那些歪曲你的无理指责,就是为了回答对你著作《红楼梦》的几十条质疑,就是为了彻底解开死结。当我们冲出迷雾、掀开网罩,你将直起腰杆,挺起胸膛,真实的、完美的、无可非议的曹雪芹将会更加理直气壮地屹立在中华大地上,伟大的作家曹雪芹的名声会更加响亮!

曹雪芹名之出现

1754年(乾隆十九年),这年已是大清开国第一百一十年,在北京庙市上出现了一本叫《脂砚斋重评石头记》的共计八十回的手抄本,售价达几十两白银。其实在此之前《石头记》已被文人私下抄阅近百年了。关于此书的来历,作者用一种神话传说道出:远古女娲于大荒山无稽崖炼石补天,炼了36501块,只用去36500块,单单剩下一块未用,此石就自怨自叹,日夜悲号。忽一日有名为茫茫大士和渺渺真人的一僧一道来到无稽崖,在此石头苦苦哀求之下,两位便携了此石，飘然而去。不知过了几世几劫，有个空空道人从这大荒山无稽崖青埂峰下经过，忽见一块大石上字迹分明刻着一段《石头记》的故事。石头开口说人话了，热情地向空空道人推介身上刻的故事，空空道人检阅一遍，不过实录其家庭闺阁故事，并无伤风败俗，毫不干涉时世。于是从头至尾抄录回来，改《石头记》为《情僧录》问世。东鲁孔梅溪题曰《风月宝鉴》，至吴玉峰题曰《红楼梦》，后因曹雪芹于悼红轩中披阅十载，增删五次，纂成目录，分出章回，则题曰《金陵十二钗》。读者诸君请注意："曹雪芹"登场了。

从此《石头记》就风靡文人雅士之案，写家举子竞相抄录，但对其作者众说不一。清廷对文字控制十分严苛，稍有不慎便家破人亡。虽然本书写的是家庭闺阁故事，却也有宝玉厌恶仕途经济，反对金玉良缘；还有"便是'宝金''宝银''宝天王''宝皇帝'，横竖不嫁人就完了"；甚至有"拼着一身剐，敢把皇帝拉下马"的造反文字；还有可以定性为南明王朝复辟的"南安郡王府"，确有离经叛道之嫌，作者哪敢直书真名？故事开头是女娲炼石、大荒山、无稽崖、茫茫大士、渺渺真人、空空道人、开口说话的石头等神神道道的名称，可以推想曹雪芹也不是真名，极可能是个笔名。无影无踪的地名人事、无稽之谈的梦幻，然后是作者历过一番梦幻之后，将真事隐去，故曰"真事隐"。书中故事发生地一会儿在金陵、一会儿在长安、一会儿在京城，无从考证。同一回、同一个房间里一会儿写歪倒在床上，一会儿又下了炕。到底在南方，还是北方，也是模模糊糊。也无朝代年纪、地域邦国可考。总之，作者写了部不署作者姓名、没有年代、地点混乱的小说，可谓用心良苦。

否定南京曹雪芹！

当前红学界存在三个曹雪芹：

第一个是《红楼梦》第一回在悼红轩十年披阅、增删《石头记》和最后一回仍在悼红轩翻阅历来古史的那位曹雪芹，简称"笔名曹雪芹"。

第二个是胡适考证的江宁织造曹寅的孙子曹雪芹，简称"南京曹雪芹"。

第三个是敦敏敦诚兄弟忘年之交的北京西郊的曹雪芹，简称"北京曹雪芹"。

倒推出生日期，编造生平履历的南京曹雪芹出世了，胡适先生把二敦的朋友、家住北京西郊、1763年去世、享年四十岁的曹雪芹，倒推四十年，算出

1724年诞生，并说他生于江宁织造的曹府（至今也没找到证据），是曹寅的孙子。从此，一位江宁织造曹氏族谱中没有记载的、与《红楼梦》没有丝毫瓜葛的、没有其他著作的曹雪芹，被推上了著作《红楼梦》的宝座。矛盾百出的曹雪芹于是便出现在中国红学界了！胡适考证的出生南京，抄家后迁往北京的曹雪芹著作《红楼梦》必须满足两个条件：一是四岁就开始著作《红楼梦》，二是必须提前出世。这是北京曹雪芹的两个死结。

把《红楼梦》的著作权落实到一个假设的1724年出生的南京曹雪芹身上，一个乳臭未干的儿童身上，那是假设之中再假设，实在是荒谬绝伦，是"大胆假设，大胆胡说"，是完全错误的。我们否定南京曹雪芹，因为我们不相信虚构的曹雪芹的存在；我们否定南京曹雪芹，因为我们不相信世上有"转世灵童"。

我们要在相应的历史中寻找一位隐藏更深更远的与之匹配的第一著作人，他用笔名曹雪芹著作了《红楼梦》，我们必须否定胡适倒推年龄无中生有的曹寅之孙且著作了《红楼梦》的曹雪芹。建立在假设和谎言上的"曹雪芹"红学考证，给文学界造成的混乱局面是难以想象的。

我们希望全面开放对《红楼梦》作者的讨论研究，发表各种探讨《红楼梦》作者的文章，最终找到《红楼梦》的真正作者，还历史真相！

给北京曹雪芹正名

几十年来红学家们翻阅了曹氏宗谱，查考了清廷档案资料，始终拿不出半点证实"寅孙雪芹"存在的直接证据。红学家们终于在两位皇族后裔敦诚敦敏兄弟的诗词中找到了有关"曹雪芹"的记载，这位"北京曹雪芹"与二敦有过直接交往，是现存资料中唯一证实"北京曹雪芹"存在的第一手直接证据。但是这位"北京曹雪芹"与曹寅有血缘关系吗？他写作了《红楼梦》吗？红学家周汝昌先生在2010年出版的《曹雪芹传》所附"曹雪芹生平简表"中记载：

1. "1740年，雪芹家复被牵累，再次抄没，家遂破败，雪芹贫困流落。"——假设的南京曹雪芹出现了。

2. "1754年，《脂砚斋重评石头记》初有清抄定本。"——笔名曹雪芹有记载了。

3. "1757年，敦诚有《寄怀曹雪芹诗》……'不如著书黄叶村'，此时雪芹当已到西山。"——北京真实的曹雪芹登场了。

这三条就巧妙地把"假设的南京曹雪芹""北京真曹雪芹"与"笔名曹雪芹"合而为一了。

这三条记载中1740年和1754年出现的假"雪芹"从何而来呢？是不是"绝少记载"之外还有"些许记载""零星记载"？还是红学家再一次无限制地发挥想象，以幻觉代替现实？

看！红学家给我们描绘了一个多么奇妙的曹雪芹的生命轨迹：假设1724年江宁织造府中生下一个孩子，这孩子的父亲是曹颙还是曹頫，尚未见到有关报道，但他是曹寅的孙子，假设的辈分是正确的，这个假设的孩子就叫曹雪芹。

1727年曹頫获罪，遣返北京。从此假设的南京曹雪芹"潜水"十三年，到1740年，假设的南京曹雪芹十六岁时，曹家再次被抄没，假设的南京曹雪芹从此杳无音信。

假设的南京曹雪芹再一次"潜水"十四年，到1754年，假设的南京曹雪芹三十岁时摇身一变为北京西郊的曹雪芹，北京书市上发现了《脂砚斋重评石头记》手抄本。此后十年，曹雪芹的履历表上，断断续续出现敦诚敦敏兄弟关于曹雪芹的间接记载，直到1763年去世，享年四十岁。

在敦诚的《寄怀曹雪芹》诗中有：扬州旧梦久已觉（夹注：雪芹曾随其先祖织造任）。

这夹注被红学家视为曹雪芹是曹寅孙子的确凿证据，是曹雪芹在北京西山著作《红楼梦》的主要根据，也是当今"红学"转变为"曹学"的命根子！

但是这个夹注是伪劣的假货，经查实曹寅生于1658年，卒于1712年。按照周汝昌先生撰写的曹雪芹生平简表，1724年曹雪芹出生时曹寅已去世十二年！请问还没出生的曹雪芹怎样曾随过世的先祖织造任？难道"转世灵童"的神魂随其先祖织造任！

夹注是个弥天大谎，还是红学家把曹雪芹的出生年代计算错了？类似的矛盾太多太多了，红学家们是"按下葫芦浮起瓢"，百年愈考证愈糊涂，北京曹雪芹著作《红楼梦》无法解开两个死结。

唯一合理的解释是，北京曹雪芹是一个与《石头记》没有任何瓜葛的曹雪芹，他们不是一个人，只是同名同姓而已。二敦在诗中说他善于诗画，住西郊草房破屋里,是一位贫困潦倒的书生,他没有写过《石头记》,他不是《石头记》的作者。一个与《红楼梦》没任何牵连的曹雪芹,一个贫穷困苦的曹雪芹,一个没有丝毫锦衣玉食经历的曹雪芹,被红学家们强行授予《红楼梦》的著作权,戴上伟大作家桂冠,说他一生光辉灿烂,说他是中华文化的一个代表,说他是一个积极反抗封建社会腐朽制度的先行者。

近百年的红学考证,曹学考证的无中生有、信口开河,给中国乃至世界的学术气氛、学术环境造成了不可估量的混乱,这是整个红学界的创伤和悲哀!

这是史无前例的"美丽冤案",极其荒唐、不可思议的"考证"应该终止。我们要给北京曹雪芹正名,还他一个清清白白的诗人和画家身份!我们应向二敦的朋友,一个贫苦书生曹雪芹先生说声"对不起"!

确认冒辟疆笔名曹雪芹

我们否定了南京曹雪芹,我们正名了北京曹雪芹,我们必须找到笔名曹雪芹的主人,一个与之匹配的作家,他是谁?研读《红楼梦》,分析《红楼梦》,笔者认为要写出伟大著作《红楼梦》必须具备十四大条件。我们认为冒辟疆用笔名曹雪芹著作了《红楼梦》,虽然合理可信,但要想发表有关文章困难重重,要想得到红学界认可更是遥不可及。首先,当前红学界是胡适考证的曹雪芹一统天下,所谓"红学"就是"曹学",中央办的、地方办的各种《红楼梦》学刊、《红楼梦》杂志,数不胜数,但都以讨论胡适考证的曹雪芹为前提。人家是以胡适考证的曹雪芹为研究对象的学刊,怎么可能发表否定胡适考证的曹雪芹的文章,那不是拆自己的台吗?即使一般文艺刊物,也绝不敢冒风险发表。

许多"红学家"发表了"曹著《红楼》"专著,为此还获得了奖励和荣誉,"曹著《红楼》"专著和论文每年都大量印刷;胡适考证的曹雪芹景点每年都接待游客数千万,已形成一个巨大的产业链,一个巨大的利益集团。否定胡适考证的曹雪芹著作《红楼梦》,研究讨论冒辟疆用笔名曹雪芹著作《红楼梦》不只是一个学术问题,而且也是一个利益问题和名誉问题。它会影响到许多地区、许多团体的切身利益,以及许多红学专家和学者的个人名声和信誉。

本人先后给全国六十八家报纸杂志发电子邮件,内容是有关冒辟疆用笔名曹雪芹著作《红楼梦》的文章,都石沉大海,因为人家根本不敢理睬。

对于《红楼梦》作者的争议一直存在，在互联网上否定胡适考证的曹雪芹著作《红楼梦》的大有人在。有人提出否定胡适考证的曹雪芹拥有《红楼梦》著作权的四十条理由；有人写出胡适考证的"曹雪芹《红楼梦》著作权之九大疑点"；浙江杭州有人提出洪昇著作《红楼梦》；江苏太仓有人提出吴梅村著作《红楼梦》；还有人提出李渔著作《红楼梦》，等等。这是一个存在和延续近百年的群体，是一个不容小觑的知识群体，是一个客观存在。

《红楼梦》作者的研究是一个学术研究的问题，是一个与《红楼梦》一书同时出现的问题，是一个存在二百多年的老问题，通过研究《红楼梦》的作者，可以获取许多重要历史信息，暴露很多历史事件的真相，其意义是不可估量的。

有关红学研究的主流媒体，是国家的，是全体人民的，它不应姓"曹"，主流媒体应该向质疑者开放；主流媒体应该主导和指导关于《红楼梦》作者的大讨论；主流媒体应推动、引领、包容和维护不同观点、不同流派的学术研究，百花齐放，百家争鸣，共同进步；主流媒体应该给所有质疑胡适考证的曹雪芹的人一个平等的、公正的、广阔的发言空间。

冒辟疆用笔名写下了巨著《红楼梦》！

笔名曹雪芹姓冒叫冒辟疆，出生在江苏如皋。

"赵著《红楼》、钱著《红楼》、孙著《红楼》、李著《红楼》"，不管谁著《红楼》，拿出证据才是硬道理！

如皋的《红楼梦》七十三证证据分类

如皋有一个才子冒辟疆，他具备著作《红楼梦》的条件，成为《红楼梦》的作者。而《红楼梦》里又存在不计其数的如皋元素，那么笔者认为，凡是发现《红楼梦》中出现与如皋一样的建筑、园林、水系、人物、物品、事件、方言、土话、风俗、习惯等，都可以作为冒著《红楼》的证据列出。

为了与红学爱好者更方便地探讨冒辟疆著作《红楼梦》的七十三条证据，现把这些证据进行了梳理和分类，归纳为：第一、第二类证据是《红楼梦》故事发生地；第三类证据是《红楼梦》故事发生的年代；第四类证据是《红楼梦》故事著作者是冒辟疆的逻辑推理。

第一类证据是故事发生在如皋的证据，共十八条。这些具有确凿性和唯一性的证据只能发生在如皋，或者只能发生在冒辟疆和董小宛身上。

第二类证据是故事发生在江淮地区的证据，共十二条。这些证据可以排除《红楼梦》故事发生在北京，通过排查，江淮地区唯有冒辟疆是著作《红楼梦》的最优人选。

第三类证据是故事不是发生在清代的证据，共六条。这些证据是按照《红楼梦》文章内容分析得出。

第四类证据主要是推理，共三十七条。所有证据依据"合理、可信、准确、真实"八字原则选取。

四类共七十三条证据，敬请红学爱好者审议、考核、评论，甚至质疑、批评，本人敬领赐教。

冒辟疆著《红楼梦》的七十三条证据

一证　隐藏在大观园中的如皋水系

《红楼梦》第十六回和第十七回，关于大观园水系的描述有四句话：

1. "从东边一带，借着东府里花园起，转至北边，一共丈量准了，三里半大，可以盖造省亲别院了。"

2. "会芳园本是从北拐角墙下引来一股活水。"

3. "说着，引客行来，至一大桥前，见水如晶帘一般奔入。原来这桥便是通外河之闸，引泉而入者。"

4. "原从那闸起流至那洞口，……又开一道岔口，引到西南上，共总流到这里，仍旧合在一处，从那墙下出去……"

我们解读这四句话，总结出大观园的水系有如下五大特点：

特点一：三里半大。

特点二：有内河和外河，外河有活水。

特点三：北墙下有两洞口，洞口与外河相通。

特点四：有回路内河。"又开一道岔口，引到西南上，共总流到这里"，可见内河在"流至那洞口"的同时向南又开一道内河。内河引到西南上必然折向东流，然后向北流，才能在"这里"看到"共总流到这里"的景象。因此，我们断定大观园内有回路封闭内河，小船可以回转泛舟一圈。

特点五：水倒流。"会芳园本是从北拐角墙下引来一股活水"，说明北拐角墙下是一进水口，而现在"仍旧合在一处，从那墙下出去"，说明进水口又能变成出水口。

大观园水系的这五大特点，是《红楼梦》中描写大观园水系的四句话给出的结论，按其特点推测当不为虚构情节，它是一个隐藏极深的地理元素。这五大特点是我们寻找大观园原型的出发点和落脚点。这五大特点可以简括为"北墙下、两水洞、内外河、有回路、可倒流"十五个字。

但是，可以满足上述特点的园林哪里有？黄河三角洲没有，珠江三角洲也没有。我们长江三角洲众多城市，上海、杭州、南京、苏州、常州、镇江、扬州、泰州、南通、盐城、淮安等城市，虽然城市河流都是活水，园林也很多。但这几个城市，没有哪个园林有可以泛舟一圈、封闭的内河；没有哪个园林北墙外有外河；没有哪个园林北墙下有两个通外河的洞口；更没有"共总流到这里，仍旧合在一处，从那墙下出去"，既可进水、出水，也可倒流的园林。这些城市中找不到一个能符合上面特点的园林。

但大观园水系有句话"从东边一带借着东府里花园起，转至北边，一共丈量准了，三里半大"。这"三里半大"给我启发，我眼前忽然一亮，这哪里是座园林？它分明是座城市！我们应跳出"园林"的圈子，去寻找一座城市，去寻找符合上述特点的城市！它是哪座城市？它是冒辟疆的故乡如皋古城！

在《如城镇志》中有一幅《明万历时如皋县城池图》（简称《明如城图》）。现在我们直接把大观园水系的四大特点落实到《明如城图》上：

内外河三里半，北墙下两水关，转一圈水倒流。

如城水系~大观园水系图说明

《红楼梦》16回17回作者描述大观园水系的四句话
1、一共丈量准了，三里半大，可以盖造省亲别院了
2、会芳园本是北拐角墙下引来一股活水
3、原来这桥便是通外河之闸，引泉而入者
4-1 原从那闸起流至那洞口，4-3 引到西南上
4-4 共总流到这里 4-5 仍旧合在一处 4-6 从那墙下出去

冒辟疆率众 如城内河水上游
大 观 园水上游

冒辟疆率领众文友如皋城内河水上游，每到一个景点察下一句话。众人从【这里】出发。冒辟疆指着北水关说道：第一位请：'会芳园本是北拐角墙下引来一股活水'，众人一看，只见一股活水从东水关缓缓流来。

游船西行过了闸桥，冒辟疆看者都靠退去的阿桥介说说："原来这桥便是通外河之闸，引泉而入者"，门卜清客个个失称是。

不一会船到三岔口，只见北水关泪汨流水直通外河。冒辟疆告诉众人："原从那闸起流至那洞口，又开一道岔口"，说者便命船家调头，沿岔口南下。当船行到西南拐弯处，众门下齐齐高喊："引到西南上"，船东行到定慧寺折向北，一路景色自不必说，船又回到【这里】。

冒辟疆对诸文友说"本船已到终点，适时钟方向航行整整一圈，水流'共总流到这里'，众文友看见水流'仍旧合在一处'又'从那墙下出去'，莫不交口称赞，只有辟疆兄如此文章高手，才能用简而准确语言写出大观园水系，原出于如皋城池水系也！

内有一路客道：水绘园的沉鲜池之水也是从【这里】另开岔口引泉而入，冒兄只用一句'又开一道岔口'一个'又'字，就把水绘园水源全印隐现无疑。

众人叹道："真乃神仙之笔也！"

1、一共丈量准了，三里半大，可以盖造省亲别院了。
明万历时如皋县城池图
红楼梦大观园水系图

冒廉泉 图文 2014.2.8

1. 如皋三里半大。俗话说如皋"穿城三里",加上外城河正好三里半。

2. 如皋有内河和外河。《明如城图》中如城有方形封闭内河和圆形外河,外河与通扬运河连通,通扬运河通江达海,终年流淌着"活水"……

3. 如皋北墙下有两洞口。《明如城图》中北墙下两个洞口分别叫"东水关"和"北水关",两水关正好在北墙稍稍拐角处,两水关连通如城的方形内城河和圆形外城河,如皋人赞赏如城水系为"外圆内方两水关"!

4. 如皋有方形内河。《明如城图》中有封闭的方形内河,可以回路泛舟一圈。

5. 如皋内河水倒流。联系内外河的两个水关既能进水也能出水。

这五点正是"北墙下、两水洞、内外河、有回路、可倒流"十五个字,和《红楼梦》所描述的大观园水系几乎一致!

如城水系是大观园水系的原型,或曰:冒辟疆把如皋水系隐藏到大观园水系中去了!

我们怀揣着《明如城图》,在冒辟疆指引下,从东水关来到"这里",沿着内河活水西行看到"那洞口"(北水关),向南"又开一道岔口",水流"引到西南上"来到《明如城图》的西南角,然后折向东再向北……我们跟水流又回到"这里",看到从南边定慧寺北来的水流"共总流到这里",与"引泉而入者""仍旧合在一处",然后"从那墙下(东水关)出去"!这太神奇了!冒辟疆的四句话带领我们乘船沿如皋内河转了一圈!

这太精辟了!"原从那闸起流至那洞口","又开一道岔口","引到西南上","共总流到这里","仍旧合在一处","从那墙下出去",六个短语不但让我们转了一圈,还让我们看到《明如城图》闸桥、洞口、岔口、合在一处水倒流的美景,这些美景今天多数还可看到,如此精练的语言可称当今导游词的鼻祖!

历史上,如皋县衙设在一个有四个门的方形玉带河内。明代日本海盗猖獗,为保卫地方安全,嘉靖年间于方形玉带河外筑圆形城墙,城墙外开凿圆形外城河直通运盐河(现在叫通扬运河)。方形玉带河就成为如城的内河,如皋地处长江入海口,如皋的内外河,每天都有潮水进出的现象,这在三百多年前冒辟疆时代尤为明显。江潮来水进口,江潮退水出口,因此两水关既是进水口又是出水口,方形内河水可以回流,可以"仍旧合在一处","从那墙下出去"形成河水可倒流的奇特现象!

全国众多古城有内城河和外城河之分的并不多见，同时具有"三里半大，有圆形外河和方形内河，北墙下两水关，引外河活水、进出口水倒流"五大特点的"如城水系"，在中国可以说是独一无二的，恐怕全世界也难找到第二个。

冒辟疆没有专门描写水系，只是借贾政领一帮世交门下清客相公验收大观园工程时，在第十六回、第十七回"漫不经心"地写了出来。大观园水系是整体、精确地复制了如城水系！这是如皋人冒辟疆著作《红楼梦》的颠覆性证据！我相信冒辟疆（1611—1693）写作大观园水系时，案头一定放着一幅万历年（1567—1573）《明如城图》。我佩服他用精炼准确的语言把如城水系不动声色地嵌入大观园中。今天如皋方形内河的北支早在七八十年前填平，四方形内河只有三支了，如皋内河失去了回路，但依然可通外河。说句公道话，在那苦难时代，如皋根本没有水上游客，内河哪有游船？"衣食住行"是最大的生存需求。填平内河北支，虽然失去了无用的回路，得到的却是一条街巷，解决了多少人的居住！而两水关依然发挥着通外河引活水的功能！如今北水关还在运作，随着外河改道，东水关遗址也得到了很好的保护。当如皋成为"红楼故里"时，也许有一天会恢复冒辟疆时代的如皋四方形内河，重新开凿内河北支，让冒辟疆著作《红楼梦》的铁证更明朗，形成一个大观园水上回路，让红学家们、红迷们驾艇畅游内河和外河。

尊敬的红学家们，亲爱的红迷们，请你们拿着《红楼梦》和《明如城图》，到水绘园南大门的玉带桥（相当于《明如城图》中的"这桥"），站到"这桥"上向东北方看那北墙下引活水至"西南上"到"这桥"下的"岔河"流进洗钵池的真实情景吧！再至"那洞口"（北水关），再从西南上折东到定慧寺，欣赏"共总流到这里，仍旧合在一处，从那墙下出去"的实景吧，这就是如城"外圆内方两水关"的水系，这才是正宗的大观园水系，这才是原汁原味的《红楼梦》大观园水系。

二证　贾母中秋赏月涩浪坡，
　　　　黛湘池沿联诗碧宛湖

一、《红楼梦》第七十五回贾母中秋赏月情景摘录

……贾母又道："你昨日送来的月饼好。西瓜看着好，打开却也罢了。"贾珍笑道："月饼是新来的一个专做点心的厨子，我试了试果然好，才敢做了孝敬。西瓜往年都还可以，不知今年怎么就不好了。"贾政道："大约今年雨水太勤之故。"贾母笑道："此时月已上了，咱们且去上香。"说着，便起身扶着宝玉的肩，带领众人，齐往园中来。

当下园之正门俱已大开，挂着羊角大灯。嘉荫堂前月台上，焚着斗香，秉着风烛，陈献着瓜果月饼等物。邢夫人等一干女客皆在里面久候。真是月明灯彩，人气香烟，晶艳氤氲，不可名状。地下铺着拜毯锦褥。贾母盥手上香拜毕，于是大家皆拜过。贾母便说："赏月在山上最好。"因命在那山上的大花厅去。众人听说，就忙着在那里去铺设。贾母且在嘉荫堂中吃茶少歇，说些闲话。

一时，人回："都齐备了。"贾母方扶着人上山来。王夫人等因说："恐石上苔滑，还是坐竹椅上去。"贾母道："天天有人打扫，况且极平稳的宽路，何不疏散疏散筋骨也好。"于是贾赦贾政等在前导引，又是两个老婆子秉着两把羊角手罩，鸳鸯、琥珀、尤氏等贴身搀扶，邢夫人等在后围随。从下逶迤而上，不过百余步，至山之峰脊上，便是这座敞厅。因在山之高脊，故名曰凸碧山庄。

……于是令人向围屏后邢夫人等席上将迎春、探春、惜春三个请出来。贾琏

宝玉等一齐出坐，先尽他姊妹坐了，然后在下方依次坐定。贾母便命折一枝桂花来，……

二、《红楼梦》第七十六回黛玉湘云联诗情景摘录

这里贾母仍带众人赏了一回桂花，又入席换暖酒来。正说着闲话，猛不防只听那壁厢桂花树下，呜呜咽咽，悠悠扬扬，吹出笛声来。趁着这明月清风，天空地静，真令人烦心顿释，万虑齐除，都肃然危坐，默然相赏。

……

翠缕便问道："老太太散了？可知我们姑娘那去了？"这媳妇道："我来问你那一个茶盅往那里去了，你们倒问我要姑娘。"翠缕笑道："我因倒茶给姑娘吃的，展眼回头，就连姑娘也没了。"那媳妇道："太太才说都睡觉去了。你不知那里玩去了，还不知道呢。"翠缕向紫鹃道："断乎没有悄悄的睡去之理，只怕在那里走了一走。如今见老太太散了，赶过前边去送，也未可知。我们且往前边找找去……"

原来黛玉和湘云二人并未去睡。……

湘云笑道："这山上赏月虽好，总不及近水赏月更妙。你知道这山坡底下就是池沿。山坳里一个近水所在，就是凹晶馆。可知当日盖这园子时就有学问。这山之高处，就叫凸碧；山之低洼近水处，就叫作凹晶。这'凸''凹'二字，历来用的人最少，如今直用作轩馆之名，更觉新鲜，不落窠臼。可知这两处一上一下，一明一暗，一高一矮，一山一水，竟是特因玩月而设此处……如今就往凹晶馆去看看。"

说着，二人便同下了山坡，只一转弯，就是池沿，沿上一带竹栏相接，直通着那边藕香榭的路径。因这几间就在此山怀抱之中，乃凸碧山庄之退居，因洼而近水，故颜其额曰"凹晶溪馆"。因此处房宇不多，且又矮小，故只有两个老婆子上夜。……

……黛玉笑道："咱们数这个栏杆上的直棍，这头到那头为止，他是第几根，就用第几韵。"湘云笑道："这倒别致。"于是二人起身，便从头数至尽头，止得十三根。……

……

湘云方欲联时，黛玉指池中黑影与湘云看道："你看那河里，怎么像个人在黑

远看涩浪坡、池沿及树丛中的"凹晶"

史湘云说的:"一上一下,一明一暗,一高一矮,一山一水"到主山峰

影里去了,敢是个鬼罢?"湘云笑道:"可是又见鬼了。我是不怕鬼的,等我打他一下。"因弯腰拾了一块小石片,向那池中打去,只听打得水响,一个大圆圈将月影激荡,散而复聚者几次。只听那黑影里戛然一声,却飞起一个白鹤来,直往藕香榭去了。

三、贾母赏月山和黛玉湘云联诗处地形地貌、环境地域的研究

《红楼梦》不是历史记录,我们研究《红楼梦》不可能也不应该钻进某些历史事件,拿着现代照相机寻找历史予以对照,使《红楼梦》研究陷入考证的泥潭。

但众所周知,《红楼梦》是自传体小说,作者在写山、写水,写城市、农村、服饰、语言等时,必然有意无意使用自己脑中的记忆或者正在亲身经历的某些场景,并把它写进作品中去,这就是文艺作品的原型吧!

笔者就《红楼梦》第七十五回和第七十六回贾母赏月和黛玉湘云联诗处的地形地貌、环境地域进行研究,希望能找出它的原型,对我们寻找《红楼梦》的作者有所帮助。

(一)作者给出了贾母赏月山的十二大特征

1. 山不能高大,更不能陡峭:贾母要到"山"上去赏月,因此环境中必须

有座七八十岁老太和众多的老婆子，及鸳鸯、琥珀、尤氏、邢夫人等人（全是三寸金莲的小脚女人）都能上得去的"山"。因此，此山不能高大，更不能陡峭。

2. 有条"极平稳的宽路"，"不过百余步"：贾母道，"天天有人打扫，况且极平稳的宽路"，"从下逶迤而上，不过百余步，至山之峰脊上"。

3. "山"是座极矮小的土山包：山脊顶建有敞厅（凸碧山庄），植多株桂花树，可见是座土山。

4. 山下有水池：湘云笑道："这山上赏月虽好，总不及近水赏月更妙。你知道这山坡底下就是池沿。"

5. 有一段可以行人的"池沿"："沿上一带竹栏相接"，池沿上有栏杆，说明池沿上可行人。

6. 池沿不长，只有十来米：黛玉笑道："咱们数这个栏杆上的直棍。"于是二人起身，便从头数至尽头，止得十三根。推测池沿长度为十几米。

7. 凹晶馆在下坡拐弯处：黛玉、湘云"二人便同下了山坡，只一转弯，就是池沿"。

8. 凹晶馆地理位置的四大特点是：只一转弯、低洼、近水、山怀抱。

9. 山体近水一侧是石头垒墙：贾政道："大约今年雨水太勤之故。""（凹晶馆）就在此山怀抱之中"，"湘云因弯腰拾了一块小石片"。据此三句推测，赏月小山靠水池一侧是防止雨水冲刷的石头砌成的挡土墙，因此推测，山体原来近水一侧是假山。

10. 水池不大：根据湘云拾了一块小石片，向那池中打去，却飞起一个白鹤来推测。

11. 凹晶馆与池沿相距很近，大约一二十米左右：根据两个上夜的老婆子能听到"方才亭外头棚下两个人（黛玉和湘云）说话"判断。

12. 山上的峰脊与山下的池沿既相连又相隔：紫鹃和翠缕在山上看不到在池沿对诗的黛湘二人，也听不到二人说话，只听笛韵悠扬起来。两句话判断山上山下但听其音不见其影。

以上十二条是《红楼梦》作者归纳出的贾母赏月山和黛湘联诗处的具体而清晰的地形地貌、环境地域特征，也是笔者按照"合理、可信、准确、真实"八字原则研究出的结果。

笔者用"三字经"归纳此十二特点：

登月坡,平稳路。百余步,上山坡。桂花树,多植株。峰顶下,有水池。一转弯,怀抱山。近水边,低洼地,凹晶馆,最适宜。二十步,到池沿。池沿长,十来米。峰脊下,有水池。池不大,有嬉鸟。湘云妹,立池沿。抛石片,白鹤飞。

(二) 寻找嘉荫堂、赏月山和池沿

第七十五回和第七十六回给出的四个地方:嘉荫堂、赏月山、凹晶溪馆和池沿。我们梳理了十二个特征,据此,在如皋水绘园对号入座,找到匿峰庐、涩浪坡和碧宛湖以及湖边的"池沿"。

匿峰庐是冒辟疆破产后搭建的三间草房,就是"把茅为盖,挂席为门,绳枢瓦牖,仅蔽风雨",晚年住了十年的三间草房。在这里他回忆了自己坎坷的一生,"今风尘碌碌,一事无成,忽念及当日所有之女子,一一细考较去,觉其行止见识,皆出于我之上。何我堂堂须眉,诚不若彼裙钗哉?我实愧则有余,悔又无益之大无可如何之日也。当此时自欲将已往所赖天恩祖德,锦衣纨袴之时,饫甘餍肥之日,背父兄教育之恩,负师友规谈之德,以致今日一技无成半生潦倒之罪,编述一集,以告天下:虽我之罪固不免,然闺阁中本自历历有人,万不可因我之不肖,自护己短,一并使其泯灭也。虽今日之茅椽蓬牖,瓦灶绳床,其风晨月夕,阶柳庭花,亦未有妨我之襟怀笔墨者。虽我未学,下笔无文,又何妨用假语村言敷演出一段故事来?亦可使闺阁昭传,复可悦世之目,破人愁闷,不亦宜乎?"

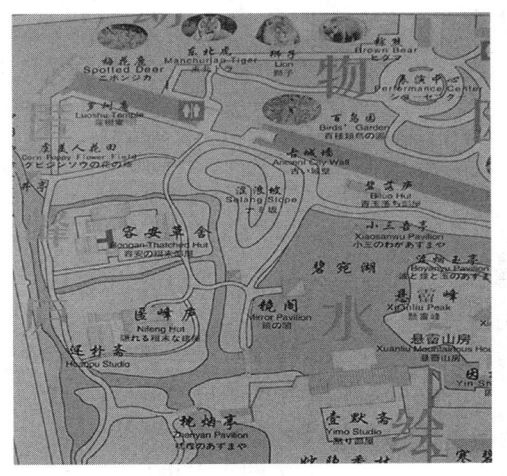

从匿峰庐到涩浪坡主山峰脊只有一百三十八步

在匿峰庐他写《石头记》，到第七十五回就把草堂设为贾母赏月的出发点"嘉荫堂"的原型。于是冒辟疆从匿峰庐——虚拟的"嘉荫堂"出发登上涩浪坡，看到山下的水池和山环抱、近水、地洼一小平地……于是一种神奇的灵感让他把涩浪坡的地形地貌和地理环境，如用当今高分辨率照相机记录在贾母赏月和黛湘对诗的情节之中，其"清晰度"令人惊讶！《红楼梦》作者在涩浪坡给出了赏月山的清晰"照片"。

我们来到水绘园的涩浪坡和碧宛湖，把十二特征——对照核查：

第一特征：山不能高大，更不能陡峭：我们看到眼前的涩浪坡是座小山包，书中给出的条件完全符合。

第二特征：有条"极平稳的宽路"，"不过百余步"：笔者从匿峰庐出发只用一百三十八步就登上涩浪坡主峰，而且确实是一条"极平稳的宽路"。

第三特征："山"是座极矮小的土山包，笔者登上山峰，只见长满花草，绿树成荫，是个土山包。

第四特征：山下有水池。从山脊东望水绘园的碧波湖，一波绿水，波光粼粼。

第五特征：有一段可以行人的"池沿"。我们看到山下池边确实有一"池沿"，游人可以在"池沿"上行走。"池沿"一词是《红楼梦》作者为涩浪坡山下特有的一段水面上铺设的石块路而创造的，笔者在众多词典中都没有找到这个词，也没看到其他书中有"池沿"一词。笔者游览过国内不少湖滨水边，独有水绘园的涩浪坡下碧宛湖边有一段长约十来米长的石块路，特别佩服《红楼梦》作者为此发明了一个极普通又特殊的专用名词——"池沿"。

第六特征：池沿不长，只有十来米。笔者亲自登上"池沿"，步测其长只有十几米。当年冒辟疆写到黛湘对诗时，虚构了一排竹栏杆，并让两位小姐去数栏杆以记下这段真实存在的"池沿"的长度。真是高明！

第七特征：凹晶馆在下坡拐弯处。经踏勘，小小涩浪坡北端，确有一个下到湖边的"山坡"，"山坡"确实存在一个"拐弯处"。

第八特征：凹晶馆的四大特点是：只一转弯、低洼、近水、山怀抱。我们在山坡拐弯处稍停，踏勘周边地形地貌，看到有一180度的"只一转弯"处、一个怀抱状的山体，下面有一块低洼、近水的小平地可以修建"且又矮小，故只有两个老婆子上夜的凹晶馆"。

第九特征：山体是半土半石的假山。涩浪坡临湖的东侧完全是毛石砌体的假山，护卫着另一半土山。

第十特征：水池不大。我们在池沿上四下观看，各景点历历可数，池中水鸟嬉戏，正是冒辟疆写的"扔石片可惊鹤"的情景。

第十一特征：凹晶馆与池沿相距很近。此特征十分明显，游人只要放眼细看，那低洼、近水的小平地与池沿间讲话可以清楚听到，其距离正是二十米左右。

第十二特征：山上的峰脊与山下的池沿既相连又相隔。游人在山顶可看到水池，但看不到池沿；从池沿可望天空但看不到近在咫尺的山峰，确实相连又相隔。

至此我们在《红楼梦》中读到的十二个特征，与水绘园涩浪坡的特征完全吻合。水绘园的涩浪坡略改几个字，就成了下面的三字经。

上山坡，平稳路

湘云笑道：你知道这山坡下就是池沿。

水绘园涩浪坡十二特点的三字经：

涩浪坡，平稳路。百余步，上山坡。桂花树，多植株。峰顶下，有水池。一转弯，怀抱山。近水边，低洼地，凹晶馆，最适宜。二十步，到池沿。池沿长，十来米。峰顶下，有水池。池不大，有嬉鸟。小妹妹，立池沿。抛石片，白鹤飞。

（三）水绘园的复建

水绘园是冒辟疆在三百多年前修建的一座私家园林。冒辟疆晚年破产，园林已开始荒芜。几百年来，园林易主，历史改朝换代，水绘园许多景点荡然无存。改革开放以来，如皋市决定恢复古老园林，特邀全国古典园林建筑专家、同济大学教授陈从周在水绘园遗址上规划。陈从周教授以陈维崧的《水绘庵记》和现藏上海博物馆的《水绘园旧址图》以及现存的景点为蓝本，探址考证恢复重建。如今复建的涩浪坡，设计者经几番研究，做了几幅园记图解才确定于现今位置。合历史考证、合园林美学章法，合"涩浪坡为最，坡广十丈"的记载，使如皋悠久的文化历史内涵得到更充分的体现。

但是最令人感兴趣和值得红学家们、红迷们研究的是：为什么20世纪90年代重建的涩浪坡景点竟然有十二处与贾母赏月山一样？水绘园的涩浪坡竟是贾母赏月山的原型！历史上水绘园几经易主，几成废园，但破坏的应该是树木花草、门窗设施，倒塌的是房屋建筑、道路桥梁。涩浪坡是个土石山体，除了树木被砍伐外，小小山体基本得以保存原样。我们知道清初词坛第一人，授翰林院检讨、参与修纂《明史》的陈维崧是冒辟疆的门生，他曾在水绘园居住十年，视冒辟疆如父，他的记载是极可靠的资料。据当年参与复建水绘园的徐琛先生回忆说，许多景点还用胶泥做了模型反复修改定型，才投入施工。所以我们有理由相信复建的涩浪坡景点是符合原貌的，而原貌是冒辟疆设计和建造的。

因此，冒辟疆在著作《红楼梦》时，把涩浪坡作为登山赏月的原型，让贾母走上"极平稳的宽路"，登上涩浪坡去赏月；让黛玉和湘云一转弯就见到了"近水、低洼、山环抱"的凹晶馆，数着"直棍"到池沿对诗，也是合理、可信的。而我们在研究《红楼梦》的作者时，用第七十五回和第七十六回的十二条对照水绘园，可以得到确凿的、真实的验证。在水绘园的涩浪坡，我们找到了贾母所登之山的原型。这是"冒辟疆以笔名曹雪芹著作了《红楼梦》"的有力证据。

（四）凸碧山庄和凹晶溪馆

20世纪修复的涩浪坡只是按陈维崧的《水绘庵记》及上博的图画的地形地貌在陈从周教授指导下恢复的水绘园景点，它不是按照《红楼梦》描绘的大观园修建的。我们不能要求它建有《红楼梦》的凹凸两馆。在第七十五回和第七十六回中所描写的凸凹两馆是作者的艺术构想。我们只是在当今复建的涩浪坡下发现有《红楼梦》作者给出的凹晶溪馆位于低洼之处的原型。作者通过史湘云之口道出，"一上一下，一明一暗，一高一矮，一山一水"的意境，在水绘园的涩浪坡也能体现出来。

从这里可以看到怀抱"凹晶溪馆"的环形山壁。

四、拾零

这是值得我们如皋红学界为之庆幸的大事，这是继《隐藏在如城水系中的大观园水系》之后的又一重大发现，是把如皋水绘园的景点与《红楼梦》的景点直接连接的硬件，朋友们多次提出：你研究"冒辟疆著作《红楼梦》"最好能拿出真凭实据来。他们指的是在《红楼梦》书本之外找到冒辟疆著作了《红楼梦》的哪怕一幅画、一幅墨迹也好。二百多年来红学界何止千万人在寻找实物证据，但确实没有找到真凭实据。

我们只有另辟蹊径，从《红楼梦》书本中去找，三遍五遍不厌其烦地去读、去深读、去细读，去寻，去觅。如今我们找到如皋水绘园的涩浪坡确实是大观园

池沿长，十来米

中贾母赏月小山的原型。书本上十二条特征与实际存在的涩浪坡景点条条吻合，尤其是修建凹晶溪馆处，确有一个"只一转弯、山环抱、低洼、近水"的地形地貌，可谓严丝合缝，笔者认为这个证据是又一个"唯一性、独特性"的证据，在国内难以找到第二个！这个发现太惊人了，它比如城水系为大观园水系的原型更直观、更具体。任何一个读者只要拿着本文的十二条，来到涩浪坡，就可轻而易举、易如反掌地获得证实。这是冒辟疆著作《红楼梦》又一颠覆性证据，是存在于书本上的文字证据，它应视为书本外的"真凭实据"！也许有人认为你这十二条太烦琐了。不！我们要证实数百年如泰山般稳固的"曹雪芹"只是如皋冒辟疆的一个笔名，必须细致地提供证据，不厌其烦地反复证明。

笔者愿意接受红学界的检验，欢迎红学家们、红迷们到如皋来，到"水绘园"来，我们一同到"涩浪坡"，到"碧宛湖"，踏上"池沿"，去验证赏月对诗的十二条，去检验冒辟疆著作《红楼梦》的确凿证据！

三证　"三证齐备"的原型

以下借用《红楼梦汇考》中李虹女士《隐藏在〈红楼梦〉中的如皋老县名、老地名、老巷名》文中提供的资料。

《红楼梦》第六十四回贾琏偷娶尤二姐,"已于宁荣街后二里远近小花枝巷内买定一所房子,共二十余间。又买了两个小丫鬟。贾珍又给了一房家人,名叫鲍二,夫妻两口,以备二姐过来伏侍"。

这段话的描述直逼如皋地理。如皋过去和现在确实有个小花枝巷,离水绘园二里远近,而且附近还有个叫"鲍家场"的小村庄,世代居住鲍姓人家。《红楼梦》里"花枝巷""二里远""鲍家场"的名称、距离、姓氏三元素完全与如皋一模一样。《红楼梦》出现了"三证齐全"的证据,远远超出"孤证不取"的原则!"三证齐全"证据完全合乎我们的"合理、可信、准确、真实"的八字原则。再用"唯一性""独特性""独立性"去鉴别,我们又获得一个确凿的、无懈可击的、毋庸置疑的证据。它不需探讨、论证,它就存在于那里,比"水系""涩浪坡""女墙"等证据更直观、更方便。读者甚至可以在网上打开卫星地图就能找到离水绘园二里左右远的花枝巷,不过它已修建为好几公里长的花市街了。

我们在百度地图上找到如皋水绘园北确实有一花市街。笔者于2015年8月23日专程去花市街,那里一片居民高楼,很难找到原居民,多方打听,在庆余路"稳得福"小超市见到马玉才父子,他们原住花市街,他们说:花市街原名花子街,是条临河东西商业街,北边有条小花子巷。花市街的西偏北有个鲍家场,有很多鲍姓居民。如今小花子巷和鲍家场都变成了居民小区,只有临河的沥青马路还保留着花市街的路名。几十年来如皋旧貌换新颜,许多老街老巷渐渐被人忘记。

三百年前冒辟疆坐在水绘园里写到第六十四回,贾琏偷娶尤二姐,安排住到哪里呢?抬头一看河对面有条花子街,街北小花子巷内有几户富人家房屋整齐,冒辟疆灵机一动,就让尤二姐住到小花子巷,并把小花子巷改成"小花枝巷"(如皋方言"子""枝"同音),这样一改,既让琏二少爷避免了"花子"带来的尴尬,又增加了"外室"的人情味。他熟知的鲍家场已虚拟了好几位鲍姓人物出现在《红楼梦》中,这次再叫鲍二夫妻辛苦一场,派来伏侍二姐吧。

(附如皋卫星地图花市街)

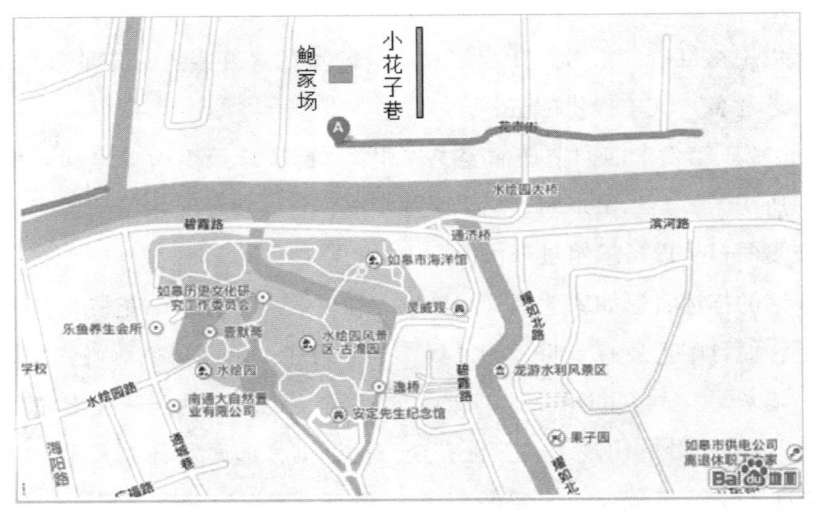

四证　大观园中的如皋城墙

《红楼梦》第一百〇二回有一段:"那日尤氏过来送探春起身,因天晚省得套车,便从前年在园里开通宁府的那个便门里走过去了。觉得凄凉满目,台榭依然,女墙一带都种作园地一般,心中怅然,如有所失。"

这段文中出现"女墙"一词,"女墙"是个什么墙?值得研究。82版《红楼梦》注解是:"女墙——城墙上的短墙。《释名·释宫室》:'城上之垣曰睥睨,……亦曰女墙。'这里指短。"我们再翻开《辞海》"女墙"条:"城墙上呈凹凸形的矮墙。"《辞海》上还有"女儿墙"条:"又名'压檐墙',源出'女墙'。房屋高出屋面的矮墙。是处理屋面与外墙交接的一种方式,也是处理屋顶上的栏杆或房屋外形的一种措施。"

笔者一辈子从事建筑工程工作,不但设计过女儿墙,而且亲自修建过女儿墙,现代建筑工程所谓女儿墙,即是钢筋混凝土的平屋屋顶周边的矮墙,起着防护栏杆的作用。其名称即来源于古代城墙上呈凹凸形的矮墙,其凹凸是为了射箭和放射枪弹所用,是一种防御建筑。

显然"城墙上的短墙"和屋顶上的"女儿墙",都不是尤氏在大观园中看到的"女墙"。那么大观园中的"女墙"到底是什么墙?令人瞩目。于是我们去找"睥睨"一词,《辞海》说"睥睨"也是城墙上的小墙。这就更令人迷惑了,所有的解释不管是"女儿墙"还是"城墙上的短墙",或是"小墙",共同点是必须建在屋面或城墙上,必须建在"高处",平地上是不可能修建"女墙"的。但是大观园里没有可以上人的钢筋混凝土平屋面,不可能建有"女儿墙"。大观园中也没有城墙,也不可能有什么"城墙上的短墙"。在大观园中出现一段与园林风格迥异的不伦不类的"女墙",让读者不解,如陷五里雾中。

但大观园中真的没有"城墙"吗?我们只要换位思考:如皋冒辟疆用笔名曹雪芹著作了《红楼梦》,冒辟疆把如皋城水系隐藏在《红楼梦》中,最经典的那一句"北墙下引活水"的北墙正是如皋北城墙。翻开《明万历时如皋县城池图》,清清楚楚地绘着水绘园的北墙正是如皋城墙!于是我便像《桃花源纪》中的迷路人一样,"复行数十步,豁然开朗"!原来尤氏见到的大观园里的"女墙",就是如皋城水绘园中那段城墙!

大观园依城墙而建,早已被画家发现,《增评补图石头记》已有画家绘制,只因过去没有把水绘园作为大观园的原型,没有引发红学家对此城墙进行深入探讨。

冒辟疆轻描淡写地描述尤氏过大观园见到"女墙",就轻而易举地说出了《红楼梦》中留下的又一处冒辟疆信号。现在我们用如皋城墙来注解《红楼梦》第一百〇二回的"女墙",就如拨云见日,一切问题都迎刃而解了。这"女墙"两个大字,是冒辟疆在《红楼梦》中留下的又一经典伏笔。伟大的文豪冒辟疆精明得令人叫绝!

82版《红楼梦》的注解是笔者迄今读到的最完整最详尽的注解,它倾注了老一代红学专家的精力和心血,这些注解文字对读者的帮助是难以忘怀的。但笔者不得不遗憾地指出,82版《红楼梦》第一百〇二回对"女墙"注解后缀"这

里指短墙"五个字是一大败笔。无论是"女墙"还是"睥睨",都说"女墙"是屋面女儿墙或城墙上短墙。为82版《红楼梦》注解的红学专家们,不可能想象大观园中有平屋面上的女儿墙,更不可能接受大观园的北墙竟是城墙。但是面对着第一百〇二回白纸黑字清清楚楚的"女墙"两个大字,红学专家们无可奈何地注解:"女墙——城墙上的短墙",但又无法做出合理的注解,在十分矛盾和复杂的心理状态下,只好在后面加上"这里指短墙"五个字,悄悄地把应建在高处的"女墙"下放到地面上。

这个下放到地面上的所谓"短墙"不但不能自圆其说而且令读者茫然,我们知道大观园里的亭台楼阁、小桥流水都是精品建筑,突然冒出这么个"短墙",它在哪个院,它建在哪个斋,它修在哪个馆,它是什么景点?这个根本不存在的"短墙",实在是82版《红楼梦》注解的败笔!

最近同济大学教授、著名的园林专家张振山先生来水绘园考察,发现国内众多园林唯有水绘园依城墙而建,而且在园林内可见到女儿墙的景点,更是独特的现象,这个发现不但使"女儿墙"这个证据增加了含金量,而且在众多证据中显得更有特色、更有个性!

五证　小宛、黛玉葬花焚稿，千古绝证

1645年董小宛随冒辟疆逃难来到浙江海盐。落花时节，不禁触景伤情，看到大好河山，正遭兵燹之灾，他们颠沛流离，有家难归。面对暮春凄凉景色，又见满地落花，勾起小宛无限伤春愁思，深感身世飘零，不知将来葬身何处，凄然泪下。小宛遂加入葬花行列，以花来自喻，扫落花，埋香冢，葬花于鸡笼山。小宛葬花之举被传为佳话。此事虽未见有历史记载，但在2003年9月海盐南北湖方家湾发现一块董小宛葬花石碑，据考证是20世纪30年代从其附近发现的"董小宛葬花处"移来的。石碑已被截断，上段"董小宛葬"四字清晰可见，下段的"花"字依稀可辨，实在是难得一见的历史资料，证明小宛葬花真实可信。如今此碑已被当地居民侧砌在家中内墙上。

葬花发生在三百多年前的董小宛身上，毫不为奇。浙江海盐当地有在初夏时节为花神饯行，寻花而葬的习俗，闺阁少女少妇尤兴此风。

董小宛风华正茂之年竟得不治之症，冒辟疆的《影梅庵忆语》记载："小有吟咏，多不自存"，"即夺之焚去。遂失其稿，伤哉异哉！今岁信以是日长逝也"。这是董小宛焚稿最直接最准确的记载。在那个妇女处于奴婢地位的时代，一位多情善感的知性美人，几经颠沛流离，历经千辛万苦，终于找到可以寄托终身的伴侣和能接受并非常爱护她的家庭。她可以在水绘园吟风弄月，泼墨作画；她可以烹饪美食，展演厨艺；她甚至可以当家理财。天下多少文人墨客仰慕他们才子佳人配，一幅多么美好的人生画卷展现在小宛面前。然而红颜薄命，几年的逃难生涯，三次从病危中夺回她钟爱的冒辟疆的生命，几百天的昼夜辛劳已使她骨瘦如柴，完全丧失了对疾病的任何抵抗，肺结核病侵吞了她的肌体。命运对她

太不公了，一位仅仅二十七岁的才女就此昙花一现。悲叹命运凄惨、焚去手稿是她对命运的抗争。

　　同时发生在小宛身上的葬花、焚稿两件真实故事，在中国史书上、传说中是罕见的。有哪位美女一生中既有葬花又有焚稿的记载?! 我敢大胆断言，发生在董小宛身上的葬花和焚稿是中国美女的千古绝唱，是空前绝后的咏叹！我们可视之为"历史珍宝"，它是唯一的、不可复制的美女悲情。

　　但这唯一的、不可复制的人世间的"历史珍宝"，却在虚幻的《红楼梦》中获得重演。林黛玉是一位多愁善感、寄人篱下、体弱多病，不能轻易流露自己的感情，还要看别人的脸色行事的孤傲之女。一见到落花就想起自己的身世，想起自己如浮萍一样无根，辗转漂泊，如何不悲伤？于是她像董小宛一样荷锄葬花，而且还哭出了令人叫绝的《葬花词》："花谢花飞飞满天，红消香断有谁怜？……尔今死去侬收葬，未卜侬身何日丧？侬今葬花人笑痴，他年葬侬知是谁？试看春残花渐落，便是红颜老死时。一朝春尽红颜老，花落人亡两不知！"不但令在山坡上听见的贾宝玉心碎肠断恸倒山坡之上，也令后世许多"红迷"为之垂泪。

　　《红楼梦》作者不但在大观园里让林黛玉复制了一个董小宛葬花的情节，而且还让林黛玉复制了董小宛"焚稿"的故事。在第九十七回林黛玉得知贾宝玉和薛宝钗定婚的消息后一病不起，临死前挣扎着在卧榻边狠命撕那宝玉送的旧帕和写有诗文的绢子。又叫雪雁点灯笼上火盆，将绢子撂在火上，雪雁也顾不得烧手从火里抓起来撂在地下乱踩，却已烧得所余无几了，之后黛玉便含泪而逝。

　　"黛玉葬花"的故事，"黛玉焚稿"的情节，与"小宛葬花"的故事，"小宛焚稿"的情节，一模一样，一脉相承，如出一辙，都是在身世飘零的青年时期葬花，都是在身患绝症的临终时焚稿，天下哪有这样的巧合？唯一的、不可复制的故事，唯一的、不可重演的美女悲情，却被复制了，却被重演了！只有冒辟疆一人可以完成，也只有用冒辟疆以笔名曹雪芹写作了《红楼梦》才能回答这个问题，这可算是冒辟疆著作《红楼梦》的直接证据！

六证　如皋的"包袱"怎么跑到《红楼梦》里去了？

"包袱"这个词是人们生活中常见的词，在《辞海》里有三种解释：

1. 用以包裹东西的布。也指用布包起来的包儿。

2. 比喻影响思想或行动的负担。如：思想包袱。

3. 曲艺术语。指相声、评书、山东快书等曲种中组织笑料的方法。一个笑料在酝酿、组织时称"系包袱"，迸发时称"抖包袱"。习惯上也将笑料称为"包袱"。

以上是对"包袱"的权威解释了。笔者1950年上学时就是用奶奶的一块三尺见方的蜡染手纺布，把换洗衣裳、鞋袜、洗漱用品等包起来，扎成一个包袱背起来上路的。如今有了编织袋、拉杆箱之类的物件，背起包袱出门的现象只有在电视剧里才能见到。

但在我们如皋却有一种另类"包袱"，这种包袱不是布做的，而是用纸做的，如皋民间风俗：过年过节时家家都要买几张一二尺见方的红白纸方（白纸用于未断七的死者），纸方上印有神灵图案和类似信封的长方框，方框中写上已故的父母兄弟的名字，装些纸钱，把纸方四角粘贴在一起，谓之"打包袱"。这种用纸方装纸钱、粘四角的"纸包袱"，只有七十岁以上的真正的如皋人才知道。这种"纸包袱"是民间"布包袱"演化而来的，反映着我们如皋人对待故人的心意。

现在如皋城镇还有专门的纸烛商店，出售大小不等的"纸包袱"，不同的是

"纸包袱"被改成口袋状。逢年过节生意很忙。笔者在外地工作几十年,仍保留着这个习俗,逢年过节打几个"纸包袱",写上姓名给祖宗"烧包袱"。在如皋城乡,左邻右舍、亲朋好友办丧事,也一定要"送包袱"以尽人情。现如今"送包袱"也与时俱进,多数送现金,取代送纸箔香烛,但"送包袱"这个词依然不变,不会"与时俱进",不会改成别的什么词。例如村里某人故去了,亲友去送人情,都要说去"送包袱"!

给已故亲人焚烧纸钱在我们国家可上溯千年历史,是对故人的怀念和关切,是我们民族特有的丧葬文化。但用纸方装纸钱、粘四角打"纸包袱",并写上死者姓名,然后焚化的"烧包袱"的习俗,可能是只有如皋及周边地区才有的风俗。亲邻办丧事去送丧礼要说去"送包袱",恐怕也只有如皋及周边地区才有这种说法。

笔者在外地工作几十年,所见山东、安徽、甘肃、陕西、四川、湖南等各省纪念死者皆直接焚烧纸钱,没见过做成包袱写上姓名再焚化的风俗。"纸包袱"是如皋丧葬文化的"土产品","烧包袱"是如皋所特有的丧葬风俗,在外地是不通行的!在外地,你给亲邻送丧礼时说"我给你们家'送包袱'来了",人家听不懂是小事,就怕引起重大误会!

如皋的"包袱"

但在《红楼梦》第五十八回藕官祭奠死去的药官,在大观园里烧纸钱,宝玉忙问道:"你与谁烧纸钱?快不要在这里烧,你或是为父母兄弟,你告诉我姓名,外头去叫小厮们打了包袱写上名姓去烧。"

《红楼梦》里贾宝玉说的"包袱"与如皋的"包袱"一样,都是用纸袋装上纸钱做成的,一样都是要写上姓名的,一样都是"烧包袱"的风俗,这是怎么回事?"纸包袱"是如皋丧葬文化的"土特产","烧包袱"是如皋丧葬文化的风俗。远的地方不说，就在本市的海门、启东两地就没有这个叫作"纸包袱"的"土特产"，也没有"烧包袱"的风俗！为什么三百多年前《红楼梦》里的贾宝玉竟然说出"打了包袱写上名姓去烧"？其名称为"包袱"，其方法是纸做的，其格式是写姓名，竟与如皋一模一样，令人惊奇！如皋的"包袱"怎么跑到《红楼梦》里去了？

其实回答这个问题一点儿也不难，我们只要把贾宝玉改称为冒辟疆就立马解决了。如皋才子冒辟疆谙熟如皋风俗，他写到藕官给药官烧纸时轻笔一点就令如皋风俗跃然纸上，令人叹为观止！

七证　"火肉"——冒辟疆的"著作印章"

《红楼梦》第八十七回,"刚才我叫雪雁告诉厨房里给姑娘作了一碗火肉白菜汤,加了一点儿虾米儿,配了点青笋紫菜。姑娘想着好么?"黛玉道:"也罢了。"紫鹃道:"还熬了一点江米粥。……还有咱们南来的五香大头菜,拌些麻油醋,可好么?"黛玉道:"也使得,只不必累赘了。"

什么叫"火肉"? 82 版《红楼梦》注:"火肉——火腿之肉。"查《辞海》"火腿"条:"猪肉腌制品之一,中国特产。有南腿、北腿和云腿三类。南腿产自浙江金华,北腿产自江苏如皋,云腿产自云南宣威。"

《红楼梦》里给黛玉用的是南腿,北腿,还是云腿? 作者没有指明,我们也无从考证。但大家熟识的火腿,作者为什么改叫"火肉"? 什么叫"火肉?"查《辞海》"火"字名下多达一百四十个词条,竟没有叫"火肉"这个词的。由此推断"火肉"也许是《红楼梦》作者杜撰或借用的一个极其简单之词,《辞海》编辑者认为没有收藏价值。但追究原因,令人糊涂。作者要留下如皋元素,不需要杜撰或借用"火肉"一词,可以光明正大地用如皋火腿白菜汤,因为黛玉吃的五香大头菜都是"南边来的",那么用南来的如皋火腿做菜也是顺理成章的呀,不必改称什么"火肉"。鲜为人知的"火肉",不但没有如皋元素,反而使读者莫名其妙,作者改火腿为"火肉",真真是费力不讨好。

语言文字是在不断革新的,随着社会发展,不断产生新的名词,这些名词被大众接受,被文人引用到文章中,得到广泛流传,长久存在。例如当下流行的"结下梁子"、"吐槽"、"打的"、"下海"、"短信"、"微信"等等,有的词儿其至被收入词典。但冒辟疆要反其道而行,杜撰或借用一名词,这个名词平庸俗气,通俗易懂,一看就明白,但不易被大众接受,不易流传,不会被别人引用,更不会上什么字典。这个名词只有一个效果,就是冒辟疆可以拿来专用,就像他的私人印章一样,冒辟疆将它印到他的匿名著作上,成为他著作的暗号。

早在宋代苏东坡的《格物粗谈·饮食》中就明确记载了火腿的做法。相传,抗金名将金华人宗泽,他带着家乡腌制的猪腿进献给宋钦宗(1119—1126),咸猪腿肉色、香、味俱全,因为色泽鲜红如火,宋钦宗就赐名"火腿"。

"火肉"一词出现在明代高濂(1527—1603)的《遵生八笺》之中。《遵生八笺》是保健养生、检验偏方、饮食起居的知识性丛书。

"火肉"名称的出现,要比"火腿"名称晚四百五十年之多,"火腿"一词早就流行于世了。经过一番深思熟虑后,冒辟疆发现"火肉"这个词远比"火腿"一词冷僻,不但平庸俗气,而且通俗易懂,不易被人注意,也没人去研究,而这正是冒辟疆所需要的。因此冒辟疆就杜撰或借用(无从考证冒辟疆是否读过《遵生八笺》,故用此模棱两可的"杜撰或借用"之词)了"火肉",写进他的著作中。读者毫不留心一晃过去,就是发现了,也会因其名为"火肉"认为不过是普通的火腿罢了而忽视。

于是,在《影梅庵忆语》中,冒辟疆夸耀董小宛的厨艺时写道:"蒲、藕、笋、蕨、鲜花、野菜、枸、蒿、蓉、菊之类无不采入食品,芳旨盈席,火肉久者无油,有松香之味,风鱼久者如火肉,有麋鹿之味。"就这样,冒辟疆用两个"火肉"印章,在《影梅庵忆语》中留下暗号。

"火肉"一词因其平庸俗气,不但外地人不易晓得,就是如皋人也不知道。不信,你去如皋食品店或超市看看能否买到"火肉",你去如皋饭店看看能否点一客"火肉"做的菜!全国哪个地方有"火肉"出售?有哪个商店把火腿贴上"火肉"的标签?我们读了《影梅庵忆语》,见到"火肉"一词,只一晃过去了,没人留心冒辟疆杜撰或借用的"火肉"印章隐藏在《影梅庵忆语》中,静静地、呆呆地躺了三百多年。

其实在《红楼梦》中出现"火腿"的地方很多,例如早在第十六回就有赵嬷嬷吃"火腿炖肘子"的描写,到了第五十八回贾宝玉已喝上"火腿鲜笋汤"了。为什么到了第八十七回才用"火肉"的名称代替火腿呢?这是值得深思和探讨的问题。

原来早在1651年董小宛去世之后,冒辟疆就决心要用"假语村言,敷演出一段故事，亦可使闺阁昭传"。于是他在《影梅庵忆语》中预先埋下"火肉"这个暗号或者叫作"伏笔"。

天下人知道冒辟疆写作了忆语体小说《影梅庵忆语》，但天下人不知道冒辟疆著作了《红楼梦》，冒辟疆只有启动潜伏在《影梅庵忆语》中近三十年的"火肉"，让它也以平庸俗气、通俗易懂的面貌出现在《红楼梦》中，从而把这两部著作联系起来。"火肉"以食物链的一个"关节"出现。这个"关节"在什么时间、什么地方出现，是很有讲究的。董小宛是林黛玉的原型，只有在林黛玉用餐时，把"火肉"拿出来才是最佳时机，因此只有写到第八十七回给林黛玉做了一碗"火肉"白菜汤。而第十六回的赵嬷嬷和第五十八回的贾宝玉，因为他俩不是董小宛的原型，所以只能吃火腿，不能吃"火肉"。

"火肉"中藏着什么秘密？"火肉"外包裹着什么谜团？只有当我们读了《红楼梦》，寻找冒辟疆著作《红楼梦》的证据时，看到林黛玉和她的原型董小宛都在品尝"火肉"时，才恍然大悟，"火肉"是冒辟疆杜撰或借用的专用名词，是冒辟疆的印章，我们对上了暗号，"火肉"就像中国文学里的一支特种部队，冲出谜团，解开谜底，立马在《影梅庵忆语》和《红楼梦》之间架起一座彩虹的天桥。天桥的一端走来冒辟疆，另一端走来曹雪芹，真相大白了，奥妙在这里，两本著作出现两位作者，一个真名冒辟疆，一个笔名曹雪芹！

八证　如皋土话"㕂"字研究

如皋土话中的"㕂"（发音 chuáng），在农村普遍存在，笔者幼时在私塾曾学过此"㕂"字。例如：夫妻失和，妻子把饭菜往桌上使劲一顿："你'㕂'啊！"还有邻里不睦借故骂孩子："家里有饭不吃，到人家去'㕂'！"如皋人用"㕂"代替"吃"，带有不恭和气愤的意思。这个"㕂"字的正规写法应是"噇"（发音 chuáng），我从来没见书刊中出现过"㕂"，原以为这个"㕂"字是私塾先生私下编造的土字而已。但是 1982 年人民文学出版社出版的《红楼梦》中却出现了这个"㕂"字，第七十九回薛姨妈恨得骂了薛蟠一顿，说："你不说收了心安分守己，一心一计和和气气的过日子，还是这样胡闹，㕂嗓了黄汤，折磨人家。"原来这个"㕂"字不是如皋私塾先生造的土字，而是确有其字，令我非常惊讶。但是，为什么《红楼梦》中出现这个"㕂"字，与如皋土话如出一辙？这是个有趣的话题。

1982 年出版的《红楼梦》中出现"㕂"

这"㕂"字是个冷僻的方言字，在众多的《红楼梦》的各种版本中，由中国艺术研究院和红楼梦研究所校注、人民文学出版社 1982 年出版的《红楼梦》中，才正式使用了这个"㕂"字。我查阅了 1982 年前后各地人民出版社及当今新华书店书架上出售的各地方版本、大专院校版本、专家评点的《红楼梦》，第七十九回薛姨妈骂薛蟠的话都是"……还是这样胡闹，喝了黄汤"，都用通俗的"喝"字代替了"㕂"字。甚至在图书馆收藏的《红楼梦》程甲本和《红楼梦稿》乾隆抄本等古本中也是这样的字句。那么这个"㕂"到底来自哪个版本呢？

82 年《红楼梦》校注凡例说"本书以《脂砚斋重评石头记》为底本",最后,我在甘肃省图书馆古籍部收藏的中华书局出版的"苏联列宁格勒藏抄本"《〈石头记〉脂砚斋重评》3468 页中,终于看到:"还是这样胡闹,味了黄汤"原句。该《石头记》是毛笔楷书手抄印本,这个"味"应是最原始的出处了。

1999 年的《辞海》中才开始收"味"

这"味"字是个冷字,众多的汉字工具书,如《新华字典》、《古汉语字词典》、《辞源》、《康熙字典》、《说文解字》等,都没有这个"味"字,甚至堪称中国最大的综合性辞典 1977 年、1979 年和 1989 年出版的《辞海》中也没查到这个"味"字。只有在"对老版本《辞海》作了大量增补修订后",1999 年问世的新版的《辞海》中,"味"字才首次出现。那么新《辞海》是怎样解释这个"味"字的呢?1999 年版缩印本《辞海》236 页:"味"同"噇"。

关于"噇"字

"噇"字并不是冷僻的字眼,我们在《新华字典》、《辞源》,各种老版本《辞海》、《康熙字典》、《古汉语字词典》中都能找到它的踪迹,读音为"chuáng",解释分别是:"大吃大喝"、"无节制猛吃猛喝"、"吃喝无度"、"食无廉也"、"吃、喝多食",基本一致地认为是一个贬义词。这些汉字辞书列举"噇"字实例:

如《辞海》说:《西游记》第四十七回:"呆子(八戒)不论米饭面饭,果品闲食,只情一捞,乱噇口里。"

《辞源》说:《水浒》第四回:"你(鲁智深)是佛家弟子,如何噇得烂醉上山来!"

唐张鷟著《朝野金载》(卷五):"噇却!做个饱死鬼去。"

元曲康进之《李逵负荆》:"你看这厮到山下去噇了多少酒!"

现代作家田汉著《关汉卿》:"这家伙噇醉了酒,在台上忘了词儿,被朱帘秀狠狠批了一顿。"

于是,我们又查阅了过去和现在许多版本的《西游记》和《水浒传》,发现所有版本的"噇"字没有一个用同音字"味"的。这些辞书告诉我们,这个"噇"字早在唐代就已出现,历史悠久,并不冷僻。从上述作者出身籍贯我们推断,河北、山东、江苏、湖南等文化发达的地区早已使用"噇"字。

产生的两个问题

一是，"嗵"字唐代、元代已有，明代吴承恩、施耐庵在《西游记》和《水浒传》两部名著中已大量使用，清代《康熙字典》已收藏"嗵"字。尤其值得关注的是，吴承恩是淮安人，施耐庵是兴化人，淮安、兴化、如皋三地近在咫尺，同属江淮官话地区，口语基本一样。作为语言大师《红楼梦》的作者——北京的曹雪芹肯定是知道"嗵"字的，那么曹雪芹为什么弃熟就生，放着大家熟悉的"嗵"字不用，而用"咊"呢？远在千里之外的北京城怎么会运用如皋乡下的土话"咊"字呢？

二是，"咊"字唯一出现在《脂砚斋重评〈石头记〉》中，后来再版的众多《红楼梦》大都用"喝"字代替"咊"。现代作家田汉在1958年创作《关汉卿》时也是用"嗵"字，没有用较为简单的"咊"字。直到1982年增加《红楼梦》研究校注补版时，"咊"字才面世。十多年后，1999年版《辞海》才收录了这个"咊"字。但是现代计算机字库里、汉王写字板的字库里还没储存这个"咊"字。这是为什么呢？

以上两点令人困惑，令人遐想，令人好奇，令人关注。

初步探讨

就此，笔者愿与"红学"爱好者共同研究。

1. "咊"字在民间局部地区早已存在，但没有被文学界认可，因为有"嗵"字存在。而《红楼梦》的作者是语言巨匠，运用民间语言相当娴熟，所以他把在他熟悉的这个局部地区普遍流传、浅显易懂的形声字"咊"，用在他的文学创作中，使人物形象更加突出，更加鲜明，更加生动，更加有趣。如皋农村普遍使用"咊"，说明如皋就是作者熟悉的那个"局部地区"吧！

2. 耐人寻味的是，淮安吴承恩在《西游记》里、兴化施耐庵在《水浒传》里，大量地使用"嗵"字，而没有用简便的"咊"字，为什么？说明与如皋近在咫尺的淮安、兴化两地民间没有这个"咊"字。这证明"咊"字是如皋文人创造的简化字。

但是，如皋文人创造的简化字怎么跑到《红楼梦》里去了？不言而喻，只有《红楼梦》的作者、如皋文人冒辟疆才能担当此任。这是冒辟疆著作《红楼梦》的又一证据。

九证　"猴"字猴不出如皋，却猴到《红楼梦》里去了

《红楼梦》第十四回：凤姐笑道："便是他们作，也得要东西，搁不住我不给对牌，是难的！"宝玉听说，便猴向凤姐身上，立刻要牌，……

第二十四回，宝玉便把脸凑在他（鸳鸯）脖项上，闻那香油气，不住用手摩挲，其白腻不在袭人之下，便猴上身去涎皮笑道："好姐姐，把你嘴上的胭脂赏我吃了罢。"

"猴"本来是个名词，《红楼梦》这两段里把"猴"作动词用，形容宝玉"快跑"、"蹿"到凤姐和鸳鸯身上去。"猴"在如皋话中也和《红楼梦》一样当动词使用，在如皋话中"猴"有"快跑"的意思。

过去如皋人很少说"跑步"，体育老师带领同学们跑步，老乡们会说："先生和学生一块儿在'猴'呢！"又如："这孩子一放学就'猴'到东、'猴'到西！"这些话中的"猴"都是动词，自古以来如皋人一直是这样说的。

第十五回，凤姐笑道："好兄弟，你是个尊贵人，女孩儿一样的人品，别学他们猴在马上。下来，咱们姐儿两个坐车，岂不好？"外省有些地方也说"这孩子又'猴'在树上了"或"这个孩子'猴'在墙上"。

但，这里的"猴"虽是个动词，却是"停歇""栖息""等候"的静态意思，没有像猴子一样"快跑""窜动"的意态，我认为不能把它与当动态动词的方言相联系。

有趣的是把"猴"当动词用，只局限在如皋及附近一两个县，如城往南几

十里，本市的林梓镇以南地区，包括一直到长江边的南通市区，"猴"的意思全变了，变化之大，令人瞠目。那里人管"快跑"叫"溜"，与"猴"南辕北辙，不沾一点边。林梓镇以南地区人历来把"猴"当成男孩子专用名词，如：

"你老婆养的是丫头还是猴？"

"养的个猴。"

"恭喜啦！"

林梓镇以南地区男孩取名，字尾都拖个"猴"字，如"猪猴""狗猴"，即使取名"来福""来喜"也被叫成"来福猴""来喜猴"。当然不能排除林梓镇以南地区的猴字应写成侯这种可能。《红楼梦》中的"猴"字用法与如皋怎会一样呢？

把"猴"字当动词猴不出如皋，却猴到《红楼梦》里去了。又一次证明作者是熟悉如皋方言土语的冒辟疆。

十证　冒辟疆为有音无词的如皋土话造词　之一："宝相花"

《红楼梦》第十七回，"果得一门出去，院中满架蔷薇、宝相"。第五十六回，"还有一带篱笆上的蔷薇、月季、宝相、金银花、藤花，这几色草花，干了卖到茶叶铺药铺去，也值好些钱"。

两次提到宝相花，经查阅《辞海》（1999年版72页）的解释：宝相花，中国传统装饰纹样的一种，将某些自然形态的花朵（主要是荷花）进行艺术处理，变成一种装饰性的花朵纹样，在织锦和瓷器上常被采用。

《辞海》说"宝相花"是装饰性花朵纹样，不是花，自然界好像没有什么"宝相花"。但《红楼梦》中明明白白地写着宝相是花，而且和蔷薇一样长在篱笆上。这是怎么回事，难道《辞海》弄错了？其实不然，在我们如皋农家许多篱笆上就有这种花，其茎叶与蔷薇类似（如皋民间口语中没有蔷薇花名称），每年初夏开小白花，香气扑鼻。怎么写法没定规，按如皋土话，有人写为"木香花"，有人写"木蔷花"，甚至写成"木匠花"，这些语音与"宝相花"的读音也类似，原来《红楼梦》上的"宝相花"是懂得如皋土话的冒辟疆创造出来的花名。只有研究《红楼梦》的如皋人才能把《红楼梦》上的"宝相花"与民间的"木香花""木蔷花""木匠花"的发音联系起来，从而发现"宝相花"不是花，而是《红楼梦》的作者创造的花名，也只有《红楼梦》书中才有描写，所以《辞海》里没有收入。"宝相花"又是一个冒辟疆信号。

十一证　冒辟疆为有音无词的如皋土话造词　之二："稿子"和"朵炅"

笔者在《冒辟疆著作〈红楼梦〉的探讨》一文中举出十个如皋方言，这些土话出了如皋，周边百里以外的人们就不会说也听不懂，作为探讨，以此证明冒辟疆著作了《红楼梦》。

《红楼梦》中有许多"稿子"。我们在第四十二回读到惜春奉贾母之命去画大观园，宝钗说道："藕丫头虽会画，不过是几笔写意。如今画这园子，非离了肚子里头有几幅丘壑的才能成画。这园子却是像画儿一般，山石树木，楼阁房屋，远近疏密，也不多，也不少，恰恰的是这样。你就照样儿往纸上一画，是必不能讨好的。这要看纸的地步远近，该多该少，分主分宾，该添的要添，该减的要减，该藏的要藏，该露的要露。这一起了稿子，再端详斟酌，方成一幅图样。"

宝钗又说道："我教你一个法子。原先盖这园子，就有一张细致图样，虽是匠人描的，那地步方向是不错的。你和太太要了出来，也比着那纸大小，和凤丫头要一块重绢，叫相公矾了，叫他照着这图样删补着立了稿子，添了人物就是了。"

于是，在第四十五回就有了"一日，外面矾了绢，起了稿子进来。宝玉每日便在惜春这里帮忙。探春、李纨、迎春、宝钗等也多往那里闲坐，一则观画，二则便于会面"。（矾，就是明矾，这里用作动词，用胶矾水浸刷生纸或生绢，使之变得吸水适度，叫作矾。）

《红楼梦》这两段出现了三次"稿子"，不论是起了"稿子"，立了"稿子"

于是先题一绝句云：衔山抱水建来精，多少功夫筑始成。天上人间诸景备，芳园应锡大观名。

还是矾了绢的"稿子"，都是一个意思：图画的草底。三百多年前《红楼梦》的作者所说的"稿子"和当今绘画写文章先打"稿子"是一个意思。

　　而我们返回第二十九回读到贾母和张道士的对话，却发现了另一种意思的"稿子"。贾母说贾宝玉："他外头好，里头弱。又搭着他老子逼着他念书，生生的把个孩子逼出病来了。"张道士道："前日我在好几处看见哥儿写的字，作的诗，都好的了不得，怎么老爷还抱怨说哥儿不大喜欢念书呢？依小道看来，也就罢了。"又叹道："我看见哥儿的这个形容身段，言谈举动，怎么就同当日国公爷一个稿子！"说着两眼流下泪来。贾母听说，也由不得满脸泪痕，说道："正是呢，我养这些儿子孙子，也没一个像他爷爷的，就只这玉儿像他爷爷。"

　　这里张道士和贾母对话的意思就是：两个人长得相像，就说是一个"稿子"，这个"稿子"和惜春绘制大观园的"图画的草底"的"稿子"，显然不是一个"稿子"，不是一个意思。

　　然而用如皋土话说就十二分的通顺，我们如皋人通常形容孙子像爷爷就说：

"他俩人'一样的稿子'",急读或快说把"一"字省去就说"样的稿子"。"稿子"是如皋及附近几个县市的土话,外地人讲"东西",上海人说"物事",如皋人统称"稿子"。如皋人不认识的东西就会问人道:"请问,这是什的稿子?"有时听不明白对方说的话也会问道"你说什的稿子"。如皋的"稿子"就是"东西",就是"物件",就是"物事"。

在第六十二回中宝钗对宝玉说:"你也是不管事的人,我才告诉你。平儿是个明白人,我前儿也告诉了他,皆因他奶奶不在外头,所以使他明白了。若不出来,大家乐得丢开手。若犯出来,他心里已有了稿子,自有头绪,就冤屈不着平人了。你只听我说,以后留神小心就是了,这话也不可对第二个人讲。"这里宝钗说的平儿心里已有了稿子,这个"稿子"当然不是绘画、作文章所立下的"稿子",而是如皋方言所指的"东西"、"物件"、"物事"。

"稿子"在如皋话语中还被引申为"疏理、策划"之意,例如:一家子办事,准备不充分,你一言他一语争执不下,大姑妈站起来说道:"大家不要说了,听我的,这稿子哉……",于是大姑妈就不慌不忙地分派:"他舅你认识厨子,你去请厨子,帮他把碗筷都带来;二叔你有摩托车跑得快,去把二姨、三姨叫回来;大牛儿你去买菜……"于是忙乱局面在大姑妈一声"这稿子哉"之后,立马有条不紊个个分头去办事。大姑妈的"这稿子哉"就是疏理、筹划的意思,可见这"稿子"在如皋人日常交往中是非常有用的一个词语。

但是"稿子"到上海备受戏弄,上海人借此方言嘲笑"江北人","这个稿子","那个稿子"的太土。为此,20世纪30年代东台籍著名学者、报人戈公振先生,考证出"稿子"两字的原字是"杲昃",《诗经》有"杲杲日出"之句,《易经》有"日中则昃","昃,日在西方时侧也"。太阳东升西落,"杲昃"因此被用来借指东西方位,再引申为泛指任何物事的"东西"。当今人们常说的"东西"原从"杲昃"派生而来。《易经》和《诗经》距今好几千年,我们如皋话"杲昃"竟有这样古老的文化底蕴。"杲昃"的文化内涵,是"物事""东西"所望尘莫及的。戈公振先生深入浅出的解释,折服了当年上海文化界许多"饱学之士",给"江北人"长了志气。

然而,"杲昃"二字只停留在如皋及周边数县市文化界知识层面。民间口头上天天说"杲昃",天天对话用"杲昃",多数人不知其书写方法,口头说的是"杲昃",写到纸面上就成了"东西"。更难以理解的是"杲昃"二字虽然又古又老,其词义文化内涵之高应是诸多汉字词组的顶峰,但在集中国字、词于一体的,全国学者公认的,最权威的综合性百科全书《辞海》里,"呆"字旗下竟然没有"呆戺"这一个古词。

这是为什么,值得研究。笔者以为"呆"字出于《诗经》,《诗经》成于春秋时代;"戺"字出于《易经》,《易经》成书早于《诗经》。那时书是竹简,很难想象有人能把不同时代的两部简书中的"呆"和"戺"组成一个"呆戺",何况两三千年前如皋方始成陆,鲜有人类活动,不可能有"呆戺"一词,它是戈公振先生的设想。

"呆戺"不是古词,"呆戺"的组词是戈公振先生"考证"的成果,这个词没有得到官方认可。"呆戺"一词的发音只存在于如皋方圆百里小范围内,《辞海》没有收集"呆戺"是可以理解的。我丝毫没有贬低戈公振先生的意思,戈先生非常具体、非常合理地把如皋土话与《诗》、《易》联系起来令人信服,功不可没。

那么我们在三百多年前的《红楼梦》中发现了"稿子",那应该是"呆戺"的原生态。"稿子"是冒辟疆给有音无字的土话创造的词儿,在《红楼梦》里隐藏了三百多年,因为过去很少有人研究《红楼梦》中的如皋方言,所以作为如皋土话,"稿子"一词没有传播开来。所以才有了近代文人戈公振先生考证的"呆戺"。

冒辟疆先生发明了"稿子",戈公振先生发明了"呆戺",它们是如皋方言、土话,是土得掉渣的土话。懂得如皋方言的人才能在《红楼梦》中写出如皋土话"稿子"!那么,《红楼梦》的作者是谁?不言而喻,当数冒襄冒辟疆。

十二证　冒辟疆为有音无字的如皋土话造字　之三：掐（kiā）

《红楼梦》第三十八回，林黛玉因不大吃酒，又不吃螃蟹，自令人掇了一个绣墩倚栏杆坐着，拿着钓竿钓鱼。宝钗手里拿着一枝桂花玩了一回，俯在窗槛上掐了桂蕊掷向水面，引得游鱼浮上来唼喋。湘云出一回神，又让一回袭人等，又招呼山坡下的众人只管放量吃。探春和李纨惜春立在垂柳阴中看鸥鹭。迎春又独在花阴下拿着花针穿茉莉花。

"掐"字，82版《红楼梦》注为：（qiā 掐）——"掐"的俗写。既是俗写，字典、《辞海》、电脑中却没有此字。如此生冷的"掐"字，大家都不认得，说它是"俗写"，显然是说不通的。"掐"在《红楼梦》中甚多。

第三十五回，大家说着，往前迈步正走，忽见史湘云、平儿、香菱等在山石边掐凤仙花呢，见了他们走来，都迎上来了。

第五十六回，越发说破了：你们只顾了自己宽裕，不分与他们些，他们虽不敢明怨，心里却都不服，只用'假公济私'的，多摘你们几个果子，多掐几枝花儿，你们有冤还没处诉呢。

第八十五回，只见紫鹃正在那里掐花儿呢，见袭人进来，便笑嘻嘻的道："姐姐屋里坐着。"袭人道："坐着，妹妹掐花儿呢吗？姑娘呢？"紫鹃道："姑娘才梳洗完了，等着温药呢。"

这个"掐"（qiā）与"恰"同音，"掐"字早已存在于典籍之中，《红楼梦》作者前后也用了七八个，为什么在第三十八回要改用"掐"字呢？为什么改用了一个字典中,《辞海》里没有的,当今电子软件也打不出来的稀奇古怪的"爪甲"字呢?此事非比寻常,值得探讨。

这个"爪甲"是作者故意制造的一个象形字,因为如皋人用指甲截断花草读音为(kiā),这是发音"掐"所无法表达的。这个"爪甲"(kia)字当今汉字中竟没有一个同音字,可见其方言土气之浓。冒辟疆需要一个发出如皋声音"kia"的字留下如皋元素,所以才制造了一个爪加甲的"爪甲"字。

十三证　冒辟疆为有音有字的如皋土话造词　之四：这们

《红楼梦》第六回,周瑞家的又问板儿道:"你都长这们大了!"第八回,宝玉忙请了安,薛姨妈忙一把拉了他,抱入怀内,笑说:"这们冷天,我的儿,难为你想着来,快上炕来坐着罢。"这两处"这们"一眼看出就是"这么"的意思。在《红楼梦大辞典》增订本第10页解:今作"这么、这样"的意思,"这们"是个古词。

那么为什么这里要用"古词"?细考起来"这们"不是什么"古词",它是地道的如皋发音。过去如皋人"么"就是发"们"的音。只是现代学校教汉语拼音,电视电影普及普通话以来才有些改变。但你到农村去听多数人说话,他们还是用"这们"来发音,依然保持着三百年前著作《红楼梦》时代原汁原味的如皋腔调。"这们"这个词是"这么"两个字用如皋音替代而已,因为"这们"二字是现成的,不需要另外造字就能在《红楼梦》中留下如皋元素,所以作者只是选择性地用了两个"这们",可见其高明!

简单说明:本书之八至十三证是数年前专题论证的《红楼梦》中的如皋土话,它们大多数是冒辟疆创造或借用的字和词。此六篇文章有的已在报刊发表过,成为独立存在的证据,因此不纳入十四证"隐藏在《红楼梦》中的其他如皋地域方言"之中。

十四证　隐藏在《红楼梦》中的其他如皋地域方言

研究《红楼梦》的方言是探寻《红楼梦》作者的方法之一，任何研究《红楼梦》的人，方言都是跳不过的门槛。《红楼梦》中有北京方言、湖南方言、江淮方言，此类方言在各种《红楼梦》方言大词典中均有收集。

《红楼梦》中回回都有江淮方言，可谓成百上千，举不胜举。如皋是广阔江淮地域的一个县城。我们研究《红楼梦》中的如皋方言，是把寻找作者的地域进一步缩小，甚至浓缩到方圆二三十里的范围之内。我想这应是确定《红楼梦》作者的重要证据之一。我手上有一本《红楼梦大辞典》，它是由红学界老前辈冯其庸、李希凡和几十名红学界的知名专家组成的超强编辑阵容，精心编纂的一部兼具知识性、学术性和工具性的权威百科辞典。

我们精选了《红楼梦》中二十个如皋方言土语，这些词语有四个特点，一是，此二十个方言土语是《大辞典》所没有收集的如皋话。二是，尽量不重复《冒辟疆著作〈红楼梦〉汇考》第一辑书中已经列举过的。三是，有些字是字典、辞典中没有的，是如皋文人或冒辟疆本人创造的。四是，此二十个词用邮件发给过山东、甘肃、湖南、重庆（可谓半个中国）的朋友，经他们鉴定，他们所居城市没有此类方言，因此笔者初步确定此二十个词可能是比较纯粹的如皋方言土语。不排除这些方言土语也可能出现在淮安、盐城，甚至扬州和南京，因为它们都属江淮语系。

此二十处隐藏在《红楼梦》里的如皋方言土话，各种大辞典也未能收录，更证明它们有可能是纯而又纯的土得掉渣的如皋话,那些编辑《红楼梦》方言大词典的专家学者,不一定是如皋人,可能不懂如皋方言土话,看不懂或忽略掉如皋方言土话,所以没有收录它们,是可以理解的。

如皋方言属于江淮官话,稍稍改掉土话就和普通话一样。但是如皋先民是全国各地的移民,至今一村一乡还保留着个别土词儿。如《红楼梦》的"韶刀"这个土话我就不懂,而与我家相距仅仅二十里的几位如城朋友就知道,"韶刀"就是唠叨、啰唆的意思。这可算是如皋土话中的一个特例,由此可断定我所列举的二十个大辞典中没有的方言土话也许都是些特例。

因为如皋是个小地方,这个小范围内的方言土语,只有本地人阅读《红楼梦》时,才能把如皋方言土话挖掘出来。由此推断创作《红楼梦》的人必然是精通这种小地域方言土话甚至特例土话的人,此人是谁?当然是冒襄冒辟疆。

1. 淡话

举例:

第二十回:正说着,可巧凤姐在窗外过,都听在耳内。便隔窗说道:"大正月又怎么了?环兄弟小孩子家,一半点儿错了,你只教导他,说这些淡话作什么!"

第二十四回:贾芸向倪二借了十五两银子买了冰片和麝香送与凤姐,想在荣国府讨个差事。凤姐心下又是得意又是欢喜,便命丰儿:"接过芸哥儿的来,送了家去,交给平儿。"……随口和贾芸说了两句"淡话",便往贾母那里去了。

解:

"说淡话"在如皋话中是闲谈、闲话、闲聊、聊天的意思,和上海腔调的"讲闲话"、北方的"唠嗑、唠叨"是一个意思。在如皋城乡每天都可听到"我到处找你们,原来你两个在这里讲淡话(这个讲字要读成港,才是地道的如皋话)"。又如两个如皋人相遇,一个把另一个拉住:"说淡话哉!我想请你出个主意帮个忙……"

2. 顿

举例:

第七十回宝玉和姊妹们放风筝。紫鹃笑道:"这一回的劲大,姑娘来放罢。"黛玉听说,用手帕垫着手,顿了一顿,果然风紧力大,接过籰(音月)子来,随着风筝的势将籰子一松,只听一阵豁刺刺响,登时籰子线尽。

众人方要往下收线，那一家也要收线，正不开交，又见一个门扇大的玲珑喜字带响鞭，在半天如钟鸣一般，也逼近来。众人笑道："这一个也来绞了。且别收，让他三个绞在一处倒有趣呢。"说着，那喜字果然与这两个凤凰绞在一处。三下齐收乱顿，谁知线都断了，那三个风筝飘飘摇摇都去了。

解：

我们读了上面两段，不难理解大观园里的宝二爷和姑娘们放风筝用力拉线叫"顿一顿"。"顿"，"乱顿"就是拉，在我们如皋人日常生活中很少说"拉"，通常都会用"顿"代之。如两人拴绳子你就能听到："顿！""顿一顿，再顿顿紧！"

笔者儿时与小姨娘睡一床，姨娘的长裤缩上去，总叫我抓住裤管"顿一顿"，把裤子顺直。有时祖父的棉裤脱不下也要我去把棉裤"顿下来"。

如皋人把"拉"说成"顿"，也是一个适用范围不大的土话，其实它早在三百多年前，就在《红楼梦》里被使用了。

"顿"字在如皋话中除了用作"拉"的意思之外，如皋人还把普通话中的"跺脚"说成"顿脚"。例如鞋上沾了泥土，在进屋前大人都要吩咐小孩："顿顿脚，把鞋子顿干净！"还有些人在争吵时，跳着"顿脚"，两手还拍打自己的屁股，嘴里喊道："我的祖宗唉……"那个场景十分有趣！这样的情景在《红楼梦》中也有。

在第七十回我们读到：

丫头去了，同了几个人，扛了一个美人并籰子来，回说："袭姑娘说，昨儿把螃蟹给了三爷了。这一个是林大娘才送来的，放这一个罢。"宝玉细看了一回，只见这美人做的十分精致，心中欢喜，便命叫放起来。此时探春的也取了来，翠墨带着几个小丫头子们在那边山坡上已放了起来。宝琴也命人将自己的一个大红蝙蝠也取来。宝钗也高兴，也取了一个来，却是一连七个大雁的，都放起来。独有宝玉的美人放不起去。宝玉说丫头们不会放，自己放了半天，只起房高便落下来了。急的宝玉头上出汗，众人又笑。宝玉恨的掷在地下，指着风筝道："若不是个美人，我一顿脚跺个稀烂。"

一个"顿"字在同一回里就有两种用法，可见作者知识渊博，也说明作者深谙如皋方言。

3. 田地

举例：

第三十四回，袭人见贾母王夫人等去后，便走来宝玉身边坐下，含泪问他："怎么就打到这步田地？"宝玉叹气说道："不过为那些事，问他作什么！"

解：

"田地"二字是如皋人日常用语，是程度、地步的意思。例如，"他目前正处在进退维谷的田地，不知如何是好。"再如："他俩好了几年了，现在到什么田地了？"如皋说"田地"的意思和《红楼梦》一样。

4. 能过

举例：

第十三回，秦氏道："婶婶，你是个脂粉队里的英雄，连那些束带顶冠的男子也不能过你，……"

解：

"能过"一词在如皋话中是能干、赶上、超过、超越和聪明伶俐的意思，是妇女们赞扬、炫耀、疼爱子女惯用的词语。例如：一位少妇打手机说："嫂子，你女儿能过呢！今儿我去你家，只有小丫头一人，她又搬凳又倒茶。我说，'你妈呢？'她说，'早起骑摩托进城，才刚来电话说遇到老同学，两人去超市，中午还要去吃喜酒，下晚才能到家呢。'你家小丫头今年才八岁，能说会道，真能过，叫人好喜欢！"当今如皋妇女口头上赞扬小姑娘用的"能过"竟和三百多年前秦氏夸赞凤姐"能过"是一样的口气。

5. 恶

举例：

第四十六回，凤姐儿暗想："鸳鸯素习是个可恶的，虽如此说，保不严他就愿意。"

第五十八回，芳官与干娘因克扣吵起来，袭人道："一个巴掌拍不响，老的也太不公些，小的也太可恶些。"宝玉道："怨不得芳官。自古说：'物不平则鸣。'他少亲失眷的，在这里没人照看，赚了他的钱，又作践他，如何怪得。"

第四十回，贾母笑道："我的这三丫头却好，只有两个玉儿可恶。回来吃醉了，咱们偏往他们屋里闹去。"

解：

鸳鸯是贾母的贴身丫环，人品端庄，稳重细心，深得贾母信任，贾母的一切金银细软交她收藏，生活起居靠她安排，贾府上下都敬重她、称赞她。凤姐儿说她"可恶的",绝不是说她是恶人或恶毒、奸诈的小人,而是说她精细认真,头脑分明,"可恶的"是好的品德。这与如皋话中说的"恶人"是精于治家,处事在理,内外一分一厘都算得清清楚楚,甚至锱铢必计是一致的。如皋人在说某某人很"恶"时,是带着一种羡慕、欣赏心情的。"恶"字在如皋土话中失去本意。如皋方言中的"恶"与凤姐儿说鸳鸯"可恶的"都是对人的称道,可说是异曲同工。

同理,所谓"小的也太可恶些"是'物不平则鸣',芳官是在争取公平、公正的权利,为不被他人作践而斗争。宝玉给了充分的支持。芳官的"恶"与如皋人的"恶"是一致的。

贾母笑道"只有两个玉儿可恶",分明是在夸耀她的两个心肝宝贝宝玉和黛玉,哪里有一点儿"恶"的气息!

"恶"字是地道的如皋方言,《红楼梦》使用"恶"字赞美人、称赞人都和如皋人一模一样,作者运用得如此准确,我们当代人都愧然汗颜。

6. 开交了

举例:

第四十七回,那丫头道:"好亲亲的姨太太,姨祖宗!我们老太太生气呢,你老人家不去,没个开交了,只当疼我们罢。"

解:

"开交了"一词在《红楼梦》仅第四十七回出现了一次,就这一次便把读者带到如皋,产生一种回乡之感。

"开交了"在如皋是"解决了"、"交代了"、"好办了"的意思。例如到年关时就能听到:"这两天,天天有人要债,我正瞧去这个年没法过了,正好儿子寄来五百元,这下开交了,好好过年吧!"

7. 村话

举例:

第六回,黛玉便哭道:"如今新兴的,外头听了村话来,也说给我听,看了混账书,也来拿我取笑儿。我成了爷们解闷的。"

解:

如皋人把下流话、肮脏话、无赖话等统统称为"村话",姑娘们听到有人说"村话",会把耳朵捂住,甚至跑得远远的。大嫂们会骂:"下流,死鬼!"大人们如果听到孩子们说"村话",不管是谁家的孩子,都会当场制止,"不准瞎说"!"不许混说"!甚至追打。总之在"村"字用法上,《红楼梦》作者与如皋人一样。

8. 落后

举例:

第四十四回,不想落后闹出这件事来,竟得在平儿前稍尽片心,亦今生意中不想之乐也。

解:

"落后"在这里是后来之意,当今讲"落后"是相对思想进步的用词,或者是行进中位置的前后而言。但在《红楼梦》中把"落后"视为事情发生的时间先后的次序,是与如皋方言一致的。

例如,两个如皋人对话:

"那年你们家盖楼房和我儿子娶媳妇哪个落后些?"

"你家办喜事落前,我家盖楼房落后呢。"

9. 滚水、滚热

举例:

第四十一回,妙玉自向风炉上扇滚了水,另泡一壶茶。

第五十四回,正说着,可巧见一个老婆子提着一壶滚水走来。小丫头便说:"好奶奶,过来给我倒上些。"

第二十五回,王夫人道:"我的儿,你又吃多了酒,脸上滚热。你还只是揉搓,一会闹上酒来。"

解:

如皋民间水烧开了谓之"滚水",水在锅中打滚是很形象的水烧开了的标准。过去城镇有专卖开水的老虎灶,只见大灶上好几个烧水罐里水在翻滚,常听到说:"水滚啦,小心烫人!"感冒了身上发热,如皋也用"滚"字形容,说出和《红楼梦》上一样的语言:"我一摸你脸上滚热,趁早去医院看看。"

10. 拘礼

举例:

第五十四回,贾母便说:"这都不要拘礼,只听我分派你们就坐才好。"

第四十四回,贾母命他们在窗外廊檐下也只管坐着随意吃喝,不必拘礼。

解：

这里的"拘礼"是指相互礼让，以前如皋人请客吃饭，四方的"八仙桌"不可随意坐，上首座位给年长的或有身份的人。推来拉去相互谦让，嘴里说"不要拘礼，不要拘礼"。就座后上菜，大家都不动筷，要等主家或上首拿起筷子点向诸人"请、请、请"，大家说着"来、来、来"，才开始拣菜。席间每个菜都要等着"请、请"才能动筷，这种"拘礼"程式同《红楼梦》一样。

11. 听说

举例：

第五十七回，宝钗忙笑道："你也太听说了。这是他好意送你，你不佩着，他岂不疑心？"

解：

"听说"就是"听话"。"听说"，有主动和被动两种，通常是主动的，如听"新闻、趣闻、丑闻"，人们听到后会进行交流和传播。被动的"听说"，是听"说礼、说教、说理"，人们处在被动受"教"的地位，如皋方言中的"听说"，也是被动的，和《红楼梦》中的运用是一样的。例如：教育孩子说"你到学校要听说"，"到外婆家要是不听说，就让小舅把你送回来"！

12. 养

举例：

第五十五回，探春道："何苦来，谁不知道我是姨娘养的……"

第六十九回，秋桐哭骂道："谁不会养！一年半载养一个……"

解：

"养"是领养、教养、养育的意思，"养"是个长期过程，所谓"养不教，父之过"，更加具体规范了"养"的长期性。但如皋人说"养"是指一个生育过程，一个产儿的短暂过程。如皋人说"生孩子"为"养牙儿"（这个牙字如皋发音与吴语一样，普通话里很难找到同音字），如皋孕妇到医院去"养牙儿"，生下小孩一定会说："这牙儿是我养的。"如果没有生育能力，就说这个女人"不会养"。领养一个孩子当了养母，但因为自己"不会养"，言谈之中避开"养"字，只说这牙儿是"抱的"。"养牙儿"这个如皋土话到了南通市区，就变成通用的"生孩子"了，可见其流通地域不广。但无独有偶，如皋土话"养牙儿"说"养"是生育的一个短暂过程，竟和三百多年前《红楼梦》中的女人们口气一个样,可见《红楼梦》作者多么了解如皋土话。

13. 手巾和擦牙

举例：

第二十一回,宝玉道："这盆里的就不少,不用搓了。"再洗了两把,便要手巾。翠缕道："还是这个毛病儿,多早晚才改。"宝玉也不理,忙忙的要过青盐擦了牙,漱了口。

第五十四回,只见那两个小丫头一个捧着小沐盆,一个搭着手巾,又拿着沤子壶在那里久等。

第五十五回,平儿见侍书不在这里,便忙上来与探春挽袖卸镯,又接过一条大手巾来,将探春面前衣襟掩了。探春方伸手向面盆中盥沐。

解：

第二十一回写紫鹃侍候宝玉洗脸擦牙的全过程,第五十四、五十五回中都有"手巾"之说,其中手巾和擦牙是极普通极平常的词儿,似乎与如皋的方言无关。"手巾"是如皋人对毛巾的叫法,在如皋人家中经常听到"我要洗脸,手巾怎么找不到啦"或者"洗脸手巾有酸味,快搓一搓"。"擦牙"这个词也一样,现在虽然用牙刷了,但许多如皋人不说刷牙而是说"擦牙"。

当今从南到北都叫"毛巾",在超市或小商品市场都卖"毛巾",电子发票也没有"手巾"这个词,《辞海》里也没"手巾"一词。而如皋人的日常用语却离不开"手巾"、"擦牙"两个词,现今如皋人依然沿袭着三百年前《红楼梦》时代的叫法,也可说是《红楼梦》的语言还保留在如皋方言之中。

14. 尖刺

举例：

第五十七回,宝钗见到邢岫烟贫困且受欺负,劝道："不如把那一两银子明儿也越性给了他们,倒都歇心。你以后也不用白给那些人东西吃,他尖刺,让他们去尖刺,很听不过了,各人走开。倘或短了什么,你别存那小家子儿女气,只管找我去。"

解：

"尖刺"在如皋民间语言中是贬义词,用来形容吝啬、克占别人。典型的话是"他尖刺让他尖刺,尖刺也发不了财",尖刺人心眼小,如皋俗话说："尖刺娃瘦似鬼！"

15. 各包

举例：

第七十七回，王夫人出来，交与周瑞家的拿去，令小厮送与医生家去；又命将那几包不能辨得的药也带了去，命医生认了，各包记号了来。一时，周瑞家的又拿了进来说："这几包都各包好记上名字了。"

解：

"各包"，过去如皋中药店配药的方式，是把每一味药包一小包，称完药把所有小包重重叠压，用一根棉线扎起来，这种包装方式便于患者核查，如皋人称之"各包"，"各包"需要绑扎技巧。另一种当今通用的，司药员按处方称药，各种药合一起叫"和包"。《红楼梦》作者熟悉中医，也深知如皋中医中药的套语和成规。

16. 躲懒

举例：

第六十四回，袭人对宝玉说："等打完了结子，给你换下那旧的来。你虽然不讲究这个，若叫老太太回来看见，又该说我们躲懒，连你的穿戴之物都不经心了。"

解：

"躲懒"的普通话是"偷懒"，我们如皋的语言中没有"偷懒"这个词，如皋责备人通常说："快点做吧，不要躲懒。"《红楼梦》中宝玉的大丫头袭人竟会如皋方言。这又是作者留下的一个如皋元素！

17. 捣鬼

举例：

第九十六回，凤姐走到王夫人耳边，如此这般的说了一遍。……贾母便问道："你娘儿两个捣鬼，到底告诉我是怎么着呀？"凤姐恐贾母不懂，露泄机关，便也向耳边轻轻的告诉了一遍。

解：

在外地说"捣鬼"是做坏事，是和捣毁、捣蛋、捣乱一样要有动作，要有行动的。而如皋民间把两人交头接耳，说稍稍话都笑谑为"捣鬼"，这种词义与字义相去甚远的如皋土话居然也出现在《红楼梦》中。贾母、王夫人、凤姐怎么变成如皋人了？

18. 到了儿

举例：

第二十八回，宝玉对黛玉说："我心里想着：姊妹们从小儿长大，亲也罢，热也罢，和气到了儿，才见得比人好。"

解：

如皋口语"到了儿"是"最后"、"到底"、"末了"的意思。如：别看他开头跑得快，到了儿没力气了，还不是没争上冠军。再如：到了儿，我们两人交换了意见，消除了误会，成了好朋友。

"到了儿"在如皋城区是个常见的土得掉渣的口语，想不到贾宝玉对林黛玉说知心话时用上了。

19. 瞧去

举例：

第一百一十三回，平儿道："你不用忙，今儿也赶不出城去了。方才我是怕你说话不防头，招的我们奶奶哭，所以催你出来的。别思量。"刘姥姥道："阿弥陀佛，姑娘是你多心，我知道。倒是奶奶的病怎么好呢？"平儿道："你瞧去妨碍不妨碍？"刘姥姥道："说是罪过，我瞧着不好。"

解：

"瞧去"的普通话是瞧瞧去或者看看去的意思，"瞧去"必须用眼睛观察事物。你不可能要求双目失明的人去"瞧去"，如果你对他说"你瞧去"，那是很不礼貌的，甚至可能引起误解。但是，"瞧去"在如皋不是用眼睛看的，是用心、用思想、用意识去感受。"瞧去"在如皋是担心、后怕、忧愁的意思。甚至"希望"、"理想"的意思如皋人也用"瞧去"两字表达。如皋人既不"瞧"也不"去"，天天用得着"瞧去"二字。

例如：在千里外打工的如皋人天天瞧去家中的空巢老人。

例如：正在恋爱的青年瞧去买不起房子。

例如：还可以听到："我就瞧去儿子没经验，借钱买什么集资券，怕要上当受骗。"

例如：可以听到如皋人对瞎子说："你瞧去什么！你儿子都当官了，你难道瞧去他找不到对象？"瞎子说道："我不瞧去他的婚事，我倒瞧去他在经济上要犯浑！"

以上是如皋人说的典型"瞧去",其共同特点是没有用眼睛"瞧",而是用心"瞧"。

现在我们来分析平儿的话:"你瞧去妨碍不妨碍?"这是在平儿把刘姥姥带到凤姐卧房外的对话。刘姥姥已经离开了凤姐,不能用眼睛去"瞧",显然要刘姥姥用"心"去瞧凤姐的病。因此平儿说的"瞧去"是典型的如皋话。

20. 池沿:

举例:

第七十六回,湘云对黛玉说:"你知道这山坡底下就是池沿。"

解:

"池沿"是指水池边铺设的石块或砖块小径,取意为帽沿、屋沿之状。"池沿"一词,是《红楼梦》专有的、定向的名词。专有是说其他书中没有此名词,定向是指《红楼梦》为江苏如皋水绘园涩浪坡景点的水池边一段类似帽沿的石块小径而专门取的名称。

《红楼梦》中如皋方言土语太多了,笔者对照《红楼梦大辞典》,发现上面没有记载的,而又被山东、甘肃、重庆、湖南等地的朋友鉴定过的,纯粹如皋词语还有:真真、色色、披披、脱脱、顽耍、登时、讨饭、作怪、买嘱、些钱、些头、文风不动、不则一声、下处、战歔、嚼蛆、周正、不好过、多早晚、挺尸去、通通头、开了脸等等,供大家审阅、欣赏。

十五证　"两府一园"遥相呼应

《红楼梦》中人物的主要活动空间是宁国府、荣国府和大观园。《红楼梦》的作者对宁、荣二府和大观园的描述令人如身临其境。我们称之为贾府的"两府一园"。

冒襄从小就生长在如皋的"两府一园"之中，生活在冒家巷东府、西府和水绘园之中。

冒襄的族人，近代作家冒舒諲（1914—1999），在20世纪80年代《关于冒辟疆的故宅》一文中，回忆他童年时代曾在冒襄西府故宅居住。他写道：至今还有印象，大门朝东，纵横均达一百公尺左右，范围约一万平方公尺，有屋百余间。入大门后，白色四扇屏门，入屏门有南北甬道长约三十公尺，屏门后有垂花门（二门），进垂花门见一大院，正中大厅广六楹，即名著一时的"得全堂"，枋间高悬董其昌手题的堂名额（此匾后为日寇掠去运往日本），厅四周散置紫檀大理石桌、太师椅和兰花瓷墩，以备客坐。冒襄在家业全盛时期曾蓄有昆曲家班，常在得全堂演剧以娱宾客，他的家班在当时极负盛名。得全堂后有火巷，分隔前厅和内院，入三门又有庭院，正厅为拙存堂，其左右耳房连同厢房都是内宅，后为凝禧堂，自成院落，南出是一组庭院住宅，正厅名五美堂，堂南首入一小院，有楼名艳月楼，即小宛夫人所居。五美堂后是别有园，园有泛雪斋、西堂、瓷香斋、对山亭和回廊诸胜，最西有五间建筑名为妙香居。香俪园地处得全堂之南，香俪园廊东北行为赠云轩，冒襄有《赠云记》一文。赠云轩的东首有天镜舫舫，前有洗钵池，一泓潭水，金鱼数十尾，游泳其间。天镜舫正南是芝兰轩。冒舒諲还写道：在这些堂、院、居、园、轩、舫、斋有回廊、曲径、兔道相连。其间有海棠、紫薇、古桧、丹桂、腊梅，廊前安放盆景，林间飞鸟嘤嘤，水面群鱼争食，平添无限盎然生气。

明代冒襄先高曾祖冒承详富甲一邑，如皋冒家巷两侧，悉为冒家府第。当年冒襄所居西府是冒襄祖父冒梦龄所建，冒襄父亲与两个庶出弟弟居东府。

东西两府规模相当，东府（约一万平方公尺）内的留耕堂、爱日堂20世纪80年代仍保留旧时规模。少年的冒舒諲还见冒家巷内立有牌楼，上书"恩荣坊"。

冒襄故去二百多年以后，冒氏早已衰败，多数府第易姓。1916年冒舒諲父亲冒广生先生以银币七千八百元从张姓手中购得西府。作家冒舒諲童年，约1924年前后，住在冒家巷西大院故宅，所见情景，尚存如此规模。可见二百多年前的冒襄当年所见东西两府朱门华堂、冠盖如云、盛极一时的显赫气势，远胜当今。

从东西两府间的冒家巷向北不远就到了闻名海内的水绘园，因园内四面环水，中间河池纵横，所有景色都落水倒影如绘画，所以取名为水绘园。这个著名园林是冒襄淡出仕途之后，主持改建和扩建的。小桥流水，亭阁假山，水面倒影如画的设计，别具匠心，达到园林艺术的新境界。水绘园园中有逸园、梅塘、湘中阁、洗钵池、玉带桥、寒碧堂、小三吾、小浯溪、壹默斋、枕烟亭、涩浪坡、悬溜山房、镜阁、碧落庐等三步一亭、五步一阁，又有奇石名花，错落三径，佳树成荫，芙蓉夹岸。2001年6月25日，水绘园作为清代古建筑，被国务院批准列入第五批全国重点文物保护单位名单。水绘园现为国家4A级风景名胜区。

1642年，明末清初鼎革之初，名列秦淮八艳的董小宛归嫁冒襄。

冒家府第上演了一部才子佳人，相依九年，相亲相爱，患难与共，风雨同舟的令人心驰神往的爱情故事。同一时期，水绘园还是中国东南部的一个文化活动中心。冒襄不仕，他和董小宛隐居如皋，以他俩的才华和气节，吸引了一大批复明志士、骚人墨客、词人、诗人，形成一个水绘园人文群体。时人说，"士之渡江而北，渡河而南者，无不以如皋为归"，与文会者先后达五百余人。冒襄所撰《同人集》收录四百六十九篇名家诗文，由此可见一斑。冒襄为清初诗文、辞章的繁荣做出了不可磨灭的贡献。

冒府的"两府一园"，有众多的庭、园、斋、堂、亭、居、轩、阁，奇花异草，曲径怪石。

贾府的"两府一园"，也有众多的庭、园、斋、堂、亭、居、轩、阁，奇花异草，曲径怪石。

冒府有"凝禧堂"，贾府有"荣禧堂"；冒府有"湘中阁"，贾府有"潇湘馆"。冒府有"香俪园"、"妙香居"、"瓷香斋"，贾府有梨香园，多么相近的名字，更令人称奇的是，水绘园中的香俪园和瓷香斋中常年住着冒辟疆的昆剧家班演员，而贾府的梨香园也是贾府新老昆剧演员、导演、乐师的居住场所。

冒氏两府间还有"恩荣坊"牌楼，这些极像《红楼梦》中的宁荣二府。

这些庭、园、斋、堂都是中国园林的"通用件"，只要是园林都少不了这些，相同、相近不足为奇。凝禧堂、荣禧堂只是名称接近。再看第十八回，元妃省亲题写对联："天地启宏慈，赤子苍头同感戴；古今垂旷典，九州万国被恩荣。"此"恩荣"二字是否可解为：作者把真实存在两府间的"恩荣坊"的"恩荣"搬到他的作品之中去了，冒府的"恩荣坊"是祖先荣誉，与皇妃的题词存在"天恩祖德"的共性？"恩荣坊"牌楼与元妃题词也许是巧合。

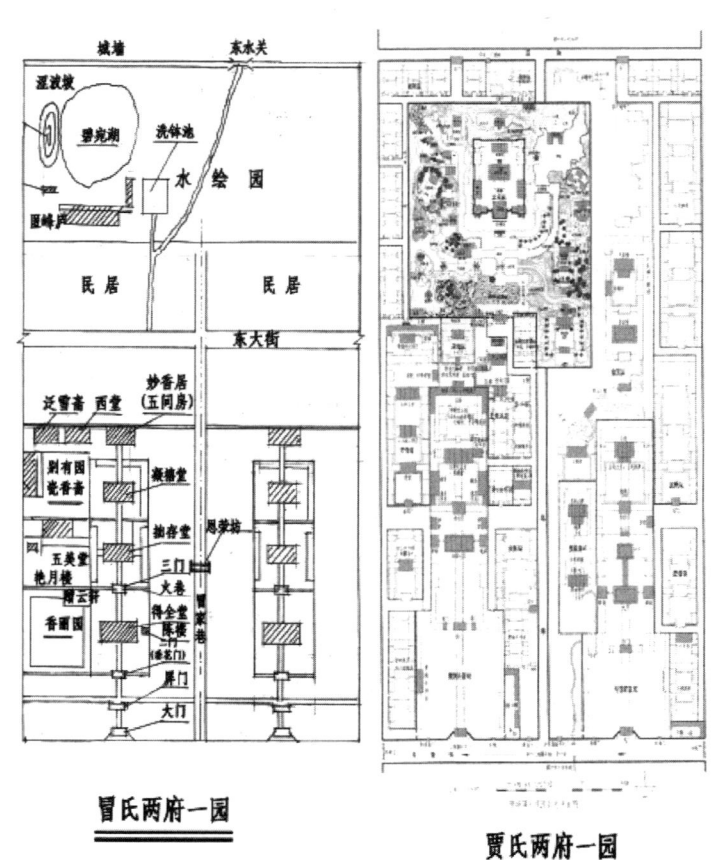

冒氏和贾氏两府一园对比图

但是,"两府一园"模式,两府中间一条巷道,似连似分的模式,两府中间还立有"恩荣坊"牌楼的模式,是中国园林布局的"唯一件"。

"唯一件"的理念是这样的:王公贵族、富商大户,可以同时拥有城里、城外、东街、西郊几所豪宅府邸,可以同时修建几处园林。但同时拥有两座相邻的,中间一条巷道的豪宅府邸,以及一所超大园林组合的"两府一园"模式是唯一的。

冒襄拥有"两府一园":紧相邻的,中间连着冒家巷的东府、西府和一个水绘园。在大江南北是唯一的"两府一园"模式。这个"两府一园"就在如皋,是真实存在的"两府一园",是南京、北京、苏州、扬州没有的,也无法复制的!

贾府也拥有"两府一园":紧相邻的,中间一条巷道连着的宁国府、荣国府和大观园,这个"两府一园"就在小说《红楼梦》中,它是虚构的"两府一园"!

冒襄拥有"两府一园"是独特的,唯一的,不可复制的,是其他地方不可能出现的,但是在小说《红楼梦》中出现了同一模式的"两府一园",这是怎么回事?这是现实与虚构独特的一致。这个独特的一致只能一个人去完成,这个人就是冒襄。冒襄在《红楼梦》中复制了"两府一园"模式,这说明只有冒襄是小说《红楼梦》的真正作者!冒襄就是曹雪芹!

十六证　冒家巷西府是宁国府的原型

笔者在《冒辟疆著作〈红楼梦〉初探》一文中提出，冒襄从小就生长在如皋的"两府一园"之中，生活在冒家巷东府、西府和水绘园之中。当年东西两府朱门华堂，冠盖如云，盛极一时，气势显赫。这两府一园，两府间建有"恩荣坊"的建筑格局是中国其他任何城市所没有的，苏州没有，扬州没有，南京没有，北京也没有，它只存在于如皋，有其独特性和唯一性。

《红楼梦》中人物的主要活动空间是宁国府、荣国府和大观园。书本上虚构的贾府的"两府一园"也是朱门华堂，冠盖如云，盛极一时，气势显赫。

冒府有凝禧堂、妙香居、香俪园和恩荣坊，贾府有荣禧堂、梨香院、藕香榭、暖香坞。冒府有大门二门三门和五间房，贾府也有大门二门三门和五间大厅。有的完全一样，有的只是一字之差，有的寓意相连，贾府的元妃省亲联的一句"九州万国被恩荣"，"恩荣"二字被做成匾额挂着，冒府的"恩荣"二字被做成牌坊竖着，多么贴切的"巧合"！

冒府建筑在冒辟疆六十年倡和中当了唱和大厅、客房、餐厅、厨房、仓库、马厩、开水房、盥洗室之用。冒襄接待倡和文士还必备餐具、炊具、卧具、文具、茶具、酒、点心，必不可少的画轴钟鼎……要聘请各类人员，登记接待的、安排食宿房的、烧火做饭的、采购柴米油盐的、选配笔墨纸砚的、种花修树的、上下打杂的，不可或缺的账房先生，更需要一位精明强干的"凤姐"式的总管家。"招致无虚日"就是天天有客来，当年的冒家巷车水马龙、冠盖如云，两府一园迎来送往，人声鼎沸。

其场面在《红楼梦》中才能看到。在《红楼梦》中荣国府也称西府，第三回黛玉进府的描述也是街北蹲着两个大石狮子，三间兽头大门，门前列坐着十来个华冠丽服之人，大门、垂花门、游廊、穿堂、紫檀大理石、厢房、正房大院……无不相似。

这一虚一实的"两府一园"彼此一致、彼此接近、彼此寓意相连的格局，全天下只有如皋的冒家和《红楼梦》中的贾家。这，只能一个人去完成，这个人就是冒襄。

但是，这"两府一园"只是一个外在的规模上的相似而已，是一个大的框架。而现在，我们要走进冒府和贾府两个框架内部去进行考核、去做细致的分析研究，找出两个框架内的细部构造，找出两个框架中更多的相似之处，为我们提出的冒辟疆用笔名曹雪芹著作《红楼梦》的观点添砖加瓦。

首先我们在互联网上找到网友绘制的《贾府建大观园后总平面图》，然后根据冒舒諲的《关于冒辟疆的故宅》一文绘制一幅《冒辟疆故宅平面图》，将此二图合并成《冒贾二府平面对比图》。现将两平面图对比如下：

1. 两图都存在一条中轴线，主要建筑都在中轴线上对称建筑。中轴线是中国整体规划的一大特点，北京就有一条闻名中外的中轴线，南起永定门，经天安门，直抵钟楼的中心点，在这条中轴线上整齐对称、相互呼应许多著名建筑。冒贾两府在规模上不可与京城相比，但在规划指导思想上都体现了中国人的规划思维，都有一条中轴线，这是冒贾二府共有的一大特点。

2. 在中轴线上两府主要建筑物的数量一致，方位一致，都有四大建筑。

冒府建在中轴线上的有得全堂、拙存堂、凝禧堂和五间房四大建筑。

贾府建在中轴线上的有大厅、内厅、内仪门、五间大厅四大建筑。

3. 两府建筑名称一样

冒府建在中轴线上的有大门、二门、三门，五间房。

贾府建在中轴线上的有大门、二门、三门，五间房。

中国古典府邸建筑有大门、二门，甚至三门，这是中国古典府邸建筑的常规，是"通用件"，冒府有、贾府有、张府有、李府有……不足为奇。但是府邸深院最后都建有"五间屋"，这就是个"特殊件"，特殊件取名一致绝不是常规和巧合，这是冒辟疆留下的如皋元素，这不是偶然的巧合，而是同一人所为的重要证据。

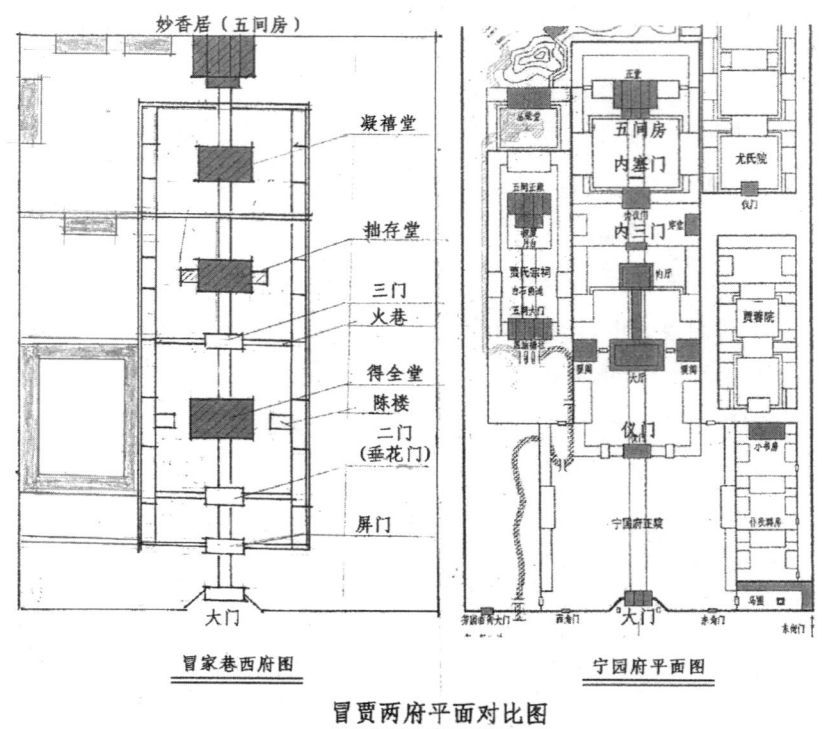

冒贾两府平面对比图

说明：1、两府平面图都有中轴线
2、中轴线上主要建筑一致
3、都有四坐门和一栋五间房。
冒府有大门、屏门、垂花门、三 门、五间房
贾府有大门、仪门、内三门、内塞门、五间房
4、贾府平面来自网络，冒府平面按冒舒諲文

贾府平面图对照《红楼梦》第五十三回

已到了腊月二十九日了，各色齐备，两府中都换了门神，联对，挂牌，新油了桃符，焕然一新。宁国府从大门、仪门、大厅、暖阁、内厅、内三门、内仪门并内塞门，直到正堂，一路正门大开……

众人围随着贾母至正堂上影前，……左昭右穆，男东女西。俟贾母拈香下拜，众人方一齐跪下，将五间大厅，三间抱厦，内外廊檐，阶上阶下两丹墀内，花团锦簇，塞的无一隙空地。

这两段话的文字所描写的各建筑物的顺序、主次、方位排列都可以与平面图相对应。

制图的网友是一位严谨、精明、热心、细心的红学爱好者。此图比例适中，定位准确。我们无偿地使用该图，在此仅表谢意。

冒府的平面图是冒舒諲提供的文字资料

冒舒諲（1914—1999）现代作家，原中国作家协会会员，广东省剧协常务理事，冒辟疆之族孙，少年时代是在冒辟疆的故宅如皋冒家巷的西府度过的。

20世纪80年代他凭童年的记忆写下《关于冒辟疆的故宅》一文，为我们研究冒辟疆提供了十分珍贵的文字资料，也是冒辟疆著作《红楼梦》的重要历史文献。根据此文的记载，我们推断冒辟疆当年坐在水绘园的匿峰庐中著作《红楼梦》，写到第五十三回"宁国府从大门、仪门、大厅、暖阁、内厅、内三门、内仪门并内塞门，直到正堂，一路正门大开"时，一定是以他曾经拥有和居住过的冒家巷西府的房屋平面布局为原型，一口气写下来的。任何作家如果头脑中没有这样的建筑记忆，没有使用或拥有过这样规模的豪宅，是无法想象出这样的建筑规格和程序，并按中轴线布置的。这种中式府邸建筑模式的描绘不可能是从天上丢进冒辟疆的头脑中的。

三百年前冒辟疆把他拥有过的冒家巷西府写进《红楼梦》中。

三百年后冒舒諲又把他住过的冒家巷西府从记忆中唤醒写进文章中。

这就是我们提出冒辟疆以笔名曹雪芹著作《红楼梦》的第十六个证据。

回答顾跃忠先生的质疑

顾跃忠先在《土默热红学研究》上对"两府一园"提出质疑，顾先生说：

1. 扬州有明代常遇春的"两府一祠"，更像贾府。

2. 贾府的"两府一园"是由"两府二园"演变而成的，"水绘园也没有过两园合一的过去"。

对此笔者以为：

1. 我是以"两府一园"的构建模式进行宏观对比，得出虚构的贾府"两府一园"酷似现实存在的如皋冒府"两府一园"。而这种模式又极为罕见，从而推断是一人所为。而顾先生抽出"一园"成了"两府"，然后说扬州有个"常府两府"。天下古城有"两府"的多得很，这样的质疑有力量吗？

顾先生又说扬州两府间有一祠堂，更像贾府，其实冒家西府原就有"冒氏祠堂"，笔者曾在此上过小学，祠堂仅是两府的局部建筑，没有对比的必要。

2. 顾先生说，贾府的"两府一园"是由"两府二园"演变而成的，"水绘园也没有过两园合一的过去"。顾先生请别忘了，我们对比的是"现状"而不是它的演变过程。过去，扯远了，那里还可能是一片荒地呢，怎样对比？

十七证　《红楼梦》中吸水烟考

《红楼梦》第一百○一回，宝钗"只得搭讪着自己递了一袋烟，凤姐儿笑着站起来接了"。

"递了一袋烟"，"站起来接了"，这完全是如皋民间吃水烟的程式。如皋人吃水烟历史悠久，过去几乎家家都有铜质弯管水烟袋，客人来了递上一个水烟袋，客人坐下咕嘟嘟吃上几袋烟，装好烟丝再递给别人，这是过去司空见惯的家常事。水烟出自兰州，已有四百多年的历史，早在明代就已成为向朝廷进贡的"八宝珍品"之一。

解放前，笔者清楚记得如皋的丁堰、林梓、白蒲等小镇上，许多商家都在墙上用大字写着"自运兰州水烟"的广告。邪门儿了，那时陇海铁路还没修到兰州，这些商家怎么翻山越岭到兰州去"自运水烟"的？不过那时没有正规的市场管理，也没人去计较。但却说明如皋地区城乡市场对兰州水烟的需求量是很大的。

笔者曾长期在兰州工作，见过水烟经销人员常年往返兰州如皋之间，对如皋城区的熟悉程度远胜于我。据介绍，兰州水烟在国内的主要销售地区之一，就是南通如皋地区。"吃一袋烟"完全是如皋人的口头语，如皋人吃水烟是以"袋"计量的。过去如皋农民下田干活都要带上水烟袋，常听招呼说："干了不少活儿，坐下歇歇，吃两袋烟！"

笔者在外地生活半个世纪，只见有抽香烟的，没见过吃水烟的，甚至水烟故乡的兰州当地民间也没有吃水烟的。像我们如皋家家有的铜质弯管水烟袋，要到甘肃省博物馆才能见到。所以还从来没见过"递了一袋烟"的情景。如今在

《红楼梦》里看到"递了一袋烟"的描写,感到非常亲切,可以推断《红楼梦》里出现了如皋吸水烟的习俗,再一次证明《红楼梦》出自如皋人冒辟疆笔下。

如皋话不说'吸烟'而说'吃烟',就像不说"喝酒"、"喝茶"而说"吃酒"、"吃茶"一样,《红楼梦》里比比皆是。

十八证　板鹞风筝空降大观园

我们探讨《红楼梦》作者，证据才是硬道理。

板鹞风筝就是一个过硬的证据。

板鹞风筝五大特点：硕大、平板、喜字、响鞭、钟鸣。

非遗名录五大条件：珍贵、濒危、历史、文化、科学。

板鹞风筝出自如皋，板鹞风筝上了非遗名录，板鹞风筝惊现《红楼梦》中。

一、什么是板鹞风筝？

风筝为什么叫风筝？它和弹拨乐器古筝有联系吗？原来五代太监王邺在风筝上装了竹笛，上天能发音，"引风入竹，其声如筝"，才出现了风筝之名。不能发音者叫纸鸢，能发出声音的才能叫风筝。在我们国家能发出声响的风筝大概只存在于南通地区。它就是在风筝上安装了千百个哨口、葫芦，见风发音的板鹞风筝。

如皋板鹞风筝有五大特点，硕大、平板、喜字、响鞭、钟鸣。

一，硕大。板鹞风筝有三四米高，二米多宽，表面面积 8~10 平方米左右，远远大于非物质文化遗产名录规定的超大型板子类风筝面积 1.3 平方米以上的标准。可以说如皋板鹞硕大无比。

二，平板。相对蝴蝶风筝、螃蟹风筝、大雁风筝、蜈蚣风筝等有曲线、有曲面、有立体感而言，板鹞风筝平整如门板。

三，喜字。板鹞风筝是中国汉字"喜"字形，以六角喜字字形为基础，通过组合变化，结构成串连星式喜字形板鹞风筝。

四，响鞭。板鹞风筝装有几百只甚至上千只大小不同的排哨，放上天去这些排哨发出如鞭炮般连续不断尖啸的声音。

五，钟鸣。板鹞风筝有几个大如巴斗的葫芦，安上哨口后，俗称"嘟子"，有低音嘟子，有高音嘟子，几个"嘟子"产生共振，发出洪钟般的音响，振荡环宇。

板鹞风筝像一支乐队在空中敲锣打鼓，演奏交响乐曲，声音可传到十里之外，十分雄伟壮观。

硕大无朋的喜字形如皋板鹞风筝

二、板鹞风筝进入国家级非物质文化遗产保护名录

2006年5月20日，国家公布了第一批国家级非物质文化遗产名录，其中就有如皋的板鹞风筝。

非物质文化遗产名录是保护非物质文化遗产的一种方式。联合国有《保护非物质文化遗产公约》。国家级非物质文化遗产名录，是经中华人民共和国国务院批准，由文化部确定并公布的非物质文化遗产名录。

从此如皋板鹞得到国家确认，进入国家层面的有效保护系统。能列入国家级的非物质文化遗产名录的项目，必须是合乎珍贵、濒危并具有历史、文化和科学价值五大条件的民族民间传统文化项目，具备独一无二、举世无双的品质。由于民间创作之传统形式的极端不稳定性，有消失的危险，因此要确立文化遗产名录，由国家进行保护。

板鹞风筝极为稀少，一是制作难度大，仅在南通市的如皋、如东、通州的少数人家持有。二是哨口雕刻大师越来越少，板鹞风筝社会存量越来越少，处于自生自灭状态。

今天，如皋板鹞风筝，能与久负盛名的，世界上独一无二、绝无仅有的昆剧、京剧、苏绣、湘绣、茅台酒酿制技术、中医、中药、针灸、春节、清明节等名满天下的文化项目并列在一起进入国家级非物质文化遗产名录，得到有效的保护，这是板鹞风筝的幸运，这是我们南通地区的荣誉，也是我们如皋的骄傲。

我们如皋人不能忘记，更要感谢南通市非遗办公室为板鹞风筝申遗做出了卓有成效的前期工作，最终使源出如皋的板鹞风筝获得进入国家级第一批名录的资格。

三、板鹞风筝的历史悠久

板鹞风筝源出如皋，笔者在互联网上看到，乾隆《通州州志》和嘉庆、民国的《如皋县志》都有"风鹞出自如皋"的记载。

2015年5月29日，笔者在如皋档案馆查得嘉庆《如皋县志》记载："风鸢之大者，径丈余，筝鸣霄汉，登彻云衢，甲于天下者也。"这是板鹞风筝源出如皋的历史证明。

2014年6月6日，文化部主管的《中国文化报》刊登了一篇姚付祥的报道文章《板鹞风筝响云霄》。文章说，"鹞出如皋，无巧不备"，再次确认了板鹞风筝出自如皋的历史。

四、如皋乡间放板鹞实录

板鹞风筝，笔者儿时见过。庄里一位大伯（如皋人叫大大）家就有一个大风筝，春节前后麦子不怕踩踏时，几个人从家中抬出来立在麦田里，风筝"门扇大"，牛皮纸糊的风筝面，上面挂了几百个葫芦哨子，最大的两个叫"嘟子"，大如巴斗，其余哨子如碗口大的、酒盅大的，还有数不清的蛋壳大的、白果大的排哨……麻绳有手指粗，蒲草搓的尾巴要两人抬起。如此硕大的风筝要"三接"才能拉上天，每"接"约三十米左右。头接称头把手，要好几个身强力壮的小伙子。检查了顶线，头接拉紧了麻绳，尾巴也顺直，送尾几个人各就各位，准备就绪，人们又兴奋又紧张，只等一阵劲风刮来，指挥一声令下，放！扶风筝的两人手一松，在众人的呼声中，拉头接的几个人飞速奔跑（如皋话"猴快快"），风筝带着呼啸声冲上天，送尾巴的几人也跟着前进，顺顺当当地把两根大尾巴送上天。众人跟着"猴"，发出尖叫声，头接一松手，二接好几个小伙子拉着绳子接着向前奔跑。一会儿传到三接，风筝越升越高，绳子放尽，这时风筝得到"天风"，成了一个高入云霄稳稳当当的大黑点，在百米高空中发出不同的音响，组合成一支雄壮的空中交响乐，有如机群掠空，两个"嘟子"在低音部有节奏地震响，雄壮浑厚。"嘟子"和较大的葫芦发出"如钟鸣"的声响，排哨们则爆出"带响鞭"的声音，悦耳动听的空中交响乐可以传送至十几里以外。

据老人回忆，"太平时候"（大概指民国初），民间还要举行放板鹞比赛，比谁家的声音洪亮，被压倒的一方不但认输，还要办酒席招待赢家。今天的如皋板鹞风筝得到了很好的继承和保护。如皋风筝与北京、天津、山东潍坊的风筝齐名，是我国风筝的发祥地之一。

今天国内外许多风筝节上，如皋板鹞风筝以其空中交响一鸣惊人。如皋板鹞远征香港、新西兰、澳大利亚、荷兰、比利时、意大利、日本等国家，甚至放飞到美国白宫大草坪上。

五、《红楼梦》中惊现板鹞风筝！

《红楼梦》第七十回最后三段是宝玉和众姊妹们放风筝的精彩描述，我们去看看有哪些风筝：探春是软翅子大凤凰风筝，宝琴是一个大红蝙蝠风筝，宝钗是一连七个大雁的风筝，还有，娇红姑娘放断线的蝴蝶风筝，晴雯昨天放走了的大鱼风筝，给了贾环的螃蟹风筝，再有就是宝玉放不起来的美人风筝，真是天空没有一个相同的风筝。

再看看放风筝的情景："风紧力大，随着风筝的势将籰子一松，只听一阵豁刺刺响，登时籰子线尽。""大家都仰面而看，天上这几个风筝都起在半空中去了。"籰子又称绕子，是绕线的工具。

李纨对黛玉道："放风筝图的是这一乐，所以又说放晦气，你更该多放些，把你这病根儿都带了去就好了。"说着便向雪雁手中接过一把西洋小银剪子来，齐籰子根下寸丝不留，咯噔一声铰断，笑道："这一去把病根儿可都带了去了。"那风筝飘飘摇摇，只管往后退了去，一时只有鸡蛋大小，展眼只剩了一点黑星，再展眼便不见了。

二月桃花盛开的季节，大观园姑娘们的风筝在空中飞舞，此情此景，好一派风景画面！这些文字似乎与如皋，与冒辟疆无关，与我们探讨冒辟疆著作《红楼梦》相距甚远。其实这些文字正是为了衬托下面一句"……又见一个门扇大的玲珑喜字带响鞭，在半天如钟鸣一般，也逼近来。……那喜字果然与这两个凤凰绞在一处。三下齐收乱顿，谁知线都断了，那三个风筝飘飘摇摇都去了。"

请注意关键词"门扇大""喜字形""带响鞭""如钟鸣"，这是什么风筝？有门扇大，而且声音带响鞭、如钟鸣？这绝不是姑娘们所放的凤凰风筝、蝙蝠风筝、大雁风筝、蝴蝶风筝、大鱼风筝、螃蟹风筝和美人风筝所能比拟的。

这个门扇大、喜字形、带响鞭、如钟鸣的大风筝，不正是具有硕大、平板、喜字、响鞭、钟鸣五大特点的如皋板鹞风筝吗？如皋的板鹞风筝怎么跑到《红楼梦》里去了？简直令人匪夷所思、眼花缭乱、难以置信。

没有见过硕大无朋的大风筝的作者不可能在《红楼梦》中写出这段文字。

没有见过硕大无朋的大风筝的读者不可能在《红楼梦》中读懂这段文字。

这就是具备五大特点和符合非遗五大条件的如皋板鹞风筝！

这就是乾隆《南通州志》和嘉庆、民国《如皋县志》记载的、进入国家级非遗名录的、文化部于2014年再次确认的如皋板鹞大风筝！

如皋板鹞风筝出现在《红楼梦》里，如皋板鹞风筝是世界上独一无二、绝无仅有的文化产品。如皋板鹞风筝具有唯一性和独立性，别的地方、别的文人没有见过板鹞风筝，是写不出板鹞风筝的。

就是当今读者看到这段关于风筝的描写，也可能只停留在欣赏大观园的姑娘们春日快乐游玩、及时行乐的民俗画幅。以至读到"又见一个门扇大的玲珑喜字带响鞭,在半天如钟鸣一般,也逼近来"这一段时,由于没有见过硕大无比的板鹞风筝,没有感性认识,所以多数读者就有可能忽略过去了。(我们在阅读《红楼梦》时类似的"忽略而过"的地方不是太多太多了吗?)

笔者以如皋老年读者的身份,在研究《红楼梦》中的如皋基因时,才在此停下来进行联想,猛然发现这不就是我在童年时看到的板鹞风筝吗?这个举世无双、进入国家级非遗名录的板鹞风筝怎么飞进《红楼梦》中去了?这不是货真价实的如皋基因吗?这不就是如皋人写作了《红楼梦》的确凿证据吗?

关于《红楼梦》作者是哪里人,现在我们不要去"索隐",也不要去"考证"了,《红楼梦》中的如皋板鹞风筝揭示了《红楼梦》的作者应是如皋文人。

这是最简单、最直接、最具轰动性的发现!

说它最简单、最直接,是因为《红楼梦》文字直白,不像欣赏一首诗,不同年龄、不同层次的人能做出不同的理解。这段文字也不需要去分析研究、不需要去引经据典证明什么理论,不需要旷日持久地写出大块文章一论、二论去排除争议。

说它最具轰动效应,因为关于《红楼梦》作者籍贯这个争论了二百多年的难题,因为一个板鹞风筝就可能得到解答!这可是爆炸性的发现!真是踏破铁鞋无觅处,得来全不费功夫!

是谁把它写到《红楼梦》里去了?我们认为,如皋人冒辟疆是最佳人选,是他把如皋的板鹞风筝用"门扇大的玲珑喜字带响鞭,在半天如钟鸣一般"写进了《红楼梦》第七十回中。不知诸位红学专家和红学爱好者可有同感?当然,我们大家是来研究、来探讨的,欢迎质疑,如果说我是错的,最好能看到对的答案!

《红楼梦》第七十回中宝玉和姑娘们放飞的风筝是:凤凰风筝、蝙蝠风筝、大雁风筝、蝴蝶风筝、大鱼风筝、螃蟹风筝、美人风筝等,它们以色彩,形态、舞姿在较低的空间吸引眼球,是观赏性的低空视觉风筝。

而板鹞风筝则能升入百米高空纹丝不动,停留十数日,不断地如响鞭、如钟鸣,声震霄汉。它有快乐健康敲锣打鼓的音响,甚至还有千变万化的交响旋律,它是感受性高空听觉风筝。

高空风筝和低空风筝、视觉风筝和听觉风筝是两股道上跑的车,它们不可能同时出现在大观园里。这两种风筝也是不可能绞在一处的，就像狮子老虎不可能与苍蝇蚊子打架一样。《红楼梦》作者惯用假语村言手法让它们绞在一处了，我们不必去较真。

板鹞板鹞，原出如皋。板鹞板鹞，如皋之宝。

板鹞板鹞，非遗来保。板鹞板鹞，喜报喜报！

十九证　贴一炉子烧饼

《红楼梦》里出现过好几次"贴烧饼"的话语，本文无意研究它的话外寓意，只就文字本身进行探讨。

全国各地都有饼这种面食，如大饼、油饼、煎饼、锅盔饼、葱油饼、千层饼、比萨饼、印度飞饼等几十几百种，而直呼其名曰"烧饼"的为数不多，烧饼以江淮地区较为普遍，我们如皋烧饼更以其传统久远而闻名。第六十五回"贴一炉子烧饼"，这几个字把如皋做烧饼的几个传统特点全表现出来了。首先一个"贴"字就不同其他饼类，多数面饼是置于炭火之上烧烤的，而如皋烧饼是将擀好的饼胚、徒手沾水迅速贴进高温炭火炉壁，贴饼师傅需要勇气，更要有高超的技能，可见其难度之大。第二个特点是一个烧饼大圆炉，高约八十公分，直径一米左右，炉口三十公分，炉中燃烧熊熊炭火，这是制作其他饼类所未见的。第三个特点是速度快，圆形大炉贴满，小鼓风机一吹，高温炭火下十来分钟就做出二十多个直径十五公分左右的烧饼，刚出炉的烧饼又脆又酥，味道妙不可言。第四个特点是百年不变的传统工艺，从发酵、揉面、包馅儿、擀胚、贴饼，全部手工操作，唯一变化的是电动鼓风机代替了手拉的风箱（更早以前还是用芭蕉扇子扇风呢）。

三百年前"贴一炉子烧饼"的场面在我们如皋还是原汁原味地保留着。中央电视台撒贝宁主持的"小撒开讲"栏目，2014年10月14日曾邀请如皋迎春桥烧饼店上他的节目，该店的老板娘带了一百五十个如皋烧饼，乘飞机到北京，将按古老技法做的烧饼带给现场特邀嘉宾、享誉世界的当代福尔摩斯、著名刑侦专家李昌钰。我们如皋古老技法"贴一炉子烧饼"，不但上了《红楼梦》，而且远征到北京扬名于世界了,这不是我们如皋人的骄傲吗?这也把冒辟疆留下的信号大幅度传播开来。

山东菏泽的朋友陈索韩来电,说菏泽也有贴烧饼,并传来一组照片,证实菏泽的吊炉烧饼也是贴的,故名"贴烧饼"。笔者以为中国之大,同名的食品异地存在不足为奇。

但是,笔者以为,我们把如皋人冒辟疆作为著作《红楼梦》的作者来探讨,而《红楼梦》里又存在不计其数的如皋元素,那么只要发现《红楼梦》中出现与如皋一样的建筑、园林、水系、人物、物品、事件、土话、风俗、习惯等,都可以作为冒著《红楼》的证据列出。

二十证　吃喝不分

固体的食物要用牙咀嚼叫吃，如吃饭、吃菜、吃水果。液体的食物不用牙咀嚼叫喝，如喝水、喝茶、喝粥。但是如皋话中"喝"的概念很模糊，许多地方一律用"吃"代替，于是就有了许多外地人无法理解、十分吃惊的词儿，如北京人讲究的喝茶、喝酒，如皋人要说"吃茶""吃酒"，难道液体的茶水和酒要牙嚼吗？吃喝不分，在如皋祖祖辈辈历来如此。

我们读到《红楼梦》中的人物也和如皋人一样。

如第一回《红楼梦》的大幕刚刚启开，姑苏阊门外十里街，葫芦庙旁乡宦、本地望族甄士隐先生邀请庙内寄居的一个穷儒贾雨村"到敝斋一饮"，先是款斟慢饮，次渐谈至兴浓，并不介意，仍是吃酒谈笑。

第三回，寂然饭毕，各有丫鬟用小茶盘捧上茶来。当日林如海教女以惜福养身，云饭后务待饭粒咽尽，过一时再吃茶，方不伤脾胃。今黛玉见了这里许多事情，不合家中之式，不得不随的，少不得一一改过来，因而接了茶。早见人又捧过漱盂来，黛玉也照样漱了口。盥手毕，又捧上茶来，这方是吃的茶。

从此开始在《红楼梦》一百二十回中，几乎回回可以读到和如皋人一样的"吃茶""吃酒"。

当然"吃喝不分"也存在于广大的江淮地区。因此，江苏兴化人施耐庵的《水浒传》中也出现了许多"吃喝不分"的场面就不足为奇了。

二十一证　杨柳不分

《红楼梦》第五十一回，麝月等笑道："野坟里只有杨树不成？难道就没有松柏！我最嫌的是杨树，那么大笨树，叶子只有一点子……"

麝月说的"叶子只有一点子"的树，显然是"柳树"，不是"杨树"。笔者生在如皋，从小跟着大人把"叶子只有一点子"的"柳树"，也叫成"杨树"，有时也叫"杨柳树"。如皋普通人的话语中没有"柳树"这个词，当然在课堂上，在如皋知识界的语言中是有"杨""柳"之分的，那是因为他们读过陶渊明的《五柳先生传》的缘故吧。如皋也有叶子大而圆的杨树，但如皋人叫它为"白杨树"。杨树是杨树，白杨树是白杨树，分得清清楚楚的。我到外地见到"叶子只有一点子"的"柳树"还叫"杨树"，受到许多人的嘲笑，说我这个如皋人连杨树柳树都分不清。荣国府的麝月又不是如皋人，北京那位曹雪芹对杨和柳的区分是很清楚的，不会闹出这样的笑话，只有如皋的冒辟疆才会教麝月讲如皋土话，把"柳树"叫成"杨树"。

二十二证　腰　门

《红楼梦》第一百〇八回,宝玉便慢慢的走到那边,果见腰门半开,宝玉便走了进去。第一百〇九回,一日,众人都在那里,只见看园内腰门的老婆子进来,回说:"园里的栊翠庵的妙师父知道老太太病了,特来请安。"

如皋老式堂屋大门是向内开的,在大门外另安半人高的外开矮门叫腰门,开着大门关着腰门,其用处是防雨、采光,还可阻止鸡犬入内。过去在如皋地区是常见的。这种腰门笔者在北方没见过,北京西郊的那位曹雪芹大概也没见过腰门,想不到在《红楼梦》里却能见到,读着《红楼梦》,仿佛到了如皋。

二十三证　庄连着庄的如皋风光

《红楼梦》第三十九回,刘姥姥二进大观园。刘姥姥顺口编故事,便又想了一篇,说道:"我们庄子东边庄上,有个老奶奶子,今年九十多岁了……"读到这里不留神一晃过去,但停下一想"庄子东边庄上"不正是如皋乡村情景吗?

首先是刘姥姥的村庄的密度和我生长的地方的一样,"庄子东边庄上"是说刘姥姥家的东边又是一个庄,笔者住在如皋东南小韩庄,东边是陈草积庄,周围三四里范围有十几个自然村庄相连,无任何界线,现在依然如此。因为村庄紧紧相连,农村人交谈中往往省去村庄名称,而是用前庄、后庄、东庄、西庄说明事故。住在这种环境里的刘姥姥才能说出"庄子东边庄上",如皋农村生长的读者看到这里,就自然地联想到自己住过的庄子,发现《红楼梦》里写的正是如皋农村。

其次是名称一样,过去如皋农村都叫某某庄,没有叫某某村的。

笔者住的小韩庄周围名为"庄"的有:陈草积庄、纪港庄、张米庄、顾家庄、苏家庄、冒家长庄、陈家庄、田肚里庄、蜻蜓池庄等等。小韩庄东西长约三百米,人口四五十家,是个小小村庄,像这样小的村庄,在如皋县何止千百个,但在民国时代的《江苏省如皋县境略图》上,只绘了不到一百个村庄,却有小韩庄的大名。

而我仔细查阅这份《略图》,图上近百个村庄,标明有"庄"的是庐庄、周家庄、老虎庄、石庄、陈家庄、小韩庄、李范庄等,竟没一个叫村的,可见中国的南方多以庄取名。如近代教育家陶行知在南京创办的著名学校"晓庄师范"。北方农村多以村冠名,最有名的一句是:"鬼子进村啦!"

证明刘姥姥是个南方农村老太太,所以她讲的故事里没有"村"名,只有"庄"名。

再说民国时代的《江苏省如皋县境略图》以庄冠名的庄子都在当今的如皋市境内,当今的如东县境内竟然没有一个叫庄的,这是什么现象?说明《红楼梦》的作者生活在有"庄"名称的地段,说明三百多年前的如皋东部地区(现如东县)正处于开垦时代,还没形成众多村落。而有文字记载的两千多年里,西部地区早已人口繁密,村庄密布。写作《红楼梦》的冒辟疆写到农村时,当然要以庄的名称为原型,让刘姥姥讲出"庄子东边庄上"的事。

附民国时代《江苏省如皋县境略图》(含当今的如皋、如东两市县)

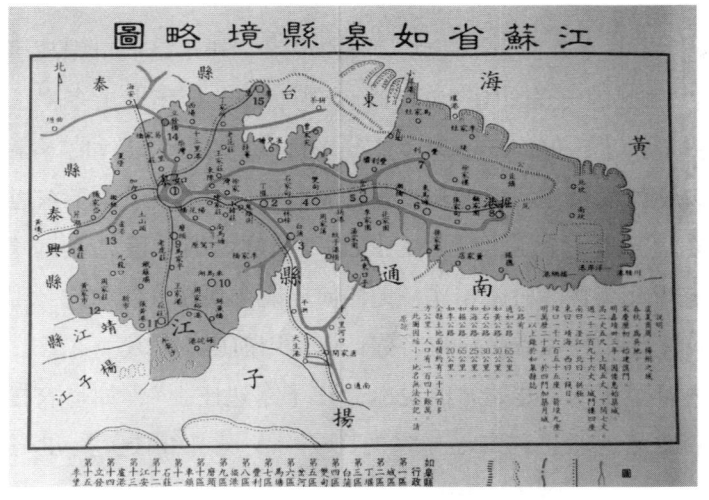

江苏省如皋县境略图

二十四证 《红楼梦》中如皋过去的雨具

《红楼梦》第四十五回：只见宝玉头上戴着大箬笠，身上披着蓑衣。黛玉不觉笑了："那里来的渔翁！"宝玉忙问："今儿好些？吃了药没有？今儿一日吃了多少饭？"一面说，一面摘了笠，脱了蓑衣，忙一手举起灯来，一手遮住灯光，向黛玉脸上照了一照，觑着眼细瞧了一瞧，笑道："今儿气色好了些。"黛玉看脱了蓑衣，……问道："上头怕雨，底下这鞋袜子是不怕雨的？也倒干净。"宝玉笑道："我这一套是全的。有一双棠木屐，才穿了来，脱在廊檐上了。"黛玉又看那蓑衣斗笠不是寻常市卖的，十分细致轻巧，因说道："是什么草编的？怪道穿上不像那刺猬似的。"

第五十回：只见宝玉笑欣欣擎了一枝红梅进来，众丫鬟忙已接过，插入瓶内。……探春早又递过一盅暖酒来，众丫鬟走上来接了蓑笠掸雪。

这段话里的"箬笠"、"蓑衣"、"木屐"等防雨用品，笔者不但见过而且还亲自使用过，什么

只见宝玉头上戴着大箬笠，身上披着蓑衣。

是箬笠？就是用竹箬编制的雨帽，它不吸水，有点像塑料薄膜，竹箬是竹笋长成大竹子后根部留下的"外衣"。何谓蓑衣？蓑衣是用鬃制成的像刺猬似的雨衣，棕树在如皋普遍生长。木屐是木底的鞋，有齿可防滑。梅雨季节，脚下绑上木屐去串门至今记忆犹新。但，我们农村用的木屐是木制水车上木链条的一节，俗称"虾儿"（这虾字一定要按如皋土话"哈"字发音），长约为二十厘米，宽八厘米，厚王厘米，呈丫字形，"虾儿"上有三个圆洞穿上绳子绑到脚下，雨天串门，只能近处走走。

"箬笠""蓑衣""木屐"等雨具，胡适考证的住在北京西郊的曹雪芹可能没见过，只有笔名曹雪芹的冒辟疆才知道这几种如皋地区的雨具，才会使用，例如知道木屐得脱在廊檐上。

二十五证　水乡风光

《红楼梦》第二十六回，贾芸看时，只见院内略略有几点山石，种着芭蕉。

第四十一回，宝玉道："我叫几个小幺儿来河里打几桶水来洗地如何？"到河里打水这是典型的如皋风光。

第四十七回，平儿站在窗外悄悄的笑道："我说着你不听，到底碰在网里了。"

第六十回，芳官说道："何苦来往网里碰去。"

第四十七回，湘莲道："怎么不去？前日我们几个人放鹰去，离他坟上还有二里。我想今年夏天的雨水勤，恐怕他的坟站不住。"

第五十八回，池中又有驾娘们行着船夹泥种藕。

第六十四回，说着，芳官早托了一杯凉水内新湃的茶来。因宝玉素昔禀赋柔脆，虽暑月不敢用冰，只以新汲井水，将茶连壶浸在盆内，不时更换，取其凉意而已。将过了沁芳桥，只见雪雁领着两个老婆子，手中都拿着菱藕瓜果之类。

第六十七回，刚来到沁芳桥畔，那时正是夏末秋初，池中莲藕新残相间，红绿离披。

以上"芭蕉"，"到河里打水"，"往网里碰"，"雨水勤，站不住"，"行着船夹泥种藕"，"夏末秋初，池中莲藕新残相间"等分散在好些回里的零星语言，不易引起读者注意。但我们把这些零言片语集中到一起，正好勾勒出一幅如皋水乡风光。芭蕉生长期需要大量水分，在如皋是常见的植物。如皋是河网地区，河汊密布，如皋农村家家靠河而居，河面架设水凳，俗话说，厨房靠河边，洗刷都方便。贾宝玉说的"到河里打水"的情景，在如皋农村家家户户天天都会发生。

只见院内略略有几点山石,种着芭蕉。

农村无数河港,天天见到捞鱼捉虾的人群,经常碰到渔翁,也经常听到"往网里碰"的说法,所以《红楼梦》里,生活在河网地区的平儿、芳官才会用"到底碰在网里了"的比喻。

如皋雨水丰沛,年平均降雨量在1055毫米以上,雨季常把坟墓冲塌,"雨水勤坟站不住",过去在乡下常见到。

如皋井水深只有四五尺,取水十分方便,过去夏天到井中汲水降温是常有的。汲水就是用吊桶从井中打水,不像北京地区要用辘轳绞水。

"行着船夹泥种藕"更是如皋人熟知的,河泥是极好的肥料,夹泥人从家中推着船底有个小轮子的夹泥船,来到河里,用铁夹子夹取河泥,船舱满后撑到岸边,用木锹将河泥撂到岸上。可以夹泥种藕的河汊必须有常年平静的水面,如皋境内河汊都是平静水面,都可下船夹泥,而这些是冒辟疆熟知的,所以他又一次在大观园里布下如皋元素。

二十六证　挑粪

《红楼梦》第五十二回，麝月道："巴巴的写了他的小名儿，各处贴着叫万人叫去，为的是好养活。连挑水、挑粪、花子都叫得，何况我们！"

过去北京都是旱厕，20世纪50年代的劳模时传祥就是掏大粪工人，这种工作不但辛苦，而且十分肮脏，要把大粪用大勺子掏入桶内，然后背到大马车上，但时传祥不怕脏不怕累，任劳任怨，满腔热情，每班背九十桶，获得全国先进生产者称号，受到国家主席刘少奇的接见。刘少奇说："你是掏粪工人，我是国家主席，我们都是为人民服务的。"北京是先"掏"后"背"大粪，从未有挑粪一说。

2015年3月27日《扬子晚报》有一篇《劳动模范时传祥被江青诬为"工贼"》的文章写道："清洁队的老工人、老干部谁不知道，解放后，他十七年如一日，风里来，雨里去，背着粪桶，穿街走巷，为了首都的清洁卫生，终年劳累奔波。"再次证明北京没有"挑粪"这个运粪方式。

而我们如皋是水厕，家家都有坐式砖砌茅缸，或是称之为老式敞口"化粪池"。池上架着木制的如大椅子一样的"茅缸座"，座上开洞，如皋人家多数是坐着出恭，这一点又远远走在当今卫生间所谓坐式便器前好几百年。胡适考证的北京曹雪芹没见过如皋地区的运送水粪，是用长柄大木斗（俗名"撩勺"）把茅缸里的水粪舀入粪桶，再用扁担挑到田里给蔬菜或庄稼浇灌，如皋运粪便既不用"掏"也无须"背"。所以麝月说的"挑粪"情景应发生在江淮地区的如皋。

粪便是上等有机肥料，过去如皋城镇郊区农家常担挑粪桶上街，那时粪便是要花钱买的！如皋的冒府肯定也有挑粪者进出。而这也是冒辟疆所熟悉的，所以他让住在怡红院内，贵为宝二爷贴身丫环的麝月说："连挑水、挑粪、花子都叫得，何况我们！"

二十七证　扇风炉、茶吊子和瓦灶

扇风炉、茶吊子和瓦灶都是如皋农村过去常见的土灶具。

《红楼梦》第三十八回，那边有两三个丫头扇风炉煮茶，这一边另外几个丫头也扇风炉烫酒呢。

第四十一回，妙玉自向风炉上扇滚了水，另泡一壶茶。

扇风炉和吊子，是过去如皋家家常备的炉具。所谓风炉就是用黏土和麦韧草"拓"的小泥炉，麦韧草是打场时石滚子碾压过的麦秸，质地柔韧用于打土墙、泥锅灶，冬天也可铺床。用手工掼打小麦脱粒的麦秸称"管子草"，又叫"齐草"，可以盖草屋。如皋习俗，腊月家家蒸馒头，齐草连续旺火也是农家蒸馒头的上等烧火料。

如皋域内一大半是沙土区，沙土是"拓"不成风炉的，田野里黏土很少，要到河坎去找寻，如皋人叫黏土为"秦泥"，"秦泥"这名称不知出自何处。把找到的"秦泥"挑回家，加以麦韧草和水，搅和成泥坯，然后一点一点地"拓"成扇风炉。

吊子，《红楼梦》有的地方也写为铫子，反正一样是烧水壶，过去吊子多数是锡皮焊成的。要泡茶就在风炉上面墩上吊子烧水，过去如皋农村没有煤炭，扇风炉燃木柴、枯树枝，有时烧豆秸，所以烧水时要拿着芭蕉扇不停地扇风，《红楼梦》把它叫扇风炉是很形象的。扇不着火还要弯腰趴下用嘴去吹，弄得头脸都是灰，有时呛得眼泪直流。其场景本耄耋至今而不忘。

瓦灶是用一口废弃的破缸，缸口二尺左右，中间搪泥，上口开一加柴草的口，下边开一气洞，墩上铁锅做饭的灶，这种简易的瓦灶没有烟囱，只能露天或棚下使用，笔者童年见过许多人家就用此瓦灶烧煮，过去通扬运河上许多船家也是用这种瓦灶的。瓦灶没有灶沿，做饭很不方便。

《红楼梦大辞典》："瓦灶为土坯烧成的灶，土之未烧谓之'坯'，已烧者谓之瓦，瓦灶即用土坯烧制成的简陋炉灶。"对此解释笔者不敢苟同，一是笔者童年见过瓦灶不是泥烧制的。二是烧制的瓦灶就是商品，而用此瓦灶的农户都是赤贫人家，哪有钱去集市索买此瓦灶。赤贫人家即使捡不到破缸制作瓦灶，也可以用所谓秦泥"拓"一个如皋人称的"锅箱儿"，"锅箱儿"就是一个放大的扇风炉，可以墩上大铁锅站立着做饭、炒菜和烧水。"锅箱儿"和瓦灶有一样的形态，一样的功能，就地取材，不用花钱。所以《红楼梦》书上的瓦灶和冒辟疆晚年在匿峰庐的瓦灶都是用不花钱的破缸制作的才符合历史面貌。

二十八证　主食大米

《红楼梦》大观园的主食是大米,何以见得?我们只要稍稍留心下面几段描述就可以发现:

1. 第六回,因此刘姥姥看不过,乃劝道:"姑爷,你别嗔着我多嘴。咱们村庄人,那一个不是老老诚诚的,守多大碗儿吃多大的饭。"

2. 贾府收取地租粮食主要是大米。第五十三回黑山村的乌庄头的禀帖和账目单子:……御田胭脂米二石,碧糯五十斛,白糯五十斛,粉粳五十斛,杂色粱谷各五十斛,下用常米一千石。

3. 大灶日常煮的米饭,查出亏空是米,没有提一点面粉。第六十二回,秦显家的好容易进了大厨房,查出许多亏空来,说:"粳米短了两石,常用米又多支了一个月的。"悄悄的备了一担粳米,在外边就遣了子侄送入林家去了。(秦显家的才进厨房就偷米行贿,可见心术不正,没有得逞。)

4. 贾母餐桌上是米饭。贾宝玉常常吃茶泡饭。第七十五回,贾母因问:"有稀饭吃些罢了。"尤氏早捧过一碗来,说是红稻米粥。贾母接来吃了半碗,便吩咐:"将这粥送给凤哥儿吃去。"

第六十二回,"先给我做一碗汤盛半碗粳米饭送来",以及"并一大碗热腾腾碧荧荧蒸的绿畦香稻粳米饭",类似此等不可胜数。

乡下老婆子刘姥姥都说:"守多大碗儿吃多大的饭。"仓库进米、厨房存米、众人吃米饭、吃米粥的话语,这些都说明贾府建在盛产大米的南方。胡适考证的北京西郊以面食为主的曹雪芹是写不出来的。

《红楼梦》的故事如果像当今红学界所说是发生北京,那么馒头、包子、面条等主食就应频现书中,遗憾的是主流红学界公认的北京西郊的曹雪芹一点面子都不给,主食几乎全是大米!

二十九证　《红楼梦》香芋 VS 如皋香堂芋

我在阅读《红楼梦》时发现了许多如皋俗语、方言、土话，还发现有许多非常规食品和用品的名称也和如皋一样。例如《红楼梦》第十九回中的"香芋"就是如皋的"香堂芋"。让我们先看一下《红楼梦》关于"香芋"的描述：

宝玉只怕他睡出病来，便哄他道："嗳哟！你们扬州衙门里有一件大故事，你可知道？"黛玉见他说的郑重，且又正言厉色，只当是真事，因问："什么事？"宝玉见问，便忍着笑顺口诌道："扬州有一座黛山，山上有个林子洞。"黛玉笑道："就是扯谎，自来也没听见这山。"宝玉道："天下山水多着呢，你那里知道这些不成。等我说完了，你再批评。"黛玉道："你且说。"宝玉又诌道："林子洞里原来有群耗子精。那一年腊月初七日，老耗子升座议事，因说：'明日乃是腊八，世上人都熬腊八粥。如今我们洞中果品短少，须得趁此打劫些来方妙。'乃拔令箭一枝，遣一能干的小耗前去打听。一时小耗回报：'各处察访打听已毕，惟有山下庙里果米最多。'老耗问：'米有几样？果有几品？'小耗道：'米豆成仓，不可胜记。果品有五种：一红枣，二栗子，三落花生，四菱角，五香芋。'老耗听了大喜，即时点耗前去。乃拔令箭问：'谁去偷米？'一耗便接令去偷米。又拔令箭问：'谁去偷豆？'又一耗接令去偷豆。然后一一的都各领令去了。只剩了香芋一种，因又拔令箭问：'谁去偷香芋？'只见一个极小极弱的小耗应道：'我愿去偷香芋。'老耗并众耗见他这样，恐不谙练，且怯懦无力，都不准他去。小耗道："我虽年小身弱，却是法术无边，口齿伶俐，机谋深远。此去管比他们偷的还巧呢。"众耗忙问：'如何比他们巧呢？'小耗道：'我不学他们直偷。我只摇身一变，也变成个香芋，滚在香芋堆里，使人看不出，听不见,却暗暗的用分身法搬运,渐渐的就搬运尽了。岂不比直偷硬取的巧些?'众耗听了,都道:'妙却妙,只是不知怎么个变法,你先变个我们瞧瞧。'小耗听了,笑道:'这个不难,等我变来。'说毕,摇身说'变',竟变了一个最标致美貌的一位小姐。众耗忙笑道:'变错了,变错了。原说变果子的,如何变出小姐来?'小耗现形笑道:'我说你们没见过世面,只认得这果子是香芋,却不知盐课林老爷的小姐才是真正的香玉呢。'"

这段故事中,接连七次提到"香芋",我就想宝玉所说的"香芋"到底是个什么样的东西?既然我们推断冒辟疆著作《红楼梦》,那么《红楼梦》的"香芋"是不是就是我们如皋的香堂芋?

据了解,目前国内有两种"香芋":一种"香芋"产自广东、广西、湖南等省,单体很大,每个都重达一斤以上;还有一种"香芋",产于江苏海门、启东等地,其大小与如皋的香堂芋一样。但是这两地的"香芋"都不是《红楼梦》中的"香芋"。

首先是地域之异,耗子精偷"香芋"的故事发生在扬州,三百年前的作者不一定知道千里外的两广和湖南出产"香芋"。其次是果体匹配,熬腊八粥五种果品红枣、栗子、落花生、菱角、香芋,外形体积比较配套,难以想象红枣栗子等四样小件配一个硕大无比的"香芋"去熬腊八粥。

因此我排除两广和湖南的"香芋",它不是《红楼梦》中的"香芋"。如果说是海门、启东的"香芋",那倒是很合理的,不但"地域"接近,而且名称完全一样,《红楼梦》的作者冒辟疆必然吃过海启两地的"香芋",才写出了这段文字。

但一个意外的发现让我否定了海门、启东的"香芋"是《红楼梦》"香芋"之推测。乾隆年间《如皋县志》记载:"香芋生沙土,霜后掘取煨煮,食之尤佳,香味绝胜。"

《如皋县志》记载的一定是如皋的事物,它不可能把外县之物记入本县的县志中,海门、启东的"香芋"无毛而光洁,是海门启东的特产,如皋"香芋"有毛,故称"毛芋头",是如皋特产,它们风味口感完全不同,千百年来各自守着自己的领地,相隔百里毫不相扰。

那么县志记载的"香芋"是一种什么芋头,它现在哪去了?笔者认为县志记载的"香芋"应是"香堂芋"的学名。据说香芋因蒸熟后满堂屋香气而得名

"香堂芋","香堂芋"是"香芋"的民间俗称。如皋的"香堂芋"就是《红楼梦》中的香芋。

香芋再次证明如皋才子冒辟疆是《红楼梦》的真正作者！冒辟疆不但把如皋方言俚语写进《红楼梦》，还把如皋的特产"香芋"也写入《红楼梦》中去。

芋头名列如皋元素的前列

小耗子偷香芋的故事，是贾宝玉调侃林黛玉瞎编的。但《红楼梦》里确实有芋头这种食品，我们看第五十回大家拥炉作诗，看到黛玉的"翦翦舞随腰。煮芋成新赏"的诗句，芦雪庵笼了地炕，贾宝玉与众姊妹即景联句的同时煮了一锅芋头。宝玉到栊翠庵向妙玉乞梅，大家吃酒咏梅，李纨命人将那蒸的大芋头盛了一盘，又将朱橘、黄橙、橄榄等物盛了两盘，命人带与袭人去。

芋头叶大如荷，蒸发量大，适合在降雨充沛、地表常年潮湿的地区种植，《红楼梦》中故事里有芋头，联诗中写芋头，姑娘们赏雪咏梅还吃芋头，说明大观园不在北京，《红楼梦》的作者是生活在盛产芋头的地区。

如皋盛产芋头，每年夏季你可看到，田野里种植上百上千亩绿油油的芋头。如皋的香堂芋以其味道香美、质地滑润、无病无害闻名于世。土豆皮变绿有毒，土豆发芽，其芽也不可食用。而芋头性质相当温和，甚至发黑变"坏"也无任何毒素，反而溢出香气。如皋芋头不但受到本地人的喜爱，而且被当作长寿食品远销到上海、北京等大城市。

芋头的经济价值大大地超过其他薯类如土豆和山芋，它的文化价值记录在伟大小说《红楼梦》中，以它的朴实和稳重站在如皋元素的前列。

三十证　没有火炕只有木床，大观园在南方

贾府睡觉都是木床没有火炕。

第四十回，刘姥姥念佛道："人人都说大家子住大房。昨儿见了老太太正房，配上大箱大柜大桌子大床，果然威武。"我们再看同一回探春房中：东边便设着卧榻，拔步床上悬着葱绿双绣花卉草虫的纱帐。

拔步床就是个大木房，床前是上有木棚板、下有踏板、两侧有雕花壁板的前罩，前罩与床等宽，床两头有小柜，是种可以拆卸重新组装的大型家具。我们先人几百年前就有了组合家具，走在世界前列。这种拔步床，如皋人叫"踏步床"，过去大户人家可以见到。孙女探春睡的是拔步床，刘姥姥看见贾母的大床不言而喻也是拔步床。

第五十回，晴雯只在熏笼上围坐。麝月笑道："好姐姐，我铺床，……"说着，便云与宝玉铺床。晴雯嗐了一声，笑道："人家才坐暖和了，你就来闹。"……晴雯笑道："终久暖和不成的，我又想起来汤婆子还没拿来呢。"麝月道："这难为你想着！他素日又不要汤婆子。"

这旦出现的"大床"、"拔步床"、"铺床"、"熏笼"、"汤婆子"，都说明贾母、宝玉、探春等睡的是木床。《红楼梦》中还用了许多手炉、脚炉、火箱等取暖工具，笔者在北方生活了几十年，到过农村，睡过火炕，从没见过烧火炕的同时还要用手炉、脚炉的。只有木床上才挂帐子，火炕上不用什么纱帐。《红楼梦》中也出现了不少炕的描写，如第六回，刘姥姥一进荣国府见南窗下是炕，凤姐端端正正坐在那里，手内拿着小铜火箸儿拨手炉内的灰，平儿站在炕沿边。凤姐房内有炕，但她还在用手炉取暖，可见她坐的炕不是火炕。

又如第五十三回，尤氏上房早已袭地铺满红毡，当地放着象鼻三足鳅沿鎏金珐琅大火盆，正面炕上铺新猩红毡，……这边横头排插之后小炕上，也铺了皮褥，让邢夫人等坐了。地下两面相对十二张雕漆椅上，都是一色灰鼠椅搭小褥，每一张椅下一个大铜脚炉，让宝琴等姊妹坐了。这段文字中有"正面炕""之后小炕"，但都不是取暖的火炕，否则还要珐琅大火盆、十二个大铜脚炉干什么？

第九十二回，李纨同着他妹子、探春、惜春、史湘云、黛玉来到贾母房内给贾母请安。薛姨妈，邢王二夫人也来了。贾母道："咱们这时候很该吃饭了。"丫头们把火盆往后挪了一挪儿，就在贾母榻前一溜摆下两桌，大家序次坐下。吃了饭，依旧围炉闲谈，不须多赘。这段文字交待得更加清楚，贾母榻前放着火盆，饭后依旧围炉闲谈。

刘姥姥醉卧怡红院，睡的就是宝二爷的大床。

再说北方冬季很长，为了烧炕要准备许多木柴或煤炭。我们在读《红楼梦》时没有见到一处运输储备冬季用柴炭的描写。烧炕更是很麻烦的事，也没见到烧炕的场面。宝玉房中近四十个下人，有马夫、书童、扫地的、浇花的、端茶倒水的、外间侍候的、里间侍候的，宝玉的衣食住行都有人管。还有抬火箱的，生熏笼的，怎么就没见一个负责烧炕的？这说明宁国府、荣国府、大观园的故事发生在南方，发生在江淮地区。

那么《红楼梦》中的炕到底是什么？在第二十一回中，宝玉听说，呆了一回，自觉无趣，便起身叹道："不理我罢，我也睡去。"说着，便起身下炕，到自己床上歪下。

这段文字最能说明问题，原来《红楼梦》里的炕是坐的，床是睡觉用的。我想贾府是显赫的贵族大家庭，必然用的是"红木炕榻"。这种"红木炕榻"在江淮大户人家是内室的主要家具。如皋水绘园水明楼中收藏的冒辟疆的"红木炕榻"就是一例。

我们还可以从茅盾的小说《子夜》里读到关于"红木炕榻"的描写。《子夜》第八节写道："冯云卿忽然烦躁起来，右手将账簿一拍，就站起来，踱到厢房后半间朝外摆着的'红木炕榻'上躺了下去，闭了眼睛，叹一口气。"

电视剧《红楼梦》中，贾母房中、王夫人内室、王熙凤里屋都有"红木炕榻"，也是一个很好的证明。那么《红楼梦》的作者为啥不清清楚楚、明明白白地写上"红木炕榻"四个大字？我想这也是假语村言的笔法吧！

三十一证　没有辫子只有小脚，尤三姐一脚踢翻主流红学的架构

我们为探寻明末清初的冒辟疆以曹雪芹的笔名著作了《红楼梦》，在如皋成立了如皋红楼梦研究会，主要宗旨之一，是寻找冒辟疆著作《红楼梦》的更多证据。红研会众多成员已找到几十条证据，也写了不少文章。

关于《红楼梦》中男士发式，第三回写贾宝玉在家中是"头上周围一转的短发，都结成小辫，红丝结束，共攒至顶中胎发，总编一根大辫（请注意：短发总编的是短辫），黑亮如漆，从顶至梢，一串四颗大珠，用金八宝坠角"。出门是"头上戴着束发嵌宝金冠"，就是说宝玉头顶总结的大辫是用金冠"束发"的，显然是明代公子哥儿簪缨之族的形象，而不是清代男子头前几乎剃光，于脑后总结一大辫飘于身后。《红楼梦》没有其他男人发型的描写，更没有写打辫子的男人，但却有女人裹脚的描写和女性是小脚的许多证据：

1. 笔者在 82 版《红楼梦》第六十五回读到尤三姐"露着葱绿抹胸，一痕雪脯。底下绿裤红鞋，一对金莲或翘或并，没半刻斯文"。文中的"一对金莲"就是缠足，俗称裹脚，是中国封建社会沿袭千年的摧残妇女的陋习。缠足之风，根深蒂固，脚的形状、大小成了评判女子美与丑的重要标准；作为一个女人，是否缠足，缠得如何，将会直接影响到她个人的终身大事。社会各阶层的人娶妻，都以女子大脚为耻，小脚为荣。"三寸金莲"之说深入人心。

2. 第五回描写警幻仙姑"莲步乍移兮，待止而欲行"，即缠足女子走路的形态。

尤三姐一对金莲或翘或并,没半刻斯文。

3. 贾宝玉追祭晴雯的《芙蓉女儿诔》中有"捉迷屏后,莲瓣无声",证明晴雯是小脚。

4. 第七十回写"晴雯只穿葱绿院绸小袄,红小衣红睡鞋"。我们在《红楼梦大辞典》中查到,"红睡鞋"条云:"睡鞋:缠足女子睡觉时所穿之鞋。""红睡鞋"一词表明晴雯是缠足的。

5. 第五十四回写老婆子说小丫头"那里就走大了脚",说明贾府里的小丫头也是小脚,小丫头也不屑大脚。贾府里太太、夫人、小姐等女性都是小脚,是不言而喻的。

6. 第六十九回,尤二姐去见贾母,贾母细看尤二姐的皮肤与手,鸳鸯又揭起裙子来,贾母瞧毕,摘下眼镜来笑说道:"是个齐全孩子。"揭起裙子就是让贾母看尤二姐的金莲,如果是天足就不用审看了,证明尤二姐是汉族缠足妇女。贾母戴着老花眼镜去认真审查了尤二姐的金莲,发现与她拨给宝玉的晴雯一样是缠足的,于是用赞赏的口气说"是个齐全孩子"。这更加证实贾母也是汉族缠足老太,而满族是不缠足的。满族人是绝对不会把女人缠足作为评判女子美与丑的标准的。试想贾母如果是满族天足老太,绝不会说缠足女孩"是个齐全孩子"。

清朝入主中原后,起初极力反对汉人的缠足风俗,一再下令禁止女子缠足。顺治二年起就下诏禁止,康熙元年又诏禁女子缠足,违者罪其父母。但汉人民间沿袭千年的缠足习俗难割难舍,到了乾隆时,多次降旨严责,不许旗人女子缠足。但民间汉人仍可以公然缠足,并且越来越为小脚癫狂。裹脚的陋习一直沿袭到民国初年。笔者记事是20世纪40年代,所见奶奶、外婆、姑妈、婶婶那一辈女性全是小脚女人,可见此恶习之深远。

清廷强迫汉族男人都打辫子,那是清朝征服者的心理需要,所谓"留发不留头,留头不留发",汉人男子都梳根大辫子,那是汉人是否归顺大清的政治标识。但汉族女人依然裹脚,此习俗不妨其统治,清廷也就睁一只眼闭一只眼默许了。后人所谓"男降女不降"的论调,实是汉人士大夫无奈之阿Q之言。

7. 第七十三回,贾母房里干粗活的丫头,"傻大姐年方十四五岁,是新挑上来的与贾母这边提水桶扫院子专作粗活的一个丫头。只因他生得体肥面阔,两只大脚作粗活简捷爽利,且心性愚顽,一无知识,行事出言,常在规矩之外。贾母因喜欢他爽利便捷,又喜他出言可以发笑,便起名为'呆大姐',常闷来便引他取笑一回,毫无避忌,因此又叫他作'痴丫头'。"

这段话明明白白地告诉我们贾府里心性愚顽、无知无识、呆痴的丫头才允许是两只大脚,凡聪明伶俐、知情达理、有头有面的应该都是小脚女人。

8. 第四十九回,"黛玉换上掐金挖云红香皮小靴"……众姊妹都穿同样样式的靴。史湘云"脚下也穿着鹿皮小靴"。这个"小靴"可以认定林黛玉、史湘云她们都是小脚。

综观以上八点我们有把握说《红楼梦》宁荣两府,上从老祖宗贾母起至王夫人、邢夫人、尤氏、凤姐、李纨、元春、迎春、探春、惜春、黛玉、宝钗、湘云,以至有头脸的丫环鸳鸯、平儿、袭人、晴雯、紫鹃、琥珀……上百名女性都是缠足女人。

满族是不准缠足的,清廷里皇后、皇妃、嫔妃、众多宫女都是天足,天足女人脚下才能穿盆底鞋。那么三寸金莲的贾元春肯定不是清朝故宫里的娘娘,元春到底进的是明宫、元宫、宋宫还是唐宫,真是无从可考,读者们可按第一回石兄的假语村言:"我师何太痴耶!若云无朝代可考,今我师竟假借汉唐等年纪添缀又有何难?"

关于贾府女性大脚小脚之争已有百年历史,笔者查阅有关争论的记载,发现争论双方都以胡适考证的生于南京,抄家返回北京,困于北京西郊的曹雪芹著作了《红楼梦》为出发点去争论。这样的争论没有实际意义,所以不了了之了。

我们确定了元春进的不是清宫,而是明宫或唐宫、宋宫,就彻底推翻了所谓清代作家曹雪芹于清中期创作的反映清代官僚曹寅家族兴衰的故事,就为明末清初如皋才子冒辟疆以曹雪芹为笔名著作了《红楼梦》找到又一可信的证据。这个论证,一下就捅进了胡适考证曹著《红楼》的死穴;这个论证,就是尤三姐一脚踢翻了主流红学的架构!

对"小脚元春不得进入清宫"这一敏感话题,主流红学界早有察觉,他们已悄悄地采取了措施。笔者最近在如皋图书馆、新华书店、超市书架和互联网上,找到了二十一个版本的《红楼梦》,发现只有人民文学出版社、光明出版社、北师大出版社、内蒙古人民出版社、吉林出版集团等五家出版社的《红楼梦》第六十五回与原著《脂砚斋重评石头记》一样,一字未改。而另外的凤凰出版社、中华书局、哈尔滨出版社、湖南教育出版社、长江出版传媒崇文书局、吉林出版集团、华夏出版社、海豚出版社、浙江人民出版社、中国华侨出版社等十多家出版社出版的《红楼梦》把原著《脂砚斋重评石头记》的"底下绿裤红鞋,一对金莲或翘或并,没半刻斯文",都修改为"底下绿裤红鞋,鲜艳夺目,忽起忽坐,忽喜忽嗔,没半刻斯文"。

《红楼梦》的关键词"一对金莲"被无声无息地砍去了。我们核查了许多版本的《红楼梦》发现许许多多修改,大都是抄写的笔误或抄录者对原词不解而改动的。但这"一对金莲"是故意删除的,是为了不使读者看到"一对金莲"产生联想,从而推翻主流红学维护的胡适考证的曹雪芹著作《红楼梦》的一统天下。对原著的篡改是不严肃、不认真、不尊重、不地道的行为。

但是纸里包不住火,我们在82版《红楼梦》中读到"一对金莲",又在早期上市的《脂砚斋重评石头记》里找到原始的"一对金莲"。在《红楼梦》中我们分析挖出了八条证据证实《红楼梦》里的女人全是小脚。这八条证据可按照合理、可信、准确、真实的八字标准去检验。那么,我们在"冒辟疆以笔名曹雪芹著作《红楼梦》"的天平上又增加了一个确凿的证据。

三十二证　清代之作者不可能指元明为近日

列位看官，世上逸士高人，如前之韩愈、柳宗元、苏东坡、唐伯虎，近日之鲁迅、胡适之、巴金、郭沫若、张大千、徐悲鸿，这些都是不同地域不同年代之文化名人也。

列位猜一猜，说这句话的是何时代人？列位一定会说，说这话的是当代人。对了！说这话的是当代人，就是笔者，在下是一位耄耋老人。

《红楼梦》是"梦幻"，是"假语村言"，《红楼梦》作者的身世更加扑朔迷离。但我们从《红楼梦》第二回就可以断定作者是明末清初之人。

《红楼梦》第二回，贾雨村长篇大套地议论世间男女，他道："若生于公侯富贵之家，则为情痴情种；若生于诗书清贫之族，则为逸士高人……如前代之许由、陶潜、阮籍、嵇康、刘伶、王谢二族、顾虎头、陈后主、唐明皇、宋徽宗、刘庭芝、温飞卿、米南宫、石曼卿、柳耆卿、秦少游，近日之倪云林、唐伯虎、祝枝山……"

查如前代之"许由、陶潜、……秦少游"等都是明代之前的唐宋元时代的文学家、诗人、画家。近日之"倪云林、唐伯虎、祝枝山"都是明代的文学家、诗人、画家。

根据本证开头的模式，我们可以断定《红楼梦》的作者是明代人，最晚也是明末清初之人！因为，胡适考证的清中期乾隆时代的曹雪芹会把唐宋元时代指为"如前"，但不会把距他一二百年的明代说成"近日"。

只要稍有历史知识和语言常识，不难判断《红楼梦》作者一定是明末清初之人。我这个判断不是推测，不是猜想，更不是考证，因为白纸黑字，已明明白白写在了《红楼梦》文本上。

三十三证　今上征采"才人"，
　　　　　清代是没有的

《红楼梦》中的金陵薛家是"珍珠如土金如铁"的皇商，薛姨妈又是荣国府王夫人的亲姐，而王夫人又是当朝贵妃贾元春的生母，贾家薛家是正宗的"皇亲国戚"，《红楼梦》第四回写薛家欲为薛宝钗在宫中谋一女官，体现了封建社会"皇亲国戚"的原生态的本能。

《红楼梦》第四回写道："近因今上崇诗尚礼，征采才能，降不世出之隆恩，除聘选妃嫔外，凡仕宦名家之女，皆亲名达部，以备选为公主郡主入学陪侍，充为才人赞善之职。"

"今上"要选聘"才人"，"今上"就是当今的皇上，"才人"就是女官，其任务是到宫中为皇族小姐（公主郡主）当陪读，选择范围只限在仕宦名家之女之中。

只因不争气的儿子薛蟠性情骄奢，言语傲慢，终日斗鸡走马，游山玩水，经济世事，全然不知，薛姨妈为此终日揪心，而薛蟠素闻京城乃第一繁华之地，早思一游，一听到宫中要选女官的消息就异常兴奋，当即与母亲商量，决定全家起身进京，为生得肌骨莹润、举止娴雅的妹妹薛宝钗在宫中谋取"才人"官职。

查"才人"为宫中女官名，品位低于皇帝妃嫔。初设于魏晋时，南北朝到明代多沿置，清代宫中无此称。（《红楼梦大辞典》）

清代宫中没有叫作"才人"的女官！主流媒体反复宣布《红楼梦》是发生在清代的故事，而清廷宫中竟然选聘明代的女官？令读者茫然！是读者看花了眼，还是印刷错误？笔者为此查阅了许多版本的《红楼梦》都一致地印着"今上要选聘才人"。

而我们看到薛宝钗进了大观园直至成了宝二奶的几十回故事中，没有一句提及宝钗进宫去报名应征才人。甚至薛家、贾家闲言闲语中也从不讲宝钗应征才人之事，因为一讲到进宫应聘"才人"就要露出马脚，因为只有明宫才有叫"才人"的女官。如果宝钗真的进宫去报名应征才人，所谓"今上"就不是清代的皇帝而是明代的皇帝了，那么《红楼梦》就成明代的故事了。这是曹雪芹的疏忽？还是冒辟疆以笔名曹雪芹著作《红楼梦》时所留下的"假语村言"？

"才人"是一个没有被过滤掉的明代元素，因其隐蔽朴实，不像"哫"字那样奇僻，不像"三寸金莲"那样扎眼，不像"板鹞风筝"是只有如皋才有的"非遗名录"，所以在许多版本的《红楼梦》中"才人"逃脱了被删除的命运。

而这却是明末清初作家冒辟疆的高明之处，一个"才人"巧妙地留下了明代元素，让我们在研究《红楼梦》作者时顺理成章地判断作者绝不是清中期北京西郊的曹雪芹，而是明末清初笔名曹雪芹的冒辟疆！

三十四证 时间坐标之一：元明的戏剧

研究中国历史，时间坐标点是个很重要的节点。我们翻开中国历史从秦汉到唐宋元明清每个朝代都有准确干支纪年。这个朝代的干支纪年就是一个历史时间坐标点。当历史发展到明末清初时，我们只能在明末清初的坐标点停下进行研究，在这个坐标点上看看过去历史上发生过哪些政治事件？出现过哪些风云人物？出现了哪些文学著作？戏剧舞台上演出过哪些戏曲？

在这个历史坐标点上我们只能看到过去，不可能看到未来将要发生的具体事件。因此我们在明末清初这个点上，只可以看到元明以前到清初的各种历史事件。例如看到这个历史坐标点之前演出过的各品种地方戏的剧目记载。反之，当我们不知这个历史坐标点是哪个干支纪年，我们可以按照出现的事物递推出这个历史坐标点的干支纪年。

例如，我们要确定《红楼梦》发生在哪个朝代，土默热先生就是使用逆定理法找到《红楼梦》中所出现的《豪宴》、《乞巧》、《仙缘》、《离魂》、《游园》、《惊梦》、《相约》、《相骂》、《刘二当衣》、《寄生草》、《妆疯》、《西厢记》、《牡丹亭》、《白蛇记》、《满床笏》、《南柯梦》、《负荆请罪》、《琵琶记》、《吃糠》、《荆钗记》、《琴挑》、《上寿》、《长生殿》等剧目，都是元代杂剧或明代和清初的传奇或杂剧，其中最晚的《长生殿》创作完成于康熙二十七年（1688）。最近笔者查阅了文化艺术出版社2013年出版的《红楼梦大辞典》，对土默热先生所列举的剧目逐一核对，完全证实《红楼梦》中剧目都是元明和清初创作的。

这就是说，《红楼梦》中涉及的戏剧，都是康熙中叶以前流行的戏剧，书中绝无 1688 年以后康熙中晚期以及雍正、乾隆时期的任何戏剧，推导出《红楼梦》的故事是发生在 1688 年以前的明末清初时间段，从而推导出作者是明末清初的曹雪芹，不是胡适考证的清朝中期的那位北京西郊喝粥卖画的曹雪芹。

伟大著作《红楼梦》出现的时间坐标是 1688 年，而大作家冒辟疆（1611—1693）的生平正是在这个时间区段。用句通俗的话说《红楼梦》出现的时间与冒辟疆生平是同步的，重叠的。据此冒辟疆极可能是《红楼梦》的作者！当然在 1688 年这个历史坐标点还有洪昇、李渔、孔尚任、吴伟业等大文学家。但是从家庭背景、人生经历、如皋元素等方面比较而言，冒辟疆是最全面的一位。也有人提出他们可能都参与了《红楼梦》的创作，只要拿出证据，这是笔者期望的。

三十五证　时间坐标之二：贾府的瓷器全是宋元明的名瓷

瓷器是闻名于世的中国器皿，豪门贵族贾府所使用的各种瓷器，应当是那个时代最精美最顶尖的产品。《红楼梦》的作者曹雪芹自幼生长在钟鸣鼎食之家，应该对家中陈列的各种珍贵瓷器非常熟悉。因此在《红楼梦》中对瓷器描写非常细致，同样我们可以用"时间坐标点"这个方法确定《红楼梦》的故事发生的朝代。

我们且看看《红楼梦》中写了哪些瓷器：

第三回，黛玉初到荣国府，但见王夫人的起居室内：两边设一对梅花式洋漆小几。左边几上文王鼎，匙箸香盒；右边几上汝窑美人觚内插着时鲜花卉，并茗碗唾壶等物。

第二十七回，凤姐对红玉笑道：你到我们家，告诉你平姐姐：外头屋里桌子上，汝窑盘子架儿底下放着一卷银子。

第四十回，凤姐儿等来至探春房中，只见那一边设着斗大的一个汝窑花囊，插着满满的一囊水晶球儿的白菊。案上设着大鼎。

贾母进了蘅芜苑，进了房屋，雪洞一般，一色玩器全无；案上只有一个土定瓶中供着数枝菊花，并两部书、茶奁、茶杯而已。

第四十一回，贾母等吃过茶，又带了刘姥姥至栊翠庵来。……只见妙玉亲自捧了一个海棠花式雕漆填金云龙献寿的小茶盘，里面放一个成窑五彩泥金小盖钟，奉与贾母。贾母道："我不吃六安茶。"妙玉笑说："知道。这是老君眉。"

贾母接了，又问是什么水。妙玉笑回："是旧年蠲的雨水。"贾母便吃了半盏，便笑着递与刘姥姥说："你尝尝这个茶。"刘姥姥接来一口吃尽，笑道："好是好，就只淡些，再熬浓些更好了。"贾母众人都笑起来。然后众人都是一色官窑脱胎填白盖碗。

第四十四回，宝玉忙走至妆台前，将一个宣窑瓷盒揭开，里面盛着一排十根玉簪花棒，拈了一根，递与平儿。

上面几回中出现的瓷器分别来自汝窑、成窑、官窑、宣窑。

我们在《红楼梦大辞典》中查得：汝窑，北宋时期建于河南临汝，专为宫廷制瓷器的官窑；成窑，指明代成化年间的景德镇官窑；官窑，专门为宫廷烧制瓷器的瓷窑；宣窑，指明代宣德年间的景德镇官窑。

《红楼梦大辞典》告诉我们，贾府所用的瓷瓴、花囊、土定瓶、小盖碗、脱胎填白盖碗、瓷盒等都产于明代。可以用1688年这个时间坐标点判断：《红楼梦》的作者是明末清初的曹雪芹，如果是胡适考证的生于1715年的乾隆中期北京西郊的落魄曹雪芹，他应写出中国历史上瓷质器具水平最高的康熙、雍正、乾隆时期的瓷具。

顺便说一句，"旧年蠲的雨水"，就是去年存贮使之澄清洁净的雨水。过去如皋人家都在屋檐安装毛竹或白铁皮的"沿口槽"，下雨天承接雨水，如皋人叫"天水"，有些文人称之为"无根水"。"天水茶"口味比河水、井水清淡，另有韵味。吃天水茶是如皋人很讲究的习俗，就是普遍用上自来水的今天，很多人家依然会接存"天水"，吃天水茶，这与妙玉是异曲同工！

明末清初的曹雪芹是谁的笔名？当然，首推如皋冒辟疆！

三十六证　时间坐标之三：明代的服饰、明代的发型

《红楼梦》书中的服饰、发型全部是明代的。我们看王熙凤"头上戴着金丝八宝攒珠髻，绾着朝阳五凤挂珠钗；项上带着赤金盘螭缨珞圈；裙边系着豆绿宫绦，双衡比目玫瑰佩；身上穿着缕金百蝶穿花大红洋缎窄褙袄，外罩五彩刻丝石青银鼠褂；下着翡翠撒花洋绉裙"。凤姐的豪华衣裙是典型明代贵夫人。如此过细的描写非亲目所见是写不出的。

再看看宝玉的服饰：头上戴着束发嵌宝紫金冠，齐眉勒着二龙抢珠金抹额，穿一件二色金百蝶穿花大红箭袖，束着五彩丝攒花结长穗宫绦，外罩石青起花八团倭缎排穗褂，蹬着青缎粉底小朝靴。

宝玉的发型：头上周围一转的短发，都结成小辫，红丝结束，共攒至顶中胎发，总编一根大辫，黑亮如漆，从顶至梢，一串四颗大珠，用金八宝坠角。

宝玉是个标准的锦衣玉食、诗礼簪缨的明代公子哥。《红楼梦》作者应亲眼看到如此服饰，如此发型，才能做出如此细致的描写。

今天的读者对凤姐的明式着装和宝玉的明代发型、明代服装的文字描写也许难以理解，但我们也可以通过最直接的视觉感观，去看《红楼梦》中的明代发型和服饰，那就是图画和舞台。

我们所能查阅到的几百种绘图本《红楼梦》全部是明代装束。没有一个打辫子的男子，也没有一个穿盆底鞋的宫女、娘娘。大家熟知的87版电视剧《红楼梦》，以及每天在戏剧频道观看的越剧《红楼梦》、黄梅戏《红楼梦》等都是

明代装扮。

所以《红楼梦》作者应是明末清初的冒襄，而不是胡适考证的生于清朝中叶的曹雪芹。

证外几句话

1. 主流媒体可以认定胡适考证的北京西郊的落魄文人曹雪芹是《红楼梦》的铁定作者，但无法左右《红楼梦》中人物的服饰、发型，在《红楼梦》出现不久，就有画家绘出明代贵族少妇凤姐儿、雍容华贵的明代元妃娘娘和明代锦衣纨绔子弟贾琏和诗礼簪缨的少年宝玉等几百个《红楼梦》人物。

电视节目《一生一梦》中，主持人指着87版身着明式服饰的《红楼梦》画面说："这是清代曹寅家从繁华走向没落的故事。"真显得滑稽可笑。其实他们也不愿意看到打辫子的贾政和穿盆底鞋的元妃娘娘，这显得矛盾而无奈。

2. 我们通过几十个《红楼梦》中的瓷器和剧目的时间坐标点，证实了《红楼梦》确凿是发生在明末清初的故事，这就冲击了主流红学认定的京西曹雪芹的垄断地位。虽然他们对明代瓷器、明代发型和服饰束手无策、无可奈何，但他们仗着眼下京西曹著《红楼》的垄断地位，认为京西曹雪芹的地位不容争辩。

a. 2015年12月1日，《金陵晚报》刊登了一篇文章《有〈红楼梦〉以来，曾冒出63个"作者"》，红学家严中接受记者采访时说："《续琵琶》是曹雪芹祖父曹寅的剧作，面市于康熙四十二年，也就是1703年，而冒辟疆是1693年去世的。试想，如果冒辟疆是《红楼梦》的作者，他怎么可能'未卜先知'地将《续琵琶》写进书中呢？"

b. 2016年2月20日，《新民晚报》凌河先生发表了《不是曹雪芹？》一文，也同样提出《续琵琶》是曹雪芹祖父曹寅1703年的剧作，而冒辟疆则早在十年前的1693年就归天了。试想，如果冒辟疆是《红楼梦》的作者，他怎么可能未卜先知地将《续琵琶》写进《红楼梦》呢？仅此一例，大概就可以证明"冒说"不经了吧？

两位红学家，一个在南京一个在上海，也是用历史时间坐标点，向我们提出同样的问题：冒辟疆去世在前，《续琵琶》出现在后，冒辟疆怎能"未卜先知"呢？

这是一个伪命题，首先曹寅有个孙子叫曹雪芹吗？学界早已考证寅孙雪芹为子虚乌有，此问题这里暂且不议。其次《续琵琶》是曹寅的作品吗？

1. 清代人刘廷玑《在园杂志》记载，曹寅作《后琵琶》。《后琵琶》不是《红楼梦》中的《续琵琶》！严中、凌河不要混淆不清。

2. 退一万步讲，《红楼梦》真就是曹寅的家史，那么，曹寅在《红楼梦》中，充其量是贾政的年龄吧，那么贾母说她看《续琵琶》时，只跟史湘云那么大小，这样的年龄，曹寅还没出生呢！

3. 严中、凌河二位红学家说《续琵琶》是1703年才写好，按照主流红学的观点计算，贾母十五六岁时，最多也就是在1660年前后，曹寅（1658—1712）还穿开裆裤时就写《续琵琶》了？

4. 年龄是个死结，爷爷、孙子都在幼儿园中写小说，主流红学认定的曹家可谓"神童世家"！

三十七证　《芙蓉女儿诔》是冒襄留下的锦囊妙计

冒襄要为自己是《红楼梦》的作者留下信息，就要给《红楼梦》留下一个大礼包，他就想到"诔"，这一起源于西周，繁荣于两汉魏晋的一种祭文，随着时代不断演进，诔文不断弱化，明清诔文几乎绝迹。于是冒辟疆在《红楼梦》中写了一篇《芙蓉女儿诔》。他把这个已无人问津的"老古董"作为电子元件放入《红楼梦》，不断发射冒辟疆信号，终有一天有人会接收信号，从而找到他。

如何确认冒辟疆写了《芙蓉女儿诔》呢？我们发现冒襄曾公开表示为小宛做"诔"。冒襄在《亡妾董小宛哀词》序言中说："屡欲详述子生平，学为诔以吊之。"在《影梅庵忆语》中也说："余业为哀辞数千言哭之，格于声韵不尽悉。"所谓"声韵不尽悉"者当然是指的"诔"。这时他已决心要用"假语村言"为"当日所有之女子"写一篇"闺阁昭传"，这里先留下伏笔，也就是冒辟疆信号。

明清时代的中国文学史上没有人写过主人悼念奴婢的"诔"文（这是笔者的大胆推断，希望得到红迷们、文学家们的印证）。《红楼梦》中发现了一篇"诔"，是明清极少的"诔"。在北京那位曹雪芹颇受质疑的今天，"诔"的作者是谁？只有冒襄，他留下要为小宛"学为诔"的文字，也是他三百年前留下的伏笔，是他留下的一条"锦囊妙计"，这篇"诔"在《红楼梦》中不断发射冒辟疆信号！当今红学界推断的《红楼梦》作者洪昇、吴伟业、李渔、方以智他们有"学为诔"的记载吗？

冒辟疆在《亡妾董小宛哀词》中表示要"学为诔"，但我们在冒辟疆的著作中并没有发现"诔"文,这篇"诔"文哪去了?我们在阅读《红楼梦》时发现了《芙蓉女儿诔》才恍然大悟,原来冒辟疆在著作《红楼梦》时,把封尘已久的给亡妾小宛的"诔"稍加修改变成《芙蓉女儿诔》放进去,宝玉为追思晴雯而作的"诔",缠绵而凄怆的哀号,与冒襄悼念小宛"笔花凝于血泪"的心情完全一致。

我们再把冒襄的《亡妾董小宛哀词》和《红楼梦》的《芙蓉女儿诔》做简单比较。二者都是用诗的语言写出恋情,两文都有同样的男主人思怨主题,同样的凄切悲痛的气氛,作者都有声泪俱下悲痛欲绝的哀号,读者也被感染得哀思如潮,肝肠寸断。

痴公子杜撰芙蓉诔

明清时代中国文坛唯一的确凿的一篇主人怀念奴婢的"诔"文就是《红楼梦》中的《芙蓉女儿诔》,而明清时代中国文坛上唯一表示要给亡妾写"诔"文的只有如皋冒辟疆!因此冒辟疆著作了《红楼梦》就不言而喻了。

三十八证　闺阁昭传的原型

冒襄主张爱情是心灵相通的。小宛去世，冒襄痛不欲生，用诗化语言完成了《影梅庵忆语》。通过《忆语》冒襄使全中国的红学研究专家和"红迷"们认识了一位美若天仙、香姿玉色、神韵天然的董小宛。她能歌善舞、琴棋书画样样精通，她贤惠睿智，先人后己；她擅长厨艺，董菜流传迄今。然而一个薄命的女子像流星一样耀眼，二百多年来多少文人为小宛哀叹，专家们、红迷们写出了数不胜数的文章和剧本，不正是冒襄通过《忆语》给小宛"闺阁昭传"的结果吗！

而《石头记》作者在开篇就开宗明义地宣称：要用假语村言，敷演出一段故事，《石头记》向读者展示的金陵十二钗正册、副册、又副册几十位女子在大观园里的恋情婚嫁、喜怒哀乐，正是给"闺阁昭传"，也正是冒襄在《忆语》里所确立的主题。

冒辟疆和董小宛的爱情故事，人们都是从冒襄作的《亡妾董小宛哀辞》、《影梅庵忆语》两文中所获得的。自古爱情故事都是民间流传或文人案头编写，但冒董的爱情故事全是冒辟疆的自述，这是一大特点。在《影梅庵忆语》中写道：慕名数次苏州半塘去访董小宛，1639年初夏终于相见于曲栏之上。小宛微醉，四目相视不发一言。冒辟疆被小宛"香姿玉色，神韵天然"所震惊，"余惊而爱之"。而小宛心说"异人！异人！此君正是我终身所托之人"。

然而鬼使神差，三年后，1642年早春，冒襄才有机会再访半塘。小宛已重病在床，迷蒙中得知三年前的冒辟疆来到身边，立刻精神好了很多。第二天冒襄乘船来到半塘准备暂别小宛，然而小宛在冒襄毫无防范之下跳上船头，说："我决定随船相送"。冒襄推之不忍，却之不能。可见小宛是一位身薄纤弱然而意志坚定的少女。她说，"我就如这滔滔江水东下，永不复返吴门"。冒襄一面劝小宛返回，一面游览太湖、惠山、常州，非止一日，不觉已抵镇江，他们登金山，小宛身着薄如蝉翼、洁白如雪的西洋薄衫。这一对才子佳人，引得数千游人跟在后面，绕山而行。江中则龙舟争赴，呼号不去。江山人物之盛至今还是冒董之爱的极品情节！冒襄对小宛晓之以理、动之以情，游罢金山，小宛忧郁而痛苦地返回苏州。

转眼又到秋闱。为了追求心上的郎君，小宛竟和一女子驾一叶轻舟，乘风破浪，从苏州溯江而上。大江之上，一叶轻舟，两个女人，那是一个多么惊心动魄的场面，需要多么大的决心和勇气！江中遇到强盗，避难芦苇荡中，三天无食，直抵南京冒襄考场与冒襄相聚。

时逢中秋，于是冒襄在桃叶渡口河亭上举行盛大的招待会。一时金陵名艳毕至，她们是顾横波、马湘兰、李香君、柳如是、董小宛、卞玉京、寇湄、郑妥娘、李贞丽、王月、杨宛、王微、沙九畹、杨漪炤……还有堂堂须眉方密之、张明弼、陈贞慧、侯方域等三十多人欢聚一堂，为小宛洗尘，庆贺冒董相聚。吟诗作画，激扬文字，笙箫管笛，欢声笑语，观赏南昆《燕子笺》，曲尽情浓，一时才子佳人，潸然涕下。楼台烟水，新生明月，俱足千古……

这些手帕姊妹是小宛也是冒襄的契友，这些美人都能画能诗善舞会唱，她们是古代的名模、歌手、舞星、演员、女画家、女诗人。但她们没有社会地位，只能是主流社会的陪衬，是男性的附属品。她们在承受内心痛苦的同时还要强颜欢笑。冒辟疆了解她们，同情她们，熟悉她们的离合悲欢，兴衰际遇，她们都是《红楼梦》的原始素材。

桃叶渡宴罢，冒襄突知父亲冒启宗已从襄阳脱离虎口返回如皋，船已抵达仪征。冒襄就急不可待扬帆东下，小宛又从南京尾随至仪征。船过燕子矶风急浪大，险些翻船，其场面之惊险，也是绝无仅有的！期间，小宛数十次誓言"断不复返吴门"，而他，冒襄"穷日夜力归里门"，数十次"变色拒绝"。小宛坚决相随，甚至追到了如皋冒襄家门口——如皋龙游河畔冒襄搭建的"朴巢"旁边，冒襄还是"冷面铁心，与姬诀别"，把痛哭中的小宛赶回了苏州。

这是因为父亲才脱险局，自己又一次落第而归，而小宛名属礼部教坊司乐籍，脱籍必须在先才能迎娶，这些需要时间和金钱。我们只是在冒襄怀念董小宛的《影梅庵忆语》中才读到"变色拒绝"、"冷面铁心"自责之词，那正是冒襄在暴露自己、鞭策自己,那正是冒襄光明磊落、理智、冷静、勇于自我解剖的崇高品德的体现。

1642 年中秋,桃叶渡的群芳欢宴的场景,是冒辟疆一生诸多经历中最难忘,最神往之经历,以致古稀之年依然不能忘怀。

1642 年钱谦益代小宛赎了乐籍,还清外债,小宛终于进入冒府。1651 年小宛劳累成疾,她像一颗美丽的流星闪耀而去。他们共同生活仅仅九年。

这九年是小宛生命中最光彩夺目的九年,是小宛人生发扬到极致的九年。

这九年经历过避难浙江盐官、遇匪抢劫的险恶遭遇的九年。

这九年是小宛获得冒襄全家接受和爱护的九年。

这九年也是他俩倡和水绘园,招待天下文士,大展小宛才华和厨艺的九年。

这九年也是辟疆和小宛静坐香阁,泼墨作画、琴声幽幽、人在菊中、菊人俱影,诗一般的九年。

这九年冒辟疆五年三病,小宛卷一破席,横床榻旁,三百多日精心护理,终于从死神手上抢回冒襄的生命。

这九年的幸福和苦难也使得冒辟疆决心以小宛为原型,塑造大观园女主角林黛玉的形象。

1677 年冒府开始中衰,冒襄筑起三间草屋称之为"匿峰庐",他形容匿峰庐是"把茅为盖,挂席为门,绳枢瓦牖,仅蔽风雨的环境"。他在"匿峰庐"创作《红楼梦》,"忽念及当日所有之女子,一一细考较去,觉其行为见识皆出于我之上"。"闺阁中本自历历有人,万不可因我之不肖,自护己短,一并使其泯灭也。虽今日之茅椽蓬牖,瓦灶绳床,其晨夕风露,阶柳庭花,亦未有妨我之襟怀笔墨者。虽我未学,下笔无文,又何妨用假语村言,敷演出一段故事来,亦可使闺阁昭传。"于是恩爱九年的董小宛和当年桃叶渡满座女郎就成为《红楼梦》中金陵十二钗正册、副册、又副册几十位女子的原型,她们在大观园里的恋情婚嫁、喜怒哀乐,正是冒辟疆要作的"闺阁昭传"。

三十九证　林四娘实名制的"闺阁昭传"

冒辟疆在《红楼梦》开场白中决心要把"当日所有之女子（秦淮河畔、水绘园内），一一细考较去……闺阁中本自历历有人……何妨用假语村言，敷演出一段故事来，亦可使闺阁昭传"。于是他将熟知的几十名金陵名艳以及水绘园的美女们用金陵十二钗正册、副册、又副册，用黛玉、元春、迎春、探春、惜春、凤姐、宝钗、湘云、平儿、袭人、可卿、鸳鸯、麝月、晴雯等名称把她们安置在大观园里，对她们的恋情婚嫁、喜怒哀乐做了淋漓尽致的描写。但他忽略掉一位秦淮巾帼美女林四娘。崇祯年间，她有吸引客人的绝招：一身精致的短靠，或舞剑，或弄枪，来上一段精彩绝伦的功夫表演，这一手在秦淮河畔可谓绝无仅有。说起这位林四娘是很有来历的，原来林四娘出身金陵一武官世家，从小跟父亲练就一身好武艺。不幸的是她十六岁那年父亲因所管库银被盗而下狱，家人千方百计地打点挽救，耗尽家资，却毫无结果。母亲气极而死，林四娘无依无靠，最终沦落为青楼歌女。

青州的恒王朱常庶游幸金陵，林四娘的表演，使恒王大为倾倒。他为林四娘赎身，并带她回了青州，林四娘摇身一变成了王妃。青州恒王府所有的姬妾侍女，由林四娘统领，勤练枪剑之术，演习攻守战术，俨然成了一支娘子军。

三年后，到了崇祯八年，晋陕一带久旱不雨，饥荒绵延，民不聊生，到处发生变乱。山西的流寇王嘉允大举向外发展，其属下的一班人马由王自用率领攻向山东青州。恒王亲自挺枪跃马，率领青州守军出击。但毕竟守军寡不敌众，加之恒王过分轻敌，守军很快就处于下风，被叛军围困在一个小山岗上，进退不能，形势十分危急。林四娘闻讯后，柳眉倒竖，杏眼圆睁，毫不顾忌地召集了王府中的娘子军，发令道："出兵救主，以报凤恩！"林四娘一声呐喊，指挥着娘子军猛地冲入敌阵，刀枪齐下，杀得敌兵丢盔弃甲。敌将醒悟过来发现原来竟是一群脂粉女儿，于是重整旗鼓猛扑过来。惨烈对阵之后，娘子军纷纷落马，壮烈牺牲，惨不忍睹，不可言状。林四娘也终因体力不支，丧命于敌刀之下。

冒辟疆在金陵期间每观林四娘舞剑弄枪，功夫表演精彩绝伦，爱慕之心便油然而生。后来传闻林四娘在青州率领娘子军，战死沙场，十分痛心，每欲著文追思，早就有了要为四娘"闺阁昭传"之心。陈维崧在《妇人集》中记载了林四娘的故事，但文体乃以鬼怪神话叙述，不能舒展内心真情。冒辟疆如今撰写的《红楼梦》已写到第七十八回，秦淮河畔艳质佳丽们、水绘园中脂粉美妾们，已通过黛玉、湘云、宝钗、凤姐、探春、迎春、妙玉、晴雯、袭人、平儿、鸳鸯、麝月、秋纹等艺术形象得到充分的表现。但林四娘的文章怎么做？怎样给四娘"闺阁昭传"？四娘是武女，不是舞女，不可能把她安排在大观园诗情画意的文化景观之中，也不能在大观园里塑造一位与黛玉、宝钗共同生活的"武女"。他决定通过贾宝玉写一篇《姽婳词》追忆四娘，让林四娘以实名出现在《红楼梦》中。

于是就有了第七十八回"老学士闲征姽婳词"这一节，细读该文还是很有意思的。首先贾政谈吐一改古板面目而成为"老学士"，对幕友们笑谈东汉时代"黄巾""赤眉"抢掠山左一带。恒王"因轻骑前剿，不意贼众颇有诡谲智术，两战不胜，恒王遂为众贼所戮"。

"于是林四娘带领众人连夜出城，直杀至贼营里头。众贼不防，也被斩戮了几员首贼。后来大家见是不过几个女人，料不能济事，遂回戈倒兵，奋力一阵，把林四娘等一个不曾留下，倒作成了这林四娘的一片忠义之志。"

"昨日因又奉恩旨，着察核前代以来应加褒奖而遗落未经请奏各项人等，无论僧尼乞丐与女妇人等，有一事可嘉，即行汇送履历至礼部备请恩奖。大家听了这新闻，所以都要作一首《姽婳词》，以志其忠义。"众人听了，都又笑道："这原该如此。只是更可羡者，本朝皆系千古未有之旷典隆恩，实历代所不及处，可谓'圣朝无阙事'，唐朝人预先竟说了，竟应在本朝。如今年代方不虚此一句。"贾政点头道："正是。"

有意思的是通过贾政笑谈把当今的流寇作乱事件一下推到千年前的东汉末年"黄巾""赤眉"时代，而且"圣朝无阙事"，就是说本朝天下是"国泰民安、河清海晏",没有"阙事"。更有意思的是本朝还要察核历代应褒奖而被遗落的人项,"无论僧尼乞丐与女妇人等",一经查实可报礼部请奖。作者这种"假语村言"厚今薄古的手法,其目的是避开文字狱的迫害,真是用心良苦之笔也。

老学士闲徵姽婳词

更值一提的是贾政变得人性化了,比较面对现实了,通过贾政一段内心独白:"贾环贾兰叔侄两个虽能诗,较腹中之虚实虽也去宝玉不远,但第一件他两个终是别路,若论举业一道,似高过宝玉,若论杂学,则远不能及;第二件他二人才思滞钝,不及宝玉空灵娟逸,每作诗亦如八股之法,未免拘板庸涩。那宝玉虽不算是个读书人,然亏他天性聪敏,且素喜好些杂书,他自为古人中也有杜撰的,也有误失之处,拘较不得许多;若只管怕前怕后起来,纵堆砌成一篇,也觉得甚无趣味。因心里怀着这个念头,每见一题,不拘难易,他便毫无费力之处,就如世上的流嘴滑舌之人,无风作有,信着伶口俐舌,长篇大论,胡扳乱扯,敷演出一篇话来。虽无稽考,却都说得四座春风。虽有正言厉语之人,亦不得压倒这一种风流去。"

贾政终于承认宝玉"不习举业",但"空灵娟逸"、"天性聪敏","且素喜好些杂书","亦不得压倒这一种风流去"。这一段贾政内心话不正是写的作者自己吗？贾宝玉的原型冒辟疆，通过贾政一段内心独白做了阐述。他甚至让变得可亲近的贾政亲自提笔为宝玉录下一首"半叙半咏，流利飘逸"的《姽婳词》。于是我们在《红楼梦》里看到一篇有别于陈维崧《妇人集》和蒲松龄《聊斋志异》的关于林四娘的文章。

四十证　冒辟疆灯下蝇头，抄传《石头记》

顾启教授的《冒襄研究》一书中说：冒辟疆晚年经济困窘，以卖字度日，1689 年七十九岁时在《附书邵公木世兄见寿诗后》中写道："献岁八十，十年来火焚刃接，惨极古今，墓田丙舍，豪家尽踞，以致四世一堂，不能团聚。两子罄竭，亦不能供犬马之养，乃鬻宅移居陋巷独处，仍手不释卷，啸傲自娱。每夜灯下写蝇头数千，朝易米酒。家生十余童子，亲教歌曲成班，供人剧饮，岁可得一二百金，谋食款客。今岁俭，少宴会，终年坐食，主仆俱入枯鱼之肆矣。"

这段文字的意思是：十年来天灾人祸使得冒襄卖光房屋田地，耗尽全部财产。豪门世家，败落无望，家养的昆剧戏班只得外出演剧，勉强糊口。但今遇荒年，演出极少，经济陷于绝境。耄耋老人不得不"每夜灯下写蝇头数千，朝易米酒"，以维持生活，其困苦之状，古今少有。

下面对"灯下蝇头"和"朝易米酒"进行研究。

一、冒辟疆卖的是文章而不是文字

1. 中国书法是一门独立的艺术门类，它历史悠久，极具观赏价值，买字是为了欣赏。楹联、条幅、斗方、中堂、匾额、立轴等常见书法作品，都是要裱装悬挂于壁上，欣赏者保持一定距离，才能观摩作品的神采、气韵、章法，剖析评议。因此对联、条幅等必须写成大字，这些远非蝇头小字所能达到的。

2. 2012 年 10 月在水绘园举行的"冒辟疆冒广生董小宛书画展"，展出冒襄行书十二幅，这些留世精品竟没一幅蝇头，即使展出的扇面文字也是很大的字，不可妄称蝇头。据此，我们理解冒辟疆的"每夜灯下写蝇头数千"，是没有留白、落款与印章的文字，不能作为书法作品而留世。那些"蝇头"是什么？最合理的解释是一章一回的文章，冒襄是卖"文"，不是卖"字"。

3. 蝇头小字，功力更加深厚。蝇头小字是书法艺术的高精尖产品，多数蝇头文字有其连续可读性，显然不可一日一卖，中断其连续性。裱成册页的蝇头小楷，更具欣赏价值，其价值也高于中堂、条幅等大字，但其书写难度远超过大字，其耗时也是写大字的数倍百倍。冒襄为了摆脱困境，应该选择在同一时间内书写出更多楹联、条幅或擘窠大字，换来更多的米酒，而不是"每夜灯下书写蝇头数千"，这是常人都懂的道理。冒襄为啥避易就难，令人费解。一个解释是，冒府的贫困不是小家的温饱问题，不是几千蝇头能解决的，冒襄为了避匿文字狱的迫害，故意放出烟幕弹，冒府大厦将倾，冒襄面临破产！另一个解释是，冒襄是在卖文章，卖出的文稿是他"半生潦倒之罪，编述一集，以告天下人"的故事，就不难理解了。冒襄只能用蝇头小字，才能写出他一生的故事，不可能用中堂、条幅来描写他的故事。这也是我们推测冒襄是卖文而非卖字的理由。

4. 我们再看冒襄七十九岁卖字五狼的真实场景。他写的一首诗："偶发游山兴，聊为卖字翁。寄怀付老笔，莫漫此相逢。七十何所求，而况当八秩？渊明拙言辞，吾以托之笔。春蚓与秋蛇，虎卧并龙跳。我愿识字人，放眼观其妙。"反复吟诵，我们看到一位八秩老人，坐于桌前，手持笔墨向人推销"春蚓与秋蛇，虎卧并龙跳"的大字。"我愿识字人，放眼观其妙"，还有点像当今广告用语，其含意是："诸位！我这里的书法作品，品种齐备，条幅、对联、立轴、中堂，立等可取！"这才是冒襄的卖字场景！绝不是"朝易米酒"那么轻而易举的。

我们一方面为八十老人卖字筹款感到凄凉，另一方面可见老人性格乐观洒脱。

二、抄写的是《石头记》手稿的推测

1. 没有必要每夜灯下写蝇头的理由

冒襄青年、壮年时代的著作如《香俪园偶存》、《先世前征录》、《寒碧孤吟》等著作早已刻印，许多精美悲愤的诗文也选入《朴巢诗文集》和《水绘园诗文集》，他怀念董小宛的《影梅庵忆语》和用血磨墨写的《亡姬董小宛哀词》早在顺治年间就不胫而走，成为文坛佳作。他还有众多诗文，大都收集在《六十年师友诗文同人集》中，已编辑完成正在刻印之中。那时他已八十，目力很差，还有什么文章需要每夜灯下苦写蝇头？除了在抄写长篇小说以外，似乎找不到需要一位八十老人于严冬深夜在昏暗的油灯下抄写蝇头小字的理由。

2. 冒襄有书写自传体小说的需要

冒辟疆著作《红楼梦》，我在《冒辟疆著作〈红楼梦〉初探》（连载于《新民晚报·新如皋》2012.8.10—2012.11.2）一文中已详细论述，冒襄一生六次乡试不中，又经历战祸、病痛、火灾、遇刺几死、泣诉公堂、老丧妻妾，直至破产，一代风流才子，叱咤文坛的文豪，晚年贫困潦倒，卖宅移居陋巷独处，沦为卖字翁，一生坎坷，他的遭遇太苦、太险、太痛，他"天恩祖德，锦衣纨袴，饫甘餍肥"的江淮豪门大厦将倾，他要把"一技无成，半生潦倒之罪"，用蝇头小字，写成自传体小说《石头记》，才能发出"字字皆是血，十年辛苦不寻常"的呼号！冒襄太有书写自传体小说的必要！因此，抄写的文稿就是"披阅十载，增删五次"的"满纸荒唐言，一把辛酸泪"的《石头记》。

3. 日夜抄写

蝇头小字既然深夜灯下可写，白天光线更好，白天为何不写？我想他白天除了导演、倡和、应酬、外出之外，一定写得更多，这不言而喻的道理，读者应和我有同感吧？

请想一想一位八十的垂暮老人，白天黑夜拼命赶写，关键是"每夜"，暗示是连续不断地写，冒襄多么睿智和精明！据此，我推论他在抄写小说，应该是合理的、可信的。什么小说？只有抄写《石头记》才符合实际情况。

三、"朝易米酒"是假，抄传《石头记》是真

1. 如皋没有书法市场

"朝易米酒"四个字给人的印象是如皋城内似乎有个书市，在那里可以卖掉冒襄的蝇头小字，并且是现金交易，立马可购得米酒回家。但是，如皋有书法市场吗？

笔者已是八十老人，民国时代如皋城是什么样是一清二楚的，那时的如城除了西大街、南大街商业繁华，东大街、北大街都较为冷落，其他地方店铺不多，没见过什么书市，更没有专门买卖书法作品的市场。

当年如皋没有书市，没有书法市场。即使当今，年下户户要贴的春联，也是文人们乐而为之，借以暗中比较书法高低，从没听说写副春联收取钱币的事。

2. 如皋不存在"朝易米酒"的买家

据《冒襄研究》记载，1688年冒襄七十八岁，重阳节那天邀友人至城南文昌阁登高，有诗曰，"岂知行年逼八十，四世百口绝生产"。明明白白地写着冒襄家是个有上百口人的大家庭，而且延续到1693年他去世时都是百口之家。

"朝易米酒"这段文字是他1689年写下的。据《冒襄研究》载，这年春夏秋冬冒辟疆都曾邀友至得全堂观赏家班演出《邯郸梦》、《钧天乐》、《秣陵春》、《南柯梦》、《空青石》等戏曲。还有好几次数十人倡和、赏菊、宴饮、登高赋诗等记载。

八十老人的百口之家经常要家班演出、倡和、赏菊宴饮、登高赋诗，其开销有多大？我们今天无法计算，但可以想象绝不是数千蝇头能解决的。

3. 卖字的行情并不走俏，卖字不能养家糊口

据《冒襄研究》记载："卖字所得不丰，'闲时写长幅，不换一升粳'。"一升米约合二市斤。冒襄无意间向我们透露了卖字的行情，即使有人愿意出价购买冒襄的文字，一长幅字还换不到二斤大米。现影印版的《脂砚斋重评石头记》每页有三百个蝇头小字，"每夜灯下写蝇头数千"也就是一二十页。这一二十页蝇头能易米酒多少？对于一个百口之家而言，犹如沧海一粟。

4. 抄传《石头记》是真

既然如皋没有"朝易米酒"的市场，也不可能存在天天花巨资买几千蝇头供上百人米酒的大户，那么，冒襄在给朋友的诗后为啥要附上每夜书写蝇头数千，"朝易米酒"这段文字呢？我分析冒襄是为了传递信息，同时避匿文字狱的迫害。

一是，《石头记》已最后定稿了，抄写量太大了。《石头记》经过十年辛苦，四阅评本、四次定本、四次改本、披阅十载、增删五次，十几年在朋友圈内传抄，反复修改，现在已到撰成目录、分出章回的时候了，已到把百万多字的《石头记》抄写成书的时候了！冒襄需要用"朝易米酒"的借口告诉朋友们他在拼老命抄写！

二是，年逼八十，来日不多了。据《冒氏宗谱》记载，七十九岁以后，"府君数年以来，每病必危"，"忽得危疾"，"又病危殆，五日而复"等文字，说明八十岁的冒襄身体每况愈下，冒襄需要告诉朋友们他在拼老命抄写！

所以必须日夜抄写，把书稿传递出去，希望朋友们来抄传。这是冒襄一个不

便直说的苦衷。

这里顺便告诉大家,冒襄还有一个秘密,他日夜不停地抄写,可谓"抄写勤",谐音"曹雪芹"之谓也!

四、冒辟疆抄写《石头记》,鞠躬尽瘁,死而后已

"每夜灯下写蝇头数千,朝易米酒"这段文字,是冒襄自己于1689年七十九岁时写下的。另有一段文字:"是冬(1691)寒甚,府君每于午夜披裘拥火,作大小书券,遂病目失明!"这是冒襄逝世周年后,其子嘉穗和丹书二人在《行状》中的记述。

两段记载相隔三年,但都不约而同地写上"每夜"两字,这不是偶然的巧合。这说明冒辟疆从七十九岁到八十一岁整整三年,每夜灯下抄写几千蝇头小字!这可算是冒襄著作《红楼梦》的直接证据!为什么?

因为我们无法回答,百口之家耗费巨大,"数千蝇头""朝易米酒"只是杯水车薪,冒襄为什么还要每夜灯下写蝇头数千?

因为我们无法理解如皋没有书法市场,冒襄还要每夜灯下写蝇头数千,到哪里去"朝易米酒"?

因为我们无法理解严寒冬夜仅靠小脚炉那一点暖意,仅靠豆油灯那一点点微弱暗淡的光亮,一位八十老人双目几近失明,为什么还要每夜灯下写蝇头数千?

如果说这是因为冒襄深感自己"背父兄教育之恩,负师友规谈之德",慨叹"当日所有之女子"的行止见识,决心要"敷演出一段故事来,亦可使闺阁昭传,复可悦世之目,破人愁闷",这个动机给他力量,激励他近千个日夜不停地抄写,直至失明。这一切疑问就迎刃而解了。

最近一位如皋书法家康健先生告诉笔者,就是在正常气温下,有电灯照明,半夜三更写几千蝇头,也是十分困难的,何况是一位八十来岁多病的老人,简直是世间奇迹,令人难以置信!但白纸黑字记载当年冒辟疆就是这样抄写的,直至失明。冒辟疆抄写《石头记》可谓鞠躬尽瘁,死而后已。

冒襄是一位多么坚强的文豪,是一位多么伟大的作家。他给世界留下了一部不朽的《红楼梦》。

四十一证 《红楼梦》作者的负罪感

在《红楼梦》第一回开场白里，作者强烈谴责自己"有罪"：如"风尘碌碌，一事无成"，"半生潦倒之罪"，"我之罪固不能免"，"我之不肖"等怨恨语句。这第一回第一段，字字忏悔，句句懊恨。过去我读《红楼梦》小说，观看《红楼梦》电视连续剧，只是神游于园林的风光，揪心于宝黛的苦恋，赞美华丽的服饰，欣赏如云的美女，赞叹省亲的豪华场景，对这开篇的感慨根本无暇顾及，哪有心思去研究作者赎罪的心理。

如今，我再读《红楼梦》，回过头来仔细体会这第一回第一段，才恍然大悟，原来这是如皋人冒辟疆在倾诉自己一生的"罪过"和怨愤。

胡适考证的作者曹雪芹有罪吗？他的父辈江宁织造因经营不善，造成巨额亏空，转移财产，骚扰驿站等诸多原因得罪了雍正，被抄没迁居北京，那时他还是少不更事的孩子，南京抄家与他无关，一个孩子谈不上"负罪"。

曹雪芹到北京后的经历没有直接文字记载，只从他朋友的诗中看出此人善画嗜饮，为人爽朗，贫困潦倒，赊酒喝粥。这样一个文人有什么罪？凭他那样的经历能写出《红楼梦》都令人难以置信，如果还要口口声声说自己有罪，那更是令人匪夷所思。

如果我们把作者换成冒辟疆呢，那就太像了，甚至完全一致了。《冒氏宗谱》记载：冒辟疆先祖冒基、冒瑃、冒鸾、冒凤、冒阊、冒承祥、冒士拔、冒梦龄、冒起宗等都是明清名人乡贤，六代外放为官，用当今的说法都是县处级、厅局级、省部级官员，而且个个清廉，政迹斐然。六世祖进士冒鸾、冒凤兄弟从乡镇东陈搬迁至如皋城内集贤里，自此集贤里更名冒家巷，集贤桥易名冒家桥，冒家巷两边悉为冒氏府邸。

两百多年来冒家巷车水马龙、冠盖如云,盛极一时。冒辟疆的父亲冒起宗是崇祯年间进士,官至七省漕运首长,拥有冒家巷东西两府,是奴仆成群的显赫世家。

冒辟疆这个贵介公子,继承了这样一个有两百多年历史,具有雄厚经济基础和政治人脉的庞大家庭。

然而就是这样一个钟鸣鼎食之家,在冒辟疆手中几十年彻底破产,他六次金陵赴考,群仆前呼后拥,桃叶渡口挥金如土大宴学子;他数次大规模抗灾救荒,把夫人的首饰、儿子的婚金花光;他六十年倡和接待天下文人雅士千人次,他代行文化官员之职,无偿提供给骚人墨客衣食住行全部费用,令《水浒传》中"及时雨"宋江的慷慨大度也为之逊色;他父子三人刻印大型文集《同人集》……卖光田地,卖光房产,耗光花光全部银两,冒辟疆穷困潦倒,只得以卖字为生,住入三间草房,"把茅为盖,挂席为门,绳枢瓦牖"。冒辟疆是名副其实的"败家子",只"落了个白茫茫大地真干净"的下场。

冒辟疆是有罪的,他一生毫无建树,花光耗光了一个二百多年的庞大祖业,他谴责自己"有罪"是应该的,他写《红楼梦》开场白,字字忏悔,充满懊恨,完全是自然心态的流露。冒辟疆有"罪",他的所谓"罪"全是他的"善"举,他的倾家荡产全是他的善举所致。

然而,在他晚年,孙儿冒浑闽台战功赫然,急需筹措旅资。他不惜以八十衰龄冒风雪之苦,亲赴通州借贷,结果大失所望,费尽唇舌,看饱嘴脸,只得十两,不料所访之友病故,冒辟疆亲临奠祭,耗费二十两,一时囊空如洗,狼狈不堪。

冒辟疆的悔恨,冒辟疆的怨愤,通过《红楼梦》第一回第一段的开场白,做了深刻的剖析,我们分析《红楼梦》作者的心理,只有冒辟疆这样经历的人,只有一生花光祖辈的"金山银山",到头来囊空如洗的人,才写得出"风尘碌碌,一事无成","半生潦倒之罪","我之罪固不能免","我之不肖"等怨恨语句。反观考证出的曹雪芹何罪之有?他不可能写出任何悔悟之句。由此我们再一次推断冒辟疆写作《红楼梦》是合情合理的,是经得住议论的。

四十二证　冒襄赈灾，宝玉原型初见端倪

贾宝玉性格的核心是平等待人，男女平等，主仆平等，尊重个性，主张各人按照自己的意志自由活动。贾宝玉具有同情弱者的善良本性。贾宝玉宽容博爱，他从未板着面孔训斥过佣人，对待大观园里的姊妹更是细致入微。他爱一切人，甚至对故意烫伤他面孔的庶弟贾环，也心存宽容。

冒辟疆同时也是一位忠实履行儒士经世济民原则的地方士绅，是一位社会活动家，更是一位闻名海内外的慈善家。《红楼梦》主角贾宝玉心地善良、平等待人，其原型就是冒辟疆。

赈灾救荒倾家荡产

明末1640年、1641年连年大旱，据记载，"从山东到浙东，赤地千里，飞蝗蔽天，斗米千钱，僵尸载道"，甚至发生了人吃人的惨剧。冒襄时年三十岁，从未见过此等特大自然灾害，心急如焚，应县令陈秉彝之托以官绅合作方式救灾。于如皋城四门设四个粥厂，冒襄视赈灾如己任，带领家丁亲自倡赈，奔波于四门之间，每天发粥四千多份。又高价购米五百三十多担，在丁堰和当今如东县的双甸、岔河、马塘、掘港等地设置粥厂，请地方亭长和乡绅管理。从腊月一直到来春四月，按日发赈，达百万人次，"全活数十余万人"。冒辟疆在《救荒记》里写道：有人问他："救灾非一人之事，而你又非官，却惶惶不可终日，你手中拮据，又体弱多病，早晚忙个不停，这不是杞人忧天吗？"冒襄惨然答道："我三十岁了，从来没见过如皋斗米千文，斗麦四百，荞麦壳、麦梗都可吃。一个车棚内十五饥民，上吊七人，饿死五人……我们饱食终日，深居高卧，四境之内却

饿莩遍野,我们不竭尽全力去救人,还算是人吗!见死不救,如何能度此一生?"

1644年入清以后,虽然改朝换代,冒辟疆与辞官在家的父亲冒启宗并没有忘怀世事,继续以儒者的仁心关心民生。顺治九年(1652)那场比崇祯十三年(1640)更为严重的大饥荒中,冒辟疆积极参与地方合作赈灾救荒,依旧在如皋四门设粥厂。冒辟疆负责管理最远最难的西门粥厂,那里邻近泰兴,每天的饥民人数超过四千。冒辟疆早晨常常顾不上吃早饭,便带着一二同仁和十几个仆人顶风冒雪,赶到粥厂,尝量粥米的厚薄出入,稽核饥民的多少和仆役的劳急。他还派仆人到贫困户家中登记注册,把老弱病残列入赈籍,每旬给一斗米、几百文钱,或每天给半升米、十文钱。三四个月里,冒辟疆总计向二十余万人分发了粥米。官钱不够,家中银两有限,冒襄就变卖田产、妇妾衣裙,变卖夫人苏元芳的首饰,甚至拿出给长子聘娶的二百两白银换成两万铜钱发放给病疾的父老乡亲,冒辟疆几乎耗尽全部家产。《冒巢民先生年谱》说:"辟疆捐金破产。"

为了让那些痘疹满面的小孩和往返数十里的老人、病人在夜里有安身之处,避免他们死在打粥的路上,冒辟疆在粥厂旁边用茅草建了一排暖室,并且让一些和尚晚间给饥民加一餐粥,供应姜汤、热水。冒辟疆带领家童,巡视远近,做了许多扶老携幼、拯病济危、埋葬死尸的工作。

忘我救灾死而复活

仲春之后,如皋南门粥厂赈灾不力,冒辟疆又去到南门。那天刮起大风,下起大雨,冒辟疆在南门分发粮米,感到头昏眼花。他的身体虚弱,接触秽气三个多月,染上了瘟疫,浑身滚烫,不省人事,无脉无息,几近死亡,名医夏时行束手无策,面对跪求的冒襄父母说:"我在关帝前起誓,令嗣六脉全绝,生气全脱,若有一毫可救而不救,让我的五个儿子全死光。"冒家全家号哭,为他穿上寿衣,购置棺材,准备入殓。然而奇迹发生,冒辟疆突然苏醒,挥手打起乐拍,甚至要纸笔题诗,从此竟然病愈。

有关冒辟疆战胜死神重新回到人间的传说有以下几种说法:

1. 冒辟疆天界得雨,升天获金,下界救荒。

冒辟疆昏迷不醒,冥冥之中看到眼前成百成千饥民牵衣顿足,号泣哀求,要钱要米。他心急火燎,忽然见到许多金刚力士,猛地将他高举腾空,来到天宫仙境,亭台楼阁,赤日黄金,光彩夺目。他伸直两臂,张开手掌,倾盆大雨竟从掌中落向人间久旱的大地。冒辟疆狂喜，布雨两天两夜没放下手臂，归途中还见海里众多金鱼抬着金银相赠，力士们为他堆起金山，原路送他回家……于是冒襄死而复活！

2. 如皋县令向城隍爷提出严正交涉，要求阴界放回冒辟疆魂灵！

县令陈秉彝为挽救冒辟疆的生命，写了一篇《告城隍文》，文中说自己登门拜请冒辟疆参与赈灾，冒辟疆忘我赈灾救民："每晨水米不沾，便冒风雪，除发放粥以外，还带家童，亲自远近检查，扶老携幼，救死扶伤，倾家中之口粮，散为儿聘娶之百金，竭尽全力施救灾民，任劳三月有余，延救灾民难计其数"，"今忽然染疫，已绝生理，行将就木"。

县令提出"若冒襄者，父母既老，二子甚幼。既冥数已尽，亦当鉴其救人血心，延纪益算。况襄半生孝友，文名德泽，中外共称，此人若死，是无天道"！

人世的县令陈秉彝，向天界的县令城隍爷，提出严正交涉：冒辟疆"即冥数已尽，亦当鉴其救人血心，延纪益算"，发出"此人若死，是无天道"的严正申明，这是人类向神明的大胆挑战。于是冒襄死而复活！

3. 有人亲眼见到阴界标示："冒襄准保，仍着用心为善。"更使冒辟疆死而复生的传说变得"真实可信"。冒辟疆在家昏迷欲死，如城张姓看见阎王爷发出的勾魂牌上有冒辟疆大名，冒起宗听到此话更是魂飞魄散。正当惊骇之时，又传来掘港管姓病人梦中见到城隍庙门外悬着木牌，朱笔标示："冒襄准保，仍着用心为善"，于是冒襄死而复活！

我们可以从传说中看到一定的真理：

1. 冒辟疆以救荒为己任，全力以赴，无私奉献家产乃至自家性命。无论是明末还是清初，他一如既往，不改初衷，视生命高于一切，因此得到明清两朝州县当局的高度信任。他是如皋赈灾救荒的组织者和领导者，又是赈灾救荒一线总指挥，这样的人对如皋太重要了。冒辟疆是稳定社会秩序的基石，他是县令的左膀右臂，县令不能失去他，如皋不能没有他。

2. 冒辟疆身体虚弱但意志坚强，有强烈的社会责任感和使命感，拯救生命高于一切。他坚信善有善报，他有一颗正直而善良的心，昏迷中想到的是久旱无雨，人民在遭受磨难，他升腾到天堂，张开手掌向久旱大地布雨，于是金鱼们送给他的黄金堆成山。冒辟疆做梦也想着灾民，他与灾民共生死。冒辟疆赤子之心不但天真，更充满浪漫气息，一个怀着稚气、童贞的鲜活生命能死去吗？救民于水火的个人意念使他战胜病魔，死而复活！

他是灾民的救星，人民不能让他死去，人民编织神话，冒襄为赈灾而死而复活！冒辟疆活着继续行善，这是如皋灾民最朴实的愿望！

冒辟疆去湖南省亲，有更感人的场面。那时没有广播、电话，没有组织动员，全凭口口相传，四位老先生竟带领饥民千人到龙游河畔送别行将起航的冒辟疆。人们自觉从四面八方来到龙游河边，那四耆老，那群饥民，那一份眷恋，那一份真情，没有致辞，没有口号，没有旗帜，只有冰天雪地，寒气逼人，只有依依不舍，只有泪光闪闪，设身处地想想那个场景，今日读来也令人为之动容。

冒襄善举遍四方

冒辟疆饱受儒家教育，孕育了他以"仁爱"为宗旨的行善积德、济世救民的思想。据1641年冒辟疆《南岳省亲日记》记载，他在江苏境内二十多天，几乎天天关乎救荒。

我们看到一个在赈灾救民工作中全力以赴的、心地善良的冒辟疆！

我们看到一个自觉扮演"救灾御史"的冒辟疆，除出力出钱扶危济困外，记载各地灾情，拜谒各地官员，会见救灾一线同志，叮嘱救赈要有始终，呼吁富家出钱。米价大减，便大为欣慰，俨然是个"御史"，一个多么伟大的、忧国忧民的士大夫！

我们难以想象一个富家子弟，一个风流才子，一个花花公子怎能去品尝灾粥厚薄？怎能冒着传染瘟疫的危险去探视病残？怎能见到别人救灾有困难就卖衣赠银？更难想象他竟将祖父的门生——一对孤寡夫妇接到如皋养老送终，冒辟疆的心胸多么宽广！

一年冬天，冒辟疆邀友赏梅，哪知一路"老病饥寒，种种见告"，不觉反躬自问"吾辈一室饱暖，殊不知残腊之苦"，因吟诗："出门方知今日寒，所闻所见皆失欢。我与斯人胡以异，四海此际嗟困穷。"

他在日记中说：目击饥寒死者，反顾自己饱暖，十分难过，无地自容。

"我与斯人胡以异"，我和别人一个样，我们都是需要衣食的人！这样的思想产生在三百多年前的一位贵介公子冒辟疆身上，是多么难能可贵！

冒襄专文《救荒记》、《收弃儿册序》

为了规范赈灾救荒，冒辟疆竟自诩为政府官员，专门写了《救荒记》和

《收弃儿册序》。在《救荒记》中，他提出人人平等，他写道："同生皆人也，人皆以衣食生也。"他甚至提出是穷人养活了富人："富贵之家，全恃租息耳！"他写道：有钱人宁愿斋僧建庙，也不去施济百姓是愚蠢的行为，灾难当前救死扶伤才是最大的善事。在《收弃儿册序》中对于濒死的儿童，冒襄无比悲痛，他呼吁道：婴儿，是人类的种子！每见弃儿总要抱回养育，但弃婴众多难以为继，反复思量终得一法：寺庙可当其任。因此详为条款，有纲有目，周到细致，并捐重金给寺庙，以资收养弃儿。

冒襄非官非宦，仅仅是一个落榜的书生，承担起官府的职能，屡次赈灾，救活几十万民众，冒襄的慈悲之心，仁爱之心，永远活在如皋人民心中。冒襄是饥民的救世主，他赈灾救荒的感人事迹就发生在三百年前的如皋。冒襄慷慨解囊，借钱，变卖家产，设粥厂，买粮食，写文章，四乡奔走，劝灾赈灾，心力交瘁，全力以赴！当年，冒襄前后救活灾民几十万，今天我们如皋境内市民的先人有多少没有得益于冒襄的恩惠？冒襄赈灾救荒的慈善事迹，如皋、如东、通州、泰兴、海安、东台的人民永不能忘！（那时如皋号称天下第一大县，包含当今如东县全部，海安县、东台县和通州区部分。）

四十三证　贾宝玉的原型是冒辟疆

冒襄是贵介公子、诗礼簪缨之族,生活在花柳繁华之地,锦玉衣食,奴仆成群。他青壮时期生活上无忧无虑,挥金如土,急公好义,同情弱者,不惜千金救济灾民。他在《救荒记》中提出著名的"劝灾四则":

人生平等,同生皆为人,都以衣食为生,天灾难免,家有余粮要去救人;

我们富贵之家,全靠地租养活,是穷人养活了富人;

善,莫大于救人,生在同此大地上,非亲即故,同呼吸共生死,敬奉天地,孝顺祖宗,昌盛后人,不可不去赈灾;

拿钱去斋僧建庙,却不肯施济百姓,是最愚蠢之人,佛家还戒杀放生呢!灾民饥寒交迫,身临刀俎,匹夫匹妇,人人有责,节省一粒一钱去救人吧!

一个极具慈悲之心、仁爱之心、民主之心、人道之心的冒襄,一个饱受孔孟之道熏染的知识分子,道德品质是多么高尚!他的呼吁多么震撼人心!

另外一个冒襄跃然纸上,他就是《红楼梦》的主角贾宝玉。冒辟疆写贾宝玉尊重女性,尊重朋友,哪怕是使女,哪怕是下人,他都是以平等、友爱、同情、关切、尊重之心相知相处。

冒辟疆信奉"人生平等,同生皆为人"的思想,因此他笔下的贾宝玉就是一个平等博爱的"宝二爷"。

怡红院里的丫鬟,是伺候主子宝二爷的女婢、下人,贾宝玉把她们都当作伙伴、朋友、姐妹一样真心对待,宝玉绝无凌驾于别人之上的二爷架子,相反,这些丫鬟们倒可以使小性子,甚至故意对宝玉不理不睬。他们可以一起饮宴,相偕嬉闹玩笑,相互倾诉心声。

第四十四回，处于婢妾地位的平儿，为贾琏和凤姐争闹受到无辜的殴打和枉屈。贾宝玉招待平儿到怡红院，连声劝慰她"好姐姐，别伤心"，照料她换衣、梳洗、擦脂粉，还替她剪下秋蕙簪在鬓上。

第六十二回，贾宝玉生日那天，香菱和几个顽皮女孩子斗草、打闹，不小心将石榴红罗裙弄脏了，正在没办法，贾宝玉恰好看见，于是招呼她换了袭人的裙子。（关于斗草，是如皋乡村女孩们爱玩的游戏，笔者见过，儿时也斗过，这也是《红楼梦》作者是冒辟疆的例证之一）

可见贾宝玉对女儿的平等、友爱、同情、关切和怜惜。

宝玉与贴身小厮茗烟，亲如手足兄弟。第九回，顽童闹学，茗烟煽动打架，事后宝玉的大仆人李贵喝骂了茗烟，宝玉却为他辩护说："茗烟见人欺负我，他岂有不为我的？"

而第十九回的描写最为精彩，茗烟在书房与一个叫万儿的姑娘幽会被宝玉撞见，宝玉只是斥责茗烟，并没有告发他。见那丫头低首无语，宝玉跺脚道："还不快跑！"一语提醒了那丫头，飞也似的去了。宝玉又赶出去叫道："你别怕，我是不告诉人的。"急得茗烟在后叫："祖宗，这不是分明告诉人了。"

看，活生生的一对哥儿们，哪有主仆之分！

两人商量"找个地方逛逛"，宝玉道："咱们竟找你花大姐去，瞧他在家作什么。"茗烟担心被责怪，宝玉笑道："有我呢。"在这里宝玉用的是包含对方在内的亲兄弟般的词语"咱们"，在书童面前竟称自己的丫鬟为"你花大姐"，视下人如亲兄弟。（类似的例子还可举出很多）

作为三百多年前明清一代知识分子，冒辟疆在《救荒记》中写道："同生皆为人，都以衣食为生"，"生在同此大地上，非亲即故，同呼吸共生死"，"我们富贵之家，全靠地租养活，是穷人养活了富人"，表现了大仁大爱的博爱思想，甚至可说是革命思想！

只有具有平等思想、民主思想、仁爱思想、人道主义的冒辟疆才能在《红楼梦》中写出如此精彩的、朴实的主仆情节。

冒辟疆有一颗正直而善良的心，是一个伟大的慈善家！

1640年、1641年、1652年，三次大饥荒，"赤地千里，飞蝗蔽天，僵尸载道"，冒襄应县令陈秉彝之托以官绅合作方式救灾。冒襄心急如焚，倾家中全部银两高价购粮，于如皋全境十多处设置粥厂。他每天顶风冒雪奔波如皋四门之间，劳累过度昏死三日方醒。

贾宝玉

冒襄笔下的贾宝玉也像冒襄一样有一颗慈悲心肠，他包容一切人，他爱一切人，宽恕一切人，接纳一切人。在他的心目中，既没有敌人，也没有坏人。贾宝玉对晴雯、鸳鸯的尊重是无分别的，对贵为王妃的姐姐他有一颗平常心，对把那一盏油汪汪的蜡灯推到他脸上的贾环，他有宽恕之心，甚至在贾母面前替贾环开脱说是自己不小心烫伤的。对用魔法害他的赵姨娘，他没有怨恨之心；被父亲打得伤筋动骨，仍然毫无怨言。他能接纳一切人，无论和什么人在一起，从王爷到戏子，贾宝玉都有颗平等、民主、仁爱之心。《红楼梦》中的贾宝玉不就是现实生活中的冒辟疆吗！

四十四证　林黛玉的原型是董小宛

冒襄生命中的爱姬董小宛就是《红楼梦》中林黛玉的原型。

一、她们二人都生得美貌异常。我们只要到如皋水绘园去看董小宛的画像就可以联想到《红楼梦》中林黛玉的形象。

二、二人都才艺出众，能诗善画。水明楼内的古琴，是小宛的心系之物。无锡市博物馆收藏着小宛的绘画作品《彩蝶图》。小说中黛玉也善绘画，在众多才女中名列前茅，"创作"了许多诗词，还在群芳咏菊中夺魁。

三、二人都多愁善感，悲叹身世，又孤芳自赏，自怜自爱，都是薄命女子。小宛不幸早逝，年仅二十七岁；黛玉命归太虚幻境，只是二十出头。

四、二人皆体弱多病，得的是同一种病，因肺结核不治而亡。

五、半塘董小宛和姑苏林黛玉，两位美女来自同一城市，"上有天堂，下有苏杭"的苏州。

六、小宛由钱谦益雇船送到如皋冒府；黛玉随了奶娘登舟而去，贾雨村另有一船依附而行，来到贾府。两位美女都是乘船，都有外姓人陪送。

七、两位美女见到花谢都生悲戚之感。小宛在南北湖畔鸡笼山上面对暮春凄凉景致，感叹江河破碎，一家流离，泪葬残花。而黛玉葬花更写得有声有色，"侬今葬花人笑痴，他日葬侬知是谁"的诗句，催人泪下。

八、两人都没留下文稿。

从她俩在"群芳"中的地位看，董居"秦淮八艳"之魁，林居"金陵十二钗"之首。

董在临终前将其精心编撰的诗词文稿付之一炬；林病危时也烧毁了自己心爱

的诗稿。

我们把苏州、乘船、肺结核、短命、葬花、焚稿、水绘园、大观园等元素加在一起，一并考虑，水绘园中的董小宛不就是大观园中的林黛玉吗！最懂得董小宛的人才能写出林黛玉，此人是谁？当非冒襄莫属也。

四十五证　冒董之爱与宝黛之爱共同特点

冒董之爱与宝黛之爱共同特点之一：

都没有言情小说的花前月下、儿女恩怨、暗送秋波、卿卿我我、山盟海誓的描写，更没有通俗读物的哥啊妹啊肉麻的文字，有的是知识精英的"《西厢记》妙词通戏语　《牡丹亭》艳曲警芳心"的精神寄托和心理活动，在一个更高的精神境界里显示爱的美妙、爱的崇高！

冒董之爱与宝黛之爱共同特点之二：

都是才子佳人配，两位才子、两位佳人极其相似，常把水绘园的冒董疑为大观园的宝黛。

冒董之爱与宝黛之爱共同特点之三：

两对恋人都以悲剧告终。宝玉黛玉青梅竹马一对恋人，未成眷属，黛玉夭亡在宝玉宝钗的婚庆闹声中，宝玉最后出家为僧。

冒襄对小宛之爱格天彻地，呕血剖心。冒襄五年病危三次，是小宛一次次用体温和柔情给了冒襄生命！但小宛的生命就像流星一闪而过，一个多情美貌的女子逝去了，这是多么沉重的悲剧！冒襄要用鲜血和眼泪磨墨著文。冒襄誓言，"有生之年，皆长相忆之年也"！

宝黛之爱在第一回就交代是"还一世眼泪"，因此他俩的爱都是零碎小事，甚至拌嘴、吵闹。例如：宝玉常说"你死了，我做和尚"；宝玉挨打后，林妹妹哭得两只眼睛肿得和桃儿一般；宝玉为了一句"林妹妹明年家去"的"玩笑话儿"，差点连命都没有了；"当初姑娘来了，哪处不是我陪着玩笑？凭我心爱的，姑娘要，就拿去；我爱吃的，听见姑娘也爱吃，连忙干干净净收着，等着姑娘回来……"就是这些温暖的轻言巧语的日常话才最能表现真爱,打动读者。我们不得不感叹冒襄对小宛的爱,并没有惊天动地之处,却用有生之年长相忆,真正是天长地久!

四十六证　冒辟疆的倡和与《红楼梦》诗社

冒襄通过六十年倡和，结识近五百位名人雅士，又通过二十年编撰《同人集》的实践，娴熟掌握了各种风格、各种流派的诗词文体。他一生著作丰硕，传世的有诗集、文集、忆语体小说等大量著作。在他著作《红楼梦》时，就充分发挥了倡和的优势，他让《红楼梦》中的儿女们如同水绘园文人雅士一样吟诗倡和，组织了海棠诗社、菊花诗社、赏雪诗社、桃花诗社、柳絮诗社，那些美女们人人都是倡和能手，都像水绘园中倡和的文人雅士一样吟诗绘画。

只有积累了满腹诗词的冒襄，才能写出《红楼梦》几十次联诗、对联、联韵、灯谜等倡和场面，才能写出脍炙人口的赏菊诗、柳絮词、桃花行、葬花诗、女儿诔等作品，甚至刘姥姥风趣的打油诗，薛蟠和妓女云儿不堪入耳的下流诗也恰到好处。《红楼梦》中众多对诗、联诗的倡和场面不就是水绘园倡和的翻版吗？《红楼梦》两千多句诗词不是《同人集》诗词的缩影吗？

四十七证　贾政的原型是冒政

冒政（1443—1520），明朝著名大臣。

《明史》一百八十六卷：冒政，泰州人（如皋属泰州）。萧同年进士，历官右副都御史，巡抚宁夏。守官廉，刘瑾觊贿不得，遂假辽东事逮之，罚米至三千石。瑾诛，复职致仕。久之，卒。

明《武宗实录》记载：冒政从政四十五年，历经成化、弘治、正德三朝。冒政一生从政于南京、武昌、山东、辽阳、江西、宁夏等地，从户部部员（从六品）一直做到江西布政使（省长），到位高权重的都察院（纪委）右副御史（二品），以廉洁奉公、体恤民情著称朝野。冒政一生有四大亮点：

亮点一，拒贿不腐。

1487年（44岁）任户部郎中（五品），到江西督查粮食运输。万安县令备金若干馈赠。在明代中期，官场风气十分腐败，地方官员参谒上司，馈赠礼品实属常规，上司也受之无愧。一京官劝说县令："我看此君行事公正，是不会收礼金的，你不要自讨没趣。"县令说："这是年例，哪有不送之理！"乃怀金入见，刚刚递上手帖，冒政见此大为震怒，训斥县令，并要绳之以法。县令叩头谢罪求情，才得幸免。此事惊动江西全境，各州县官员莫不认真办事，筹粮、运粮任务没有严督，就很顺利地完成了。

亮点二，不贪不占。

1504年（61岁），朝廷调冒政镇守东北边城辽阳。两年后冒政被提拔为江西右布政使（从二品），在核查库银时发现余饷银数千两，冒政当即核验，自己毫发无取，并立案封存委派专人保管，以交接任新官，这才放心离开辽阳奔赴江西上任。接任者十分感叹：按惯例期满盘赢银两，由前任带走，如今前任分文不取，留下剩余饷银，这是前所未有的大事呀！我这任上不用贷借了，这种高尚品德，永远是我师表！

亮点三，赈灾救荒。

1506（63岁），冒政到江西任右布政使，相当于现今省长级领导。当时饥民如蚁，盗贼蜂起，处理稍有不当，必酿成大乱，形势十分紧张。冒政立即采取三大措施：1. 下令各县开仓救济饥民；2. 仓粮不足动用储备资金购粮；3. 允许牢内轻犯以粮食或金钱赎身。此三条起到了立竿见影的效果，"旬日一境晏然"，半年后社会安定和顺了。

亮点四，从属保释。

弘治驾崩，正德年幼，太监刘瑾当道，许多前朝重臣被害。刘瑾公开索贿，只要给他好处，就可免灾。但堂堂国家检察总长给太监送礼有失身份，冒政不予理睬，不送"见面礼"，公然藐视太监权力，敢于向至高无上的"立皇上"挑战。刘瑾已怀恨于心，终于在辽阳查出一个"贪官"，借口冒政曾分守辽阳，必有瓜葛，将他逮捕下狱。冒政的冤狱得到朝野普遍同情和关注，远在东北辽阳的都督、指挥、千户、镇抚等官员说：冒公守我土，一尘不染，如今罹难，我们怎能坐视不管？众人纷纷解囊捐出粮食三千石，保出冒政。冒政削职回籍，从此定居如皋。

冒政去世后，明正德皇帝派扬州知府前来谕祭。明朝的《武宗实录》中载有冒政传文，说他"质直坦易，居官廉正，卒后家贫无遗资"。

正直、坦荡、廉正、无遗产——这是对冒政的最后定论。

冒辟疆为冒氏十二世孙，他熟知冒氏五世冒政的经历，深深敬佩《明史》记载的这位祖先，仰慕冒政的为官人格。他在《红楼梦》中塑造的艺术形象贾政的事迹，许多取自冒政。在为官轨迹、为官操守、为官结局方面皆以冒政为原型。

1. 冒政与贾政两人取名一样。冒辟疆为贾府官场正面人物贾政取名是动了脑筋的：两人都取名为"政"。两人的姓，冒字与贾字，其貌何其相似。冒与贾（假）其义也十分接近。

2. 冒政与贾政两人为官轨迹一样。两人都是从京官做到外官。冒政户部郎中，贾政工部员外郎。冒政外放江西督查粮食运输，贾政也外放江西粮道。这么多的一致，是冒辟疆故意安排的。

3. 冒政与贾政两人为官操守一样，都为官清廉。冒政在江西粮道拒纳献金，痛斥贿官，惊动江西全境。而贾政一贯勤俭谨慎，为官清廉，不贪污纳贿。冒政在江西粮道拒贿，一心做好官，严禁州县馈送，一经查出，必定详参揭报。初到之时，即令胥吏畏惧。

4. 冒政与贾政两人都是悲剧结局。明中期官场腐败，儿皇帝即位，太监刘瑾当道，冒政拒绝送礼，被捕入狱。虽经保出，但不予录用，赋闲如皋，郁郁而终。而贾政虽然勤俭谨慎，清廉孝顺，却迂腐古板，迟钝糊涂。江西粮道任内，弄到员属打着自己的旗号在外招摇撞骗、为非作歹的地步，被参回京。又因家族子弟违法乱纪，行为失察，导致贾府获罪抄家。

我们从贾政一生为官从政、拒贿不腐、不贪不占、体恤民情、忠于职守的描述中处处看到冒政的影子，两位深受孔孟思想熏陶的中国古代知识分子的形象。冒政是如皋人，冒辟疆的祖先，把冒政的命运、冒政的某些形象深深留在《红楼梦》中，正是冒辟疆的如皋情结。

冒辟疆成功地把爱妾董小宛的形象塑造成林黛玉，又把冒政的某些事迹在贾政身上再现，是冒辟疆著作《红楼梦》的又一证据！

四十八证　蜜水儿似的如皋"浆酒"

《红楼梦》中吃酒的场面多得难以计数，为烘托气氛作者还展示了雅俗共赏的酒令。如牙牌令、占花令、曲牌令、故事令、击鼓传花令、击鼓催诗令以及射覆、拇战等等，显现了作者的广博才识。

至于酒器，作者推崇的是汝窑、成窑、定窑、钧窑五彩小盖钟，一色官窑脱胎填白盖碗……专家指出这些瓷窑鼎盛时代多为明朝。而在康熙、雍正、乾隆三朝时期，中国瓷质酒器达到了历史最高水平，明代不可比拟的景德镇酒具却没有出现在大观园中，足以证明《红楼梦》的作者不是胡适先生考证出的生于乾隆中期的曹雪芹。

《红楼梦》中逢年过节、生辰喜庆、赏花、咏雪……都要吃酒，绝大部分吃酒的场面是以老祖宗贾母为首的各房太太、奶奶带领金陵十二钗等四五十位美女饮酒诗文。吃的是什么酒？有"屠苏酒"、"金谷酒"、"蕙泉酒"、"绍兴酒"、"桂花酒"、"菊花酒"、"合欢花酒"、"烧酒"、"西洋葡萄酒"，老太太和美女们酒量不小，多数几盅、几杯，甚至几碗，可想而知她们吃的以上七八种酒是低度烧酒和黄酒。

在第四十一回刘姥姥说："别管他，横竖这酒蜜水儿似的，多喝点子也无妨。"同一回后面作者又写："那刘姥姥因喝了些酒，他脾气不与黄酒相宜。"明确指出刘姥姥喝的是黄酒。第六十三回，"寿怡红群芳开夜宴"，大观园的姑娘们畅饮了一坛子"绍兴酒"，"绍兴酒"也是黄酒。黄酒甘爽醇厚，微甜略苦，所以受到大观园姑娘们的青睐。我们知道黄酒绝不是"蜜水儿似的"，这"蜜水儿似的"是什么酒？值得研究。

六七十年前如皋是个杂粮区，夏熟是"三麦"（大麦、小麦、元麦）加油菜和蚕豆。秋季作物主要是玉米、黄豆、水稻、花生、芋头、高粱、芦穄……如皋乡下到处有小河，笔者家乡就是四边是河的村庄，但过去很少种植水稻，因为如皋乡间小河"水平如镜"、"有河无流"，不像成都和宁夏可以利用流水的落差自流灌溉种植水稻。如皋人要吃米饭就要具备提水工具，要有车棚、水车、牛。车棚就是一个直径七八米，上有麦草蓬顶，内有用牛做动力的大型木制提水机械的圆形小厂房（现今基本绝迹）。冒辟疆是熟知车棚的，他在1641年写的《救荒记》中说一个车棚内十五个饥民，上吊七人，饿死五人……

寿怡红群芳开夜宴

过去农村只有富裕农家才能拥有车棚、牛和水车，一座车棚一头牛其效率也只能供三四亩稻田。也有用脚踏水车提水种植水稻的，但家中必须有几个强壮劳力每天提水，所以过去如皋农村，上溯到冒辟疆时代，种稻米的很少，农家一年到头也吃不到几顿米饭，笔者对此有亲身经历，童年时代吃顿米饭要高兴好几天，那时农家的大米可算是"奢侈品"，哪有糯米去做黄酒？六七十年前如皋农村普遍喝的是一种叫"浆酒"的低度酒。浆酒是用耐旱的高粱和芦穄酿造的。高粱头是直挺的，芦穄头是下垂的，两种农作物的籽粒很相似，芦穄脱粒后的穗枝可以制作笤帚。农民很少成片播种高粱和芦穄，它们不占大田，都是种在墒沟之中，一行行高粱和芦穄长在墒沟里，充分吸收阳光，充分发挥顶端优势和边行优势（可见如皋农民早就知道科学种田），长得高大粗壮，产量很高，但人们很少食用高粱和芦穄，多数用来酿酒。

高粱和芦穄是怎样制成浆酒的呢？说起来也很简单，如同用糯米做酒酿（如皋人叫作"浆糟"）一样，只是制作规模要大得多。一般用可装好几百斤水的"头坯缸"、"二坯缸"发酵制作。浆酒什么口味？只要吃过浆糟的人就知道其味多么甘甜！就像刘姥姥说的"横竖这酒蜜水儿似的"！浆酒和酒酿一样甘甜爽口，沁人心脾，其颜色如玫瑰，如半透明的宝石，其"蜜水儿似的"口感是微甜略苦的黄酒望尘莫及的。高粱和芦穄以其耐旱、高产又不占大田的特点，成为如皋农村普遍栽种的酒料作物。

我们在寻找刘姥姥说的"蜜水儿似的"的酒时，发现《红楼梦》作者给出的屠苏酒、金谷酒、惠泉酒、绍兴酒、桂花酒、菊花酒、合欢花酒、西洋葡萄酒、绍兴酒、黄酒，哪一种酒都不可能达到"蜜水儿似的"。只有糯米酿制的"酒酿"才具"蜜水儿似的"的口感，只有用高粱和芦穄酿制的"浆酒"才能和"酒酿"一样具有"蜜水儿似的"的口感。

三百多年前的冒辟疆一定不少饮用如皋乡间的"浆酒"，他在创作《红楼梦》时，处处留下信息。在描写众多的酒宴场面，又不便直接写出"浆酒"的名称时，就在第四十一回让刘姥姥说"别管他，横竖这酒蜜水儿似的，多喝点子也无妨"，极巧妙地留下如皋"浆酒"的信号。在同一回后面又写"那刘姥姥因喝了些酒，他脾气不与黄酒相宜"指出刘姥姥喝的是黄酒，令读者陷入迷惑。这正是冒辟疆高明之处，这蜜水儿似的黄酒是"真事隐"还是"假语村言"？

四十九证　熟悉女性的作者才能写出《红楼梦》

《红楼梦》的作者精心描述女性世界，塑造了一百多个个性鲜明的女性形象。我们看到：才华横溢、性格孤傲的林黛玉；气质超凡、雍容华贵的贾元春；聪明能干、尖酸刻薄的王熙凤；智慧过人、眼光远大的贾探春；举止端庄、落落大方的薛宝钗；心直口快、充满活力的史湘云；说话犀利、心灵手巧的晴雯；温柔刚烈、头脑冷静的鸳鸯；性情善良、委曲求全的平儿；勤于管理、心地细致的袭人。还有宽厚慈祥的贾母，善良风趣的刘姥姥，才貌双全、冷漠孤僻的妙玉，还有薛姨妈、王夫人……一个个性格鲜明、命运殊异的女性。

能写出如此众多的女性，一定有出入女性世界的经历，一定积累了丰富的女性故事素材。这里我们把冒襄和曹雪芹做一比较：明代南京每年秋天乡试，两万余考生云集于此，秦淮河畔娱乐生活异常繁荣，那里存在着现代意义上的"歌厅"、"舞厅"、"卡拉OK"，青年人哪有不贪玩乐的？

隶属朝廷礼部教坊司的歌伎们，大多有一定文化艺术修养，许多美女精通诗文、音乐、绘画、书法、戏剧，她们是现代意义的名模、明星、歌唱家、舞蹈家，她们与才子名士的交往，建立在文化与感情的基础上，她们绝不是"红灯区"的妓女，她们保持着人格和尊严。

出身名门又感情丰富的冒襄一生六次赴南京乡试，自然少不得出入"秦淮"，在这里，他认识了著名歌姬李香君。1639年，他28岁，乡试前考官拟出三十道时文题目，要考生们试前交稿，冒襄就在李香君身边，一天一文，一个月全部做完，得到考生们交口称赞，李香君也很赞赏。冒襄和朋友们向李香君、顾媚学唱昆曲，经常陶醉在优美的昆曲中，冒襄不但爱听、爱唱，还善于创作词曲。

明末第一美女，艳丽无双、后来使吴三桂"冲冠一怒为红颜"引清兵入关的陈圆圆，就曾爱上冒襄，大胆向他表白托付终身的愿望。冒襄约定等待其父脱离险境，再谈婚论嫁。1642年，31岁的冒襄兴冲冲赶往苏州接圆圆，谁知十天前圆圆已被人抢去。冒襄惘然若失，郁闷无比。

再后来冒襄又遇到红颜知己董小宛，上演了一场分分合合、充满磨难的才子佳人的故事。他俩在冒府九年，或花前月下，赋诗论画，或静坐香阁，细品茗香。冒襄三次重病，小宛熬药煎汤，紧伴枕边，数百个昼夜呕心沥血的护理，终使冒襄一次次转危为安。这是小宛爱情升华的一面，也是他俩极富传奇色彩的爱情故事最动人心弦的场景。自古红颜薄命，1651年，小宛积劳成疾，年仅二十七岁就香消玉殒，魂归太虚。冒襄悲痛欲绝，恍惚终日，含泪写下了《亡妾董小宛哀辞》和《影梅庵忆语》，对小宛寄予无限深情。

据有关文献考证，冒襄一生先后与十多位女性有过爱情关系，有名有姓的除夫人苏元芳外，尚有王节、李香君、顾媚、陈圆圆、董小宛、范珏、沙九畹、杨漪炤、麻姑、吴琪、吴扣扣、蔡女萝、金晓珠、张氏女，这些女子都能画、善唱、会舞、擅诗，其中六人先后正式获得小妾名分。从他好友在《冒姬董小宛传》中，说冒襄"所居凡女子见之，有不乐为贵人妇，愿为夫子妾者无数"，更可证明冒襄结交女性广泛，证明风流才子冒襄，英俊美貌，天生对女性有亲和力、吸引力！

《红楼梦》中许多女子的形象、性格、命运都可在冒襄结交的女性中找到。但是冒襄绝不是轻薄的纨绔子弟，更不是眠花宿柳的荒淫公子，而是"护花使者"。他对美、对女性充满着圣洁的爱和赞誉。他用高雅清丽的语言怀念着陈圆圆、董小宛、吴蕊仙、吴扣扣、蔡女萝、金晓珠……

现在我们看看胡适考证的曹雪芹的情况吧，据人民文学出版社82版的《红楼梦》前言所述："雍正六年曹家抄没后才全家迁回北京，当时曹雪芹尚年幼，按出生于乙未说是虚岁十四岁，按出生于甲辰说是虚岁五岁。曹家回北京后的情况，文献绝少记载。"这里有两个曹雪芹，我们抛开幼儿园的四岁曹雪芹不说，因为他极少经历抄家前的富贵生活，更不可能与女性交往，说到这里，我脑中对胡适考证的《红楼梦》作者曹雪芹已打了个对折。

再说十三岁少年曹雪芹吧，我们只能推测他在金陵江南织造的府中，有过从一岁到十三岁的记载，过了十三年类似贾宝玉的公子哥生活，见识过园林中的亭台楼阁、奇花异草，接受过丫鬟、使女的侍候。但他毕竟还是个孩子，这点经历写不出大观园场景，更想象不出"两府一园"布局。如果说凭借一个孩子的经历能够支撑写出大观园众多女性，那真是天方夜谭！

82版的《红楼梦》前言又写道："曹家回北京后的情况，文献绝少记载。"就是说，没法获得他青年、壮年时的一切活动资料，不知他受过什么教育，不知他是否生活在锦衣玉食的环境之中，不知他在北京与谁交往，有无与女性交往、交游的经历，有无琴棋书画的女友，有无小妾，有无"艳史"，有无婚外情。

胡适考证的曹雪芹与女性交往的记载是零，只凭一个孩子的经历，绝对写不出大观园众多女性！因此胡适考证的曹雪芹不可能著作《红楼梦》，只有广泛结交女性的冒襄，才可能创作《红楼梦》。

三百多年来研究董小宛的文章，写小宛的剧本，拍小宛的电影，难以计数，论证小宛是黛玉之原型可以提出几十条理由。他们从哪里获得小宛的信息？最了解董小宛者当数冒襄莫属，他们主要是从冒辟疆的《亡妾董小宛哀词》和《影梅庵忆语》中获得信息。当然，冒董二人的朋友也有许多介绍小宛的文章和诗句，也提供了不少信息。

但整体、全面、深入了解小宛，还得从冒襄的《哀词》和《忆语》中获取信息。读罢《哀词》获得一种悲情，一种想全面深刻了解小宛的冲动，不由得去读《忆语》，读完《忆语》，一位"香姿玉色，神韵天然"、貌若天仙的董小宛出现在读者面前。

一位表面美丽文弱，内心坚强的董小宛；

一位热情追求爱情，坚定而执着的少女竟敢驾一叶轻舟顶风破浪于大江之上的董小宛；

一位女红无所不妍巧，锦绣工鲜的董小宛；

一位能画能诗，笔墨楚楚的董小宛；

一位稽查抄写，细心商订，永日终夜的董小宛；

一位静坐香阁，白纱三围，人在菊中，菊人俱影的董小宛；

一位身着"薄如蝉翼，洁比雪艳"的薄纱轻衫，华丽霓裳，飘逸金山，千人尾随的董小宛；

一位出入应酬米盐琐事，日用银两，无不登载明细，毫发无遗的董小宛；

一位海棠、蔷薇、玫瑰、丹桂、藕、笋、野菜、野果无不采入食谱的董小宛；

一位仅卷一破席，横床榻旁，寒则拥抱，热则披袆，痛则抚摩，把冒襄从死神手中夺回的董小宛；

一位深明大义，知书达理，宛如一颗耀眼明星，一闪逝去的董小宛！

董小宛是一首诗，一首幽怨的抒情诗；董小宛是一首曲，一首小夜曲，也可以是一首荡气回肠的交响乐。冒襄牵手小宛一步一步从水绘园走向大观园。在大观园中，这位世间真实存在的冒辟疆至爱的董小宛，就仙化成了林黛玉，这位仙化大师非冒襄冒辟疆莫属。

五十证 "辉宗"和"妙玉"

吴蕊仙貌美能诗,也是一位性情中女子。她丈夫反清遇难,她从苏州渡江投靠丈夫的故友冒襄。当时小宛过世已愈八载,吴冒相处生情,但冒襄已纳妾吴扣扣,吴蕊仙看破红尘,强压情感,在给友人黄仙裳的和诗中表露:"绮罗自谢花前影,笙钵聊为云水人",表示愿意遁入空门,带发修行。于是冒襄在城南杨花桥(笔者老家距此桥三里)旁盖小庙一座,蕊仙自号"辉宗",从此青灯孤影,不久离世。冒襄又见到一个苦命才女为他断了凡心,忧郁而亡,冒襄十分伤心,携友前往凭吊,刻名"别离庙",以示怀情。数十年后的乾隆年间,通州诗人李约园感叹冒吴当日之浪漫故事,跋涉百里寻觅荒庙,并留词庙中:"别离庙,春禽叫,不见当年如花人,但见今日花含笑。春花有时落复开,只今荒烟蔓草最深处,愁云犹望姑苏台……"令人潸然的词句,我们在《约园诗钞》中可读到。

大观园中贾府也有"栊翠庵"一处,里面住着带发修行、美丽孤傲的妙玉,妙玉本是苏州姑娘,出身书香仕宦之家。妙玉是个极怪僻、极洁净之人。《红楼梦》前八十回没有写到她的去向,但从妙玉判词,"欲洁何曾洁,云空未必空。可怜金玉质,终陷淖泥中",可推测她的命运。"云空未必空"是说虽入空门,却对宝玉有意,后两句预示她将是悲剧结局。

自古王公贵族、豪门富户,很少听说哪家私有尼姑庵的。但现实世界的如皋冒襄,就在城南杨花桥旁修造了一座取名"别离庙"的尼庵,令人惊奇不已。

天下有这样的事,私家花钱盖所尼姑庵!可谓奇特现象,也可说是个"唯一件"。而小说《红楼梦》中同样出现了这种奇特现象,贾府大观园内同样有一所私家尼姑庵——"栊翠庵"!

更令人匪夷所思的情节是,"别离庙"里养着一位对冒襄有意、凡根未断的,原籍苏州带发修行的,不久将离世的女尼辉宗。"栊翠庵"里面同样养着一位对宝玉有意、凡根未断的,原籍苏州带发修行的,注定悲剧结局的女尼妙玉。

妙玉

两位女尼,都在私人家的尼庵里,都带发修行,都是美女,都会写诗,都来自苏州,都对男主角有意,都是悲剧结局。

冒府发生的吴蕊仙的故事是不可复制的,但它在小说《红楼梦》中出现了。又是一个"独特的一致",再次证明冒襄就是曹雪芹!冒襄把他对吴蕊仙的全部情意和思念,在《红楼梦》妙玉身上做了倾诉。

五十一证　冒府和贾府都蓄有昆曲戏班

精通音律，酷爱戏曲，从事戏曲活动，是冒襄的又一特长。冒襄的家班创始于祖父冒梦龄和父亲冒起宗之手，祖宅"得全堂"即为演出的主要场所。二十世纪二十年代冒舒諲还看到：厅四周散置紫檀大理石桌、太师椅和兰花瓷墩以备客坐。至崇祯末年，冒襄又扩建了闻名全国的水绘园，歌童女乐即寓居园中。

明亡以后，冒襄不外为官，以度曲自娱，并以家乐招待四方宾客。

其家班中吸收了一批著名的演奏家，如苏昆生、陈九、朱音仙等，培养出许多知名演员有徐紫云（云郎）、杨枝、陈灵雏、秦箫、金菊、徐雏等。据陈瑚《得全堂夜宴记》叙述，阮大铖家班的名角在明亡后也流散到冒家，仍能演出《燕子笺》待客。家班全盛时期，常演的剧目有《浣纱记》、《牡丹亭》、《西厢记》、《邯郸梦》、《党人碑》、《清忠谱》、《秣陵春》，以及尤侗的《黑白卫》和余怀的《鸳鸯湖》等作品。所谓"家班"，用当今话说，就是冒府拥有相当规模的"冒氏昆剧演出团"。这个剧团在西府"得全堂"常年演出，招待宾客。

冒辟疆的家庭组建了一个剧团！除了要具备雄厚的财力和主人的喜好外，更重要的是主人冒辟疆乃明末四大才子之一，他的财力加上他的才能，他具有编剧导演的本领，甚至亲自教唱曲调。冒氏家庭剧团全盛时期的演出轰动如城，这在许多文稿中都可见到。近代有人研究冒辟疆，认为他对昆剧的发展、改革、创新是有较大贡献的。

冒襄晚年生活困窘，他写道："每夜灯下写蝇头数千，朝易米酒，今岁俭，少宴会，终年坐食，主仆俱入枯鱼之肆矣。"但冒辟疆绝不会解散其家庭昆剧团，这些演职员已经成为冒府的家庭成员，有的鬓发苍苍，有的自幼离家，成了昆剧职业演员。天无绝人之路，冒辟疆带领"冒氏昆剧团"走向市场，他在给朋友的信中记述"家生十余童子，亲教歌曲成班，供人剧饮，岁可得一二百金"，那时如皋还没有公共剧场，冒辟疆的昆剧团很可能就在西府的"得全堂"售票演出，每年收入一二百两白银。

"供人剧饮"就是说观众除了欣赏戏剧之外还可得到剧院的茶水服务，这就令我想到电视剧中清末民初北京戏园子演出的场景，冒辟疆真是演出界的改革先锋！

八十老翁宁愿卖字也要维持家班，冒襄对昆曲热爱之深，令我等后辈难以置信！据说冒襄临终还要家班演出。《冒巢民先生年谱》载冒襄去世那天："时寐时醒，令诸童度曲。"冒襄的灵魂在优美的昆曲中升天。去世后，家班由其子孙继续维持，直到乾隆年间才散歇。

冒襄青年时期学唱昆曲，中年时期在水绘园中组织家庭演出，盛况空前，老年贫困卖字卖唱也要维持家班。

冒襄的"昆剧情结"在《红楼梦》中有淋漓尽致的表达，他让昆曲贯穿在《红楼梦》中；他让贾府也和冒府一样有"家班"；昆曲源自苏州，他让贾府从苏州买来十二个女孩子；他在南京结交了众多梨园昆角，他就让这十二个女孩住进贾府的"梨香园"学唱昆曲。这十二个女孩称"梨香十二官"，她们像冒府家班一样娱乐宾客，像为冒府大增颜面一样为贾府增光。当然，这十二名美女在贾府中，也上演了不少男恨女爱的故事，描写这些是冒襄的强项。

冒府常演《牡丹亭》、《西厢记》、《邯郸梦》。他让《西厢记》和《牡丹亭》频频出现在《红楼梦》中，在现实与虚幻中都寄托着对董小宛的哀思。

《红楼梦》中写宝玉、黛玉、宝钗、探春、邢岫烟、晴雯、麝月等人说《西厢记》曲文，也反映了冒襄对水绘园家班演出时，众多文人雅士会集的空前盛况的怀念。

现实中的冒府有家班，虚构的贾府也有家班，《红楼梦》中家班的诸多情节再现了水绘园演出，再次证明冒襄就是曹雪芹！

五十二证　小宛奇巧美食　宝钗神丹妙药

　　美女食神董小宛是一位技能高超的家庭艺师，她所烹制的菜肴和制作方法是异于常人的。

　　据冒襄《影梅庵忆语》记载：

　　如皋冒府董小宛"酿饴为露，和以盐梅，凡有香色花蕊，皆于初开放时采渍之，经年香味颜色不变，红鲜如摘，而花汁融液露中，入口喷香，奇香异艳，非复恒有。最娇者，为秋海棠露，海棠无香，此独露凝香发。"

　　"取五月桃汁、西瓜汁，一瓢一丝漉尽，以文火煎至七八分，始搅糖细炼，桃膏大如琥珀，瓜膏可比金丝内糖。"

　　"制豉取色取气，先于取味，黄豆要九晒九洗为度，颗瓣皆剥去衣膜。"

　　"蒲、藕、笋、蕨、鲜花、野菜、枸、蒿、蓉、菊之类，无不采入食品，芳旨盈席。"

　　"火腿久煮无油，风鱼如火腿，醉蛤如桃花，醉鲟骨如白玉，虾松如龙须，烘兔酥雉如饼饵，菌脯如鸡枞，腐汤如牛乳。慧巧变化，莫不异妙。"

　　小宛发明的"跑油肉"，已跑遍全中国甚至世界各地。小宛制作的"董糖"是如皋的特产，纯正的"董糖"只有在如皋才能吃到。

　　再看看《红楼梦》中宝钗的"冷香丸"是怎样制造的：

　　春天开的白牡丹花蕊十二两，夏天开的白荷花蕊十二两，秋天的白芙蓉花蕊十二两，冬天的白梅花蕊十二两。将这四样花蕊，于次年春分这一天晒干，和在药末子一处，一齐研好。又要用雨水这日的雨水十二钱，……白露这日的露水十二钱，霜降这日的霜十二钱，小雪这日的雪十二钱，把这四样水调匀，和了药，再加十二钱蜂蜜，十二钱白糖，丸了龙眼大的丸子，盛在旧瓷坛内，埋在花根底下。若发了病时，拿出来吃一丸，用十二分黄柏煎汤送下。

还有，《红楼梦》第四十一回，凤姐奉贾母之命，搛了些茄鲞给刘姥姥吃，刘姥姥吃了说："别哄我，茄子跑出这味儿来，我们也不用种粮食了，只种茄子了。"凤姐向刘姥姥讲解说："把四五月里的新茄包儿摘下来，把皮和瓤子去尽，只要净肉，切成碎钉子，用鸡油炸了，再用鸡脯子肉并香菌、新笋、蘑菇、五香豆腐干、各色干果子，俱切成钉子，用鸡汤煨干，将香油一收，外加糟油一拌，盛在瓷罐子里封严，要吃时拿出来，用炒的鸡瓜一拌就是。"

冒府异想天开的食谱，奇巧方法是常人难以做到的。冒府的食谱，有其"独特性"和"唯一性"。

史太君两宴大观园

贾府使冒府的异想天开和奇巧方法得到升华和神化，更具"独特性"和"唯一性"。"独特性"和"唯一性"是冒府和贾府的"共性"，也就是独特的一致。独特的一致只有冒襄能掌握，只有写小宛奇巧美食的冒襄，才能编出宝钗的"冷香丸"和凤姐介绍的茄鲞。

五十三证　两个桃叶渡，真实证据

南京秦淮有个桃叶渡，用当今的话说是个画院、书院、舞厅、歌厅等消闲场所。冒襄在第三次乡试后，出巨资在桃叶渡租赁九所院厅，大会东林遗孤和青年学子，百人置酒高会，招歌征舞，三日方休。

晚年冒襄遥想当年，三十多位社友和众多名姬在桃叶水阁，为远从苏州追来的董小宛洗尘、为冒董相聚歌舞。演出曲曲动情，句句出色，悲欢离合的情节，使董小宛、顾媚、李香君和众多手帕姐妹无不动情泪下，彼情彼景，如梦如幻，令冒襄终生难忘。

晚年冒襄在写作《石头记》时，对这些不能忘怀。第五十一回中，美丽的薛宝琴用青年学子的口气，写了一首《桃叶渡怀古》："衰草闲花映浅池，桃枝桃叶总分离。六朝梁栋多如许，小照空悬壁上题。"这首诗很明显地影射冒襄青年时代在桃叶渡的壮举，怀念朋友们纷纷扬扬各奔东西。《石头记》里出现了南京、苏州、扬州等大城市，仅是一般巧合不足为道。但是"桃叶渡"这个小地方有冒襄的足迹，有洗尘小宛的欢筵，有冒襄评诗论画、唱昆演艺的院厅。这个小小的"桃叶渡"以"实名制"出现在《红楼梦》中使我惊奇，令我欣慰。我终于找到冒襄写作《红楼梦》的真实证据，不是考证、不是推论，而是真凭实据！

退一步说《红楼梦》确是北京那位曹雪芹所著，他知道南京、苏州、扬州，但他不一定知道有个叫桃叶渡的小地方，在《红楼梦》著作里不会出现这个实名的小地方。再退一步，假使他知道晋代王献之（334—388）曾与其妾桃叶在此作别，作《桃叶歌》相赠，故后人称此渡为桃叶渡的故事，那么他更应知道王献之后一千多年明代那个桃叶渡，已成为青楼梦馆，乃书生举子寻花问柳之境。他怎么能写薛家千金小姐薛宝琴，怀旧跑到这花花世界里来呢？他要写薛宝琴怀旧可以换一个地方，没有必要冒险写桃叶渡怀古。但是《红楼梦》里第五十一回，确实出现了宝琴小姐怀古"桃叶渡"。唯一的、合理的解释是：作者不是北京那位曹雪芹。

如果说《红楼梦》的作者是冒襄，就非常合理了，冒襄一生与桃叶渡有不解之缘，他在那里有风流韵事，广交女友，大筵学子，成立复社，批驳奸佞。老了，往事如烟，回忆过去的《石头记》，要遵守他当初立下的假雨村言，将真事隐去的约定。他无意之间留下一诗，三十三个字中有与他渊源颇深的"桃叶渡"的实名，还留下一句什么"桃枝桃叶总分离"，暗示男女朋友们天各一方。那是他的疏忽，所谓智者千虑，必有一失是也。也许，他有意在这近百万字的巨著中，故意留下一个破绽，让后人考证出他才是《红楼梦》的真正作者，那是他打的擦边球，那是他的高明之处。

"桃叶渡"是解码器，解开了《红楼梦》作者三百年之谜，"桃叶渡"渡口有座灯塔，指引航道让我们看到冒巢民、曹雪芹、贾宝玉原来是一个人！

五十四证　两个毗陵故事指向一个作者

明洪武十年《常州府志》记载：洪武初，置毗陵驿在郡城西门外，设驿丞一员，船一十只，水夫一百名。这就明确地告诉我们，毗陵驿在常州城西门外，当时是一个水上交通要道。所以《红楼梦》中写到贾政在船中忽见宝玉在雪影里光着头，赤着脚，身上披着大红猩猩毡斗篷向他倒身下拜，最后飘然而去。

冒辟疆在《影梅庵忆语》中，说他父亲冒起宗被朝廷奸佞阴谋构陷，调往已破之襄阳，命在旦夕，他心急如焚，去京城"都门政府言路诸公，恤劳人之劳，怜独子之苦"，四处奔告求人，营救父亲，终于听到父亲调离前线的消息，如石去心，这时他正在毗陵。

也就是在这个时间，在这个毗陵地方，他兴冲冲如约去迎娶已将终身托付给他的美女陈圆圆。陈圆圆"其人淡而韵，盈盈冉冉，衣椒茧时，背顾湘裙，真如孤鸾之在烟雾"，其京腔"如云出岫，如珠在盘"，其形"又如芳兰在幽谷也"，可谓倾城倾国。

可历史跟他开了一个无情的玩笑，冒辟疆赶到时，陈圆圆已在十天前被窦霍掠去，从此被卷入汹涌的时代漩涡，只是由于她貌美艺绝，促使吴三桂"冲冠一怒为红颜"，引清兵入关，万里江山易主，改变了历史。

以上两个故事有两个共同点，其一是故事都发生在江苏常州一个水上"驿站"毗陵。其二是都在毗陵这个地方丢了"石头"：贾政在毗陵失去宝玉，也可以说丢掉了一块石头；冒辟疆在毗陵听到父亲脱离险境，也如心中丢掉一块石头。虚拟的艺术人物贾政和真实的历史人物冒襄都在同一朝代同一地方丢掉"石头"，这不是偶然的巧合。这说明《红楼梦》和《影梅庵忆语》是一个作者冒辟疆。

关键的是"毗陵"这个地名，胡适考证的《红楼梦》原著者曹雪芹没到过常州，他不知道常州有个水上驿站毗陵，他在北京西郊编撰《红楼梦》的故事时怎能虚拟出毗陵两个字？然而冒辟疆知道这个地方，他旅行途中多次经过毗陵水上驿站，他熟悉这个地方，他和毗陵有着千丝万缕的联系，有剪不断理还乱的情感。他在毗陵体验过父亲脱险的喜悦，也有痛失他命中的"宝玉"——陈圆圆的"怅惘无极"的悲哀。只有冒辟疆在《红楼梦》第一百二十回写下毗陵这个地名才是最自然最合理的。

五十五证　两个曲栏，紫竹花径飘香

1639年初夏，冒辟疆半塘初会小宛，只见她："款款移步于花径曲栏，面含春色，隐目微盼，香姿玉色，神韵天然，薄醉未醒，一语未发，吾惊爱之，怜其情倦，忍心惜别。"这是冒襄与小宛第一次半塘相见时的情景，当时小宛虚岁十六，按今而论只是一个中学生，或者称之为花季少女而已，而且薄醉未醒，懒慢不交一语，不可称之才子佳人"初会"，只能说冒辟疆"初见"小宛。然而这曲栏初见却使冒辟疆难以忘怀，小宛离世后他在《影梅庵忆语》中写下了上面这段话。

"苏州半塘，花径曲栏"，一个诗意的地点，一个浪漫的环境，冒辟疆终生难忘。晚年他躲进匿峰庐写作《石头记》，以董小宛为原型塑造出林黛玉的形象，他把小宛的出身、性格、爱好、才情都移植到黛玉身上，令人信服，二百多年来各派别的红学家在众多方面争论得焦头烂额，唯对林黛玉原型为董小宛这一观点认识较为一致。冒辟疆在写作过程中把"苏州半塘，花径曲栏"这一诗意的地点也注入了大观园中，他在第二十三回中写宝玉问黛玉："你住那一处好？"林黛玉正心里盘算这事，忽见宝玉问他，便笑道："我心里想着潇湘馆好，爱那几竿竹子隐着一道曲栏，比别处更觉幽静。"宝玉听了拍手笑道："正和我的主意一样，我也要叫你住这里呢。我就住怡红院，咱们两个又近，又都清幽。"

这个曲栏，它不是秦淮河畔才子佳人为冒襄与小宛接风的桃叶渡口，也不是宝玉出家拜别贾政的毗陵渡口。曲栏在南方乡村农舍，是个极普通的弯曲的篱栅而已，然而半塘曲栏有小宛的身影，一篇纪念小宛的《忆语》不能不写到它，在塑造林黛玉形象时更不能忘了它，冒辟疆要让黛玉和小宛一样出现在曲栏旁。于是我们见到一段曲栏在半塘花径，一段曲栏隐现在大观园竹林中，曲栏不光是幽静，曲栏旁有令冒辟疆难以忘怀的小宛和他塑造的黛玉。

五十六证　爱奇石者才能写《石头记》

天下爱石者无数，但不是每个爱石者都能写《石头记》的。

但是天下只有一部《石头记》，写《石头记》的人必然热爱石头，这是显而易见的。

冒辟疆爱石成癖，有记载，他的终身好友将自家花园的假山石全部移赠给他。

冒襄在海盐避难，病魔缠身，作《思乡》一诗："追呼人耐千金赋，辗转心怀二祖坟。此外更无堪系念，英山朴树古巢云。"诗中英山是冒襄父亲从广东带回如皋的一块奇石，此石瘦长九尺，峰如玉女。冒襄大难垂死，念念不亡的是祖宗，是奇石，可见其爱石之深切，于是他把小说定名《石头记》。

不爱石头的人，会编出女娲炼石补天，多一块石头未用，给这块石头灵性，于大荒山无稽崖自怨自叹的情节吗？

不爱石头的人，会编出一僧一道把这石头携到"昌明隆盛之邦，诗礼簪缨之族，花柳繁华地，温柔富贵乡去安身乐业，去享一享荣华富贵"吗？

不爱石头的人，会编出几世几劫后这块石头又回到大荒山无稽崖青埂峰下，被空空道人发现，"石头身上字迹分明，编述历历，原来幻形入世，蒙茫茫大师、渺渺真人携入红尘，历尽离合悲欢炎凉世态"的一段故事吗？

不爱石头的人，会编出空空道人抄录这部《石头记》吗？

不爱石头的人，会编出《石头记》里的主人公叫"宝玉"吗？

不爱石头的人，会编出宝玉衔"通灵宝玉"而降生吗？

不爱石头的人，会编出"通灵宝玉"乃宝玉的命根子吗？

不爱石头的人，会编出失掉"通灵宝玉"，宝玉就呆若木鸡，失掉"通灵宝玉"，贾府大厦就要倾倒吗？

自古文人雅士爱赏奇石。奇石品种繁多，其中以灵璧石为最。石不论大小，以不假雕琢，浑然天成者为贵。坐落于杭州西湖，具有百年历史的我国著名研究、保存金石、篆刻、书画的学术团体西泠印社，就藏有一块被视为"社宝"的灵璧奇石，此石高七十厘米，宽五十厘米，石峭古拙，嵌空玲珑，峰峦洞穴全具，胡桃核皮、水道皆有，质地细腻莹润，色极青柔，扣之清越如金玉。此灵璧奇石为吴昌硕后人捐赠西泠社的，被西泠社视为至宝。

吴昌硕（1844—1927）是晚清著名画家、书法家、篆刻家，杭州西泠印社首任社长，被誉为近代中国艺坛承前启后的一代巨匠。这块灵璧奇石是昌硕先生1897年所得，原来是冒襄的藏宝！昌硕先生喜而作铭，"山岳精，千年结，前归巢民后苦铁"。下镌"巢民长物""缶庐"二印。冒襄1693年去世后，这块石头隐去二百年，才被吴昌硕收藏。三百年后的2005年我们终于从《新民晚报》上读到，这块灵璧宝石为西泠收藏。

冒襄在天之灵当感欣慰！冒襄就是那位热爱奇石的人，冒襄就是使灵璧玉石摇身一变为"通灵宝玉"的人，冒襄就是赋予石头以灵性的人，冒襄就是那位让石头从大荒山无稽崖跟着茫茫大师、渺渺真人来到人间，历尽离合悲欢炎凉世态的人，冒襄就是让贾宝玉口衔通灵宝玉出世的人。

冒襄当年欣赏这块峰峦洞穴、扣之如金玉的灵璧奇石时，突然发现灵石会说话了："巢民先生，把你'金满箱，银满箱，转眼乞丐人皆谤'的坎坷一生刻到'通灵宝玉'上吧。"于是，这世上才有了一部《石头记》。

《冒襄研究》一书中还记载着冒襄石缘两则故事。七十六岁时，他应湖北天门亡友谭子鹄生前之求"行书勒石"，书写《载龙涡剪石先往寒河文》七百余字。冒襄还在文后作一跋，怀念老朋友谭子鹄，对龙涡剪石感叹一番，还提到"先君英山载石有伤心之痛焉"。

冒襄还收藏了著名书法大家米芾的一块遗石，他在七十七岁时让子青若携此石去泰州请《桃花扇》作者孔尚任为此石题款，鼓励孔尚任如石一样坚强，顶住压力完成《桃花扇》。孔尚任也说"以石授受得知己，君爱古石人爱君"。

冒襄一生坎坷，他就是那补天剩下的一颗"天石"，无材补天的冒襄，把半生潦倒之罪，把闺阁昭传的故事，编述一集刻于奇石上，定名《石头记》，万代传世！

五十七证　冒襄和曹雪芹共有"四个一样"!

冒襄1677年66岁时兴建三间草房匿峰庐，他描述匿峰庐"把茅为盖，挂席为门，绳枢瓮牖，仅蔽风雨"，这时水绘园已失去当年风光，秦淮桃叶渡那些诗画歌舞已成遥远的过去，宠爱的女人们一个个离他而去，陈圆圆走了，麻姑走了，董小宛走了，吴蕊仙走了，吴扣扣走了……都远去了。这时水绘园正是《红楼梦》第一回所写的"陋室空空，当年笏满床；衰草枯杨，曾为歌舞场"的场景，正是作者哀叹的"金满箱，银满箱，展眼乞丐人皆谤"的处境。

桃叶渡青楼文化圈的歌姬们李香君、王节、顾媚、沙九畹、杨漪炤远去了，那些精通音律、能诗、能画的绝代佳人们远去了，但那桃叶渡，美妙动人的歌声仿佛还在耳边，飘逸流畅的舞姿犹在眼前……冒襄惘然若失，一种创作冲动突袭了他。

这时他已构思、动笔了，他要把现实中的夫人苏元芳和其他能画、善唱、会舞、擅诗的女性王节、李香君、顾媚、陈圆圆、董小宛、范珏、沙九畹、杨漪炤、麻姑、吴琪、吴扣扣、蔡女萝、金晓珠、张氏女……用虚幻的黛玉、宝钗、凤姐、元春、迎春、探春、惜春、湘云、晴雯、平儿、袭人、鸳鸯、妙玉、小红……的名字"一一细考，编述一集"，用假语村言，使闺阁昭传。

冒襄在匿峰庐，埋头创作《石头记》。

这里我再一次重复《红楼梦》的开场白，因为它是冒辟疆一生的实录，对我们探寻《红楼梦》的作者太重要了："今风尘碌碌，一事无成，忽念及当日所有之女子，一一细考较去，觉其行止见识皆出于我之上。何我堂堂须眉，诚不若彼裙钗哉？实愧则有余，悔又无益之大无可如何之日也！当此，则自欲将已往所赖天恩祖德，锦衣纨袴之时，饫甘餍肥之日，背父兄教育之恩，负师友规训之德，以至今日一技无成，半生潦倒之罪，编述一集，以告天下人：我之罪固不免，然闺阁中本自历历有人，万不可因我之不肖，自护己短，一并使其泯灭也。虽今日之茅椽蓬牖，瓦灶绳床，其风晨月夕，阶柳庭花，亦未有妨我之襟怀笔墨者。虽我未学，下笔无文，又何妨用假雨村言，敷演出一段故事来，亦可使闺阁昭传，复可悦世之目，不亦宜乎？故曰'贾语村'"云云。

这第一回开场白，是作者曹雪芹的经历、负罪感、与女子的交往、生活现状、愿为闺阁女子昭传的创作动机，可归结为四条：

1. 风尘碌碌，一事无成；
2. 念及当日所有之女子；
3. 所赖天恩祖德，锦衣纨袴之时；
4. 今日之茅椽蓬牖，瓦灶绳床。

我们对比：

1. 冒襄六次乡试未中，正是《红楼梦》中的"风尘碌碌，一事无成"。
2. 冒襄秦淮广交才女美女，水绘园佳丽相伴，正是《红楼梦》中的"念及当日所有之女子"的写照。
3. 冒襄父辈上溯六代外放为官，五世冒鸾、十一世冒起宗贵为进士，其父冒起宗官至山东按察司副使，督理七省漕储道，正是《红楼梦》中的"所赖天恩祖德"。
4. 冒襄家境衰落，穷困潦倒，卖字为生，三间草房，把茅为盖，挂席为门，绳枢瓦牖，仅蔽风雨，正是《红楼梦》中的"茅椽蓬牖，瓦灶绳床，其晨夕风露，阶柳庭花"的原形。

曹雪芹的四条与冒襄完全相同，它们严实合缝，惊人的一致！我们称它为"四个一样"。

明清之际，同时具备此"四个一样"的人可能只有冒襄，冒襄是独特的，唯一的，不可复制的。具备此"四个一样"的人，其他地方不可能出现。

在小说《红楼梦》中出现的"四个一样"，又是现实与虚构的独特性的一致。这个现实与虚构的独特一致只能一个人去完成，这个人就是冒襄。冒襄在《红楼梦》中复制了"四个一样"模式，这说明只有冒襄是小说《红楼梦》的真正作者！冒襄就是曹雪芹！

冒襄把自己的经历，用"四个一样"巧妙地安排在《红楼梦》开场白里！冒襄的一生奇迹般地概括在《红楼梦》的开场白中！多么高明、天衣无缝的安排，奇妙得令人叫绝！冒襄多么精明！冒襄是天才！冒襄是奇才！

现在我们终于找到了《红楼梦》作者，冒襄，冒辟疆。

冒襄具备的"四个一样"属于著作《红楼梦》的"唯一件"，冒襄还具备了著作《红楼梦》的"通用件"。

1. 冒襄是一位文学巨匠，他引领四百多位明末清初的著名文学家、画家、书法家、戏曲家、诗人于如皋水绘园"倡和"六十多年。这些文人雅士多数是明末清初的鸿儒、名宦、乡贤、抗清义士，他们于水绘园中，形成一个无章、无纪、松散、自由的文人集团。这个倡和运动持续了六十多年，给我们留下了丰富的文学、史学资料，有诗、有词、有散文、有杂记，有古今各派，有秦汉派、有唐宋派、各地域派……百家争鸣，百花齐放，蔚为大观。冒襄把这些文稿编辑成《六十年师友诗文同人集》，这部《同人集》是明清鼎革之初，空前宏伟的文史瑰宝！只有文学巨匠才能引领文坛六十多年的"倡和"运动！只有文学巨匠才能编撰文史瑰宝《同人集》！只有文学巨匠才能著作《红楼梦》！那个时代能著作《红楼梦》的文学巨匠当非冒襄莫属！

2. 冒襄留有大量的诗文存世，《朴巢诗选》、《朴巢文选》、《亡姬董小宛哀辞》、《影梅庵忆语》、《水绘园诗文集》、《朴巢诗文集》……

3. 冒襄有准确的历史记载，假如我们给冒襄和曹雪芹各填一张个人履历表，冒襄的出身年月、社会关系、个人经历，甚至小名绳绳都可以写得一清二楚。而考证出的曹雪芹除了虚岁五岁（或虚岁十四岁）从南京迁回北京的记载外，"文献绝少记载"（人民文学出版社82版前言），曹雪芹的履历是白纸一张。有人说了，这和著作《红楼梦》有什么关系？没有简历也一样可以写《红楼梦》。其实关系大着呢，履历清楚说明确有冒襄其人，没有履历说明没有曹雪芹其人，曹雪芹是虚幻的不存在的。

据说在英国有人否定与冒襄同时代的大文豪莎士比亚，引起莎士比亚后代的极大愤懑和强力反对！而我们中国否定曹雪芹的人比比皆是，怀疑曹雪芹著作《红楼梦》的大有人在，没见一个曹雪芹后代站出来愤懑或反对！那是为什么？因为根本没有著作《红楼梦》的、北京的曹雪芹那个人，而北京敦诚敦敏的朋友叫曹雪芹的人，根本没有著作《红楼梦》，即使有后人，也没有底气站出来愤憨或反对！

4. 冒襄有"两府一园"的环境，是"诗礼簪缨之族"，是生活在"花柳繁华地，温柔富贵乡"的贵介公子。

5. 冒襄有接待百人以上聚会的场馆，有提供百人以上住食行用的经历。

6. 冒襄有秦淮桃叶渡美女如云、轻歌曼舞的体验。

7. 冒襄有挥金如土到卖字为计的个人遭遇。

8. 冒襄有与董小宛"刻骨铭心""海枯石烂"而不移的爱情故事。

9. 冒襄家有昆剧戏班。

10. 冒襄给美女修建尼庵。

11. 冒襄会说如皋土话，能熟练应用如皋方言。

众多的"唯一件"和"通用件"证明冒襄著作了《红楼梦》。

冒襄写完《红楼梦》，就虚构了一个"曹雪芹于悼红轩中披阅十载，增删五次，纂成目录，分出章回，则题曰《金陵十二钗》。并题一绝云：满纸荒唐言，一把辛酸泪；都云作者痴，谁解其中味"的情节。这是冒襄高明之处，这个曹雪芹"披阅"就是"点评"，"增删"就是"增加"和"删除"，没有"创著"之意，到底是谁写作了《红楼梦》？是那个"一把辛酸泪"的人——冒襄。

五十八证　风尘碌碌　一事无成

冒辟疆六次乡试不中，无缘官场谋职，又遭兵灾、火灾、病灾、官司，因而一度曾想出家为僧，但有父母妻儿难以脱身，故将"水绘园"改名为"水绘庵"，"半作老僧居"也是一种心理寄托。

《石头记》中贾宝玉从小摒弃仕途，他不愿读书，不追求功名，即使心直口快的美人史湘云劝他"谈谈讲讲些仕途经济的学问"时，他也毫不留情斥之为"混账话"。最终出家为僧。

冒贾二人都是风尘碌碌，一事无成，落得个瓦灶绳床，陋室空空。其命运何其相似！

五十九证　念及当日所有之女子

冒襄一生先后与十多位女性有过爱情关系，这些女性都能画、善唱、会舞、擅诗。绝代佳人陈圆圆一见倾心，说："终身可托之人，无出君右。"金陵八艳之一董小宛惊叹冒襄为异人，溯江追赶冒襄，誓言"妾此身如江水东下，断不返吴门"。好友张明弼在《冒姬董小宛传》中，说冒襄"所居凡女子见之，有不乐为贵人妇，愿为夫子妾者无数"，这些都说明冒襄天生美质，对女性有亲和感和吸引力，甚得女性青睐。

《红楼梦》中男主角贾宝玉从小在女儿堆里长大，喜欢亲近女孩儿，熟悉女性、尊重女性、崇拜女性。宝玉说"女儿都是水做的骨肉，男人是泥做的骨肉"。"凡山川日月之精秀只钟于女儿"。冒贾二人对女子都情有独钟。

第四十九回：宝玉向袭人、麝月、晴雯等笑道："你们成日家只说宝姐姐是绝色的人物，你们如今瞧瞧他这妹子，更有大嫂嫂这两个妹子，我竟形容不出了。老天，老天，你有多少精华灵秀，生出这些人上之人来！可知我井底之蛙，成日家只说现在的这几个人是有一无二的，谁知不必远寻，就是本地风光，一个赛似一个。如今我又长了一层学问了。除了这几个，难道还有几个不成？"

第五十九回，春燕笑道："怨不得宝玉说：'女孩儿未出嫁时是颗无价之宝珠；出了嫁，不知怎么就变出许多的不好的毛病来，虽是颗珠子，却没有光彩宝色，是颗死珠了；再老了，更变的不是珠子，竟是鱼眼睛了。分明一个人，怎么变出三样来？'这话虽是混话，倒也有些不差"。

六十证　天恩祖德、奴仆成群、锦衣纨袴、饫甘餍肥

如皋冒氏：

如皋冒氏是成吉思汗的后裔，冒辟疆（冒氏十二世）先祖都是明清名人或乡贤，其六代外放为官，用当今的称谓都是县处级、厅局级、省部级官员，而且个个清廉，政迹斐然。如皋冒氏可谓世受皇家沐恩，是江淮显赫家族。根据《冒氏宗谱》记载冒辟疆六代祖先外官是：六世冒鸾，进士，刑部主事，福建参议；七世冒阊，益府苻引礼；八世冒承祥，光禄监事；九世冒士拔，松潘卫经历；十世冒梦龄，会昌、丰都县令，宁州太守；十一世冒起宗，进士出身官至督理七省漕储。据《宗谱》记载此六代外官不但在位政绩斐然，而且退居后有恩邻里，其中冒梦龄、冒起宗、冒辟疆三人去世后都有"闾巷老稚男女咸哭泣失声"的记载。这些都证明《红楼梦》开场白中作者说："当此日，欲将已往所赖天恩祖德，锦衣纨袴之时，饫甘餍肥之日，背父兄教育之恩，负师友规训之德，以致今日一技无成、半生潦倒之罪，编述一集，以告天下"，这句话中"所赖天恩祖德"不是空穴来风。

冒辟疆在《感怀三章》中说："人叹家徒四壁，我则堂构皆华筑；人叹鹑衣百结，我则轻裘傲鸂鶒；人叹半夜菽不充，我则肥甘厌粱肉。"1645年，冒辟疆从如皋出发避兵浙江盐官，装载细软船舶数只，至马鞍山被大兵杀掠奴婢二十余人，可见战乱之残酷。另一方面仅仅外出逃难就有二十名仆役遇害，我们也能推断冒府之显赫。其六次乡试奴仆成群，广交美女，大筵学子，有挥金如土的阵容

规模。

红楼梦贾府：

第四回"护官符"介绍本地最有权势、极富极贵四大家族的俗谚口碑，居首位的贾府是"贾不假，白玉为堂金作马"。宁国荣国二公之后世袭官职，元春小姐贵为皇妃，宁国府、荣国府、大观园豪门富宅，两府仆役千人，享受荣华富贵。

如皋冒家和金陵贾府一样是"天恩祖德"家族。

对照《红楼梦》作者是怎样描述贾宝玉的，贾宝玉身边有十八个丫环，十个小厮，四个奶妈，四个书童共计三十多个有名字者，还有若干没名字的女仆、跟班。第五十二回，宝玉外出就有奶兄六人带四个小厮，两个奶兄笼着嚼环，两奶兄在前引导，两奶兄紧贴后身，出了角门，又有六位奶兄的小厮并几个马夫早预备下十来匹马专候，奶兄等都各上了马，一阵烟去了。

冒辟疆和贾宝玉两人都是奴仆成群、锦衣纨绔、饫甘餍肥的贵公子。冒辟疆锦衣玉食、肥甘厌粱肉的经历，才能写出锦衣纨绔、饫甘餍肥的宝二爷形象。

六十一证　大如洲的甄士隐和封肃——如皋的真事隐和风俗

《红楼梦》第一回首先出场的世俗人物是甄士隐先生（真事隐），他是姑苏人氏。家居姑苏阊门外十里街仁清巷葫芦庙旁。甄士隐先生家中虽不甚富贵，然在当地也算是望族了。他禀性恬淡，不以功名为念，每日只以观花种竹、酌酒吟诗为乐。年过半百只有一个女儿名叫甄英莲（真应怜）。他为人良善，曾接济寄居在葫芦庙里的穷儒贾雨村先生（假语村言）。后爱女甄英莲被拐子拐去，家中又遭火灾，他只好带着妻子和两个丫头投奔岳丈家。他岳丈名唤封肃（风俗），本贯大如州人氏，甄士隐先生又不懂生理稼穑之事，日子越过越穷。贫病交攻，感到人生幻灭，一日竟跟着跛足道人唱着《好了歌》飘飘然出家去了。当下轰动街坊，众人当作一件新闻传说。

从此《红楼梦》的大幕拉开。《红楼梦》原来就是无材补天的石头，幻形入世，蒙茫茫大士、渺渺真人携入红尘，历尽离合悲欢、炎凉世态的一段故事，是此石在坠落之乡投胎之处亲自经历的一段陈迹故事。其中家庭闺阁琐事以及闲情诗词倒还全备，其中几个异样女子或情或痴，或小才微善，谈情亦不过实录其事，又非假拟妄称，一味淫邀艳约私订偷盟之可比。因毫不干涉时世，方从头互尾抄录回来。曹雪芹先生（抄写勤先生）于悼红轩披阅十载，增删五次，纂成目录，分出章回。《红楼梦》的故事从此问世传播。

《红楼梦》最后一回犯官贾雨村先生遇赦为民，来到觉迷渡口又遇到老仙长甄士隐先生，两人携手来到茅庵，甄士隐先生详评太虚情，自去度脱爱女"甄英莲"，送到太虚幻境，交那警幻仙子销号。于是，《红楼梦》的天幕徐徐拉下。曹雪芹先生于悼红轩翻阅历来古史，笑道："果然是假语村言。"

众位看官你道那大如州是何地？经诸多红学爱好者考证，此大如州原来是如皋县也。首先甄士隐岳丈封肃，本贯大如州人，"本贯"应离姑苏不远，因此，大如州应在苏州周边的某地。如皋与姑苏仅一江之隔，在明清、民国时，均为全国第一大县，它的面积包括现在的全部如东县和部分海安县，以及部分东台市和部分通州市地区，故而《红楼梦》把如皋定名为"大如州"是名副其实的。而且如皋是一个历史悠久、风景如画、环境优美、如梦如歌、生活富足的田园般的长寿之乡。用文化和长寿铸就的历史名城如皋，的确称得上是"千年如皋，物华天宝"，正符合《红楼梦》第一回所称的"昌明隆盛之邦，诗礼簪缨之族，花柳繁华地，温柔富贵乡"。2013年如皋市与大理市、婺源县、凯里市、凤凰县等获选为中国最佳休闲五个小城就是实例！

《红楼梦》城市大多都是实名制，如苏州、扬州、金陵、石头城、长安、应天府等，而如皋不用真名，这是为啥？这是因为冒辟疆先生就是如皋人，为了避嫌他不用如皋真名是合理的，其次作者既要"真事隐"避免文字狱之灾，又要对家乡如皋有所寄托，才取了"大如州"这个中性名称，在其著作中留下如皋痕迹。

《红楼梦》是中国文学史上最伟大同时又是最复杂的作品。《红楼梦》的故事从"真事隐"开始又到"真事隐"结束，可以断言整部《红楼梦》有无数个真事隐藏在文字中。《红楼梦》的故事从头到尾都隐藏有无数个如皋的风俗，我们研究冒辟疆著作《红楼梦》就是要把"真事隐"和如皋风俗挖掘出来。每一件"真事隐"、每一个"风俗"，就是一个隐藏的冒辟疆元素，每一件"真事隐"、每一个"风俗"都证明《红楼梦》的作者是冒辟疆，都证明冒辟疆用笔名曹雪芹写作了《红楼梦》！

笔者已经挖出七十三个"真事隐"和"风俗"供读者茶余饭后、雨夕灯窗之下，同消寂寞。

六十二证　冒襄不仕是假，埋头著"红"是真

许多研究冒襄的文章，盛赞冒襄后期"以明朝遗民自居，淡泊明志，决不仕清"。评价冒襄后半生"可以概括为，优游林下，诗书倡和，终身不仕"，说冒襄晚年众多朋友来函相邀到清廷供职，地方有司也屡屡推荐，但他都以"亲老"、"足疾"拒绝应召，人们称赞说"明末'江南四公子'只有他真正具有民族气节，隐居山林，在威胁利诱面前毫不动摇，全节而终"，歌颂他"坚韧不拔的爱国志向，可歌可泣的献身精神，可与日月同光"，"是很不容易的，是非常难能可贵的"！从而给冒襄戴上许多政治光环，把他描绘成抗清复明的爱国斗士。

笔者认为冒襄以"亲老"、"足疾"为借口不仕清廷，是另有隐情，下面本文具体分析冒襄的几次辞官不仕。

综观"冒巢民先生年谱"，冒襄一生五次不仕，明末两次，入清三次。冒襄的第一次不仕，是在明末壬午年，这一年是明崇祯十五年，公元1642年，冒襄三十二岁，也是他第六次乡试不中之时，虽然文章优等，只是因为他跳出八股文程式，议论朝政，又不会贿赂考官，只捧了一个副举。但冒襄参加了抨击时弊、反对阉党的进步社团——复社，其才华和人品早已名噪江南。内阁大臣、漕运总督史可法和巡漕御史、巡江御史、督学御史等几位要官都一致推荐他出仕，但他一再辞谢不就。

考场上冒襄虽然又一次名落孙山，痛苦而难堪的遭遇令他满腔怨气，但他仍然坚信通过复社与阉党的斗争，凭自己的学问必登两榜进入仕途。古时的知识分子认为考中秀才——举人——进士才是为官的阳光大道，以副举被荐当官是不太光彩的，不太"科班"，就像当今高中毕业的学子总要千方百计进入本科，对专

科不屑一顾一样。但大明天下已岌岌可危，冒襄已不会再有参加第七次第八次乡试的机会了。

冒襄的第二次不赴，明末癸未年，这一年是崇祯十六年，公元1643年，冒襄三十三岁。大明的江山已朝不保夕了，为救朝廷于水火，当局给所有副榜以官职，冒襄得了一个浙江台州府司李，司李是州官下属的司法官员，相当于如今的政法委，也算县处级干部吧，可惜太晚了，"朝拜命而夕拂衣"，"未之官而乱作"。就是说已经拿到"司李"的委任状，还没赶到台州府人事部门报到，1644年，在李自成农民军攻陷北京后，崇祯皇帝于景山自缢身亡，大明政权崩塌了。所以这一次不是"不仕"而是"不赴"，虽没当上官，但"司李"的官衔还被许多人记着，所以有的后人在文章中直呼冒襄为"司李公"。

明末冒襄两次不仕，是客观时运不佳，不是他主观不愿意当官。

入清以来冒襄有三次辞官之举，正是这三次辞官使他获得后人"誓作明代遗民"、"终身不仕清廷"的美誉，下面就让我们详细解析冒襄三次辞官不仕，这三次分别是：

1. 康熙十二年（1673）冒襄六十三岁，清廷诏征山林隐逸，礼部尚书龚鼎孳等多次来函相邀，地方有司屡屡推荐，冒襄以"亲老"为由拒绝。

2. 康熙十八年（1679）冒襄六十九岁，征应博学鸿词科，明史馆总裁、左郡御史徐元文频频来信，冒襄以"足疾"不赴，事后，徐文元"叹息者久之"。

3. 康熙二十二年（1683）冒襄七十三岁，"省郡聘修通志"，冒襄"以老病力辞当事"，以二儿冒丹书代，丹书应聘撰修《江南通志》。

我们从1644年入清以来，到1693年冒襄去世这四十九年中看到：冒襄三十三岁到六十三岁，整整三十年没有官方相邀出仕，进入老年的六十三至七十三岁却接到三次邀约。

一、冒襄不外出为官另有隐情

根据《冒氏宗谱》记载，冒襄的弟弟、儿子、孙子的进仕情况：

两个弟弟：

冒褒（同父异母弟，小冒襄三十五岁，从小受冒襄教育），增生、补博士弟子员，十困棘围不售，即十次赴考都不中。

冒裔，监生。

两个儿子：

冒禾书，监生。

冒丹书，廪生，以明经授州同知。

三个孙子：

冒溥，监生。

冒泓，监生。

冒浑，以武功阶一品，晋爵左都督，实授成都城守参将。

冒襄的弟弟、儿子、孙子们都是大清"仕员"，我说的"仕员"是个正在进行式的名词，宗谱文章写作时，他们大多在世，就是说在进仕途中。他们都是在岁考两试中名列前茅，才获得增生、博士弟子员、廪生、监生等学位称号。他们都是大清人才库中的预备官员，按清代规定，到一定年限经考核，可授中央及地方行政官员。

其中廪生吃公粮，每月可领廪米，其职责是具结保证，应试童生无出身不清及冒名顶替等弊，相当于当今对考生进行政审的干部，但要具结保证，这就有了法律责任了。古代就有冒名顶替的考生，看来当今高考"枪手"是有历史传统的。

监生要比廪生层次高得多，古代国子监肄业统称监生，国子监是古代最高学府，是培养政府行政长官的学校，清乾隆前的监生常经严格考试，由学政录取或由皇帝特许。冒襄的子弟中有四个监生，他们成长在清初康熙朝代，都是真才实学的文士。

冒襄虽不仕清，他的弟弟、儿子、孙子们却一个个获得登临仕途的学位，廪生、监生已经是享受清廷膳禄的干部了。

有意思的是，1676年，六十六岁的冒襄不顾年老、不辞辛苦携长孙冒溥，应试海陵（泰州），冒溥在州府考试中成绩优等，被授补博士弟子员，是仕清的后备干部。

更有意思的是，1683年省郡聘修通志，冒襄以"老病力辞"，实在难以推辞，只好把"诗歌、古文辞无不精妙"的二儿冒丹书荐出代替。冒丹书"以明经授州同知"，清代明经是贡生的别称，于是，冒丹书从廪生一下跳到比秀才高一等的贡生学位，而"州同知"则相当于地方政权厅一级长官的级别，冒丹书有了贡生职称，又以厅级干部级别的身份，加入省郡修撰通志的行列，可以说是大大仕清了。

而最有意思的是《冒氏宗谱》中的《朴人公传》，记载摘要如下：

"公名浑，字朴人，巢民公孙，生而兀岸不群。大司马金公世荣一见奇之，携入闽，承制武威将军。康熙二十一年（1682），靖海侯施公琅征台湾，檄公为前锋，亲冒矢石，先登陷阵，遂克澎湖，破厦门。及师旋，以功晋爵左都督，官四川建昌游击"。又建奇功，"叙功升成都城守参将，封荣禄大夫"。赠祖父如其官。

大司马金世荣于 1678 年—1683 年任狼山总兵，十分欣赏高大魁伟的冒浑，一见奇之，就带他到福建。1682 年冒浑加入施琅攻克台湾的战斗序列。那么冒浑是哪一年从如皋到南通见金世荣的呢？是怎样去的呢？值得研究。

冒浑 1658 年出生，1678 年二十岁，应该成长为一个高大健壮的大小伙子了，这一年前后他去见金世荣总兵的可能性最大，而 1678 年金世荣正任职狼山总兵。

《朴人公传》说他是巢民孙，而没有说他是禾书子。这就是说他祖父冒襄名气大，冒浑应是持他祖父巢民的推荐信去见总兵的。《朴人公传》说冒浑立功封荣禄大夫，赠祖父如其官。冒浑的父亲倒没封荣禄大夫，这个荣誉给了祖父，倒是耐人寻味的。

为什么一个被颂为终身不仕清廷的前明遗民，自己屡屡辞官不仕清廷，同时又把儿孙培养成仕清的后备人才？甚至推荐儿子当上级别较高的同知？士大夫情操哪儿去了？

为什么一个被贴上抗清复明标签的爱国斗士，把"力拔山兮"的孙儿送到大清军队中服役，去攻打台湾——前明政权的最后堡垒？得到孙儿被封为前锋，在战斗中首先登上澎湖，并立了大功晋升为都督的消息，而"极喜"，作诗"天下英雄吾辈老，笑呼孺子说曹刘"以示祝贺。是后人称颂的抗清复明吗！后人赞誉的民族气节哪儿去了？

要回答这些问题很简单，我们可从两方面来回答：

第一，冒襄不是终身不仕清廷的，只是他不愿离开如皋外出做官，他可以在如皋为清廷尽心培养入仕的人才，甚至六十六岁那年还亲自带着孙儿冒溥去泰州考试，七十三岁那年推荐儿子丹书代替自己去修志。

孙儿冒浑立功晋爵，赠他一个"荣禄大夫"。荣禄大夫是个从一品官衔。从一品，要比如皋县太爷七品芝麻官大得多，但是，"荣禄大夫"是个没有实权的空头虚衔，年俸百多两白银，又不需离开如皋外出当官，他当然乐意接受。这些都是他"仕清"的最好证明。

第二，如皋冒姓是成吉思汗的直系后代，他的许多后人，20世纪以来纷纷变更为蒙古族。三四百年前的冒襄当然知道，如皋民间传说冒姓出自蒙古八二目部落，冒襄留下许多书法签字都清晰竖写八二目连成一个冒字。他有蒙古情结，蒙满一家，蒙族人不可能去抗清复明。

可见，所谓"以明朝遗民自居，淡泊明志"，"终身不仕清廷"，"抗清复明斗士"，都是后人给他的褒扬之语，他也许另有隐情。

二、"足疾"和"亲老"是借口

让我们看看入清以后，冒襄短期离开如皋的记载，从《冒巢民先生年谱》中得知：

1）三十五岁避兵盐官一年。
2）四十七岁会同学故人近百人于南京。
3）五十一岁观竞渡于邗江。
4）六十六岁携长孙冒溥应试泰州。
5）六十七岁迁家苏州一年。
6）七十一岁去扬州居住半年。
7）七十二岁泰州寓馆宴集四十余人。
8）七十七岁应友邀请去苏州、湖南邵阳。
9）七十九岁去南通"卖字五狼"。

以上仅仅是冒襄去世二百多年后，由冒广生先生编撰的《冒巢民先生年谱》的记载。从三十五岁到七十九岁的四十四年中，有记载可查的冒襄出行有九次，实际出行可能要大于此数。近到泰州，通州，远到苏州、南京甚至湖南。那时外出主要靠乘船，其他就是步行。冒襄不像是一位因"足疾"不能出仕的人。尤其引人注意的是，六十三岁、六十九岁、七十三岁时，三次受到邀约的冒襄一面"足疾"、"辞不赴"，一面出游近五次，不像是要人搀扶才能行走的人，难以相信冒襄有多么严重的"足疾"。

但"足疾"也不可否认，笔者推测冒襄患的是"痛风"病，据记载冒襄的先祖成吉思汗和忽必烈都有痛风病。痛风病会有短暂的局部足痛，发病期间行走可能要人搀扶，但不妨碍他们骑马出征。笔者也患有痛风，病发期间还可骑自行车去医院就医。

痛风不可能辞官不赴，冒襄的"不赴"另有隐情。

关于以"亲老"而"辞不赴"，笔者认为是个借口。自古以来为官者何止千万，哪个家中没有父母，哪位父母不是"望子成龙"？有哪位十年寒窗苦读不是为"扬名声、显父母"？有几个苦挣十年获得官职，因父母在世而不为官的？

冒襄四十四岁亡父，康熙十二年（1673）冒襄六十三岁，那年他母亲马恭人已八十四岁高龄，冒襄以"亲老"为由拒绝出仕，似乎可自圆其说。但那年他长子禾书三十八岁，次子丹书也有三十四岁了，两人早已娶妻生子，以监生和廪生的学位"待业"在如皋。两个"待业"儿子难道不能代替父亲孝敬祖母，让父亲以山林隐逸应诏？冒襄的"亲老不仕"似乎难以自圆其说！

冒襄六十六岁丧母，父母双亡之后，他再次于六十九岁和七十三岁时两次辞官，这与"亲老"毫无关系。《冒巢民先生年谱》记载：六十九岁"辞不赴"；七十三岁不赴，让二儿丹书取而代之。

本文研究结论：冒襄不是"终身不仕清"，不是"反清复明的斗士"，冒襄是不愿外出当官：

1. 他把子孙们都输送到清代人才库。
2. 冒襄儿子冒丹书在他的推荐下，已被授为州同知，出仕为官。
3. 冒襄的孙儿冒浑也是他推荐从军，征台军功卓著，授成都城守参将。
4. 冒襄本人七十三岁被赠为清廷的"荣禄大夫"。

冒襄为啥不愿外出当官？这是笔者最想解决的问题，希望大家一起来探讨。

三、冒襄不愿外出当官，是为了住在"水绘园"编撰《同人集》和埋头创作《石头记》

冒襄与朋友们在"秦淮诗坛和水绘倡和"，留下浩瀚的文墨，几十年来萦绕心头的夙愿就是把存稿编辑成集，刻板印册，留存后世，不致湮没。

我们今天能见到冒襄编印的《同人集》，浩然十二册，几十万字，几乎囊括了明末清初著名文学家、画家、书法家、戏曲家、诗人的大半。全书收录作品二千九百九十五件，四百六十九位文人雅士用各种文体，记载明清更迭的悲壮故事，坦述各家各派的思想，诸如名人传记、园林艺技亦有收集。

原如皋政协副主席刘聪泉先生称，《同人集》是清代文学史上规模最大、内涵最广博的诗文集，是一部明末清初的鸿儒传、名宦册、英烈谱、隐逸记、乡贤榜、艺文志、文学史、范文集、珍闻录，誉以"冠前绝后"绝不为过。

冒襄在禾书、丹书两个儿子配合下，将《同人集》编辑、成册、修订、刻印，所耗财力和精力是我们今人无法想象的。那时没有稿酬，也没有人赞助，全靠自家出资。我们虽然没有见到冒襄编印《同人集》所耗资金的记载，但冒襄晚年生活贫困，与他编印《同人集》不无关系。

《同人集》初见端倪，基本成型。冒襄了却了一桩心事。为此他推辞了各种诏令，弄得家庭贫困。如果他离开如皋，放弃那些文稿，外出为官，肯定家境中兴。那么，我们今天还有文坛瑰宝《同人集》吗？这也正是冒襄伟大之处，值得后人敬仰！

但，《同人集》的编印只是冒襄伟大征程的第一步。

冒襄六十六岁时兴建三间草房，这时"水绘园"已失去当年风光，许多好友应聘去清廷当了官员，老朋友龚鼎孳、徐元文都做了尚书、御史。倡和林下的文人雅士们终老难再，与朋友们饮酒赋诗的活动很难举办了，怀旧和追忆往事成了他生活的一部分，秦淮那些诗画歌舞已成遥远的记忆，宠爱的女人们一个个离他而去，陈圆圆走了，董小宛走了，吴蕊仙走了，吴扣扣走了……他惘然若失，但，一种创作冲动突袭了他。

冒襄开始了下一个伟大征程，他开始创作《石头记》。

冒襄在《石头记》第一回写道：忽念及当日所有之女子，一一细考较去，觉其行止见识，皆出于我之上。何我堂堂须眉，诚不若彼裙钗哉？实愧则有余，悔又无益之大无可如何之日也！当此时，自欲将已往所赖天恩祖德，……以至今日一技无成，半生潦倒之罪，编述一集，以告天下人：虽我之罪固不能免，然闺阁中本自历历有人，万不可因我之不肖，自护己短，一并使其泯灭也。虽今日之茅椽蓬牖，瓦灶绳床，其晨夕风露，阶柳庭花，亦未有妨我之襟怀笔墨者。（这不正是冒襄在匿峰庐"把茅为盖，挂席为门，绳枢瓮牖，仅蔽风雨"的实录吗！）虽我未学，下笔无文，又何妨用假语村言，敷演出一段故事来，亦可使闺阁昭传，复可悦世之目，不亦宜乎？故曰"贾雨村"云云。

这就是当年水绘园败落之时冒襄的思想状况，这时他已构思好要动笔了。他要把夫人苏元芳和其他能画、善唱、会舞、擅诗的女性王节、李香君、顾媚、陈圆圆、董小宛、麻姑、吴琪、吴扣扣、蔡女萝、金晓珠、张氏女、范珏、沙九畹、杨漪炤……一一细考，编述一集，"用假语村言，使闺阁昭传"。冒襄把三间草房取名匿庐峰，埋头创作《石头记》。

因此，我们在《红楼梦》中看到的黛玉、宝钗、凤姐、元春、迎春、探春、惜春、晴雯、妙玉等几十位女子，都能找到冒襄生平交游的女性的影子，她们是苏元芳、王节、李香君、顾媚、陈圆圆、董小宛……甚至《红楼梦》中的女伶也是冒府家班演员的缩影。

《石头记》和《同人集》不一样，它不是几个人合作共同整理、修订就能完成的，创作是个人的脑力劳动，故事的构思是极为艰辛的。像《红楼梦》这样伟大的文学巨著，在中国文学史上也只有明清之际的冒襄才有这样的境遇，这样的资历，这样的才华，才能把冒府的兴衰用《石头记》中贾府的兴衰表现出来。

晚年的冒襄正处于创作《石头记》的高潮之中，如果出仕就要中断写作，"闺阁昭传"将进行不下去，这是他最不愿意看到的。他决定，"两耳不闻窗外事，一心匿庐写昭传"（这是他把茅屋取名匿峰庐之由）。

"气节"是虚的，是后人抹上去的粉彩，要写《石头记》才是实的。写作《石头记》这个实事，令他必须放弃谋仕，甚至到"卖字五狼"、贫困潦倒的地步，也绝不中止《石头记》的写作。正是"满纸荒唐言，一把辛酸泪；都云作者痴，谁解其中味"！

六十三证　冒襄的爱情观和文艺思想贯彻《红楼梦》始终

关于冒襄的爱情观和文艺思想，我们只要打开冒襄的《影梅庵忆语》就会明白："爱生于昵，昵则无所不饰。缘饰著爱，天下鲜有真可爱者矣。矧内屋深屏，贮光闳彩，止凭雕心镂质之文人描摹想象。麻姑幻谱，神女浪传。近好事家复假篆声诗，侈谈奇合。遂使西施、夷光、文君、洪度，人人阁中有之，此亦闺秀之奇冤，而啖名之恶习已。"

这段文字的意思是：爱来自亲情，亲情无须掩饰，假以辞色，装模作样的爱不是真爱。

闲坐在象牙塔内，肤浅穷酸的文人，专长是编造才子佳人风流韵事，虚构仙姑神女离奇情缘，侈谈郎才女貌，好像春秋丽人西施夷光，汉唐才女文君洪度都来到人间闺阁之中，并敷衍出一段故事，这是败坏当今女子的恶习，这是彼裙钗的奇耻大辱。

生长在不准公开谈情说爱的封建时代的冒襄，在《影梅庵忆语》中写下的第一个字就是爱！开宗明义地宣称爱就是亲昵，爱无须掩饰，要敢于冲破封建礼教的罗网，打碎封建道德枷锁，才能获取真正的爱情。这不但是向封建婚姻的宣战，更是他本人终身坚持的爱情观和文艺思想。

《红楼梦》是一部以爱情为主线描写中国封建社会生活无所不包、无奇不有的宏伟巨著。《红楼梦》中的贾府是一个不准公开谈情说爱的封建堡垒，要描写其中几百人的饮食男女，要勾勒出男女主人公的爱情故事，男女主人公的爱和恨、怨和情要牵动着几百年来亿万读者的心灵，其作者必有超凡的写作技巧和无穷的勇气，更需要一套合乎人性的爱情观和文艺创作思想来引导。

封建礼教是大荒山无稽崖，崖下压着宝玉黛玉爱情的种子，作者就是要让这颗爱情种子冲出崖缝蓬勃成长，痛苦挣扎在封建礼教的桎梏中，尽管爱情之花没有结果，但这爱情从发芽到开花的曲折过程就是一部悲剧史诗，一首让无数红男绿女魂牵梦系的爱情挽歌！这就是宝黛爱情的魅力，这就是《红楼梦》的伟大之处。

冒辟疆的爱情观和文艺思想，就是著作《红楼梦》的指导思想，在他著作的《红楼梦》中得到准确无误的表达。在第一回的开场白中他让空空道人向石头说道：

"你这一段故事，……其中只不过几个异样女子，或情或痴，或小才微善，亦无班姑蔡女之德能。我纵抄去，恐世人不爱看呢。"石头笑答曰："我师何太痴耶！……我想，历来野史，皆蹈一辙，莫如我不借此套者，反倒新奇别致，不过只取其事体情理罢了。……市井俗人喜看理治之书者甚少，爱看适趣闲文者特多。历来野史，或讪谤君相，或贬人妻女，奸淫凶恶，不可胜数。更有一种风月笔墨，其淫秽污臭，荼毒笔墨，坏人子弟，又不可胜数。至若佳人才子等书，则又千部共出一套。且其中终不能不涉于淫滥，以致满纸潘安、子建、西子、文君，不过作者要写出自己的那两情诗艳赋来，故假拟出男女二人名姓，又必旁出一小人其间拨乱，亦如剧中之小丑然。且鬟婢开口，即者也之乎，非文即理。故逐一看去，悉皆自相矛盾，大不近情理之话，竟不如我半世亲睹亲闻的这几个女子。……我这一段故事，也不愿世人称奇道妙，也不定要世人喜悦检读，只愿他们当那醉余饱卧之时，或避世去愁之际，把此一玩，岂不省了些寿命筋力？就比那谋虚逐妄，却也省了口舌是非之害，腿脚奔忙之苦。再者亦令世人换新眼目，不比那些胡牵乱扯，忽离忽遇，满纸才人淑女、子建文君、红娘小玉等，通共熟套之旧稿。我师意为何如？"

冒辟疆还在《红楼梦》第五十四回请出德高望重、平易近人的贾母，表达他的爱情文艺思想。贾母笑道："这些书都是一个套子，左不过是些佳人才子，最没趣儿。把人家女儿说的这样坏，还说是佳人，编的连影儿也没有了。开口都是乡绅门第，父亲不是尚书就是宰相。生一个小姐必是爱如珍宝。这小姐必是通文知礼，无所不晓，竟是绝代佳人，只一见了一个清俊的男人，不管是亲是友，便想起终身大事来，父母也忘了，书礼也忘了，鬼不成鬼，贼不成贼，那一点儿是佳人！便是满腹文章，做出这些事来，也算不得是佳人了。比如男人满腹文章去做贼，难道那王法就说他是才子，就不入贼情一案不成？可知那编书的是自己塞了自己的嘴。再者，既说是世宦书香，大家小姐，都知礼读书，连夫人都知书识礼，便是告老还家，自然这样大家人口不少，奶母子丫鬟伏侍小姐的人也不少，怎么这些书上，凡有这样的事，就只小姐和紧跟的一个丫鬟？你们白想想，那些人都是管什么的，可是前言不答后语？"

众人听了，都笑说："老太太这一说，是谎都批出来了。"贾母笑道："这有个原故：编这样书的，有一等妒人家富贵，或有求不遂心，所以编出来污秽人家。再有一等，他自己看了这些书看魔了，他也想一个佳人才好，所以编了出来取乐儿。"

冒辟疆在《影梅庵忆语》中关于爱情观及一套爱情方面的文艺理论和创作思想，在《红楼梦》开场白中用"石头"的平平常常的语言、通俗易懂的口气表达出来，又在第五十四回让贾母发表一通淋漓尽致的演说。石头和贾母都对文坛上开口文君，闭口西施，公式化概念化的胡牵乱扯，千部一腔、千人一面的假空套歪风，进行了冷嘲热讽式的批驳。贾母更一针见血地指出"编这样书的人（那时没有'作家'这个词）"是嫉妒他人财富而又无能、无聊，胡编乱造取乐儿。这就是冒辟疆"闺秀之奇冤，而啖名之恶习已"的白话翻译。

自从《红楼梦》问世以来，研究者不计其数，红学家们前仆后继，代代传人，所谓"红学"，就是对《红楼梦》主题的研究，对《红楼梦》艺术的研究，对《红楼梦》人物的研究，对《红楼梦》作者的研究，对《红楼梦》作者生平的研究，对《红楼梦》版本、评点的研究，对《红楼梦》诗词的研究，对《红楼梦》方言俗语的研究等等，几百年来"红学"大师层出，"红学"流派繁多，"红迷"数以千万计……其声势之浩大亘古未有，旷世未见。

《红楼梦》还有残缺之争，曹雪芹只写了前八十回，千万个读者有千万个想象的结局。几百年来出现了几十种《红楼梦》续本，都是续貂之作，要想续写出好的《红楼梦》几乎是不可能的。即使现行的高鹗后续的四十回也有不少争议，当代作家刘心武续写了《红楼梦》后三十回，也没能达到原著的那种境界，那种气场。

世界上哪部作品能与《红楼梦》相比？人们对《红楼梦》这部文学巨著的

热爱和崇拜、痴迷和期盼、折服和欣赏，达到了举世无双的程度，人们盛赞曹雪芹才高八斗。

中国古代除了《诗经》中人们自由地唱"关关雎鸠，在河之洲。窈窕淑女，君子好逑"外，随着封建伦理、正统礼教的确立，纵然大文豪大诗人如夜空群星，可敢在文章中毫无顾忌地阐述爱的真谛，宣扬自己的爱情观点的，毕竟少之又少。而冒襄在《影梅庵忆语》中写出了响彻云霄的爱，用血泪磨墨写出他对董小宛刻骨铭心的爱！

数百年来，只听说《红楼梦》和曹雪芹影响了我们的文学艺术，甚至影响了社会生活和人们的精神世界，从未听说哪个人、哪本书影响了《红楼梦》的创作，因为能影响这部天书的创作是不可思议的。

但当代第一个系统研究冒辟疆的顾启教授提出了《影梅庵忆语》影响了《红楼梦》的创作，真可谓新颖、突兀。顾启教授指出《影梅庵忆语》"这本小说以怀念著名才女董小宛为线索，从一个侧面展示了当时社会动乱的真实图景，具有相当的思想价值、认识价值与史料价值，同时，它在艺术上也取得了极大的成功，作者的美学思想与艺术情趣对《红楼梦》的创作产生了积极的影响"。他对比《影梅庵忆语》后又说"我们当不难想起一百年后曹雪芹在《红楼梦》楔子中说的话，他们两人的审美情趣何其相似乃尔。他们都主张艺术创作必须牢固地建立在生活真实的基础之上"。

《影梅庵忆语》中的董小宛和《红楼梦》中的林黛玉，一个是历史名人，一个是文学典型，本是两个不同范畴的人物，但却有惊人的相似之处。研究《红楼梦》的索隐派和考证派对林黛玉和董小宛关系的分析虽有争议，但两派都有一个共同点，都确信曹雪芹是江南织造曹寅后人，两派都把董小宛和林黛玉进行对比研究。

《影梅庵忆语》是冒辟疆的忆语体小说，不可能去影响不存在的曹雪芹！

那么我们怎样理解顾启教授提出的《影梅庵忆语》影响了《红楼梦》的创作，冒辟疆和曹雪芹两人的"审美情趣何其相似乃尔"的令人瞩目而又十分合理的论证？

对此，我们只要换位思考就顺理成章了。冒辟疆用笔名曹雪芹写作了《红楼梦》，冒辟疆就是那位"于悼红轩中披阅十载，增删五次，纂成目录，分出章回，则题曰《金陵十二钗》"的曹雪芹。

《影梅庵忆语》是冒辟疆用合乎人性的爱情观，冲破封建礼教的罗网，打碎封建道德枷锁的忆语体小说。用《忆语》中的爱情观和文艺思想完成了他与董小宛生死相随的爱情绝唱。

同样，他用这样的爱情观和文艺思想指导《红楼梦》的创作，他让石头概述《石头记》，不颂扬班姑蔡女的德能，也不重蹈野史的俗套，没有奸淫凶恶，也不讪谤君相或贬人妻女，不写才子佳人、才人淑女，不落入潘安子建、西子文君、红娘小玉的俗不可耐的熟套。《石头记》里只有作者半世亲睹亲闻的几个女子普普通通的一段故事，也不会引起世人称奇道妙，也不要世人争相阅读，《石头记》里丫鬟小姐都说大白话，没有之乎者也的大道理。

又通过贾母用大众化语言批评谈情说爱戏文都是一个套路：女的必是大户人家一个小姐，必是通文知礼，必是"绝代佳人"；男的必是世宦书香大家公子，又知礼读书。两人一见钟情，瞒着父母，花前月下，私订终身，编的前言不答后语，矛盾百出，都是那些无聊的文人嫉贤妒能，浅薄肤浅，胡牵乱扯编出来糟蹋人家。

"石头"是《石头记》的主创人，贾母又是大观园里的"老祖宗"，这两位重量级人物在《红楼梦》中按《影梅庵忆语》的爱情观对宝黛爱情做了原则定位，我们读完《红楼梦》竟没发现一点儿西子文君、红娘小玉的影子，没有雕心镂质之文人，编造麻姑幻谱神女浪传的才子佳人故事。宝玉和黛玉一个是才子一个是佳人，相爱是光明正大的，但却暗暗地、悄悄地、坚定地、心照不宣地爱着，没见宝玉黛玉花前月下、卿卿我我、暗送秋波、山盟海誓，反而经常拌嘴、经常误解、经常生怨气，但读者都相信他俩是真心相爱的，他俩心灵是相通的，这种无语的、无言的爱才真感人，这才是《红楼梦》的魅力。

《影梅庵忆语》中的爱情观和文艺创作思想始终贯穿在《红楼梦》中，因此，顾启教授在对比《影梅庵忆语》和《红楼梦》后，做出《影梅庵忆语》对《红楼梦》的创作产生了积极影响这一结论，并赞叹"他们两人的审美情趣何其相似乃尔"。

六十四证　如皋奶奶们媲美大观园奶奶们

《红楼梦》第二十七回，红玉又道："平姐姐教我回奶奶：才旺儿进来，讨奶奶的示下，好往那家去的。平姐姐就把那话按着奶奶的主意打发他去了。"凤姐笑道："他怎么按我的主意打发去了？"红玉道："平姐姐说：我们奶奶问这里奶奶好。原是我们二爷不在家，虽然迟了两天，只管请奶奶放心。等五奶奶好些，我们奶奶还会了五奶奶来瞧奶奶呢。五奶奶前儿打发了人来说，舅奶奶带了信来了，问奶奶好，还要和这里的姑奶奶寻两丸延年神验万全丹。若有了，奶奶打发人来，只管送在我们奶奶这里。明儿有人去，就顺路给那边舅奶奶带去。"话未说完，李氏道："嗳哟哟！这些话我就不懂了。什么'奶奶''爷爷'的一大堆。"

这一段红玉一口气说了十七个没大没小，没老没少的奶奶。连荣国府珠大奶奶都闹不清。一般读者可能也不深究，但如皋读者却深感兴趣，因为如皋人称"奶奶"也是这样"没大没小，没老没少的"。如皋话中孙子辈叫祖母辈为"奶奶"，大人在小孩面前说："你去叫奶奶来吃早饭"或者"你把这个桃子送给东面奶奶"，这里两个"奶奶"，一定是祖母辈的老太。但如皋民间在同辈间或朋友间说起"奶奶"一词也难分辈分，如皋人背后称同辈人的老婆是"张三奶奶""李四奶奶"或"舅子奶奶"等等；背后或当面尊称医生或老师的老婆时为"先生奶奶"。这里的"背后"和"当面"有点微妙区别，只有身临其境才能领会。更有甚者，如皋的公老爹和婆老太当面或背后称自家儿媳妇为"大奶奶""二奶奶"，这是个非常有趣的称呼。很早以前称明媒正娶的小老婆为"细奶奶"，稍稍有点调侃。

改变"奶奶"辈分称呼，《红楼梦》作者与如皋人异曲同工。

六十五证　文学家兼画家的冒襄才能开出绘画用品清单

《红楼梦》第四十二回：宝玉早已预备下笔砚，宝钗说道："头号排笔四支，二号排笔四支，三号排笔四支，大染四支，中染四支，小染四支，大南蟹爪十支，小蟹爪十支，须眉十支，大著色二十支，小著色二十支，开面十支，柳条二十支，箭头朱四两，南赭四两，石黄四两，石青四两，石绿四两，管黄四两，广花八两，蛤粉四匣，胭脂十片，大赤飞金二百帖，青金二百帖，广匀胶四两，净矾四两。……再要顶细的绢箩四个，粗箩四个，掸笔四支，大小乳钵四个，大粗碗二十个，五寸粗碟十个，三寸粗白碟二十个，风炉两个，沙锅大小四个，新瓷缸二口，新水桶四只，一尺长白布口袋四条，浮炭二十斤，柳木炭一斤，三屉木箱一个，实地纱一丈，生姜二两，酱半斤。"……宝钗笑道："你那里知道，那粗色碟子保不住不上火烤，不拿姜汁子和酱先抹在底子上烤过了，一经了火是要炸的。"众人听说，都道："原来如此。"

我们从这些绘画用品的名称、规格、用途等，可以确定"宝钗"是个绘画专家，会配制烘制各色颜料，并且家境富足见多识广。

在明末清初的文学家中同时具备家境富裕、能文善画条件的人当数冒襄。冒襄倡和的文人雅士多数是丹青高手，冒襄、董小宛及其他小妾们也都是绘画能手。当年水绘园中必不可少的是大量绘画工具和颜料，只有精通此行的文学家冒襄才能在《红楼梦》中借宝钗之口写出如此精细的清单。

六十六证　精通香料的冒辟疆有能力在《红楼梦》中大写香料

百万余字的《红楼梦》除了秦可卿的葬礼、元妃省亲、贾母过寿、刘姥姥进大观园等几个重大场面外,都是些宴请、看戏、赏月、敬祖、扑蝶、葬花、咏诗、抹牌、琴棋书画,甚至倒茶让座、衣食住行、生老病死、婚丧嫁娶、坑蒙拐骗、吃喝嫖赌等包罗万象的生活场景。上到皇帝下到妓女,通过几百人交流的描写,把一个封建贵族大家庭的兴衰、封建社会男女的情爱等社会现象,用最贴近中国人口语的文字,最符合中国人心态情理的语言,淋漓尽致地写了出来。《红楼梦》还留下了许多不解之谜,吸引了一代又一代的红学爱好者,这就是红楼梦的魅力吧。

但是除了这些之外,《红楼梦》还涉及了一个香料领域,这个领域往往被阅读者忽视。《红楼梦》是个香气王国。

翻开《红楼梦》第24回,贾芸为了在贾府谋得差事,想给凤姐送些礼,便到舅舅卜世仁开的香料铺那里想赊几两冰片麝香,他舅舅说,"这个货也短,你就拿现银子到我们这不三不四的铺子里来买,也还没有这些,……"贾芸只得向倪二借了十五两银子,第二天便出南门,大香铺里买了冰片和麝香,便往荣国府来。

贾云对凤姐谎称:有个朋友现开香铺,如今要去云南升官,就送了他些冰片、麝香。"而且谁家拿这些银子买这个作什么,便是很有钱的大家子,也不过使个几分就挺折腰了","因此我就想起婶婶来。往年间我还见婶婶大包的银子买这些东西呢。别说今年贵妃宫中，就是这个端阳节下，不用说这些香料自然是比往常加上十倍去的。因此想来想去，只孝顺婶子一个人才合式，方不算糟塌这东西。"一边说，一边将一个锦匣举起来。凤姐正是要办端阳的节礼，采买香料药饵的时节，忽见贾芸如此一来，听这一篇话，心下又是得意又是欢喜，便命丰儿："接过芸哥儿的来，送了家去，交给平儿。"

从这段文中我们看到古代有"香料专卖店"，贾府附近大小香铺有好几家，出售香料，专供豪门贵族家用。贾府上下从贾母王夫人起，人人随身都有香袋、香囊、荷包，宝玉身上带着沉香和速香，他到水月庵祭金钏，突然想起应该点香，于是从香袋里拿出就烧。贾府的丫鬟也配香，宝玉去花家看袭人，袭人"用自己的脚炉垫了脚，向荷包内取出两个梅花香饼儿来，又将自己的手炉掀开焚上，仍盖好"。

元妃省亲仪仗中有人手提香炉焚香开道，大观园中香烟缭绕……元妃进入行宫，但见庭燎烧空，香屑布地……鼎飘麝脑之香景；除夕祭宗祠更是香烛辉煌，贾府人拈香跪拜，贾母拈香下拜，众人方一齐跪下，将五间大厅，三间抱厦塞的无一隙空地。

荣国府元宵开夜宴，贾母招待宾朋用的是御赐百合香；刘姥姥误入怡红院，袭人急忙熏上百合香；王熙凤协理宁国府，吩咐平儿叫丫头们浓熏绣被。所以大观园的苑、馆、楼、斋、轩众多院内都有熏笼，贾府丫鬟们的主要工作就是熏香被褥。黛玉要做个香袋给宝玉，两人小口角，黛玉一气把香袋铰了。甚至"痴丫头误拾绣香囊"引起"惑奸谗抄检大观园"，发出大厦将倾的信号。《红楼梦》作者按照各人的性格和命运写道：秦可卿卧房里洋溢一股"甜香"，黛玉窗前飘出一缕"幽香"，宝钗袖中散发出的是一股"冷香"，而妙玉则被一阵"闷香"熏而昏厥，被强人劫掠……

大观园内香料的种类繁多，书中写有藏香、麝香、梅花香、梦甜香、茉莉香、蔷薇香、檀香、沉香、木香、芸香、降香、冰片、薄荷等香料。香的形状有香饼、香球、香珠、香串、香粉、香露等等。用香器具也有多种，如香袋、香囊、荷包、香瓶、香炉、香鼎、熏笼等。

香料在贾府燃烧，混入化妆品，产生的香气与自然界花草共同构成大观园的香气空间，供人享乐。桂花油在大观园并不精贵，史湘云说这丫头那丫头，头上擦的桂花油，引得众丫头责问凭什么我们头上擦桂花油？大观园计时用更香，甚至吃了螃蟹以后用荷花叶儿桂花蕊熏的绿豆面子搓手，以期去腥增香，这种豪奢生活是常人难以想象的！

　　从小在香气王国熏陶长大的大观园的男主角贾宝玉对化妆品制作及化妆品的使用方法，甚至比女孩子还精通。第四十四回，宝玉忙走至妆台前，将一个宣窑瓷盒揭开，里面盛着一排十根玉簪花棒，拈了一根，递与平儿。又笑向他道："这不是铅粉，这是紫茉莉花种，研碎了，兑上香料制的。"平儿倒在掌上看时，果见轻白红香，四样俱美；摊在面上，也容易匀净，且能润泽肌肤，不似别的粉青重涩滞。随后看见胭脂也不是成张的，却是一个小小的白玉盒子，里面盛着一盒，如玫瑰膏子一样。宝玉笑道："那市卖的胭脂都不干净，颜色也薄。这是上好的胭脂，拧出汁子来，淘澄净了渣滓，配了花露蒸叠成的。只用细簪子挑一点儿抹在手心里，用一点水化开，抹在唇上，手心里剩的就够打颊腮了。"平儿依言妆饰，果见鲜艳异常，且又甜香满颊。

　　《红楼梦》中写了那么多有关香料的情节，这与我们研究冒辟疆著作《红楼梦》有关吗？有，当然有。说明《红楼梦》作者是对香料十分熟悉并且颇有研究而且会制作的人。我们再看一下冒辟疆在《影梅庵忆语》中关于香料的描述：

　　姬每与余静坐香阁，细品名香。宫香诸品淫，沉水香俗。俗人以沉香著火上，烟扑油腻，顷刻而灭。无论香之性情未出，即著怀袖，皆带焦腥。沉香坚致而纹横者，谓之"横隔沉"，即四种沉香内隔沉横纹者是也，其香特妙。又沉水结而未成，如小笠大菌，名"蓬莱香"，多蓄之。每慢火隔砂，使不见烟，则阁中皆如风过伽楠、露沃蔷薇、热磨琥珀、酒倾犀斝之味，久蒸衾枕间，和以肌香，甜艳非常，梦魂俱适。外此则有真西洋方，得之内府，迥非肆料。丙戌（1646）客海陵，曾与姬手制百丸，诚闺中异品，然爇时亦以不见烟为佳，非姬细心秀致，不能领略到此。黄熟出诸番，而真腊为上，皮坚者为黄熟桶，气佳而通；黑者为隔筏黄熟。近南粤东莞茶园村土人种黄熟，如江市之艺茶，树矮枝繁，其香在根。自吴门解人剔根切白，而香之松朽尽削，油尖铁面尽出。余与姬客半塘时，知金平叔最精于此。重价数购之，块者净润，长曲者如枝如虬，皆就其根之有结处随纹缕出，黄云紫绣，半杂鹧鸪斑，可拭可玩。寒夜小室，玉帏四垂，氍毹重叠，烧二尺许绎蜡二三枝，陈设参差，堂几错列，大小数宣炉，宿火常热，色如液金粟玉。细拨活灰一寸，灰上隔砂选香蒸之，历半夜，一香凝然，不焦不竭，郁勃氤氲，纯是糖结。热香间有梅英半舒，荷鹅梨蜜脾之气，静参鼻观。忆年来共恋此味此境，恒打晓钟尚未著枕，与姬细想闺怨，有斜倚薰篮，拨尽寒炉之苦，我两人如在蕊珠众香深处。今人与香气俱散矣，安得返魂一粒，起于幽房扃室中也！

一种生黄香，亦从枯胂朽痈中取其脂凝脉结、嫩而未成者。余尝过三吴白下，遍收箧箱中，盖面大块，与粤客自携者，甚有大根株尘封如土，皆留意觅得，携归，与姬为晨夕清课，督婢子手自剥落，或斤许仅得数钱，盈掌者仅削一片，嵌空镂剔，纤悉不遗，无论焚蒸，即嗅之，味如芳兰，盛之小盘，层撞中色殊香别，可弄可餐。囊曾以一二示粤友黎美周，讶为何物，何从得如此精妙？即《蔚宗传》中恐未见耳。又东莞以女儿香为绝品，盖土人拣香，皆用少女。女子先藏最佳大块，暗易油粉，好事者复从油粉担中易出。余曾得数块于汪友处，姬最珍之。

分析《红楼梦》和《影梅庵忆语》得出如下共同点：

1. 两文的作者都精通香料的用途、制作方法。

2. 两人在著作中都大量描述香料的特殊使用方法：隔火慢燃，不见烟气而室内充满香气，这种使用方法是完全一致的。

3. 《红楼梦》中有冷香丸、香球，冒董丙戌（1646）客海陵（今泰州），曾手制百丸。

4. 两文中都有香料来自皇宫的描述，贾母招待宾朋用的是御赐百合香。而冒辟疆则称："宫香话品淫"，"外此则有真西洋香方，得之内府，迥非肆料"。冒辟疆对宫香评价不高，但他以有得自皇宫的西洋香为傲。由此看来冒辟疆对宫廷熟悉，这有助于他写出元春省亲的场面。

小结：

1. 《红楼梦》是自传体小说，其中不乏大量虚构和艺术创作。《忆语》是冒董情爱的实录。虚构的小说在香料上居然与《忆语》有四条一致，由此我们推论《红楼梦》和《忆语》当是一个作者：冒辟疆。

2. 引起笔者关注的是：12835 字的《忆语》竟有 642 字是描述香料的，占全文的5%，这个比例是很大的。考证《红楼梦》其他作者个人经历的文章，其中是否也有如此高比例的关于香料的描写呢？"熟悉香料"为我们考证"冒辟疆著作《红楼梦》"提供了一个衡量的客观平台。我想，提出其他作者著作《红楼梦》的人也可以从此角度进行衡量，仅仅作为一个参考旁证也行，不知红学爱好者是否同意本人的意见？

六十七证　《如皋县志》和《同人集》出现许多《红楼梦》之用词

　　水绘园中有"红楼",文友相聚,许嗣隆在《夜游曲》中有"绿波声里红楼外,片片春灯倒影来"的诗句,而此红楼正是冒襄之新房——染香阁。又如冒襄《雨中登湘中阁眺望同司李王阮亭先生赋》:"我昔游潇湘,最爱潇湘雨。潇湘一别三十年,暮烟欲香难补。"诗中一连用了三个潇湘,住在"湘中阁"的是冒府佳丽,而《红楼梦》最似董小宛的林黛玉就住在大观园的潇湘馆,这是冒襄的一种精神寄托吧!

　　《如皋县志》二十卷之十有大观楼名。记载:"雨窗消意录:小宛二十七岁病逝,哀辞甚多,惟吴梅村最佳","今录其四首诗……"其后有一段文字:"大观楼漫录,明何瑭负性狷介,致士日从苍头二人,负行李骑马出城而去,士大夫追而送之不及矣!"《县志》上记载此"大观楼漫录"是指编撰县志者的用名吗?此记载在吴梅村悼念董小宛诗后,与冒董有何关系?与《红楼梦》大观园有何关系?都是令人感兴趣之悬念。

　　《红楼梦》与如皋密不可分才有这种现象,《红楼梦》是如皋人冒辟疆所著才有这种现象。

六十八证　削足就履，把万年一劫篡改为三十年一劫

《脂砚斋重评石头记》第一回眉批"佛以世为劫，凡三十年为一世，三劫者想以九十春光寓言也。"

82版《红楼梦》注解："劫"为佛家用语，一"劫"为若干万年。对此，笔者查阅《辞海》，其解释与82版《红楼梦》注解完全一致：一"劫"为若干万年。脂砚斋为啥把"若干万年"改为三十年？他是想告诉世人《红楼梦》作者已是三"劫"之人，此人是谁？当然是皓首驼腰的八旬老人冒辟疆。

六十九证　冒贾都受庶弟之害

1776年冒襄庶出弟弟冒裔变卖了祖业逸园，冒襄被迫另建草房"匿峰庐"。幼弟在别人唆使下扬言冒襄有"通海"行为，"通海"就是里通前明政权退守台湾并时刻准备反攻大陆，这在当时可是个掉脑袋的罪行。冒裔拟以此告官，牢狱之灾将临，幸亏亲友调停，冒裔也只是谋取钱财，案情方得缓解。

贾府中宝玉也有庶出弟弟贾环，其母赵姨娘恶毒自私，平时教贾环许多坏点子，如故意拨翻烛台烫伤宝玉，如向贾政诬告宝玉强奸金钏不遂，等等。

巧合点：冒襄和宝玉都有一个庶出弟弟，都是在别人教唆下向哥哥发难。

王蒙先生在《红楼启示录》中写道："《红楼梦》有别于其他中国传统小说的地方，它不对人物进行简单化的道德定性和道德裁决。唯独对赵姨娘与贾环，笔到之处，充满厌恶……这种写法不免使人怀疑曹雪芹心理上有一种刻骨的厌恨，说不定他自己有这种与庶出兄弟的关系方面的极不愉快的经验。"

这是王蒙先生在2012年前的判断，而我们的第六十三证竟与此完全一致，这神"巧合"让我们在论证"冒辟疆著作了《红楼梦》"时更增添了底气。

七十证　冒辟疆文化体系

冒辟疆、董小宛、陈其年（号迦陵，名维崧），《影梅庵忆语》、《亡妾董小宛哀辞》，水绘园，把这三位历史人物、两篇著作、一座园林放在一起，我们姑且称之为"冒辟疆文化体系"（这个体系内还包括水绘园倡和文士和冒辟疆子弟、小妾等人）。今天我们如皋一群《红楼梦》爱好者，探寻冒辟疆以笔名曹雪芹著作了《红楼梦》，已经深入这个"冒辟疆文化体系"进行研究。其实远在百年之前，中国文坛上早就有人把这个"冒辟疆文化体系"和《红楼梦》联系起来了。

从1916年开始，著名的文坛大家王梦阮、沈瓶庵、蔡元培以及邓狂言等人相继发表了大量的索隐派著作，什么是"索隐派"？索隐派就是把《红楼梦》中的故事说成是隐喻历史上的真事，把《红楼梦》中的人物影射为某一历史上的真人。说贾宝玉是隐喻清世祖（顺治），林黛玉是隐喻冒辟疆的小妾董小宛，而董小宛则是顺治爱妃董鄂妃，董小宛是在清兵南下时被劫入清宫为妃的。

下面笔者引用著名大学者蔡元培先生在《〈石头记〉索隐》一书中，把《红楼梦》和"冒辟疆文化体系"结合起来的几段文字。

蔡元培说：《红楼梦》中史湘云就是陈其年（陈其年是冒辟疆最喜爱的弟子，曾在冒府居住十年）：1. 史湘云姓史是因为陈其年入翰林纂修《明史》；2. 陈其年又号迦陵；史湘云佩金麒麟，当是其字陵字之谐音。3. 为何叫湘云，是因为：陈其年在水绘园中与冒襄家班中的旦角演员陈紫云有一段缠绵情史，紫云的离世令其年陷入了情感缺失的巨大悲伤中，故陈其年在《红楼梦》中取名"湘云"，又号"枕霞旧友"，名字中的"云"和"旧友"都因纪念水绘园中

"旧友紫云"而来。

《〈石头记〉索隐》，还把《陈检讨迦陵先生传》和《陈检讨维崧墓志铭》（下面简称"传和铭"）中对陈其年的描述与史湘云进行对照，做了详细引证，

1. "传和铭"说：陈其年"风流倜傥，襟怀坦率，为人恂恂谦抑，不知人世有险巇事"。对照《石头记》写史湘云之爽直。如第五回《红楼梦曲》《乐中悲》云："幸生来英豪阔大宽宏量，从未将儿女私情略萦心上。"第二十回："只见史湘云大说大笑。"第三十一回："迎春笑道：'我就嫌他爱说话，也没见睡在那里，还是咭咭呱呱的笑一阵说一阵，也不知那里来的那些诓话。'"第三十二回："袭人道：'云姑娘，你如今大了，越发心直口快了。'"第四十九回："史湘云极爱说话的，那里禁得香菱又请教他谈诗，越发高兴了，没昼没夜的高谈阔论起来。"第六十二回："史湘云笑着道：'这个（拇战）简断爽利，合了我的脾气。我不行这个射覆，没得垂头丧气闷人，我只猜拳去了。'"第一百○八回："宝玉心里想道：'我只说史妹妹出了阁，是换了一个人了。……如今听他的话，原是和先前一样的。'"皆与其年相应。

2. "传和铭"说："吴门大兴文会，四郡名士毕集，觞酌未引，陈其年索笔赋诗，数十韵立就，六朝俳体，顷刻千言，巨丽无比。诸名士惊叹以为神。"

对照《石头记》极写湘云诗思之敏捷。如第三十六回："湘云初到，李纨罚他和诗，湘云一心兴头，不待推敲删改，一面只管和他人说着话，心内早已和成。"第五十回："芦雪亭联句，湘云那里肯让人，且别人也不如他敏捷。"皆是。

3. "传和铭"说："其年尤喜填词，所作词尤凌厉光怪，变化若神，富至于八百首。"

对照《石头记》第七十回"史湘云偶填柳絮词"："湘云说过，咱们这几社，总没有填词，明日何不起社填词。"与其年好为词相应。

4. "传和铭"说："口蹇讷，不善持论。"说陈其年口齿不清，不善辞令。

《石头记》第二十回："黛玉笑道：'偏你咬舌子爱说话，连个二哥哥也叫不上来，只是爱哥哥爱哥哥的。回来赶围棋儿，又该你闹幺爱三了。'宝玉笑道：'你学会了，明儿连你还咬起来呢。'……湘云笑道：'我只保佑着明儿得一个咬舌儿林姊夫，时时刻刻，你可听爱呀厄的去。'"即影此。

蔡元培说：宝琴，冒辟疆也。辟疆名襄，孔子尝学琴于师襄，故以琴字代

表之。

对照《石头记》第四十九回："湘云又瞧着宝琴笑道：'这一件衣裳，也只配他穿，别人穿了实在不配。'"第五十回：贾母"一看四面粉妆银砌，忽见宝琴披着凫靥裘站在山坡上遥等，身后一个丫鬟抱着一瓶红梅。……喜的忙笑道：'你们瞧，这山坡上配上他这个人品，又是这件衣裳，后头又是这梅花，像个什么？'众人都笑道：'就像老太太房里挂的仇十洲画的《双艳图》。'贾母摇头笑道：'那画的那里有这件衣裳，人也不能这样好。'……只是已许配梅家了。……'把他许了梅翰林的儿子。'"第四十九回："薛蝌因当年父亲已将胞妹薛宝琴许配都中梅翰林之子为婚。""红梅、梅花、梅翰林"皆与《影梅庵忆语》中语相应。

王梦阮在《红楼梦索隐》中认为林黛玉就是《影梅庵忆语》中的冒襄之妾董小宛。理由如下：

小宛名白，故黛玉黛，粉白黛绿之意也。小宛苏人，黛玉亦苏人。小宛在如皋，黛玉亦在扬州。小宛来自盐官，黛玉来自巡盐御史之署。巡盐御史，即为"盐官"二字。小宛入宫已二十有七，黛玉入京，年只十三余，恰得小宛之半。老少相形，抑亦谑矣。不特此也：小宛爱梅，故黛玉爱竹。小宛善曲，故黛玉善琴。小宛善病，故黛玉亦善病。小宛癖月，故黛玉亦癖月。小宛善栽种，故黛玉爱葬花。小宛能烹调，故黛玉善裁剪。小宛能饮不饮，故黛玉最不能饮。小宛爱闻异香，故黛玉雅爱焚香，小宛熟读《楚辞》，故黛玉好拟乐府。小宛爱《义山集》，故黛玉熟《玉溪诗》。小宛有《奁艳集》之编，故黛玉有《五美吟》之作。小宛行动不离书史，故黛玉卧室有若书房。且小宛游金山时，人以为江妃踏波而上，故黛玉号潇湘妃子。小宛姓千里草，故黛玉姓双木林。天然绝对，巧不可阶……小宛以母丧回姑苏，黛玉以父丧回姑苏。小宛教冒氏幼子读诗，黛玉教薛氏稚妾学诗，亦是映带笔墨。

针对索隐派将董小宛和董鄂妃混为一谈，史学家孟森按照冒辟疆的《影梅庵忆语》对董小宛的活动系年做出详细的考证，论述董小宛非董鄂妃。

孟森在《董小宛考》中写道："宛之殁也，在顺治八年辛卯之正月初二日，得年二十有八。"同时通过陈维崧诗集、龚鼎孳诗集、吴蘭次诗集得知顺治八年董小宛去世，时冒襄四十一岁，而清太祖当时才十四岁，董小宛入宫说不能成立。

鲁迅先生也否定了董小宛被劫入宫之说,他在《中国小说史略》的第二十四篇"清之人情小说"清世祖与董鄂妃故事说中指出,王梦阮、沈瓶庵合著之《红楼梦索隐》为此说。其提要有云,"盖尝闻之京师故老云,是书全为清世祖与董鄂妃而作,兼及当时诸名王奇女也。……"而又指董鄂妃即为秦淮旧妓嫁为冒襄妾之董小宛,清兵下江南,掠以北,有宠于清世祖,封贵妃,后夭逝;世祖哀痛,乃遁迹五台山为僧云。孟森作《董小宛考》(《心史丛刊》三集),则历摘此说之谬,最有力者为小宛生于明天启甲子,若以顺治七年入宫,已二十八岁矣,而其时清世祖方十四岁。

《红楼梦》考证派主帅胡适先生也否定了董小宛被劫入宫之说。胡适的《红楼梦考证》出版于1921年,廓清了索隐派的种种迷雾,指出其共同的特点是收罗许多不相干的零碎史实去附会《红楼梦》里的情节,落入了影射时事、猜度秘闻的窠臼。他据引孟森《董小宛考》,证明小宛二十八岁入宫,其时清世祖年方十四,断无生前邀宠之理。胡适认为这种附会是十分勉强的。认为《红楼梦》中所言所写均为曹雪芹家事,同时也就否定了历史索隐派关于林黛玉即董小宛的说法。

以上我们不厌其烦引用了索隐派几小段文字,以及历史学家孟森、大文豪鲁迅、文化名人胡适的有关文章。我们无暇关心他们的纠葛,也没有能力深入研究他们的学说,但是令人感兴趣的是:近代文化巨星们都从不同角度把《红楼梦》研究与江苏如皋的"冒辟疆文化体系"联系起来!虽然我们并不同意索隐派把小说《红楼梦》中的虚构人物与历史人物画上等号。近代史上类似"冒辟疆文化体系",即"主人、小妾、文章、园林"的组合何止千百个,而中国文学大师们为何偏偏选中了"冒辟疆文化体系"?他们把史湘云比作陈其年,把薛宝琴比作冒辟疆,把林黛玉看成为董小宛的化身,这不仅令如皋人欣慰,更主要的是说明我们今天探讨冒辟疆以曹雪芹为笔名著作了《红楼梦》,不是空穴来风,不是牵强附会。

"冒辟疆文化体系"是研究《红楼梦》众多学说的星际空间的一颗强引力的星体,它把众多的文化大师和红学专家,把索隐派、考证派、立论派都吸引到它的轨道上来。而我们如皋红楼梦研究会的一群探索者正是循着他们的轨迹深入"冒辟疆文化体系"内部,挖掘、探寻了近百条证据。伟人说过"发展是硬道理",研究"冒著《红楼》"提供证据也是硬道理吧!

在这里我还要指出的是，不但过去文坛上早有人把《红楼梦》与"冒辟疆文化体系"联系起来，而且在眼下、在我们如皋红楼梦研究会成立之前，台湾学者王以安已著有《影梅庵忆语与红楼梦》一书，论述《红楼梦》是按《忆语》写成的小说，《忆语》是《红楼梦》的脚本，《红楼梦》与《忆语》是母子关系，没有《影梅庵忆语》就没有《红楼梦》。

更有一位走在我们前面的福州女士陈颖，笔名隐隐，网名潇湘雨。2007年，她自费到如皋考察水绘园、冒家巷。她已经提出冒辟疆著作《红楼梦》的观点，在网上发了许多文章，就水绘园是大观园的原型这一论点，提出了很合理的见解，在《红楼梦》中找出了许多伏笔，直指"冒辟疆文化体系"。

总之，历史上的红学家，今天的红学研究者，他们的分歧可能很大，但在把红学与"冒辟疆文化体系"相联系这一点上却异乎寻常的一致。这也是我们提出冒辟疆著作《红楼梦》的一个证据吧。

七十一证 "悼红轩"的由来考证

水绘园中有"红楼"。1665 年,冒襄修葺水绘园,文友十多人,倡和诗三十八首,其中许嗣隆《夜游曲》有"一曲分明两岸迥,烟中指点画船开。绿波声里红楼外,片片春灯倒影来"。这红楼就是染香阁,是冒襄与蔡女萝的新房,许嗣隆及众文友倡和戏称为"红楼"。1679 年被焚。

《红楼梦》中曹雪芹"披阅十载"的悼红轩,就是冒襄在三间草房匿峰庐中写作《石头记》时,放眼看到洗钵池畔被焚的染香阁废墟而对此发出的悲哀、戏谑的称呼。悼红轩就是悼念被焚的当年朋友们戏称为"红楼"的染香阁。

只有冒辟疆这样经历和阅历的人,在小说《红楼梦》中,才能写出"后因曹雪芹于悼红轩中披阅十载,增删五次,纂成目录,分出章回,则题曰《金陵十二钗》",写出这样的语言,这是自然而然、顺理成章的事。小说《红楼梦》如果换成另一位作者,还会写出这段"名言"吗?

七十二证　建修大观园的山子野是"真事隐"

《红楼梦》第十六回:"全亏一个老明公号'山子野'者,一一筹画起造","一应点景等事,又有山子野制度"。在《红楼梦》里,这位山野子先生是一位建筑师、园林大师,而且还是指导大观园施工的工程师。

出现在文学作品《红楼梦》中的虚构人物山子野,其实是修建水绘园的两位艺术大师,卧石山人和施子野的复合名称。

史载:张南阳(1517—1596)号卧石山人,松江县人,叠造假山千变万化,巧夺天工如同自然。施绍莘(1658—1640)字子野,松江县人,俊才大志,精曲词,善建园林,置丝竹。

水绘园原为明万历(1573—1620)年间冒一贯聘请此二位松江园林大师主持规划建筑水绘园,使水绘园中整体布局融汇了我国南北园林的特色,其中亭阁、山水、河桥、林木、假山浑然一体。后来冒辟疆接手重整旧园,卧石山人已故,于是再次邀请大师施子野主持建造,更加突出以水为贵、倒影为画的主题思想,使之一举达到天下名园的水平,吸引天下名士钱谦益、吴伟业、王士祯、孔尚任、陈维崧等四百多人先后前来如皋相聚,在水绘园中倡和,给我们留下了一笔丰厚的文化遗产。

时人说:"士之渡江而北,渡河而南者,无不以如皋为归",水绘园盛况空前。

这些与冒辟疆的豪爽,与冒辟疆和董小宛爱情故事的吸引分不开,与冒辟疆拥有一座独具匠心的水绘如画、容纳群才的水绘园更是难分难解的！而此园林的设计者、建造者，卧石山人和施子野二人功不可没！冒辟疆综合二人名字，在《红楼梦》中用老明公号山子野筹画起造大观园以示纪念，这也是他"真事隐"的一个高招吧！

七十三证 被剔除的"如皋元素"实例

人民文学出版社82版的《红楼梦》的前言说:"庚辰本是抄得较早的而又比较完整的唯一的一种,保存了原稿的面貌,未经后人修饰增补。因此82版在校勘过程中决定采用庚辰本为底本。"这就是说书中的方言土语和生活习俗,都是原作者的家乡母语和生活习俗。有些版本修饰了原作者的家乡母语和生活习俗,举例来说:

第四十二回凤姐儿笑道:你别喜欢。都是为你,老太太也被风吹病了,睡着说不好过。

说生病了为"不好过"是典型的如皋土话。到外地,甚至到不远的通州以南地区,说"不好过"通常是指日子不好过,缺吃少穿,没有钱花。很少听到把"不好过"同生病联系起来的。但在如皋天天能听到:

"小伢儿不好过,带他上医院里去。"

"老婆今天没起床,说头疼不好过。"

如皋人读到第四十二回的"老太太也被风吹病了,睡着说不好过",觉得很平常,好理解。但非如皋地域的人就弄不懂,怎能把吹病了说成"不好过"?于是抄传者就加以修饰。

例如中华书局2014年版的《红楼梦》第四十二回修饰为,凤姐儿笑道:"你别喜欢。都是为你,老太太也被风吹病了,睡着说不舒服";抄传者把"不好过"改为"不舒服"。

还有抄传者不改原文,而是全部删除,如对第七十回宝玉与众姐妹放风筝场景进行了大量删改,不但将"黛玉听说,用手帕垫着手,顿了一顿",因为抄传者不懂如皋话的"顿了一顿"就是"拉了一拉",于是简单进行了删除。

更把原著中的"又见一个门扇大的玲珑喜字带响鞭,在半天钟鸣一般,也逼近来"这段全文删除,因为抄传者没见过"门扇大、喜字形、带响鞭、如钟鸣"的如皋板鹞大风筝,所以全部删除。

经网友唐友忠先生指点,原来中华书局是以北师大所藏程甲本为底本整理的,是经后人修饰增补过的版本。

类似上述由于抄传者不懂原作者的家乡母语和生活习俗,而剔除"如皋元素"的地方还有很多,读者可以在《冒辟疆著作红楼梦汇考》中看到。

以史为鉴——恭应诸君

金杯授予黄金秋

据胡适考证，认为《红楼梦》的作者是曹雪芹，就此，百年来人们提出许多疑问。其中最关键的是胡适考证的曹雪芹，必须满足两个条件：一是四岁就开始著作《红楼梦》！二是必须提前出世！这两点是绝不可能做到的，是荒诞而又愚昧的大笑话。

红学界再也不能糊里糊涂地生存在这个大笑话之中，寻找、发现、确认《红楼梦》的真正作者是当代红学家和广大红学爱好者的历史使命！中国乃至世界文学界必须要找到这部伟大巨著的伟大作者，中国乃至世界文学界必须找到这位重量级的大文豪！考证浪潮一浪高一浪。

关键是找不到一位能与曹雪芹匹配的文学巨匠。我们如皋红学爱好者，研究了《红楼梦》作者的生活时代、家庭背景、人生阅历、知识才能、社会交往、爱情韵事、家境遭遇等等，发现了冒辟疆一生无不与《红楼梦》情节吻合！找到了证实冒辟疆著作《红楼梦》的几十条证据，并写出了《冒辟疆著作〈红楼梦〉初探》一文，几经周折终于在 2012 年 8 月《新民晚报》"新如皋"专栏上连载发表，它是红学研究汪洋中的一朵小小浪花。

然而，在那瞬息之间一位勇敢的逐浪者黄金秋先生紧紧驾驭着它，同年 12 月份，黄金秋先生把该文用名为《石破天惊——〈红楼梦〉作者是冒辟疆?!》在影响面较大的杭州市《生活周刊》上摘录发表！

当年正是杭州市举行全国性的"洪昇原著红楼梦"探讨会之际。杭州市"土默热红学研究会"认为土默热先生研究的明末清初杭州大文豪著作了《红楼梦》，这个学说，把《红楼梦》的著作权从曹雪芹手中夺了下来，交还给了杭州大文豪洪昇；这个学说，把风景如画的旅游胜地提升为文化圣地；这个学说，将给杭州市的经济和文化带来无可限量的前景；这个学说，对杭州市文化界、红学界具有不同凡响的意义，这是一发已经出膛的重磅炮弹！

但是，发表在杭州市《生活周刊》的《石破天惊——〈红楼梦〉作者是冒辟疆?!》不仅仅是一发已经出膛的重磅炮弹，而且是一颗在杭州市红学界上空已经爆炸的开花炸弹！它颠覆了"洪昇原著红楼梦"的基础，引起杭州市"洪说"的广大红学爱好者的震惊和迷茫，不难想象金秋先生为此将要承受多大的压力，将要负起多大的责任和代价！

黄金秋先生以其公正求是、务实严谨的记者和学者精神，报道了如皋红学爱好者探讨冒辟疆著作《红楼梦》的文章。黄金秋先生具备中国文人士大夫的勇气和担当！无私无畏，顶着压力，乃至不怕丢饭碗。黄金秋先生离开杭州来到香港，2013年9月他在香港《成报》以《石破天惊，〈红楼梦〉作者不是曹雪芹?!》为题刊文。同年同月他又在香港《亚洲新闻周》发表《石破天惊，〈红楼梦〉作者是冒辟疆!》一文。从杭州到香港，他到了一个更广阔的空间，他的文章震惊了港台地区乃至国内外红学界，并引起红学家的关注。

知名红学家、中国红楼梦学会理事、杭州土默热红学研究中心研究院常务副院长王正康先生对此专著一文：《洪昇原创，曹寅改续说PK冒辟疆著书说》，在2014年第1期《土默热红学研究》上发表，文中写道"不少文友及研究员频频转发香港《成报》的报道，说'现在又跑出一个冒辟疆，如何是好'？表示了一定程度的困惑"。因此"觉得有发文以正视听的必要"。

本文不打算与王正康先生就此问题进行讨论。问题的本身是香港《成报》的影响以及香港《成报》摘录的文章的质量，它以"合理、可信、准确、真实"八字作为考证的准则，震惊了红学界。我们得到了呼应，本身就是在前进！我们几十年的研究，得到某些认可，在研究《红楼梦》作者的行列中取得了一席立足之地，并有可能成为"一说"。这令人鼓舞，为我们增添了信心，今后任重而道远！

2014年8月18日如皋成立了"如皋红楼梦研究会"，它将探讨《红楼梦》与如皋的历史文化渊源，加强与国内外红学会的交流与合作。2014年10月"如皋红研会"发行了《冒辟疆著作〈红楼梦〉汇考》第一辑，其速度之快，内容之丰富令国内红学界刮目相看。同一时间，黄金秋先生在香港以《亚洲新闻周刊》执行主编名义，编辑出版了《亚洲新闻周刊》探秘《红楼梦》特刊，图文并茂，在港澳台地区及国外红学界，为冒著《红楼》开辟了更大的空间，深入探寻更多的冒辟疆著作《红楼梦》的证据，在红学界迎头赶上，以期后来居上。

顺便指出勇于否定"曹著《红楼》"的红学家王正康先生应邀来如皋参加了"如皋红楼梦研究会"的成立大会，并实事求是地评价"冒辟疆著作《红楼梦》研究，取得了初步成果，震动了红学界"。

我市红学研究仅仅一年多就获得如此迅猛的发展，取得如此成就，我们绝不能忘记那位逐浪的勇士，他就是青年记者黄金秋！他不但是我们如皋红学研究的同盟军，更是我们如皋红学研究的助推者！一个外省记者为了探寻《红楼梦》的真正作者，一旦认准便义无反顾与我们并肩而战，令我们肃然起敬！

毫无疑义，没有黄金秋先生锐利的眼光和敢于担当的勇气，及时准确地在杭州《生活周刊》发表《石破天惊——〈红楼梦〉作者是冒辟疆?!》，我的《初探》一文也不可能"猴"出如皋。不容置疑，没有黄金秋先生在香港《成报》和《亚洲新闻周刊》振笔疾书的两篇宏文，我们如皋的《红楼梦》研究就不可能如此迅速、如此波澜壮阔地发展！

掌声送给黄金秋！

鲜花献给黄金秋！

金杯授给黄金秋！

广泛合作，多方交流，共寻真正作者！

王正康先生是中国红楼梦学会的理事，又是"洪昇原创、曹寅改续《红楼梦》"学说的主帅。我的《冒辟疆著作〈红楼梦〉初探》等几篇文章2012年8月在《新民晚报·新如皋》发表以来，两年不到的时间，就在杭州、南通、南京、香港、深圳、重庆等城市的报刊得到报道或转载。我的文章直指主流媒体所拥戴和肯定的、胡适先生考证出的、出身南京、遭返北京、流浪京西的曹雪芹。但是两年多来红学界的主流媒体对此毫无应对，冷淡得令人困惑。我想一种可能是我们如皋小地方几个小人物，人微言轻，那些"红学大师"、"曹学专家"对此不屑一顾。也有另一种可能，主流媒体不敢应战，因为有争议就有考证的价值，如果挑起对胡适考证的曹雪芹的身世的再考证，势必将"红学"积木和"曹学"积木考证塌台，须知当今《红楼梦》作者曹雪芹的"红学"积木、"曹学"积木是几代红学家精心堆砌的，是主流媒体的"通灵宝玉"，主流媒体必须保护这堆"积木"，绝不允许抽出几根"积木"看一看。

但在互联网上，对"冒辟疆著作《红楼梦》"的讨论却非常热闹，你只要在百度网页输入"冒辟疆著作《红楼梦》"立马跳出近百条报道、转载、评议。这里有西祠胡同、濠滨论坛、天涯博客、天涯论坛、香港成报网、凤凰论坛、如皋老乡会等众多网站。这近百条信息以报道、转载为主，这也是好事，因为它客观上是帮助我们"如皋红楼梦研究会"宣传"冒辟疆著作《红楼梦》"这一震惊中外文坛的历史性大事。当然也有许多不同声音，其比例极小而且质量不高。但是2014年7月，王正康先生给我邮箱直接发来文章《"洪昇原创、曹寅改续"PK

"冒辟疆著书说"》，该文还刊登在《土默热红学研究》2014年第1期上。文章说我"把前八十回的原创者、披阅增删者与后四十回续写者混为一谈，煮成了一锅糊涂粥"。看了文章我心中很坦然和欣慰：终于有人应战了，终于有人能从研究红学的角度对我的文章进行认真的评论了。

我和王正康先生算是老朋友了，因为我们早就在互联网上熟悉了，去年他还给我寄来第一辑《土默热红学研究》。这里我对正康先生的"一锅糊涂粥"不作评论，因为正康先生早已跳出曹雪芹著作《红楼梦》的框框，确认"洪昇原创、曹寅改续《红楼梦》"，既然否定了曹雪芹，就没有必要回头议论前八十回原创者曹雪芹和后四十回原创者高鹗的关系了。但是，我还是要感谢王正康先生，他在文章中认真阐述了土默热红学的主要论点，还找到谦称为六个"蛛丝马迹"的证据，证明洪昇原创、曹寅改续了《红楼梦》。这使我们如皋"冒说"有了一个对话的平台，这使双方有了交流的机会。

亮相"冒说"的几条确凿证据

我们和王正康先生在否定胡适考证的曹雪芹的观点方面是一致的，在寻找真正作者上有分歧。但是对《红楼梦》作者是明末清初人，是累世官宦人家子弟，有与女性交往的经历，有大量文学作品留世，有先荣华后苦难的身世等方面观点是一致的。用王先生的话说：这些方面如皋的"冒说"与杭州的"洪说"持平。这样，我们双方在寻找《红楼梦》作者时就像侦探案情一样范围越来越小，思路越来越清晰。

《红楼梦》故事的时间、地点、人物三大要素，时间是明末清初已经敲定，地点在江淮地域（王正康先生认为是江浙地域），寻找一位重量级的大文豪。我们如皋"冒说"寻找到冒辟疆，杭州"洪说"寻找到洪昇。比较二人各有千秋，但是我们"冒说"提出了七十三条证据，其中有许多是确凿的、唯一的、独特的证据。只能发生在如皋，只能发生在冒辟疆或董小宛的人生中，换一个地方或换一个人就不可能成立。（笔者注：原文中列举了7个证据已载于本书中，本文不再重述。）

欢迎王正康先生和所有研究《红楼梦》者到如皋考证，看看如皋的内河还在静静地流淌，看看如皋的外河还在日夜奔腾，探访如皋的北墙下两水关，察核北水关依然调节着内外河水量，倾听这个水系诉说当年冒辟疆是如何把它作为原型塑造为大观园水系的。

欢迎王正康先生到如皋水绘园游览，从"匿峰庐"沿着平稳的宽路步行到涩浪坡峰脊，看山下就是池沿。再一转弯就看到凹晶馆近水、低洼、环抱的特别地形和黛湘对诗的池沿，甚至可以想象抛石惊鹤……欣赏史湘云说的"一上一下，一明一暗，一高一矮，一山一水"的风光，体会那扑面而来的《红楼梦》气息。

以文会友、以红汇友

中国红楼梦学会的理事王正康先生，接受我们的邀请从杭州西溪专程赶到如皋参加 2014 年 8 月 18 日 "如皋红楼梦研究会"成立大会，王正康先生在主席台就座，致辞祝贺并赠送土默热红学研究资料和有关刊物。王正康先生说：否定胡适考证的《红楼梦》作者曹雪芹，杭州红学研究者与如皋红学研究者的观点是一致的。无论是洪昇将冒辟疆的影子浓缩到作品中，还是冒辟疆创作时带入洪昇的印记，其中有共性……

第二天告别时王正康先生意味深长地对我说："你退休以后的《红楼梦》研究震动整个红学界，对如皋的文化事业贡献也很大。"而就在一个多月前王正康先生还给我发来 "一锅糊涂粥"的评论文章，但到如皋参加了我们红学会的成立仪式后，就改变了说法，说"如皋红学研究震动了红学界"。

从 "一锅糊涂粥"到 "震动红学界"是一个飞跃，这个飞跃不是说王先生的 "洪昇原创、曹寅改续《红楼梦》"有所改变，也不是说王正康先生赞同 "冒辟疆著作《红楼梦》"的观点，这个飞跃说明王正康先生认同我们的研究方式。也许王正康先生在我们的证据的合理性、唯一性面前不得不停步深思，探索证据需要智慧，承认事实需要勇气。王正康先生是位严肃认真的学者，是位坚定的历史唯物主义者，我相信我们在寻找《红楼梦》真正作者的道路上会找到共识的。

洪昇和冒辟疆是同时代人，他们的文学著作有某些共性。"洪说"《红楼梦》中有很多地方借用了冒辟疆和董小宛的故事。"冒说"《红楼梦》故事中直接演出了洪昇《长生殿》传奇中的《乞巧》。

《红楼梦》这么一部规模宏大，错综复杂，而又极其细化的小说，从八十回到一百二十回，经过几十年创作，多位明末清初的文人参加了传抄、披阅、增删、再创作。从某种意义上讲《红楼梦》是多名文学大家的集体结晶。众多的文学家创造了《红楼梦》！我们这两说应以文会友，以红汇友，在明末清初的文学家群体中广泛合作，多方面交流，寻找《红楼梦》的真正作者！

(2014年10月5日)

也谈《〈红楼梦〉与如皋》

——与沈新林先生商榷

最近读到沈新林先生发表在《江海文化研究》2014年第4期上的文章《〈红楼梦〉与如皋》，文中提到他今年5月份读到我的《〈红楼梦〉作者解谜》及如皋红学界朋友们的系列文章。沈新林先生说他同我们一致的看法是："《红楼梦》原作者确实不是曹雪芹。"但他认为《红楼梦》的作者不可能是冒辟疆。

沈新林先生在文中从三个方面提出《红楼梦》与如皋是有点联系的。一是如皋方言，二是水绘园和大观园，三是董小宛和林黛玉。

关于方言，沈先生用十例如皋方言加以分析，说明原作者确实熟悉苏北方言、如皋方言。沈先生还指出《红楼梦》中也有吴语方言、南京方言、湖南方言。可见原作者对吴语地方、南京地方、湖南地方是熟悉的。所以，单凭作品中出现的方言是不能论定小说作者的籍贯的。

关于《红楼梦》的大观园，沈先生指出：艺术典型不能与生活原型画等号。大观园是采用了鲁迅先生说的"杂取种种人"的手法。学术界一致认为大观园杂取了南京曹家西花园（即袁枚的随园）、芥子园、北京什刹海、恭王府、醇王府、明国公府、杭州南园、苏州拙政园等园林的特色。大观园极有可能吸收了如皋水绘园某些特色，可惜水绘园面积太小，与大观园还有不少差距。

关于董小宛与林黛玉，沈先生批评了索隐派所谓"小宛进京"变成"董鄂妃"，指出董小宛二十八岁病逝时，顺治皇帝年方十四岁。头脑正常的人都会明白，这两人根本不会产生爱情的。但有一点是可以肯定的，那就是《红楼梦》中林黛玉形象里面，多少包含有董小宛弱不禁风、多才多艺、聪明可人、多情善感、追求纯洁爱情的影子。

文章引用了小说幻影人物宁荣二公之灵嘱云："吾家自国朝定鼎以来……虽历百年。"还有秦可卿托梦道："……如今我们家赫赫扬扬，已将百载。"证明小说的创作时间确实在18世纪中期。而冒辟疆、李渔是明末清初之人，从时间上看，18世纪中期，冒、李二人已亡故，不可能创作《红楼梦》。

文章谈到《红楼梦》写的元妃省亲的原型是康熙南巡，而在这个时间段内南京的江宁织造曹寅接驾四次。能写出省亲的内容和场面必定是和原作者有相似的遭遇，曾经一起经历过康熙南巡接驾盛典的人。沈先生说这是"无法改变的必要条件和刚性指标"。而胡适先生考证出的曹雪芹"生年为1715（或1728）年，在其祖父曹寅死后方才出生，他没有见过曹寅，更没有接驾经历"，不具备"无法改变的必要条件和刚性指标"。因此曹雪芹不可能是《红楼梦》的作者。沈新林先生正确地否定了曹雪芹。

那么，《红楼梦》的作者是谁呢？沈新林先生在曹寅后代中，找到一位曹颜。他是曹寅养子，比曹雪芹大28岁，颖博聪慧，从小在江宁织造府长大，曾随曹寅在苏北仪征、扬州等地读书、生活多年，熟悉南京方言、苏北方言、吴语方言，并亲历曹家接驾盛典。后来因兄弟龃龉，不务正业，杂学旁收，对女性用情太多，有叛逆倾向，地位逐渐下降，遭到冷落，最后未能在曹寅身后接替江宁织造，并被遣返原籍。他"无材可去补苍天"，又经历过曹家的鼎盛时期，且目睹曹家的衰败，对曹家满腹牢骚，况又熟悉曹家种种内幕和情弊，具有相应的思想水平和足够的才华，看到曹家衰亡的必然性，于是写下了传世巨著《红楼梦》。

笔者提出如下几点看法与沈先生商榷：

一、时间段错了，一切都错了

沈新林先生文中说：持有冒襄著作《红楼梦》观点的人"也没有看过脂砚斋批语。唯此，笔者郑重建议，凡染指《红楼梦》研究者，务必要认真读懂原著和相关评论，尤其是脂砚斋批语。《红楼梦》最不容易读懂，务必要下大力气，花大功夫，绝不能与其他一般小说等量齐观"。

这两年在如皋崛起的认为冒辟疆著作《红楼梦》的研究群体，在如皋发表的一系列很有价值的文章,已在香港和其他城市的媒体转载,尤其在互联网上广泛而迅速地传播,产生了巨大影响。2015年8月18日前来参加如皋红楼梦研究会成立大会的中国红学会理事、洪昇原创《红楼梦》学说专家王正康说如皋的红学研究"震动了中国红学界"!最近出版的《亚洲新闻周刊》"探秘《红楼梦》"特刊发表了如皋"冒说"群体几十篇精辟文章,将推向包括港台地区的全国各地,"冒说"《红楼》必将进入新的阶段!

笔者认为:读懂《红楼梦》和脂砚斋批语的是最新崛起的如皋"冒说"群体。近百年来红学界主流媒体公认胡适先生考证出的曹雪芹是《红楼梦》的作者,而此曹雪芹是按照乾隆甲戌(1754)年最早发现的《石头记》推测的。该脂评有"至脂砚斋甲戌抄阅再评仍用《石头记》",胡适先生把脂砚斋抄阅的甲戌年,误认为是发现《石头记》的那个甲戌年。把"抄阅时间"与"发现时间"混为同一时间,这一错最少错了60年。对此,我们如皋《红楼梦》学者康健与李实秋两位老先生有专题研究,著文《脂评〈石头记〉甲戌本应是1694年》,在《亚洲新闻周刊》2014年探秘《红楼梦》特刊上发表。

我们如皋两位业余的《红楼梦》研究者康健与李实秋两位老先生,虽然没有"红学大师"的头衔,但他们眼光非常深远,他们二老在脂砚斋评语上确确实实是"下大力气,花大功夫"的,证实脂砚斋批评《石头记》的时间为公元1694年,把《红楼梦》成书时间提前了六十年!红学研究的许多问题、许多难题就此迎刃而解。这一重大发现是红学研究的里程碑!

沈新林先生虽然否定了胡适先生考证的曹雪芹,但还没有跳出胡适先生考证的时间框框,仍然沿用胡适先生考证的乾隆时代的甲戌年,在18世纪中叶这个时间段苦苦地寻找《红楼梦》的作者。否定了曹雪芹以后,又在曹寅家族中找到一位曹寅的养子曹颜,说这位曹颜有过类似《红楼梦》作者先荣华后穷困的经历,有过对多位女性用情的经历,符合沈先生给定的具备"无法改变的必要条件和刚性指标"。沈新林先生没有拿出更多令人信服的证据,当然也不可能拿出更多证据,因为时间段错了一切都错了。如果倒回六十年就没有曹寅四次接驾,就失去"刚性指标"的基础。沈新林先生应跳出18世纪中期的时间框框,不要在空罐子里淘宝!

二、关于如皋方言

沈新林先生在《〈红楼梦〉与如皋》一文中提出《红楼梦》与如皋是有三点

联系的。但沈先生只简单介绍了三种现象，没有深入研究实质问题。

关于如皋方言，沈先生举了十个例子，然后用"单凭作品中出现的方言是不能论定小说作者籍贯的"，简单地否定了方言与作者的关系。其实我所举出的几个如皋方言，具有唯一性和独创性。例如：如皋土话"唻"字，它只流传在过去乡间私塾先生们笔下，任何书本上，大辞海、小字典上都找不到它的踪影。"唻"字在当前互联网，也只有美国微软办公文字编辑软件word2003版本才有。这个"唻"字甚至著名的"汉王写字板"也写不出，可见其生冷程度之高！更有甚者"唻"同"噇"，"噇"字已存在千年，它的含义和读音与"唻"一模一样。出生在如皋附近的淮安吴承恩和兴化的施耐庵，两位文学大家在《西游记》和《水浒传》中都使用笔画较多的"噇"而没有用简单的"唻"字。可见"唻"字不但"生冷"而且只在小范围的如皋民间流传，附近的吴承恩和施耐庵并不知道有这个"唻"字存在，否则他们二人不会同时"就繁删简"的。可见这个字具备唯一性：唯有如皋人才会说才会用"唻"字，离开如皋它就变成"噇"字。那么这个只存在于如皋民间的"唻"字怎么跑到《红楼梦》中去了？据此，我们推断作者是如皋人不是非常合理吗！

《红楼梦》中如皋方言不但具备"唯一性"，还有"独创性"，例如如皋人称"物件"、"东西"、"物事"为"稿子"，把一样的"东西"说成"一个稿子"。在《红楼梦》第二十九回张道士对贾母说贾宝玉形容身段、言谈举动和他爷爷"一个稿子"。引得贾母说她众多子孙没一个像爷爷的，"就只这玉儿像他爷爷"。如皋土话"一个稿子"带着土气跑到《红楼梦》中，但它还是个"黑"词儿，它虽然在《红楼梦》第二十九回藏了三百多年，到今天也没收入《辞源》、《辞海》中，它是《红楼梦》作者私下"发明创造"的词儿，它是个"私生子"，没有"名分"。它不但是个"黑"词儿而且与文章、图画的草底——"稿子"发生冲突。为了解决这些矛盾，20世纪30年代东台学者戈公振先生在上海创造了"杲昃"一词，说日出为杲，日西为昃。从此文人们把"稿子"写成"杲昃"。但"杲昃"一词依然得不到主流辞书的认可，因为它流通地域太小，只在如皋及其附近能听懂。所以它依然带着如皋土气和作者私下"发明创造"的帽子隐藏在《红楼梦》第二十九回之中！上世纪熟悉如皋土话的戈公振先生"发明创造"了"杲昃"，那么三百多年前"发明创造"了"稿子"的人，不是更熟悉如皋土话吗！据此我们推测《红楼梦》的作者是如皋冒辟疆，是合理可信的。

《红楼梦》作者不但把如皋土话"稿子"隐藏在第二十九回之中,还为如皋人口头上叫的"木香花"、"木匠花"创造了一个优雅的词儿"宝相花"。《红楼梦》第十七回"果得一门出去,院中满架蔷薇、宝相",第五十六回,"还有一带篱笆上的蔷薇、月季、宝相、金银花……"查《辞海》,宝相花是装饰花朵纹样不是花,自然界没有什么"宝相花"。"宝相花"是如皋民间对蔷薇花的别称,"宝相花"三字只在如皋周边小区域流行,离开如皋它就变成"蔷薇花",也只有《红楼梦》书中才有描写,所以《辞海》里没有收入。我们推测《红楼梦》上的"宝相花"是懂得如皋土话的冒辟疆创造出的花名,应该是合理可信的推断。

研究《红楼梦》如皋方言者仅在如城就不下几十人,这是一个不能小觑的群体,是一个不容忽视的现象。仅朱江兵先生就对全部蒙古王府本中的如皋方言做出摘录和注释,写了专题论文。2013年以他个人力量举办了民间学术讨论会,邀请了专家、教授、媒体记者,播放了电视新闻,出版了如皋方言版本的全套蒙古王府本的《红楼梦》原著。其钻研精神令人敬佩!其意义是把《红楼梦》中如皋方言推到不可忽视的高度,《红楼梦》回回都有如皋方言、如皋气息、如皋环境,而如皋方言是《红楼梦》文字中的一堆金砖,感谢朱江兵先生为如皋方言金砖建立了宝库!红学家们应该正视它,朱江兵先生功不可没!

另外,还有外地定居的陈恒健先生,以及"如皋红楼梦研究会"的刘桂江、康健、李虹、肖芝宁、康冬梅等人,研究《红楼梦》如皋方言都取得了不少成绩。这些研究者都不是红学专家,不是语言工作者,为什么对《红楼梦》中的如皋方言如此痴迷?这是因为他们都是地地道道的如皋人,《红楼梦》中的如皋话、如皋环境、如皋语言结构、如皋人的对话方式,组成一股强大的如皋引力磁场,把他们吸住了。

《红楼梦》中如皋情节、如皋基因排山倒海地向外倾泄,是任何一位红学研究者跳不过的门槛。如皋特有的、唯一的、作者独创文字的如皋土话,是研究者绕不过的高山。专家们不是避而不谈,就是进行搪塞。红学专家王正康先生解释说"洪昇文友很多,交往中略知如皋一带方言"。沈新林先生也说,"首先,《红楼梦》原作者熟悉苏北方言、如皋方言,肯定到过苏北,也可能到过如皋"。

凭结交几个异乡人不可能学会异乡的方言,凭猜谜式的"也可能到过如皋"是不可能通晓如皋方言的。笔者认为只有掌握如皋方言的作者才能钻进《红楼梦》中方言土话的大山,只有如皋土生土长的作家才能跨入《红楼梦》中方言土话的大门。笔者出生在如皋,籍贯在如皋,对如皋方言土话一看就明白,一听就懂。这是与生俱来的本能,任何人都是如此,母语是刻在脑中、溶化在血液中的语言基因。特定性、唯一性、独创性的方言土话是决定一个人籍贯的烙印,这是无法改变的事实。在二次世界大战中,德军侦察兵深入法方,就因为一个士兵讲了一句土话,一个词儿暴露马脚,被法方破获。笔者曾在兰州工作生活四十多年,没有学会兰州话,更不可能运用兰州方言写文章就是实例。所以说,只有出生在如皋,籍贯在如皋,如皋土生土长的作家才能写出《红楼梦》!"方言是籍贯的烙印",凭方言就可判定一个人的籍贯。

三、关于水绘园和大观园

沈先生说:学术界一致认为大观园杂取了南京曹家西花园(即袁枚的随园)、芥子园、北京什刹海、恭王府、醇王府、明国公府、杭州南园、苏州拙政园等园林的特色。大观园极有可能吸收了如皋水绘园某些特色。可惜水绘园面积太小,与大观园还有不少差距。

笔者研究了大观园水系,提出这个水系的原型就是包括水绘园水系在内的如皋城内外河水系。笔者著文《隐藏在如皋内外城河的大观园水系》,发表在《新民晚报·新如皋》上。笔者发现了大观园水系的特点是:北墙下,两水洞,引活水,转一圈,归一处,水倒流。与如皋城水系的特点一模一样。这个模式的水系是如皋独有的水系,至少目前还没有发现其他城市有这样的水系,这个水系被写进《红楼梦》中,因此推测《红楼梦》的作者是如皋冒辟疆。

最近笔者又根据第七十五回和第七十六回描绘的贾母赏月处和湘云黛玉对诗处的地形地貌,考证其原型就是水绘园的景点涩浪坡。虽然冒辟疆修建的涩浪坡早已毁坏,但复建者在著名园林大师陈从周的指导下,根据冒辟疆的弟子陈维崧著的《水绘庵记》中的文字和古典画卷形态做出胶质模型,反复修改。于20世纪90年代复建的涩浪坡的地形地貌是符合当年冒辟疆所建的涩浪坡的地形地貌的。

《红楼梦》中赏月和对诗处描绘的地形地貌特点是:半土石的小假山,百余步的平稳路,一转弯就到凹晶,凹晶近水低洼环抱,山顶池沿相连又相隔,池沿长十几米,池不大,抛石可惊水鸟。这些特点在水绘园的涩浪坡得到完全一致的印证。《红楼梦》中赏月小山和对诗处的地形地貌，竟然与20世纪90年代复修的水绘园景点涩浪坡完全一致，绝不是偶然的巧合，它证明修复的涩浪坡是冒辟疆当时的涩浪坡，也就证明了冒辟疆与《红楼梦》密不可分的关系。

我们再一次在水绘园景点中找到大观园景点的原型，再一次证实水绘园的主人冒辟疆著作了《红楼梦》。沈新林先生可以不相信我们考证出的大观园景点原型就在水绘园中，但笔者希望沈先生到水绘园实地研究，不要轻易说"可惜水绘园面积太小，与大观园还有不少差距"。

四、关于董小宛和林黛玉

作者说：有一点是可以肯定的，那就是《红楼梦》中的林黛玉形象里面，多少包含有董小宛弱不禁风、多才多艺、聪明可人、多情善感、追求纯洁爱情的影子。几百年来研究《红楼梦》的派别很多，存在的纷争也太多，但是有一点却是共识的，那就是林黛玉小姐的原型就是如皋冒辟疆的爱妾董小宛。爱情是双向的，女方有原型，男方的原型是谁？笔者拙见，沈先生既然涉及女主角的原型，就更应该去研究《红楼梦》的男主角贾宝玉的原型是谁，他与如皋有无联系，这样才能使研究命题更完善，更加吸引读者。《红楼梦》既然是自传体小说，男主角理所当然是《红楼梦》的作者自己。但是二百多年来对胡适先生考证出的《红楼梦》作者曹雪芹的怀疑从未终止过，红学界提出许多无法回答的问题，例如胡适考证的曹雪芹必须四岁就开始写作，必须提前二十年出世，等等。作者的身份出现了致命的疑点，都被"立案审查"了。沈先生当然没有兴趣去研究他是不是贾宝玉的原型！关于贾宝玉的原型我们应从另一个角度切入。

首先，人们推定林黛玉的原型是董小宛的根据是忆语体文学作品《影梅庵忆语》。作品中的女主角董小宛作为原型能出现在《红楼梦》中，那么作品的男主角冒辟疆也作为原型出现在《红楼梦》中就显得十分合理且可信了。

其次是世界上谁最了解董小宛，是谁把她写入《影梅庵忆语》中的？当然是冒辟疆。世人认识的贤惠睿智的董小宛、聪明伶俐的董小宛、诗人画家的董小宛、能歌善舞的董小宛、编辑文书的董小宛、静坐香阁推窗赏月的董小宛、理财管家的董小宛、烹饪美膳的董小宛、舍身忘我的董小宛、弱不禁风红颜薄命的董小宛都来自冒辟疆的《影梅庵忆语》和《亡妾董小宛哀词》，董小宛的品质才华就是林黛玉的原型。冒辟疆最有能力把董小宛化身为林黛玉写进《红楼梦》，冒辟疆就是贾宝玉的原型就不言而喻了。

五、面对现实共同研究

我们读完沈新林先生的文章，觉得沈先生研究《红楼梦》的如皋方言、水绘园、董小宛等三点如皋元素，都是重复考据派和索隐派几十年前的话题。

贾宝玉的原型是个老而新的话题，是红学家不愿涉及的领域，二三百年来红学论坛上很少此类题材的文章。我们从《红楼梦》故事中贾宝玉衔玉落地到出家为僧的人生全过程，从他的家庭背景、他的人生阅历、他的知识才能、他的社会交往、他的爱情韵事、他的家境遭遇等几大方面试图去寻找他的原型。他的原型应具备如下十四个条件：

1. 这位原型应生活在明末清初，是明末清初的江淮文化巨匠。
2. 这位原型应出生在世代累官的封建官宦大家，是诗礼簪缨之族，有贵介公子的身份。
3. 这位原型应有由盛入衰的坎坷人生，风尘碌碌，一事无成，以及广泛的社会经历。
4. 这位原型应有平等、善良、博爱、同情的品质。
5. 这位原型应是文学巨匠，除著作《石头记》外，应有可观的诗文辞赋留世。
6. 这位原型应是知识广博、无所不知、无所不通的全才、奇才。
7. 这位原型应熟悉女性，有丰富的女性生活素材。
8. 这位原型应是经历过生死相恋的爱情故事，有过呕心沥血、生离死别的悲痛境遇的人。
9. 这位原型应是爱石成癖，隐喻自己是"无材补天"的"石头"的人，这才记述了一篇千古不朽的鸿篇巨制《石头记》。
10. 这位原型应是如皋人，才能运用如皋特有的方言、土语。
11. 这位原型应强烈谴责自己有罪，怀着负罪感创作这部不朽巨著。
12. 这位原型应生活在类似宁国府、荣国府、大观园"两府一园"的环境，有丰富的园林建造知识。
13. 这位原型应熟悉南京秦淮名不见经传的桃叶渡。
14. 这位原型应熟知昆剧，热爱昆剧，蓄有昆剧家班。

京西曹雪芹根本不具备上述十四个条件，曹雪芹不可能是男主角贾宝玉的原型。我们推测曹雪芹只是个笔名，真正的原著者是谁？这是个敏感话题，也是沈新林先生不愿踩的地雷。我们提出具体、详细、合理的十四条标准，不说明我们多么高明，多么有远见。其实这十几条就明摆在那儿。我深信老一辈红学家，当今包括沈新林先生在内的红学家也早已看到，只是不愿较真，一较真就推翻了百年来正统的"以曹雪芹著作《红楼梦》为主流的红学研究天下"。其实我们如皋"冒说"群体并没有推翻曹雪芹著作《红楼梦》，我们始终认为曹雪芹是个笔名，正如近代大文学家"鲁迅"是周树人笔名，"巴金"是李尧棠笔名一样。而《红楼梦》中出现的曹雪芹绝不是北京西郊卖字喝粥的曹雪芹，他们只是同名同姓而已。真正的曹雪芹是冒辟疆。冒辟疆用笔名"曹雪芹"著作了《红楼梦》！我们希望沈先生平心静气地思考一下我们提出的《红楼梦》作者的十几个条件以及我们找到的几十条证据，跳出胡适的时间框框。让我们共同研究《红楼梦》，为中国红学研究做出新的贡献！

假设不能当真

——回答钱玉林先生《简评冒辟疆是〈红楼梦〉作者的新奇观点》

2015年4月1日和2日《江海晚报》和《新民晚报·新如皋》发表了题为《〈红楼梦〉，你的作者不姓曹》的文章，报道了3月31日下午，"《红楼梦》作者研究座谈会"在如城召开，与会者提出最新研究成果，力证《红楼梦》作者并非曹雪芹而是如皋的冒辟疆。

两报一致写道："位居中国古典文学四大名著之首的《红楼梦》，代表着中国古典文学的最高成就。时光荏苒、岁月如梭，这部经典中的经典，仍然闪烁着中国古典文学作品穿越时空、历久弥新的灼灼光华，吸引着一代又一代的'红粉'。近年来，在民间渠道和各种论坛上，不时有人质疑：《红楼梦》这部作品的真正作者，并非教科书里面已有定论的曹雪芹，而是如皋的冒辟疆，言之凿凿，着实令人有'石破天惊'之感。'挺冒派'所提观点有何依据？事实出自哪里？昨日下午，'《红楼梦》作者研究座谈会'在如皋市如城镇的和沐霖大酒店召开，前来采访的记者聆听了与会者提出的看法，了解到本土研究人员手中掌握的最新研究成果。"

两报的文章最后刊登了反方观点，国内学者钱玉林先生认为："挺冒说法捕风捉影，曹家、冒家并无关联。"

钱先生在网上还发表了更为详尽的《简评冒辟疆是〈红楼梦〉作者的新奇

观点》一文。钱先生写道："主张者是如皋冒襄（辟疆）的后人，为祖先争跟他一点影子关系也没有的著作权，真是令人叹息。因为主张者并无一条有力的证据，故不想费辞，只略加评析如次：

"当代人冒廉泉先生的说法，置康熙间文学名家曹寅（康熙帝的'奶兄'与侍卫、内务府属下的江宁织造）及其后代曹𫖯——曹雪芹家族的真实历史存在，以及乾隆时诸多人物的记载评论于不顾，硬把《红楼梦》这部伟大的小说附会到自己的祖先明末遗老、蒙古裔名士、诗人冒襄（辟疆）的头上。文中所举的种种理由，没有一条是直接的可靠证据，全是牵强比附。不才以为，这纯然只能属于全无学术价值的异想天开一类。"

钱先生把我们如皋研究冒辟疆著作《红楼梦》"言之凿凿，着实令人有'石破天惊'的论证"，认为是"捕风捉影"、"全是牵强比附"、"只能属于全无学术价值的异想天开一类"，因此拒绝进行"评析"。钱先生"不想费辞"，然而却简单地提出八条问题：

一是冒辟疆有身为贵妃的姐姐吗？

二是柳湘莲也说"你们东府里除了那两个石头狮子干净，只怕连猫儿狗儿都不干净，我不做这剩忘八"。请问，如皋冒家令祖上有这些人、这些事么？

三是贾珍职衔是世袭的将军，冒家有没有这样世袭的武职？

四是薛宝钗家是皇商，请问冒家或冒的至戚，有没有做皇家采办生意的？

五是《红楼梦》中贾家遭到抄家籍没，明代冒家有没有经历过？

六是如皋小县城能发生贵妃省亲的京城的背景？

七是冒董与贾林不可比。

八是有哪一点能证明《红楼梦》用的是纯粹的如皋话？其实这些词语，在南京、镇江、扬州、泰州等地的方言中也在广泛使用，我们能不能据此就得出结论，说《红楼梦》的作者就是南京、镇江、扬州、高邮、泰州、淮阴或苏北其他什么地方的人呢？

下面是本人对钱先生的回答：

一是曹寅、曹𫖯父子是确有记载的历史人物，曹寅家族是真实历史存在。而曹雪芹，胡适先生考证为曹寅的孙子，曹寅后人中没有叫曹雪芹的，没有曹雪芹家族的历史存在。对此，百多年来红学界拿不出一条直接的可靠证据，"曹雪芹"才真正是一个"捕风捉影"、"牵强比附"的名字。妄断笔者"捕风捉影"、

"牵强比附"的钱先生能拿出具有学术价值的货真价实的证据吗？请拿出来瞧瞧！

"曹雪芹为曹寅后人"只能是个假设命题，没有得到求证的假设是不能当真的。如果我们和钱先生对此命题进行争论，就像一家人假设彩票中奖得了五百万，对此五百万的分配方案争论不下，甚至打得头破血流，从而对簿于公堂，其场景多么的滑稽而可笑！假设不能当真，我们不会上当，我们不会就"曹雪芹为曹寅后人"与钱先生白费口舌。

二是我姓冒，住如皋，但我不是冒辟疆的后人！我是如皋冒家第一代冒致中的第二十代后裔，而冒辟疆是第十二代后裔，我们只有一个共同的第一代祖先。钱先生说我"为祖先争跟他一点影子关系也没有的著作权，硬把《红楼梦》这部伟大的小说附会到自己的祖先，明末遗老、蒙古裔名士、诗人冒襄（辟疆）的头上"，实在冤枉！本人堂堂正正一毫鏊，坦坦荡荡地研究冒辟疆著作《红楼梦》，绝无掺杂家族因素。冒辟疆著作《红楼梦》是个伟大的历史存在，如果冒辟疆不姓冒而是姓钱，基于历史事实，我也一定会研究钱辟疆著作《红楼梦》的！钱先生置我提出"冒著《红楼》"几十条证据于不顾，无中生有地说我为祖先争《红楼梦》的著作权，真是令人惊讶。

三是"贵妃姐姐"、"世袭武职"、"皇家采办"、"省亲背景"、"猫儿狗儿都不干净"等几个问题，冒辟疆一个也没有。钱先生为什么不问曹雪芹有"贵妃姐姐"吗？曹家有"世袭武职"吗？曹府有"省亲背景"吗？曹府有"皇家采办"亲戚吗？曹府猫儿狗儿干净吗？在作者问题上钱先生采用双重标准是不可取的，望钱先生认真考虑。

四是钱先生引用柳湘莲的江湖语言："你们东府里除了那两个石头狮子干净，只怕连猫儿狗儿都不干净，我不做这剩忘八。"钱先生问道："如皋冒家令祖上有这些人、这些事么？"钱玉林先生是诗人，汉语辞书学者，中国古典文学、古代文化研究者，是个大文人、大学者，是国家知识精英，竟用侮辱人格的脏话，把脏水泼到"如皋冒家令祖上"，真是有失尊严，有失身份，污染学术空气，简直不可思议！但我们如皋冒家要保持学术的严肃性和纯洁性，我们有文人尊严，我们绝不像你一样说脏话，我们绝不污染学术空气！

五是冒董与贾林不可比的问题，我们请钱先生认真阅读"如皋红楼梦研究会"刊出的《冒辟疆著作〈红楼梦〉汇考》第一辑以及《亚洲新闻周刊》2014年探秘《红楼梦》特刊，再对我们的"冒说"进行全面深入的评论。

六是方言问题，钱先生也承认《红楼梦》中大量使用了南京、镇江、扬州、高邮、泰州、淮阴方言。胡适考证的少年时迁徙北京的曹雪芹不可能冒出那些词语。用方言考证作者仅仅是"冒说"的几十条证据之一。在南京、镇江、扬州、高邮、泰州、淮阴地区我们找到如皋明末清初的江南四大才子之一、诗人、作家、社会活动家、慈善家、水绘园倡和首领、一代文学巨匠、《同人集》的总编冒襄冒辟疆，冒辟疆是著作《红楼梦》的最佳人选。

当然，最佳人选不是唯一人选，我们诚恳地盼望钱先生在上述地域明末清初时代找到更佳的《红楼梦》作者人选！

我们如皋红楼梦研究会的成员多数是各行各业的退休人员，文学知识有限，出于对《红楼梦》的热爱，聚到一起探讨《红楼梦》的作者，我们真诚地向红学家们伸出双手，求教于名家，欢迎质疑，敬请指教。我们希望看到钱先生言之凿凿的批评文章，看到对我们几十条证据的实事求是、令人信服的反驳，我们期待着。

我们虽然找到一些冒辟疆著作《红楼梦》的证据，两年多来在杭州、南通、南京、香港、重庆等地报刊登载，引起一些震动，但要得到主流媒体报道，引起更加广泛的探讨还远远不够，要得到各界认可更是差之千里，还是一个梦！我们欢迎钱先生来如皋探索水绘园、冒家巷的《红楼梦》因素，欣赏大观园的水系原型和贾母赏月的实景。

答姜光斗先生的质疑

一、关于冒襄完全可能是《红楼梦》作者的证据

姜光斗先生在网上发表的《冒襄根本不可能是〈红楼梦〉的作者》一文，一开始就向我们如皋红研会探讨冒辟疆著作《红楼梦》的课题提出了一连串的问题：

冒襄身体很好为何写到八十回就突然搁笔了呢？

为什么在他去世后六十年《红楼梦》的手稿才在社会上流传呢？

何以《同人集》和《巢民诗文集》中一点蛛丝马迹都没有？

冒襄待如亲生儿子的友人之子陈维崧也一点儿都没有反应？

难道冒襄是神仙，在他生前就预知在他死后康熙会南巡数次？

官场的种种内幕，洞若观火，惟妙惟肖，冒襄一生未仕，又怎能写得如此真切？

曹雪芹虽也一生未仕，父辈祖辈都当过高官，当是从小耳濡目染所致。

上述问题不但姜先生质疑，也正是我们如皋红研会感到困惑的问题，要是每条都能做出完整的答疑，有关《红楼梦》作者的问题早在二百年前就解决了，也不可能留到21世纪由我们来探讨了。我想中国之所以有"红学"存在，人们探讨《红楼梦》的作者也是"红学"的一个重要内容，这也许是"红学"的魅力吧！

但，我们如果钻进姜先生所列的问题里去研究，也必然会像当今"红学"

一样，钻进了胡适考证的曹雪芹著作《红楼梦》的罗网，陷进考证的死胡同不能自拔！应了红学大师俞平伯先生临终前的一句话："我看红学这东西终究是上了胡适的当了！"为了不重蹈前人的覆辙，我们换一换思维，从另一个角度切入，去寻找《红楼梦》的作者。

首先我们用书中提供的内证锁定《红楼梦》作者应是明末清初人。然后从《红楼梦》的故事整体宏观上确定作者应有的品位，从家庭背景、人生阅历、知识才能、社会交往、爱情韵事、家境遭遇等七个方面去寻找。这七个基本元素是寻找作者的指示器，几十年的寻找中，我们总结出著作《红楼梦》必须具备十四个条件。（此十四条详见《自序二》。）

根据《红楼梦》作者的七个基本元素和十四条必备写作条件，我们终于在明末清初这个时间段，在江浙地区找到江南四大才子之一，诗人、作家、社会活动家、慈善家、水绘园倡和首领、一代文学巨匠、《同人集》的总编冒襄冒辟疆！冒辟疆是著作《红楼梦》的最佳人选！

我们探寻到冒襄是《红楼梦》作者，找到七十多条证据！其中发生在如皋的证据有十八条，发生在江淮地区的证据有十二条，《红楼梦》故事不是发生在清代的证据有六条，还需要进行合理、可信、准确、真实推理的证据有三十四条。事实证明我们列出作者著作《红楼梦》的必备条件的思路是可行的。

这里仅举几条请姜先生鉴定：

1. 如皋的板鹞风筝

如皋的板鹞风筝是 2006 年 5 月 20 日国务院批准列入第一批国家级非物质文化遗产名录的。板鹞风筝的特点是门扇大、喜字形、带响鞭、如钟鸣，这种原出如皋的文化产品是世界上独一无二、绝无仅有的，因此才有可能被列入国家级非物质文化遗产之列。在三百年前它就被写进《红楼梦》中，请看第七十回"又见一个门扇大的玲珑喜字带响鞭，在半天如钟鸣一般，也逼近来"。这里虽然没有"板鹞风筝"四个字，但我们如皋红研会都认为这个"门扇大的玲珑喜字带响鞭"的风筝就是如皋板鹞风筝。出自如皋的板鹞风筝如今南通也有，我想姜先生也许见过，不知姜先生是否同意我们的推断。

假如姜先生不同意我们的推断，而套用他的方言模式说："假如我的朋友中有一位如皋人，天天给我说如皋板鹞风筝，我虽没有去过如皋，但与他朝夕相处，耳濡目染，我在写文章时不自觉地写了如皋板鹞风筝，你能说我是如皋人吗?"当然,这只是个假设,假设是不能当真的,姜先生也许不会这样说的。

那么,三百多年前是谁把如皋板鹞风筝写进《红楼梦》里的?回答是:据2014年6月6日《中国文化报》载文《板鹞风筝响云霄》,"鹞出如皋无巧不备","据清乾隆《南通州志》记载:风鹞出如皋……"这段文字说三百年前如皋就有板鹞风筝,那么《红楼梦》作者应是如皋人。明末清初如皋有谁能担此大任?当然只有才子冒辟疆,才合情合理,合乎历史真相。冒辟疆用曹雪芹的笔名著作了《红楼梦》,这不是很合情理吗!对此,不知姜先生是否同意我们的认知?

2.《红楼梦》中第十六回、第十七回描写的大观园水系,我们归结为三句话"内外河三里半,北墙下两水关,转一圈水倒流"十八个字。这与《明万历如皋城池图》上所绘制的如皋有外城河内城河、有北墙下两水关、有转一圈水倒流的地图,一模一样。这个水系不但是确凿的,而且是如皋"独特的",中国"唯一的",这个水系在如皋已运行了四百多年,目前仍在运转,它是"冒说"的一个活证据!

3. 如皋水绘园城墙上的女儿墙,被《红楼梦》中的尤氏在大观园中看到:"女墙一带都种作园地一般,心中怅然如有所失。"

4. 在水绘园可以看到贾母经由宽阔而平坦的路到山上赏月的涩浪坡,还可以踏上"池沿"体验黛玉和湘云对诗情韵。这个"池沿"也是《红楼梦》作者创造的名词,然而它竟出现在水绘园!

5. 再有,如皋人悼念亡人烧纸钱,要做成包袱去烧,叫做"烧包袱",这个特有名称,也出现在《红楼梦》中,据说海门和启东给亡人烧纸钱就不叫"烧包袱",可以推测《红楼梦》作者是位地道的如皋人。

欢迎姜先生来如皋考证如城水系是否是大观园水系的原型。到水绘园看看陈列的板鹞风筝,游览涩浪坡,踏上池沿,再考证如城的祭祀"袋子",别忙着写《冒襄根本不可能是〈红楼梦〉的作者》。

二、回答姜先生的质疑

1. 冒襄写完八十回就突然搁笔了吗?我们认为冒襄用三年时间抄完一百二十回《石头记》才搁笔的。这里我们要指出姜先生把成书时间和刻印上市时间混为一谈了。有记载冒辟疆从七十九岁到八十一岁整整三年,每于午夜灯下抄写几千蝇头小字！我们推论：冒襄在抄写《石头记》（见《冒辟疆灯下蝇头，抄传〈石头记〉》一文），如果说他不是抄写《石头记》，那么，八十岁的老翁忍受严寒、点着油灯、几乎失明，他抄写的是什么？除了抄写《石头记》之外，想象不出其他事由。

那时冒襄实际经济上已破产，没有资金来刻印了，更主要的是《石头记》中有许多对皇上不恭的话，甚至有怀念明代的说法，那是脑袋要搬家的大事，《石头记》成书后只能在民间抄阅。在那政治气候恶劣，印刷技术落后的环境中，《石头记》被抄阅、转抄、再转抄、批阅、增删、抄阅再评……等到作者作古了，没有监察追究的对象了，刻印者没有牢狱之灾了，故事被市场认可了，投资有回报了，《石头记》的刻印时机才算成熟，才有富户出资刻印，《石头记》六十年后面世才是合理的，这是显而易见的常理，不知姜先生以为如何？

对于后四十回，高鹗和程伟元两位先生说道："对所传只八十回，殊非全本。颇以为憾，于是竭力搜罗，积有廿余回，又于鼓担上得十余回。细加厘剔，截长补短，抄成全部一百二十回。"原来后四十回在传抄中丢失，多亏高程二位搜罗、截长补短，才有了今日一百二十回的《红楼梦》，对此姜先生是清楚的，何必责难于我们如皋红研会？

2. 关于康熙南巡问题，《红楼梦》是小说，不是历史书，中国皇帝出巡自尧舜开始就有记载了。为什么赵嬷嬷一声"现在江南的甄家，嗳哟哟，好势派！独他家接驾四次……"就是康熙南巡了？其实《红楼梦》中涉及的朝廷根本不是清廷，所谓甄家接驾四次不过是作家为了夸大甄家财富的用词而已，难道一个江南甄家偏偏就是清代的？非要与康熙南巡做毫无关联的挂钩？"我师何必太痴耶！若云无朝代可考，今我师竟假借汉唐等年纪添缀，又有何难？"

对此，姜先生断定《红楼梦》的作者必须是曹寅后代，有直接或间接接驾四次的经历，否则就是"生前予知"，这是否欠考虑？

3. 别提什么敦诚敦敏了，正是这二敦给红学捅了两个大纰漏。

一曰，"曹雪芹四十而亡"，这就给特别爱算术的红迷，五五二十五，三五一十五，那么一算，乖乖，曹雪芹四岁就开始写《红楼梦》了！

二曰，"雪芹曾随先祖织造任"，更给那帮爱钻历史牛角尖的人抓住把柄，曹寅过世十二年后，雪芹才出生，天！没出生的孩子竟能"随先祖织造任"！

这是胡适先生考证的两个死结。其实地下有知的二敦先生早应发表声明：

"我之食粥卖画京西友人雪芹,非彼《石头记》中之雪芹,更非胡先生考证为曹孙之雪芹。两个死结是你们造成的,与我二敦无关!"历史上的冤假错案早就被纠正了,然而直到今天姜先生还抛出这个子虚乌有的曹雪芹,炫耀其"父辈祖辈都当过高官",而且"从小耳濡目染"。这就像有人想当皇上,梦中尤呼:"爱卿慢行,且听寡人……"一样荒诞不经。

三、关于"咪"字

这个"咪"字是我儿时私塾先生教我的"嗵"字的简写,那时没有政府颁布的简体字,但民间已流行了许多简化土字,后来大都被法定了,但这个"咪"字在国家几次公布的汉字简化方案中都没有。我想它的流通面太小,大概只是流行在如皋、如东、海安、泰兴这方圆百里的地方吧。写到这里,顺便纠正姜先生有意或无意的误读,我们只是说"咪"字在如皋民间流行,没有说它是《红楼梦》作者首创的。过去的《辞海》中也没这个"咪",只有 1999 年以后编辑的《辞海》才收集了这个"咪"字。至于吴铁生所说的《汉语大字典》(第 2 版)也收录了这个字,那是步《辞海》之后尘,能说明什么问题呢?但"咪"字至今还没有"名分",所以姜先生在网上只好用〔口+床〕代替,可见其非常偏僻。但正是这个"咪"字引起了我探寻《红楼梦》作者的兴趣。

如今姜先生提出元代佚名的《赚蒯通》和《谢金吾》、《金瓶梅》中都有这个"咪"字。这些书是元代明代的书,只能证明它们是高龄书,"咪"字也算一个高龄字,无法证明"咪"字流通地域有多广,反倒能证明这些书的作者佚名和兰陵笑笑生可能是如皋这一片地面的人。

我的理由有二:

一是"咪"字流通地域有限,它都没有流到如皋附近的淮安和兴化两地去,否则吴承恩和施耐庵两位大作家就不会在《西游记》和《水浒传》两部著作中,使用"嗵"了,这说明自古以来只有如皋这片人才会用"咪"字。

二是《金瓶梅》的作者争议很久,据说列入作者名录的有三十五人之多!说不定以此为契机能探寻到《金瓶梅》的真正作者呢!此为题外话。

四、关于"蒙羞"

姜先生在文章的最后写道:当然,如果《红楼梦》确实是冒襄所作,可以使如皋增光，可以使南通增光；但是，如果是虚假的，只能使如皋蒙羞，只能使南通蒙羞！

姜先生虽然没有直接说我们"只能使如皋蒙羞，只能使南通蒙羞"，但姜先生的文章从头到尾都在证明"冒襄根本不可能是《红楼梦》的作者"，从头到尾都在证明我们如皋红研会是虚假的一方，不言而喻，我们在"使如皋蒙羞，使南通蒙羞"！

姜先生此话差矣！文学界是百花齐放、百家争鸣的园地，有正确和错误之分，有落后和先进之分，有先知和后知之分，有未知和不知之分。争鸣各方只有取长补短、共同前进之说，从未听到有"蒙羞"一方之说。

作为大学教授、著名文化人的姜先生竟用"蒙羞"二字说我们如皋红研会，令我们十分惊讶！我们"如皋红研会"主体成员都是退休人员，出于对《红楼梦》的爱好，出于对研究《红楼梦》作者的兴趣，毫无私心，毫无个人利害、荣辱，根本没想到什么"增光"，更不会想到"蒙羞"！姜先生又犯了一个常识性的错误。

曹雪芹根本不可能是《红楼梦》的作者。

最后让我们看看红学界老前辈们的观点吧：

俞平伯说：

一百年红学走到今天，红学愈昌，红楼愈隐。红学家说得越多，《红楼梦》越显其坏，结果造成一切红学都是反《红楼梦》的怪现状。以至于索隐派终结了，考证派式微了，剩下的就是一大堆令人百思不得其解的谜团，滚来滚去又都变成死结。

我看红学这东西终究是上了胡适的当了！

当今国学大家刘梦溪先生说：

红学早已到了应该总清算、另辟蹊径的时候了。新材料发现之前，红学没有希望。

我尊敬、佩服俞平伯先生的勇气！

更赞成刘梦溪先生对当前红学研究的认知和远见。

姜先生，让我们共勉吧！

论冒辟疆著《红楼梦》之可能性和必然性

一、冒辟疆结社倡和，才华横溢，孕育出高超艺术创作能力和文学创作欲望

冒辟疆才华横溢，十岁能诗，十四岁就刊刻诗集《香俪园偶存》，时年七十一岁的著名画家、书法家董其昌兴致勃勃地为其作序，称："此辟疆十四岁时作，才情笔力已是名家上乘，安知非前身老诗人再来？"

所谓前身老诗人是指王勃，而王勃是在千年前的初唐以一篇《滕王阁序》而名满天下的少年文豪！我们常见的著名对联"物华天宝，人杰地灵"就摘自该"序"。而"落霞与孤鹜齐飞，秋水共长天一色"更是该"序"中的千古绝唱，我们从小都会朗诵。那彩霞自上而下，孤鹜自下而上，飞向无限的天际。青天碧水，天水相接，上下浑然一色。其色彩明丽的画面，意境优美动人，一种永恒和短暂的感触。远方水天相接之处，茫茫缈缈，令人产生多少遐想！这一名句两千年来，"醉"倒多少作家、诗人、教师、学生！

我们在南通大学两位学者万久富、丁富生经过八年艰辛搜集整理刊印的文化巨成《冒辟疆全集》中，读到《香俪园偶存》。冒辟疆在自序中写道：十岁跟随祖父在四川"年方及旬，极目奇山水，远生画意，别具诗情，每对景小吟，辄自成句"。

很难想象一个十多岁的儿童，远眺山水，会对景小吟。《香俪园偶存》有五言诗、七言诗五十五篇，涵盖咏山、赏月、观花、抒情、志别、登舟、乞文、送

友等情感的抒发。怪不得七十一岁的大宗伯董其昌一见"叹赏不止,"夸赞十四岁冒辟疆的诗作为"名家上乘,江山万古",说这五十五篇不减王勃《滕王阁序》的风采,而"欲其付梓"。

其实收录这五十五篇诗作的《香俪园偶存》,在一百二十万字的《冒辟疆全集》中,仅仅是沧海一粟。冒辟疆是扬名海内外的诗人、散文家、小说家、书法家、戏曲家、慈善家、园林师、鉴赏师、一代文坛领袖,他一生几乎涉及中华文化的各个领域。

（一）领导和组织倡和运动

倡和,用当今话说,就是文人结社聚会写诗、作文章。按照冒襄去逝二百年后,冒氏族裔冒广生编撰的《冒巢民先生年谱》记载,冒襄从1629年十九岁的《香俪园并头茉莉花唱和诗》开始,一直到八十一岁的《辛未唱和诗》,六十三年中有二十七次倡和的记载,其间还有许多咏诗、赋词、序文等活动,直到八十三岁去世前还以"老人会"为念,可见冒襄毕生都在"倡和"。为什么不用"唱和"而用"倡和"？我们认为"倡"有提倡和倡导的意思,比用"唱"的面更广、更符合实际。这些聚会绝大部分发生在入清以后的水绘园中,每次倡和规模多大,有多少人参加没有具体记载,但我们可从冒襄编纂的《同人集》记载有四百六十九位文人作品来推断,总人数可能超过五百位,这些人多数到过水绘园,参与了倡和。清顺治刘体说"士之渡江而北,渡河而南者,无不以如皋为归",大江南北,黄河两岸,多少文人墨客以如皋为归,可见当年文人集会之盛况。这些来自江浙闽赣豫鲁皖两湖两广甚至台湾的文士,有明清两朝尚书、大学士等名宦公卿,有文坛领军人物,有抗清烈士后人、隐逸的乡贤、社会名流等,每次倡和应该是少则几人、十几人,多则百人。他们于水绘园中,形成一个无章的、无纪的、松散的、自由的文人集团。这个倡和运动持续了六十多年,给我们留下了丰富的浩繁的文学、史学资料,有诗、有词、有散文、有杂记;有秦汉派、有唐宋派、有各地域流派……百家争鸣,百花齐放,蔚为大观。

冒襄心胸开阔,慷慨大方,来者不拒,来的都是客,《如皋县志》记载:"四方宾至如归,招致无虚日","来,未尝不留;留,未尝不去;去,亦未尝不复来"! 这些来宾,衣食住行都在冒府,有的回去还要冒襄资助回程路费。

冒襄的"两府一园"——冒家巷的东府、西府和水绘园承担了当今文化部

（文化局）和大宾馆的接待任务，冒府有客房、餐厅、厨房、仓库、马厩、开水房、盥洗室，必备餐具、炊具、卧具、文具、茶具、点心，必不可少的倡和大厅、画轴钟鼎……要聘请各类人员，登记接待的、安排食宿房的、烧火做饭的、采购柴米油盐的、选配笔墨纸砚的、种花修树的、上下打杂的，不可或缺的账房先生，更需要一位精明强干"凤姐"式的总管家。

"招致无虚日"就是天天有客来，当年的冒家巷车水马龙、冠盖如云，两府一园迎来送往，人声鼎沸。其场面在冒襄著作的《红楼梦》中才能看到。

冒襄的倡和聚会没有任何私利，纯系兴趣爱好和精神寄托。三百多年前，交通、通讯极为原始，这些文士，这些中国知识分子，中国文化的承载人和传播者，渡江、渡河、乘船、骑马、步行，自觉地日夜兼程、不辞辛劳、不求功名、不谋私利，时以年计，一茬接一茬，几百里、几千里来到如皋，参加水绘园倡和，抒发自己的情怀，展示个人的才华，切磋文字，表达见解，他们都留下自己的好文字、好诗歌、好文章。然后心安理得在水绘园住下去或踌躇满志返乡，准备下次再来……旅途中来来往往，川流不息，想一想冒襄没有银行贷款，没有类似当今的财团支持，没有什么基金支付，全靠冒襄一家举办倡和聚会，需要付出多么巨大的财力和精力！那是个多么奇特的场面！多么感人的壮举！设身处地想一想，中国和世界几千年文明历史上，有几个人能达到江苏如皋冒襄这样的境地？六十年义无反顾、慷慨解囊招待天下文士，为繁荣文化事业持续地倡和！

从未中断的、延续六十多年的、空前绝后的文人倡和聚会，其规模之大、时间之长、人数之多、地域之广是我国文化史上的伟大奇迹、伟大奇观！甚至在世界文化史上也可称上奇闻！这三百多年前的文化奇迹，就发生在我们如皋！当时，水绘园成为中国知识分子心目中的圣地，其领导者和组织者就是我们如皋的冒襄和他美丽的小宛夫人！这是我们如皋的历史文化财富！是我们如皋的文化宝藏！我们如皋人有责任挖掘这历史宝藏，向世界展示这文化奇观，向文化大市迈进！

（二）编纂《同人集》

《同人集》的全名《六十年师友诗文同人集》，顾名思义就是冒襄六十年中师友和朋友的诗文集，冒襄是个有心人，是位文化收藏家，是"中国文化宝库如皋分库的管家"，他从青年时代就开始收集南京、苏州、扬州、泰州、通州、浙江盐官、湖南邵阳和衡山所到之处的文友们的文稿，把如皋水绘园几十年近百次倡和文稿以及师友们各种场合写的诗词歌赋、赠言、序文尽量收集或抄录。几十年的文稿，体积要比当今的文稿大几十倍，需要几十、几百个柜箱才能装藏，其刻板甚至堆满几个房间！我叔父冒祖斌曾见过道光版《冒氏宗谱》木刻板在如皋冒家祠堂堆了两个房间，可惜都被军阀部队烧水做饭当柴火烧掉了。这些文稿和木刻板还要防潮、防虫，每年暑天还要照晒，其艰辛是可想而知的。

冒襄几十年来萦绕心头的宿愿，就是把朋友们留下的浩瀚存稿，编辑成集，刻板印书，留存后世，不致湮没。

我们今天能见到冒襄编印的《同人集》，浩然十二册，近百万字，几乎囊括了明末清初著名文学家、画家、书法家、戏曲家、诗人的大半。全书收录作品二千九百七十五件，四百六十九位文人雅士用各种文体，记载明清更迭的悲壮故事，坦述各家各派的思想。诸如名人传记、园林艺技亦有收集。

如皋学者刘聪泉先生在《空前绝后〈同人集〉》文中盛赞："《同人集》是中国文学史上内涵广博，诗文水平最整齐的文人浩轶雅集，《同人集》是一部明末清初的鸿儒传、名宦册、英烈谱、乡贤榜、艺文志、文学史、范文集、珍闻录，誉以'冠前绝后'绝不为过。"

《同人集》，这部伟大的历史文化宝书就产生在我们如皋。《同人集》是我们中国的，也是我们如皋的伟大文化遗产，是我们如皋人又一骄傲。我们如皋大地文化底蕴是多么深厚，《同人集》应申报国家非物质文化遗产！

1654年冒襄四十三岁时与禾书、丹书父子三人共同整理《同人集》分册、分目编纂成书。边编辑、边成册、边修订。康熙十二年开刻，《同人集》共十二卷，历时二十年才完成这一伟大的中国文化"冠前绝后"工程。那年他已六十三岁了。

所耗财力和精力是我们今人无法想象的。冒襄从未得到文化部门的委托，也没有受到倡和者嘱咐，一种文人的使命感，一种中国文人的优良传统，促使他自觉地承担起艰苦、细致、繁琐的誊写、清录、整理文稿的工作。那时没有稿酬，也没有人赞助，全靠自家出资。我们虽然没有见到冒襄编印《同人集》所耗资金的记载，但冒襄晚年生活贫困，变卖家产与他编印《同人集》不无关系。

《同人集》这部明清鼎革之初，空前宏伟的文史瑰宝初见端倪，基本成型。冒襄了却了一桩心事。为此他放弃了各种入仕机会，弄得家庭贫困。如果他离开如皋，放弃那些文稿，外出为官，肯定家道中兴。那么，我们今天还有文坛瑰宝《同人集》吗？这也正是冒襄伟大之处，值得后人敬仰！

但，《同人集》的编印只是冒襄伟大征程的第一步！

（三）埋头匿峰庐，专著《石头记》

1677年冒襄六十六岁时兴建三间草房，这时"水绘园"已失去当年风光，许多好友应聘去清廷当了官员，老朋友龚鼎孳、徐元文都做了尚书、御史。倡和林下的文人雅士们终老难再，与朋友们饮酒赋诗难以为继了，怀旧和追忆往事成了他生活的一部分。秦淮那些诗画歌舞已成遥远的记忆，宠爱的女人们一个个离他而去，陈圆圆走了，董小宛走了，吴蕊仙走了，吴扣扣走了……他惘然若失，但，一种创作冲动突袭了他。

冒襄开始了下一个伟大征程，他要创作《石头记》。

他要把当年金陵赴考，少年盛气，才华横溢，奴仆成群，挥金如土，置酒桃叶渡大宴学子的豪情壮志，把赖天恩祖德、锦衣纨袴、饫甘餍肥的日子表现出来；

他要把乡试六次，六次落第，仅两次中副榜，深感怀才不遇的无奈和失望的心情，把今日一技无成，半生潦倒之罪，编述一集，以告天下人。

他要把金陵八艳，甚至金陵武艳林四娘和水绘园众多美女爱妾，用假语村言，敷演出来，可使闺阁昭传，扬名天下。

他要把他曾经拥有的，延绵二百年的，六代外放为官的，积蓄巨额财富和广泛社会人脉的，拥有两府豪宅、巨型园林的，以慈善著称的豪门贵族——如皋冒府的衰败，以至沦落为把茅为盖，挂席为门，绳枢瓮牖，仅蔽风雨的匿峰庐的悲惨结局，以字字看来都是血，十年辛苦不寻常的毅力和决心，将真事隐去，用假语村言写成《石头记》，永载史册。

而他把"水绘园"改为"水绘庵"，他当了"在家和尚"，了此终身。

他以冒府败落为原型，铸造了贾府的败落。《石头记》大幕刚刚启开，宁荣二公之灵，嘱咐道："吾家自国朝定鼎以来，功名奕世，富贵传流，虽历百年，奈运终数尽，不可挽回者。"

他用《好了歌》吟唱出冒府和贾府的终结。"陋室空堂，当年笏满床，衰草枯杨，曾为歌舞场。""金满箱，银满箱，展眼乞丐人皆谤。"

他以自身为贾宝玉的原型,最后也来到他生命中难以忘怀的毗陵,落发为僧,身披袈裟飘然而去。

《石头记》和《同人集》不一样,它不是几个人合作共同整理、修订就能完成的,创作是个人的脑力劳动,故事的构思是极为艰辛的。像《红楼梦》这样伟大的文学巨著,在中国文学史上也只有明清之际的冒襄有这样的境遇,有这样的资历,这样的才华,才能把冒府的兴衰用《石头记》中贾府的兴衰表现出来!

初始创作的《石头记》应是这样诞生的。但由于历史原因后来的《石头记》经过多年的传抄、改动,甚至丢失后四十回,再由高鹗等人书摊搜集、整理、编撰,再辑成一百二十回的《石头记》,与当年冒襄独立完成的《石头记》有许多不同。

晚年的冒襄正处于创作《石头记》的高潮之中,如果出仕就要中断写作,"闺阁昭传"将传不下去,这是他最不愿意看到的。他决定,"两耳不闻窗外事,一心匿庐写昭传"(这是他把茅屋取名匿峰庐之由)。

"气节"是虚的,是后人抹上去的粉彩,要写《石头记》才是实的,写作《石头记》这个实事,使他必须放弃仕途,甚至到"卖字五狼"、贫困潦倒的地步,也绝不中止《石头记》的写作。这也是"满纸荒唐言,一把辛酸泪;都云作者痴,谁解其中味"的真实写照。

二、冒辟疆惊世骇俗,错综复杂的爱情经历,具有强烈的悼红诲思的意识

冒辟疆姿仪天出、神清彻肤,实一美男子也,其风流潇洒,饱读诗书,富于才气的风度气质,吸引了众多美女。从他好友张明弼在《冒姬董小宛传》中,说冒襄"所居凡女子见之,有不乐为贵人妇,愿为夫子妾者无数",更可证明冒襄结交女性广泛,更证明风流才子冒襄,英俊美貌,天生对女性有亲和力、吸引力!

据有关文献可考,冒襄一生先后与十多位女性有过爱情关系,有名有姓的除夫人苏元芳外,尚有王节、李湘君、顾媚、陈圆圆、董小宛、范珏、沙九畹、杨漪炤、麻姑、吴琪、吴扣扣、蔡女萝、金晓珠、张氏女,这些女性都能画、善唱、会舞、擅诗,其中六人先后正式获得小妾名分。《红楼梦》中许多女子的形象、性格、命运都可在冒襄结交的女性中找到。但是冒襄绝不是轻薄的纨绔子弟,更不是眠花宿柳的荒淫公子,而是"护花使者"。他对美,对女性充满着圣

洁的爱和赞誉。他用高雅清丽的语言怀念着吴蕊仙、陈圆圆、董小宛这一个个美丽女性的故事。

"辉宗"和"妙玉"（见第50证）

昙花一现的冒辟疆陈园园之爱

1644年早春，冒辟疆去苏州初访明末第一美女，艳丽无双、后来使吴三桂"冲冠一怒为红颜"引清兵入关的陈圆圆，就曾爱上冒襄，大胆向他表白"欲择人事之托者，无出君右"的托付终身之愿望。冒襄见她"盈盈冉冉，衣椒茧时，"约定等待其父脱离险境，再谈婚论嫁。1642年，31岁的冒襄兴冲冲赶往毗陵接圆圆，谁知十天前，她已被人抢去。冒襄惘然若失，郁闷无比。

地久天长的冒辟疆董小宛之爱

冒辟疆和董小宛的爱情故事，人们都是从冒襄作的《亡姬董小宛哀辞》、《影梅庵忆语》两文中所获得的。自古爱情故事都是民间流传或文人案头编写，但冒董的爱情故事全是冒辟疆的自述，这是一大特点。在《影梅庵忆语》中写道：慕名数次去苏州半塘访董小宛，终于相见于曲栏之上，小宛微醉，四目相视不发一言。冒辟疆被小宛"香姿玉色，神韵天然"所震惊，"余惊而爱之"。而小宛心说，"异人！异人！此君正是我终身所托之人"。

然而鬼使神差，三年后冒襄才有机会再访半塘，小宛已重病在床，迷蒙中得知三年前的冒辟疆来到身边，立刻精神好了很多。第二天冒襄乘船来到半塘准备暂别小宛，然而小宛已浓妆艳抹，穿戴整齐，在冒襄毫无准备之下跳上船头，小宛说："我决定随船相送。"冒襄推之不忍，却之不能。小宛一位身薄纤弱然而意志坚定的少女。她说："我就如这滔滔江水东下，永不复返吴门。"冒襄二十多天一路相劝小宛返回，不觉已抵镇江，他们登金山，小宛身着薄如蝉翼、洁比雪艳的西洋薄衫。这一对色彩艳丽、美若天仙的才子佳人，引得数千游人跟在后面，绕山而行。江中则龙舟争赴，呼号不去。江山人物之盛至今还是冒董之爱的极品情节！冒襄对小宛晓之以理、动之以情，游罢金山，小宛忧郁而痛苦地返回了苏州。

转眼又到秋闱。为了追求心上的郎君，小宛竟和一女子驾一叶轻舟，乘风破浪，从苏州溯江而上。大江之上，一叶轻舟，两个女人，那是一个多么惊心动魄的场面！需要多么大的决心和勇气！江中遇到强盗，避难芦苇荡中，三天无食，直抵南京考场与冒襄相聚。

时逢中秋。于是冒襄在桃叶渡口河亭上举行盛大的招待会。一时金陵名艳毕至，她们是顾横波、马湘兰、李香君、柳如是、董小宛、卞玉京、寇湄、郑妥娘、李贞丽、王月、杨宛、王微、沙九畹、杨漪炤……还有堂堂须眉方密之、张明弼、陈贞慧、侯方域等三十多人为小宛洗尘，庆贺冒董相聚。吟诗作画，激扬文字，笙箫管笛，观赏南昆《燕子笺》，曲尽情艳，一时才子佳人，潸然涕下。楼台烟水，新升明月，俱足千古……

桃叶渡的群芳宴是冒辟疆一生诸多难忘记忆中最使人神往之一，以致古稀之年依然不忘。1677年冒府开始中衰，冒襄建筑三间草屋"匿峰庐"，创作《石头记》。他拿起毛笔，眼前就出现当年秦淮水亭群芳欢声笑语的场面，同时也就出现董小宛、吴扣扣、蔡女罗、金晓珠等众多美女水绘园中吟诗作画的场景。

于是当年桃叶渡满座女郎和水绘园中的才女美女就成为《红楼梦》中金陵十二钗正册、副册、又副册几十位女子的原型。她们在大观园里和水绘园里的恋情婚嫁、喜怒哀乐，正是冒辟疆要给的"闺阁昭传"。

因此，我们在《红楼梦》中看到的黛玉、宝钗、凤姐、元春、迎春、探春、惜春、晴雯、妙玉等等几十位女子，都能找到冒襄生平交往的女性的影子，她们是苏元芳、王节、李香君、顾媚、陈圆圆、董小宛、吴扣扣、蔡女罗、金晓珠……甚至《红楼梦》中的女伶也有冒府家班的演员的影子。

再说桃叶渡宴聚之后，小宛复又从南京尾随冒襄至仪征，船过燕子矶风急浪大，险些翻船，其场面之惊险，也是绝无仅有的！期间，小宛数十次誓言"妾此身如江水东下，断不复返吴门"，一个少女大胆地狂热地爱着他，把终身托付给他，这是怎样的坚韧和执着！而他，冒襄"穷日夜力归里门"，数十次"变色拒绝"。小宛坚决相随，甚至追到了如皋冒襄家门口——龙游河畔冒襄在树上搭建的"朴巢"旁边，冒襄还是"冷面铁心，与姬诀别"，把痛哭中的小宛赶回苏州。

我们在读《忆语》时，一次次读到痴心小宛的"痛哭相随，不肯返，……掩面痛哭，失声而别……"也感到心碎和心疼……本来《忆语》是回忆自己的爱情经历的文字，冒襄为何要用"变色拒绝"来暴露自己，用"冷面铁心"来批判自己呢？

然而，这正是冒襄光明磊落的、理智、冷静的一面，那时正是他父亲冒起宗，被奸佞推到虎口，好不容易摆脱危险急于返乡之时；那时也是他数次乡试未中，再次拼搏之时；那时小宛"乐籍"未改，隶属教坊管理，是有"组织"的人；那时小宛巨额外债没有偿尽……

冒襄遇到一位表面美丽文弱，内心热烈坚强的董小宛，，毕竟他大小宛十三岁，他不得不冷静下来。百善孝当先，孝悌压倒情感，立身重于爱情，遵守教坊游戏规则，代偿小宛外债，需要筹资……这些，都是儒家知识分子的行为准则。如果他不求得父母同意，如果他疏漏对功名的追求，如果他不赎小宛乐籍，如果他不理清小宛债务，就凭感情用事，私纳小宛为妾，风险巨大，后果难以想象……"冷面铁心"地拒绝任性的小宛是他痛苦的、理性的、然而又是必然的选择。

1642年，朋友钱谦益代小宛赎了乐籍，还清外债，小宛终于进入冒府，他们共同生活了九年。这九年是小宛生命中最光彩夺目的九年，是小宛人生发光到极致的九年。在《忆语》中：

我们看到贤惠睿智的小宛：祖母姑姊皆"谓其德行举止，均非常人"。

我们看到聪明能干的小宛："于女红无所不妍巧，锦绣工鲜，刺巾裾如？无痕，日可六幅，剪彩织字，缕金回文，针神针绝，前无古人矣！"

我们看到能诗善画的小宛："小宛能画，笔墨楚楚，时于几上自绘。于古今绘画，特别爱好，每得长卷小轴，必细心保护，时时展玩。"避乱时宁可少带化妆品，也要将书画随身携带。

我们看到堪作文秘的小宛：文人爱书，冒辟疆搜集《全唐诗话》、《纪事本末》、《唐书》等古籍，"姬终日佐余稽查抄写，细心商订，永日终夜，相对忘言"，甚至夜间睡觉还抱着唐诗。

我们看到豪情能饮的小宛："轰饮巨叵罗，豪情逸致。"

我们看到文学编辑的小宛：小宛收辑古人女子从头到脚，服饰、器具、亭台、歌舞、针织、才智以及禽、鱼、鸟、兽、草木等，只要涉及妇女的，编辑一书，书名《奁艳》。

我们还看到水绘园中月色如洗，辟疆和小宛：静坐香阁，泼墨作画，花亭中传来幽幽琴声，梅瓶中散发阵阵冷香，白纱三围，人在菊中，菊人俱影，诗一般的仙境……

我们看到管家理财的小宛：冒府"内外出入应酬之费，米盐琐事，日用银两，无不登载明细，毫发无遗"。小宛没有私房，不制金玉首饰，瞑目去时，不要任何殉品。

我们看到精细当家的小宛：明亡那年，全家乘船避难，途中为无碎银两犯愁，小宛取出一布袋，分、钱、两清清楚楚，整块的皆小书轻重于其上，以便随时取用，公爹冒起宗惊讶叹息道：小宛如何精细及此！

我们看到被誉为古代十大美食家的小宛："取桃汁、瓜汁搅糖细炼，静看火候成膏，异色异味；黄豆九晒九洗，剥皮去衣制豆豉，粒粒可数，香气味殊"；"海棠、蔷薇、玫瑰、丹桂、藕、笋、野菜……无不采入食品，芬芳盈席"；虎皮肉是小宛的发明，精制的酥糖被冠名"董糖"，当今各地都有，正宗的还在如皋。

我们看到先人后己的小宛：全家逃难，她告诉冒辟疆，大难当前，首先要保护老母，其次是妻子、儿子及小弟，不要顾及她个人的安全，即使颠沛流离，死于途中也心甘情愿。冒辟疆叹道："小宛深明大义，知书达理，读书万卷的儒子们能达到这个境界吗？"

我们看到舍身忘我的小宛：冒辟疆五年三病，1645年患痢疾一百五十多天，1647年疟疾六十多天，1649年疽发于背又一百多天，"姬仅卷一破席，横床榻旁，寒则拥抱，热则披袱，痛则抚摩"，夏日"不挥汗，不驱蚊，昼夜坐药炉旁"，三百多日日夜夜的煎熬，小宛用情爱、用体温一次次把冒襄从死神手中夺回来。三次大病不死，冒襄体内获得强大免疫力，冒襄的长寿也是小宛给的！而小宛面色蜡黄，骨瘦如柴。小宛却对冒襄说：你慷慨道义，不计薄恶，你的难处只有我知，我敬君之心，甚过爱君之身，宁可我先死，也不能让你死！

好友杜茶村赞颂说："此种精诚，格天彻地，呕血剖心，万祀千秋，伟之不朽！"

冒辟疆写道：五年病危三次，别人遭此必死，而我却不死，这是小宛给的呀！小宛是为我累死的，痛哉！痛哉！

我们敬佩小宛追求爱情之坚定而执着！

我们赞叹小宛的才华！

我们敬仰小宛的高尚！

我们惊叹小宛"薄如蝉纱，洁比雪艳"的薄纱轻衫，华丽霓裳，飘逸金山、江中、山中千人尾随的壮丽场面！

我们痛惜小宛薄命！

小宛是全能的杰出的女性！

小宛是千年难遇的美女精英！

小宛是一颗璀璨耀眼、一闪逝去的流星！

小宛积劳成疾，1651年，年仅二十七岁的董小宛魂归太虚，冒襄痛心疾首。

六十五天后冒襄写下如泣如诉《亡姬董小宛哀辞》：

青天沉，碧海竭，阳翔晦，蕊渊缺，梅魂葬，幽兰啼，鹦鹉梦，杜鹃凄。

冒襄哀叹道：

"此六十五日中，如中千日酒，如行万里云雾，如五官百骸散失，……不知古今世上人，果有同阅此境景者！"

冒董至情至爱

"间关险隘，流离患难，疾病生死，不渝其志。"

冒襄说：

小宛不只是我的爱妾，乃是我的朋友也！

何止是朋友，实乃我的伯乐和知音！

冒襄赞叹道：

"天下有一人知己，死而不憾！"

冒辟疆誓言："至情可忘，至性不可忘，衾枕可捐，金石不可捐！"

冒襄又用清丽诗化的语言写下了笔记小说《影梅庵忆语》。

"余一生清福，九年占尽，九年折尽矣！"

"余何以报姬于此生哉？""当以血泪隃糜也（血泪磨墨）！"

"余有生之年，皆长相忆之年也！"

小宛撒手人寰十年后，冒襄仍然赋诗。

"天荒地老歌长恨，好抔应为再世因。"

"九年一日千秋怨，肠断衰残抱痛来。"

冒辟疆和董小宛"刻骨铭心"的爱情，"海枯石烂"也不移！

冒襄的事迹，冒辟疆和董小宛的爱情故事，是我们如皋文化宝库中一座金山！

　　发生在我们如皋的冒辟疆董小宛的爱情故事，没半点虚幻，没一丝编造，绝对是真实可信的。冒襄和小宛真实的爱情故事，曲折离奇，催人泪下。

　　冒襄和小宛真实的爱情故事，完全可以像《梁祝》、《白蛇传》、《孟姜女》、《天仙配》一样，申报"国家非物质文化遗产"，荣登省级、国家级非物质文化遗产名录，推动我市文化大发展大繁荣！

　　冒辟疆失去小宛是无法弥补的切肤之痛，冒辟疆对小宛愧疚、疼爱贯穿了他的后半生，冒董之爱永远在路上……冒辟疆决心要为小宛"闺阁昭传"。

　　于是，小宛去世六十五天后，我们见到冒辟疆悼念《亡妾董氏小宛的哀词》，哀词中如泣如诉的悲歌，读之令人热泪盈眶！

　　于是，小宛去世两年后中国出现了第一篇一万二千八百三十五个字的忆语体小说《影梅庵忆语》，开头第一个字是爱！爱这个字是人类最本质的因素，因为有了爱人类才有今天的文明！但是封建社会把爱扭曲变成淫，爱字成了封建士大夫难以启齿的一个字。为了董小宛，冒辟疆勇敢地喊出了爱！在《影梅庵忆语》中用血和泪写下一个大爱！

　　于是，小宛去世百年后，北京书摊上出现了百万字的手抄本小说《石头记》，在《石头记》中，冒辟疆牵手董小宛从水绘园走到大观园。这是一部震惊世界文坛、永载史册的巨著，也是近三百年来研究最多、争议最大的巨著！我们认为这是冒辟疆以笔名曹雪芹创作的自传体小说《石头记》。

　　《哀词》、《忆语》和《石头记》是冒辟疆爱情史的三部曲，也是中国爱情文学的三个连贯的不可分割的里程碑。

　　明末清初文人中也只有冒辟疆，有这样的家庭背景，有这样的人生际遇。冒辟疆更具有领导和组织文人倡和六十年的才能，更具有编撰《同人集》的经历。

　　只有冒辟疆这样的旷世奇才才能创作自传体巨著《石头记》！

　　冒辟疆和董小宛的爱定格在《石头记》里，成为人们永远赞叹的爱情诗篇！

斥董小宛入宫之说

关于冒辟疆以笔名曹雪芹著作了《红楼梦》的观点，本会学者写出了大量论文。这里不再赘述。

但是文坛上时不时冒出董小宛进宫之说，对此本人略述一二：

冒辟疆爱妾董小宛于1651年（年仅二十七岁）去世于如皋，这在冒辟疆追念小宛的《亡姬董小宛哀词》和《影梅庵忆语》以及几十位朋友的文章和诗词中都可以证实。《如皋县志》、《如皋市志》、《如皋文史档案》、《如城志》等文献资料都有明确记载，本会《汇考》主编李实秋老先生还听说有人在开棺现场亲眼见过董小宛完好的尸体。

但是2015年浙江电视台的连续剧《江山多情》，《中国文化》杂志2015年第2期郑小军的《董小宛入清宫考》和中国文史出版社出版的清雅女士的《1891——不一样的董小宛传》一书，都大力宣扬董小宛被掠进清宫当了顺治皇帝的贵妃娘娘，歪曲了冒辟疆和董小宛的历史真实故事。

关于小宛进宫之说本是清末无聊浅薄文人为了彰显个人才华而哗众取宠的小伎俩。为此清史专家孟森专门进行了考证，指出：一个十四岁的皇帝，不可能把一个年长自己一倍的二十八岁的有夫之妇纳入宫中的。仅此一点就彻底否定了小宛进宫说之无聊和无知。但是文坛上总有人为了成名成家，不时跳出来拿小宛进宫之说来捞取个人名利。

本文无暇对此辩驳，仅录一组网友对《江山多情》的抨击以飨读者：

我瞅了一眼，惊呆了。

顺治看上了名妓董小宛，董小宛进宫，然后董小宛就成了董鄂妃。

我真的是眼瞎啊！

满洲正白旗的董鄂妃啊，大臣的女儿，变成了名妓啊。

虽然现在很多宫斗剧都与历史不符，但是这也太扯了吧。

重点是董鄂妃，大部分都知道啊，这样直接改成名妓真的好吗？

董小宛是明末的人，比顺治大了好多岁！

她是江南名妓！这辈子都没进过宫！

这种电视剧的情节你也信？这种烂编的剧也是辛苦观众了！电视剧瞎编的，董小宛比顺治大十四岁吧，怎么可能是董鄂妃？

有些电视剧是乱改，这部剧是颠倒黑白，抹黑历史人物，胡编乱造篡改历史，也不管管？

以上仅仅摘录下对电视剧抨击的小小一角，事实证明违背真实历史的胡编，只能搬起石头砸自己的脚，引起普遍的谩骂和嘲笑。群众是真正的英雄，群众的眼睛是雪亮的！我们为拥有明辨是非的电视观众而欢呼！

我们也不参加网友的抨击，也不引证权威文献说明此董非彼董，我们只提几个常识问题：

1. 冒辟疆慈善形象不容诋毁

"物本于天，人本于祖，崇宗敬祖，传承祖德"是我们先辈留下的祖训，冒辟疆不但是历史名人，还可能是文学巨著《红楼梦》的作者，更是我们如皋冒氏族人引以为豪的祖辈。

但清雅女士的《帝后殇》的第二页有一段：冒辟疆"为了充分发挥董小宛的作用，他们陆续卖掉粗使婆子、侍宴丫鬟，辞退了绣娘、厨子、杂役、账房、两个小公子的私塾先生及深夜伴读等，使董小宛能身兼数职，以一当十，每日起得比鸡早，睡得比狗晚，吃得比猪差，干得比驴多，陀螺似地旋转不停。"

冒辟疆不但是诗人、画家、文学家，更是一位伟大的慈善家，为了赈灾救荒拿出家中全部积蓄、卖掉田地、拿出夫人苏元芳私人首饰、拿出儿子聘娶的婚金……直至破产（详见第四十二证）。清雅女士笔下，仁爱慈善的冒府对待一个弱女子董小宛，一下子变得如此邪恶、如此霸道、如此狠毒。

清雅女士怎能蒙住眼目，不顾历史事实，丑化冒辟疆家庭，把冒辟疆家庭描写成人间地狱？把充满爱心、孝心和仁义的如皋人民引以为豪的历史人物冒辟疆描绘得比黄世仁还心毒手狠？清雅女士在历史垃圾里，翻出董小宛进宫的沉渣，编造一篇耸人听闻的小说，故意歪曲历史事实，往如皋冒府大泼污水，丑化一代才子冒辟疆，已不是什么小说"创作"，而是故意毁谤历史名人冒辟疆，侵犯冒氏先祖的名誉权。

2. 历史不许篡改

国家《大辞海》1999版第363页，董鄂妃（1639—1660），一作栋鄂妃。清满洲正白旗人。内大臣鄂硕女。十八岁入宫。为世祖所宠。顺治十三年（1656年）立为贤妃。旋进皇贵妃，行册立礼。好读《四书》及《易》，善书法，略知佛学。卒后，追谥孝献皇后。世人谓所宠为董小宛，乃传闻不实之词。《清史稿·后妃传》对董鄂妃生平也有详细记载。

同上，国家《大辞海》第364页，董小宛（1624—1651），明末秦淮名妓。名白，字小宛。后为冒襄（辟疆）妾。清兵南下时，同辗转于离乱之间达九年，后因劳顿过度而死。辟疆曾著《影梅庵忆语》，追记他们的生活。有说她为清顺治帝宠妃，系由附会董鄂妃事而来。

国家《大辞海》是一个世纪、几代学人千锤百炼的结晶。参加修订的五千多名专家、学者，他们是我国智慧库的精英。我们相信《大辞海》的条目是客观、公正、准确的，是最具权威、最为可信的记载。

《大辞海》记载，董小宛和董鄂妃是同时代的两个历史人物，这是不容否定的。什么是正史？这就是正史！而正史是不可否定的，是不可抹杀的，不可歪曲的！我们相信正史的记载，我们维护正史的记载。

《中国文化》杂志是以弘扬中国传统文化为宗旨的学术刊物，应该发表正史肯定的历史人物的研究文章，引导学界去弘扬传统文化才是，然而竟发表歪曲中国传统文化的郑小军的《董小宛入清宫考》，这种"考"全无学术价值，纯粹是在编造谎言，早已超越考证的红线！《中国文化》把读者引向了历史垃圾堆。

浙江卫视播放所谓小宛进宫当皇娘娘的电视连续剧《江山多情》，有些人认为是"戏说"！什么是戏说？戏说应该是不违背正史的前提下，编造一些笑料以悦观众，增加你们电视台的收视率才对。"戏说"不是"伪说"，"戏说"不应该歪曲历史，"戏说"更不应该伤害一个家族的感情！

对于电视连续剧《江山多情》的编剧、对于《董小宛入清宫考》的作者郑小军先生和小说《帝后殇》的作者清雅女士，我们也不想和你们多费口舌，只问两个问题,你们竟然能把《大辞海》上认定的董小宛和董鄂妃两个人合成一个人,请问你们用的是什么高科技合成手段?

　　董小宛是冒辟疆的小妾,死于1651年,就算进宫当了贵妃娘娘,而且寿命延长了九年,到1660年与董鄂妃同时去世。这九年中冒辟疆竟敢在如皋大作文章说:小宛啊你死得好苦啊!我多么想念你啊!这不等于指着顺治的鼻子说:皇上啊,你的贵妃原是我的小妾,我终生都在想念她!而且冒辟疆一众朋友也在这九年中发表了许多诗篇说:小宛啊!你是冒辟疆的小妾,怎么升天了?这不也是指着清廷说:你们抢夺有夫之妇,封什么贵妃?!冒辟疆和他的朋友都不怕死吗?冒辟疆和朋友们都不怕遭满门诛杀吗?请问这可能吗?

关于冒辟疆著作《红楼梦》探讨的历程轨迹

自从如皋龙游御境小区的《佳弘小报》2012年3月率先发表我的文章:《关于冒辟疆著作〈红楼梦〉探讨》以来,仅仅三年,该文就在五个城市、九家媒体刊登或进行强详报道,与此同时互联网上也热传此文,其速度和规模出乎本人意料。

这是探讨我们如皋名人冒辟疆以笔名曹雪芹著作《红楼梦》的一个良好开端。在此我要特别感谢如皋学者刘聪泉、如皋广电集团郝建荣促成《新民晚报·新如皋》发表了《关于冒辟疆著作〈红楼梦〉的探讨》,更要感谢作家黄金秋和鞠九江,他们把发生在如皋的,关于冒辟疆以笔名曹雪芹著作《红楼梦》的探讨,带到全国各地,可谓石破天惊!在好友康健先生热心、真诚的帮助下由原全国人大代表、企业家李玉坤出资印刷了我的一本小册子《〈红楼梦〉作者解谜》,并进行广泛传播。感谢刘桂江及李实秋诸位领导,他们眼光敏锐、有远见,看到大局看到未来,看到冒辟疆著作《红楼梦》无可限量的文化和经济正能量,通过他们的努力取得了政府的支持。

原如皋市委副书记刘桂江先生深谋远虑、雄才大略,退休后他不仅推动如皋跻身世界六大长寿之乡,又看准"冒著《红楼》"这个发展如皋文化和经济的"富矿",从战略上谋划,吸引和团结了许多如皋文人参加"冒著《红楼》"的探讨,又发挥他人脉广泛的优势,取得如皋社会各界和领导层面的支持,迅速地成立了"如皋红楼梦研究会",并在百日之内连续召开了三次上规模的"《红楼梦》

作者探讨会"，把冒辟疆以笔名曹雪芹著作《红楼梦》的观点推向全国，甚至世界，产生了巨大的、广泛的、深远的、无可估量的影响！

星星之火，已开始燎原，但冒辟疆以笔名曹雪芹著作《红楼梦》的命题，要被红学界认可、要关于冒辟疆著《红楼梦》探讨年表被广大读者接受，还任重道远。我们绝不可松懈！

冒辟疆著《红楼梦》探讨历程轨迹表

序号	城市名称	媒体名称	发表日期	文章名称
1	如皋	佳弘小报	2012.3	关于冒辟疆著作《红楼梦》的初探
2	如皋	新民晚报·新如皋	2012.8	关于冒辟疆著作《红楼梦》的初探
3	南通	民间文艺	2012.9	关于冒辟疆著作《红楼梦》的初探
4	杭州	生活周刊	2012.12	石破天惊——红楼梦作者是冒辟疆！？
5	如皋	研究会筹备组	2013.8	红楼梦作者解谜
5	重庆	《家》杂志	2013.8	冒廉泉有望破解《红楼梦》作者之谜
7	南京	周末视点	2013.8	冒廉泉有望破解《红楼梦》作者之谜
8	香港	成报	2013.9	石破天惊，《红楼梦》作者不是曹雪芹？！
9	香港	亚洲新闻周刊	2013.9	石破天惊——《红楼梦》的作者是冒辟疆？！
10	南通	江海晚报	2014.4.1	《红楼梦》，你的作者不姓曹？！
11	如皋	新民晚报·新如皋	2014.4.2	《红楼梦》，你的作者不姓曹？！
12	如皋	如皋红楼梦研究会成立	2014.8.18	
13	如皋	如皋红楼梦研究会	2014.10	冒辟疆著作《红楼梦》汇考1
14	如皋	如皋红楼梦研究会	2014.10	冒辟疆著作《红楼梦》汇考2
15	如皋	如皋红楼梦研究会	2014.10	如皋的《红楼梦》七十证
16	香港	亚洲新闻周刊	2014.10	探秘《红楼梦》特刊
17	如皋	如皋红楼梦研究会	2015.9.24	红楼梦研究会召开第一次《红楼梦》作者新探研讨会
18	如皋	如皋红楼梦研究会	2015.9.24	红楼梦研究会举办冒辟疆著作《红楼梦》大型画文展，并出版图文集
19	如皋	如皋红楼梦研究会	2015.11.7	红楼梦研究会召开第二次《红楼梦》作者探讨会
20	如皋	如皋红楼梦研究会	2015.12.8	红楼梦研究会召集第三次《红楼梦》作者探讨会
21	北京	北京日报	201512.3	新闻报导：红谜的世界，你读懂了吗？——介绍如皋"冒著《红楼》"
22	北京	华夏出版社	2015.12.31	签订出版《悬案不悬——冒辟疆著〈红楼梦〉七十三证》（暂名）
23	成都	成都电视台	2016.3.31	来如拍摄《红楼梦真正作者之谜》
24	北京	三多堂传媒科技有限公司	2016.4.10	策划9集《如皋城里的"红楼梦"》电视片

附录 1

关于冒辟疆的故宅

冒舒諲

　　我在香港《书谱》双月刊 1979 年第 6 期上发表的《冒辟疆其人其事及其书法》一文中，指出《柴门诗》是康熙二十三年甲子（1684）辟疆先生七十四岁时之作，由于在《朴巢诗集》和《同人集》都找不着这首诗。恰巧发现邓汉仪（孝威）于是年所作的《甲子初夏假寓水绘庵即事奉柬巢民先生》的七律第五首用的也是十灰韵，所描写的园中荒凉景色正如《柴门诗》所述，故有以上的论断。

　　不久前，我检视先父广生（鹤亭）先生的《小三吾亭诗集》未刊稿抄本，发现对此诗有不同的看法。父亲说："征君（指辟疆先生），六十三岁癸丑（1673）后诗，均附刻《同人集》中，至八十一岁辛未（1691）止。中间及其后，以金尽客尽，所刻亦未备。余见其手书诗，往往出《同人集》外者，此幅题曰《柴门》，署壬申（1692），盖八十二岁所作。余今年亦八十有二。估人持以求售，勉力购之，并追和原韵。"我之附图《柴门诗》行书条幅，现藏辽宁省博物馆，原件无年月款识，而先父在沪购入的同一手书条幅，却署款"壬申端午年开九秩，月朏初明强书"等语。"辽博"藏件署款"年开八秩书"，而此件又书"年开九秩"，证明同属一人手笔，而书写时间不同。辟疆先生晚年贫困，以鬻书自给，很可能将同一首诗在不同年代书写求售，以为柴米之资。这样，两件墨迹均属真品，但问题在该诗所描写的究竟是水绘园抑或垂暮所居的东云路故宅。我父亲认为，指的是后者。父亲云："甲子（1684）夏，（征君）七十四岁时，再移居东云路巷（今为范氏祠）。"征君作《还朴斋诗序》云："近于祖宅后售叔氏隙地，参天拔地有朴，乃吾高曾时物，是天复以朴巢还吾。……即以'还朴'名斋。"故此诗前四句云："柴门茅屋两边开，旧日朱门竟草莱。幸有高堂存废坠，更余古朴映楼台。"末二句，则以新厅事悬董文敏（其昌）书"天放堂"额，而追念幼年受文敏知，序其《香俪园诗》（余有重刻本），目之为王子安（勃）也。东云路巷今没入县党校，尚存巷名，石额在小学原孔庙大成殿东廊下，是以辟疆先生生前最后的住宅，故址也在如今党校的西部，而党校东部（包括劳动局）均属"香俪园"范围，董小宛所居的"艳月楼"即在园中。

先父困居上海时所写的《追和巢民征君柴门诗》（注1），语气沉痛，目击在敌寇侵占下国土沦陷。冒报国有心而望乡无路。原作有注，叙述冒氏始祖定居如皋和历代宅第变迁经过，涉及先生在皋的故宅的几度迁徙。诗的自注说明：始祖冒致中（东林）卜居东陈河西（后改为庙，门外尚刻万卷楼一石，楼上供三世祖永宗木主）。自成化弘治间五世祖冒璠（文瑞）起，开始迁入县城居住。文瑞生三子，长名鸾（廷和），次为我家六世祖凤（廷仪），再次为鹏（廷举）；所居在今文庙左首，自集贤门西（今冒家桥）祝氏屋（今县招待所北院）至师范学校皆是，当时称"三大门"。传至八世祖承祥（双桥），富甲一邑，于集贤街（今冒家巷）建置六所住宅，分授六子。我家属长房士振（桂亭），所居即廷和故宅。当时廷和的后裔已迁南乡杨花桥。先生的曾祖为三房士拔（月塘），居街西，以后通称"冒公馆"，亦即党校现址。现在巷东的原冒家酒店，仍保留旧时建筑"留耕堂"、"爱日堂"的规模，是四房的故宅，为辟疆尊翁嵩少先生晚年携妾刘孺人及两幼子冒褒、冒裔所在；而先生本人则奉母亲马恭人留居西宅，直至康熙乙巳（1665）冬五十五岁时才移居北巷。（后改为冒家祠。陈其年为之作《移居北巷诗》。）康熙甲子夏，七十四岁时，再移居东云路巷，这是他一生最后的住处了，以上与县志所载："冒起宗（嵩少）宅，一在集贤巷东，一在巷西，一在学宫后，今改冒家祠"，完全吻合。

冒家巷街西的香俪园是先生一生居住最久的地方。我童年时代曾就居于此，至今还有印象。大门朝东，北至学宫北巷，南邻周家，西迄东云路巷，纵横均达一百公尺左右，范围约一万平方公尺，有屋百余间，大都明代嘉靖建筑。故宅分南北相连的两个部分，入大门后白色四扇屏门中间镌有林则徐手书楹联："谢安子弟佳难得，庾信文章老更成。"这副对联是我父亲得之于他的外祖周季贶先生的。入屏门，有南北通道长约三十公尺，屏门后有垂花门（二门）。进垂花门，见一院落，北边花坛所种海棠传为小宛夫人手植。南有庞大栝树凌空盘曲，因树倾斜西向偃仆屋眯檐，树干下以巨木撑持。正中大厅广六楹，即名著一时的"得全堂"，枋间高悬董其昌手题的堂名匾额（此匾在沦陷时期为日寇驻军掠去运往日本，水绘园另有"得全堂"一匾笔迹已失真，系复制品），地面铺水磨方砖（通称金砖）。厅正面列紫檀茶案，陈列我父亲后置的乾隆时西洋进贡的巨型自鸣钟两座，系故宫物。我记得其中一具，罗马字钟面上端绘有日月星辰转盘随日夜轮转，按不同时辰发出更鼓声。厅四周散置紫檀大理石桌、太师椅和兰花瓷墩，以备客坐。先生在家业全盛时期曾蓄有昆曲家班，常在得全堂演剧以娱宾客。他的家班在当时极负盛名，是阮大铖的旧日戏班，阮死后由冒收容，携归如皋，伶童最擅演阮的传奇《燕子笺》。陈其年曾作《望江南·寄东皋冒巢民先生并一二旧游》词十首，其三有云："如皋忆，记坐得全堂，几缕椒鸡闲说饼，半瓶花露静焚香，弦索夜怅怅。"陈确庵的《得全堂夜宴记》谓："客有称《燕子笺》乐府谱自怀宁（阮大铖）来者，因遂命歌《燕子笺》，回风舞雪，落尘遏云。……""越一日，诸君招余，复开樽于得全堂，伶人歌《邯郸梦》。伶人者，即巢民所教之童子也。徐郎（紫云）善歌，杨枝善舞。有秦箫者解作哀音，每一发喉，必缓其声，以激之悲凉，仓兄一座唏嘘。"又佘仪曾《往昔行序》云："己未（康熙十八年，1679）重阳之夕，于得全堂看演《清忠谱》剧，乃五人之墓事也。巢民叹曰：诸君见此，视为前朝古人，惟余历历在心目间。"同年，王士禛（渔洋）特携尤侗的《黑白卫》来皋访冒，仝观冒氏家童演出。到了乾隆年间，冒氏家班伶人或死或散，即存者亦皤然老翁了。其时，族人冒春荣（含山）有《水绘园歌人金菊诗》云："水绘名园久已芜，酒旗歌板小三吾。此时白发谈天宝，弦断琵琶烛泪枯。"又云："燕子春灯阮大铖，当年顾曲恨难平。紫云已去杨枝死，对尔犹然见老成。"金菊是冒氏家班后期的伶童，此时亦如白头宫女话天宝遗事了。辟疆先生卒于康熙三十二年（1693），春荣之诗所谈往事，上距得全堂盛况已越半个世纪了。

得全堂之北有小楼曰"陈楼"，是当年陈其年居住处，由朱古微补题额，楼下遍种白秋海棠。

得全堂后有火巷，分隔前厅和内宅。入三门，又有庭院，正厅名"拙存堂"，壁间悬挂天青缎彩色丝绣山水四幅屏，梁上并粘有慈禧的"御笔"红地金绘龙凤纹大"福"字，均系我父购自清宫的旧物。拙存堂左右耳房连同厢房都是住宅。拙存堂后为"凝禧堂"，自成院落。南出是另一组庭院住宅，正厅名"五美堂"。堂南首入一小院，有楼名"艳月楼"，即小宛夫人所居。五美堂后是"别有园"旧有陈眉公题额，园有泛雪斋（注2）、西堂、瓷香斋、对山亭和回廊诸胜。园中桂与腊梅皆五百年物。最西邻东云路巷的五间建筑名为"妙香居"（注3），有多宝橱，陈列古玩器皿。如今所能及见的，仅园中土阜上的孤松了。

香俪园，地处得全堂之南，虽无水绘园的烟波浩渺，清溪回环，却也玲珑紧凑、花木扶疏。正如园主人所述："小筑不求华，曲折随吾意。疏石染烟萝，芳草洗青翠。佳景固无多，俗尘喜不至。闭户养微疴，此中有高致。"香俪园偶成"秋日园居"，园中的主要建筑是出自"泛海之装记"，语出自《晋书·谢安传》（注4）。

当时南明的鲁王流离浙东舟山海上，即以之名其厅，先生怀故国之思，而有感于本志未遂，即以之名其厅。厅成于顺治六年（1649），先生曾选撰文描叙云："客冬于深翠之傍，营四室，横列三楹，腹夹长栋为竖室，前覆长廊，廊西有紫翠薇三株，清欹古拙，偃仰如画，下错宋花石纲石，石外界以栏栏，右有斑竹数百个，斜通兔径，后绕曲廊。种秦封楚颂数树于石之左右，总合为一区，中通外朗。四室三横者为轩，竖者为舫，轩舫相合处，隔以兰幔。舫有两槛，窗镂菱花，窗外亦叠奇石，嵌空玲珑，黄梅、老桂、福橘错其畔，芝兰离披其下。森香滴翠，皆环研北（注5），无劳趾逾户外也。……（余）坐卧其内，以万卷等身，围绕如书巢，为穷年杜门计。同学杜子于皇颜之曰'泛海之装'。"文中所写的景况和二百余载后，先父在光绪末年，赎归先生故宅时所见的厅堂布局完全一样。父亲说："泛海之装前广三楹，若方舟，后为一室，阶下砌石花纲石，石上凌霄不扶而直，数百年物也。"我童年时犹及见此石和凌霄树，石今不知秽置何处，而凌霄则随卧栝、古桧、丹桂、腊梅、海棠等同化作釜薪了。父亲又记园中其他景致云："环种牡丹左绕回廊，至深翠山房，前有古桧二。循廊东北行，为赠云轩。"先生有《赠云记》云："余之好石，如酒人之好酒。又如饮千日酒，沉酣不醒。持此意告人，无厌之者，亦无知之者。佘公佑独癖余癖，举庭前旧石，尽以相贻，绿螺苍雪，员峤飞来，使余十年奇嗜，一旦饱满，快何如也。秋斋新葺，植数霜花翠筱于其间，何异身在画里。……自今以往，余以白云封户。公佑策杖启扉，便于画上添一好友，箕踞抚玩，时命一觞，颜其轩曰：'赠云'。"这说明先生爱石如好酒和花石纲石的来源。赠云轩的东首，有天镜舫，舫前有池沼也称洗钵池，其实一泓潭水而已，仅有金鱼数十尾游泳其间，和水绘园中的水明楼之与洗钵池几无法伦比。池上垂落白莼两株，暮春季节时，见点点莼花漂浮水面，群鱼争相啄食。正南方是滋兰轩，循兔径下，朱栏绕径，径旁遍植梅、桂。直西是三友崖，崖后为别有园，从东西火巷绕正屋垣外通达。崖北也有池，池西种紫薇，与白薇夹峙。香俪园经父亲重修后，基本恢复旧观，并补种了花木，请陈宝琛重书"泛海之装"匾额。在廊前安放松柏荷叶盆景，廊下悬笼鸟，嘤嘤鸣啭，平添无限盎然生意。

十年浩劫之后，今天辟疆先生旧居幸存的明代故物，除了外垣和北垣内侧的火巷以外，也许只有堆积在党校偏院的得全堂残余础石和一部分阶石条了吧！

我希望北巷原冒家祠的那所旧宅和冒家巷十七号留耕、爱日辟疆尊翁嵩少先生的故居，勿再遭受损坏。如果条件允许的话，对以上两处房屋依式修葺，这于保存地方文物或不失为一件有意义的事。

作者原注：

[注1] 冒广生（鹤亭）《追和巢民征君柴门诗》："皇乾双眠几时开，平地朱门两草莱。填海有心空化石，望乡无路罢登石。悲来雪涕吟枯树，老去伤情忆影梅。八十祖孙同过二，再承废坠叹非才。"

[注2] 泛雪斋在西堂左，辟疆先生所谓："昨宵兀自天镜舫，今夜归来栖泛雪。"又其少作有《泛雪小草》一卷，刻入《冒氏丛书》。

[注3] 妙香居在先父赎回故宅时也毁，约于民国十四五年间（1925—1926）就原址重建。清初陈则梁来皋访辟疆先生曾轰饮于此。

[注4]《晋书·谢安传》："时会稽王，司马道子专权，……安乃出镇广陵之步丘，筑垒曰新城以避之。……及镇新城，尽室而行，造泛海之装，欲须经略粗定，自江道还东，雅志未就，遂遇疾笃。"

[注5] 元人陆友仁，取唐代以博学强记并废藏奇篇秘籍名等于时的段成式语，自号研北生。"研北"二字此处拟作砚席（书斋）解释。

审校者附言： 2014.5.6—11

1. 这是一篇传抄文，且经过多次复印，有些字迹已模糊，但能将此文留传下来，精神可嘉。

2. 对全部引用文，均找到原文。查阅了《同人集》、《冒氏丛书》、《东皋诗存》、《巢民文集》、《历代名人咏如皋》等文集，还查阅了相关辞书，还有网上查询。

3. 据电脑打字稿核对，发现错误约七十一处之多，缺少一句话也仅算一处。错误的原因有：

（1）绝大多数是打字者看不清原稿而打错字，或者空格。

（2）少数是当时誊抄者错误，如注解中的历史名人"段成式"写"段式"。

（3）极个别是作者本人的错误，如"金菊又叫大菊"，其实"大菊"是"金菊"的儿子。还有将两篇文章中的引文放在一段里。

4. 对标点符号做了统一调整。

5. 对于作者父子的讲话没有原文核对。

注：本文为已故的冒鹏万医生抄录遗笔，经冒廉泉整理复印，在未获得原文情况下，由冒俊先生根据各种资料认真校对方始成文。特致谢意！

（冒舒諲，已故作家。）

附录 2

《红楼梦》与如皋

沈新林

一

《红楼梦》与如皋,本文的标题分明包含着两个风马牛不相及的概念。《红楼梦》是中国乃至世界上最伟大、最复杂的一部长篇小说,是一部经典书籍,而如皋则是江苏省长江下游北岸的一个中等规模的县级市,隶属于南通市,面积1477平方公里,现有人口142万,以长寿之乡闻名,她与新疆吐鲁番、广西巴马齐名,是全国著名的长寿之乡。南通,最近被世界自然医学会、世界长寿乡认证委员会命名为世界第一个"长寿之都"。看来,《红楼梦》与如皋,这两者确实八竿子打不着。如皋非同寻常,既是古老的文化名城,又是新潮的开放城市。要说如皋古老,还真的名不虚传,她已有二千五百多年历史,不但历史悠久,文化底蕴深厚,而且历代英才辈出,宋代的胡瑗、王观,明末清初的李渔、冒辟疆,等等,流芳后世,妇孺皆知,确实是著名的历史文化积淀深厚的古城。要说如皋新潮,就是如皋人民喜欢读书,勇于开拓创新,与时俱进,善于钻研,并且敢于提出新鲜的见解。怎不?笔者在 2011 年 9 月,应邀赴浙江兰溪参加纪念李渔诞辰四百周年及首届国际研讨会。会前参与学术组审阅大会代表提交的论文,发现南通市崇川区人民法院法官朱江兵先生,撰写了一篇六万字的论文,节选其精华部分提交大会。他的主要观点是:《红楼梦》的作者是明末清初出生于如皋、说如皋方言的文化巨人李渔。我和中国社科院文学所杜书瀛研究员、扬州大学黄强教授认真阅读了论文，三人经过商量一致认为，这种论点不合情理，违背常识，太离谱了。基于研讨大会要包容吸纳各种不同意见的宗旨，我们商定，让作者用五分钟时间向大会介绍论文观点，但大会论文集不宜收录他的论文，可作存目处理。后来才知道，朱江兵先生就是如皋人，本来学生物，当教师，后来改行当了法官，现在对文学产生兴趣。看了很多书，也考察了不少地方，然后形成了这一观点。

无独有偶。今年4月11日早晨，我正准备上课，原如皋市政协副主席，现如皋历史文化研究会负责人徐建平先生从南京打来电话，告诉我一个惊人的好消息：如皋有几位老学者研究《红楼梦》作者，提出作者是如皋的冒辟疆的新说。我当时时间紧迫，简单地表明我的观点："《红楼梦》的作者绝不可能是冒辟疆。"并善意地转请徐主席奉劝他们不要浪费时间。徐主席慎重地说，他将把相关材料寄给我看看。5月9日，收到徐主席快递来的十一份材料，我用一天时间阅读了以冒廉泉先生的《〈红楼梦〉作者解谜》为主的一系列论文，基本掌握了他们的核心观点：其一，《红楼梦》的作者不是曹雪芹；其二，《红楼梦》的原作者是冒辟疆。我当即告诉徐主席，他们的研究成果我同意前一半，《红楼梦》的原作者确实不是曹雪芹。我目前也在研究这一课题，发表了一系列论文，并得到学术界的认同。另一观点，《红楼梦》的作者是冒辟疆，我不敢苟同。两个星期以后，徐主席和黄裕龙局长亲临南京，约我面谈。5月28日下午二时，在位于明故宫的武英楼宾馆307房间，徐主席和黄局长亲切地接待了我，并介绍了如皋讨论《红楼梦》作者的来龙去脉。我坦诚地谈了自己的看法，并出示了《红楼梦》和《红楼梦研究》两书中的相关段落。那就是《红楼梦》的作者不可能是冒辟疆的证据，黄局长一丝不苟地进行摘录。讨论在和风细雨的友好气氛中进行，前后大约两个小时。

需要补充说明的是，《红楼梦》作者李渔说的持论者朱江兵先生，在兰溪会议结束时，曾将他的六万字的长篇论文拿来请我审谈。我业余时间看完全文，提出了意见，否定了他的《红楼梦》作者李渔说，肯定了其论文中关于《红楼梦》苏北方言的研究。大约一年以后的冬季，正好在春节前的寒假期间，我突然接到朱江兵法官的电话，他花费一年时间，钻研了《红楼梦》的蒙古王府本，发现其中如皋方言很多，特色鲜明，而且写成了专题论文，要送给我看——因为我曾研究过《红楼梦》中的苏北方言，也发表过论文——其实，我对方言只是一知半解，没有专门研究。因此，我建议他举办一个小型的民间学术讨论会，邀请一些专家参加；并承诺可以帮他邀请著名红学家与会。江兵的活动能力很强，朋友很多，通过努力，几天后，学术讨论会筹备成功。2013年1月19日下午，他派一辆专车来南京接我去如皋。到如皋后，江兵的朋友陶建兵先生开车，把我们带到位于水绘园旁的泊云酒家。小朱正在向专门研究如皋方言的老专家吴凤山先生请教问题，准备次日的学术报告。我也参与了热烈的讨论。朱江兵先生希望我能主持次日的会议，并做会议总结，我欣然应允。

次日清晨七点，我们开车去接南通大学的两位教授和南通电视台总监周鑫华先生以及摄像记者。南通大学的钱健教授是李渔研究专家，前年在浙江兰溪李渔国际研讨会上见过面，后来也有一些联系，可算是我学术界的朋友。徐乃为教授则是当今著名红学家，乃为兄是我大学同学，也是我的好友，前几年往来联系较多。这次我邀请他前来参会，他本来很忙，但老友相邀，他不好推却。周鑫华总监是南师大古文献专业的毕业生，毕业后本来留在南师大古籍所工作，后调回南通，在电视台工作，不断升职，当了总监。去年为李渔研究事宜，曾专门来南京师范大学仙林校区采访过我，自称学生，听取我的意见。在李渔研究方面，他满腔热忱，本来应有大的作为，但此事后来无疾而终，想来有他的困难和苦衷。这次听说我来如皋参加会议，就带记者来采访会议。我与徐、钱两位教授一路畅谈，到了长青沙生态园。会议的环境十分优雅，晴空万里，绿树环绕，空气新鲜，生态环境优美，会场古朴大方，布置得古色古香，令人忘俗。九时许，二十余名代表基本到齐。由我主持会议，宣布会议开幕。先介绍到会的代表、专家，南通邮政局副局长陈玉东，现在是南通市政协常委，算是市领导了，应邀到会指导。原来他也是南师大中文系的学生，如皋人，毕业后分配在搬经中学教书，后来考上了南京大学研究生，学古汉语专业，读了博士学位。先分到邮政局办报纸，又参加了民主党派，还当上了领导，被派到南通市当副局长。从学术方面讲，他是方言研究的内行。多年未见，快五十岁了，其面貌并没有大变，今天不期而遇，他虽当了局长，还能执弟子礼。会议主角朱江兵先生做了学术报告。他讲了近两小时，主要是《红楼梦》中的如皋方言举隅，他侧重看了蒙古王府本，也对照了其他版本，并进行比较考察。发现该脂本中如皋方言较其他脂本更多。这一发现很有价值，收获不少，举例约有数百条，其中也有新的发现，当然有的也解释得比较牵强。然后，与会代表畅所欲言，大家一一发表意见。大多数代表给予了热情的肯定。徐乃为教授即兴赋诗二首云：

天有晴光地有风，景嘉端为友喜逢。

商量最重笠翁处，十二楼头可著红？

壬辰冬末，江兵先生召议红楼与笠翁，因作小诗一首奉赠，徐乃为于霄泉斋。

并亲笔写在宣纸上，在会上当众展示，赠给江兵作为纪念，令人耳目一新。他的字写得好，圆润质朴、飘逸老到，是一幅珍贵的书法作品，这也许是对江兵认真读书钻研的嘉奖吧。但是，他的观点很明确，《十二楼》和《红楼梦》风格迥异，不可能出于同一人之手，李渔绝对不可能写出《红楼梦》这样伟大而复杂的小说。他直截了当地对江兵过去的观点表示了鲜明的否定态度。

不仅敢于挑战学术界关于《红楼梦》作者的权威观点，而且独力举办民间学术讨论会，居然请来了大学教授、电视台记者、总监，南通电视台还播放了此条新闻，实在是够新潮的了。

二

《红楼梦》与如皋到底有没有一点联系呢？答案是肯定的，应该是有一点关系的。无论是《红楼梦》作者李渔说，还是冒辟疆说，其持论者都看了不少书，而且他们第一学历都不是文科，他们能够对《红楼梦》原作者提出质疑，这本身的学术勇气，敢于"亮剑"的精神，就难能可贵，值得高度赞赏。平心而论，他们都看到了一些《红楼梦》与如皋的关系。

说来我与《红楼梦》颇有缘分，大学期间，有幸聆听了著名古代小说研究专家谈凤梁教授的"《红楼梦》研究"选修课，于是对《红楼梦》产生了浓厚兴趣。大学毕业的学位论文，就是论述《红楼梦》中林黛玉形象的。后来，学校决定让我毕业后留校给谈凤梁教授当助教。一年之后，谈凤梁教授被提拔担任校领导，由南京师范大学副校长、常务副校长，再到校长，一直到他病逝，真是日理万机，再也没有时间上课。他所教的课程只能由我来接替。三十多年来，"《红楼梦》研究"这门课反复讲了多少遍，已经记不清了，大概在五十遍以上。印象中南师大历届中文系本科生、研究生、研究生班、教育硕士班，以及南师大博雅课程班，都上了这门课；还延伸到南京的各大高校、南通大学、南师大泰州学院、常州信息职业学院、泰州实验学校，还有南京图书馆、苏州图书馆、宿迁的泗阳图书馆等文化教育单位，遍及全省各地。此外，我曾与另一位著名专家合作编撰了《红楼梦研究》一书，由苏州大学出版社多次印刷发行，成为红学爱好者的启蒙读物。多年来，我坚持每年写两篇红学论文，聚沙成塔，陆续发表论文数十篇。至今已经阅读《红楼梦》不下几十遍。自己觉得，对于《红楼梦》多少有一点发言权。我以为，《红楼梦》与如皋确实有不少联系。

首先，《红楼梦》原作者熟悉苏北方言、如皋方言，肯定到过苏北，也有可能到过如皋。试举中国艺术研究院红楼梦研究所校注本《红楼梦》中几例典型的如皋方言加以分析：

1. 堪堪，第二回："堪堪又是一载的光阴。"堪堪，不足、差不多。如皋方言。

2. 望亲，第四回："一为送妹待选，二为望亲。"望亲，探亲。如皋南乡的张黄港及毗邻的靖江、泰兴南部一带的方言。望，看。比如："这本书给我望望。"

3. 强如，第五回："强如天天被父母师傅打呢。"强如，比……好。如皋方言。"轻微的体力劳动强如锻炼身体。"

4. 先不先，第六回："先不先，那些门上的人也未必肯去通信。"先不先，首先。如皋方言。

5. 嚼用，第十回："反倒在他身上添出许多嚼用来呢。"嚼用，吃穿零用等开支。如皋方言，至今民间还用。

6. 多早晚，第十七至十八回："一会子我去了，又不知多早晚才来。"多早晚，不知什么时候。如皋方言，至今犹用。

7. 淡话，第二十回："你只教导他，说这些淡话作什么？"淡话，白话，扯淡。如皋方言，至今民间犹用。

8. 村话，第二十六回："外头听了村话来，也说给我听。"村话，粗俗的话。如皋方言，至今犹用。

9. 稿子，第二十九回："怎么就同当日国公爷一个稿子。"稿子，代词。口语中东西和一切事物的代称。如皋方言，至今犹用。

10. 餈，第四十一回："你又赶来餈茶吃。"餈，读 zi，如皋方言。餈食，蹭饭吃。这儿指蹭茶。如皋方言，至今犹用。

《红楼梦》中的如皋方言还有很多，可能有上百条。笔者仅举以上十则典型的如皋方言,意在说明,《红楼梦》原作者确实熟悉苏北方言、如皋方言。上述十例中有的在苏北其他地区也流行,不一定是如皋地区独有的。当然,《红楼梦》中也有吴语方言,如"落"(下)、"物事"(东西)、"事体"(事情)、"侬"(我)、"打降"(打架)、"派头儿"(盼头儿)等等。可见,《红楼梦》原作者也熟悉吴语。《红楼梦》中也有南京方言,最典型的,如,"n、l"不分、"多大事?"等。学者邓牛顿甚至提出《红楼梦》中有湖南方言,认为小说作者是湖南人。当然,学术界普遍不认同他的观点。所以,单凭作品中出现的方言,是不能论定小说作者的籍贯的。

其次,《红楼梦》中的大观园,到底在哪里?是南京还是北京?清初大才子袁枚曾说过,《红楼梦》中的大观园即吾家之随园也。其实,艺术典型不能简单地与生活原型画等号。鲁迅认为,艺术虚构手法有两种,一种是以一个原型为主;另一种是杂取种种人。大观园其实不是"以一个原型为主",而是采取了"杂取种种人"的手法塑造出来的艺术典型。学术界一致认为,大观园杂取了南京曹家西花园(即袁枚的随园)、芥子园、北京什刹海、恭王府、醇王府、明国公府、杭州南园、苏州拙政园等园林的特色。大观园的垂柳像北京什刹海;密密石笋像李渔芥子园;鸡鸣狗叫像韩胄南园;进门的巨大屏障像苏州拙政园。此外,大观园极有可能也吸收了如皋水绘园的某些特色。王梦阮、沈瓶庵在《红楼梦索隐》中提出,如皋冒辟疆的水绘园就是小说中的大观园,秦淮八艳中的董小宛曾跟随冒辟疆居住过水绘园,显然事出有因。可惜水绘园面积太小,现在的水绘园也没有按照修旧如旧的原则,恢复清初水绘园的原貌,留下了不小的遗憾。(参见沈新林《水绘园探佚》,见《首届明代文学国际研讨会论文集》,南京师大出版社,2004.10)看来水绘园与大观园还有不小的差距,这些方面需要有关地方领导重视,也需要学术界的深入研究。

再次,旧红学家索隐派的王梦阮、沈瓶庵《红楼梦索隐》的核心论点是《红楼梦》写清世祖(顺治皇帝)与董小宛(董鄂妃)的爱情故事,把林黛玉形象附会为冒辟疆的爱妾董小宛。"盖尝闻之京师故老云,是书全为清世祖与董鄂妃而作,兼及当时诸名奇女子也。相传世祖临宇十八年,实未崩殂,因所眷董鄂妃卒,悼伤过甚,遁迹五台山不返,卒以成佛。"而秦淮八艳之一的名妓董小宛,与明末四公子之一的冒辟疆一见钟情,间关相从,历经风波,婉转跟随,在如皋水绘园生活过八年左右,制作了流传至今的董糖,最终病逝于如皋,演绎了一段生死不渝的爱情佳话。当然，索隐派的论点经不起推敲，不足为据。后来，孟森的《董小宛考》和《世祖出家事实考》发表，《红楼梦索隐》的核心论点便不攻自破，无立足之地了。简而言之，从人物年龄的差距，就可以看出索隐派完全是无稽之谈。董小宛生于明天启四年甲子（1624），比顺治皇帝大十四岁。而董小宛二十八岁病逝时，顺治皇帝年方十四岁，头脑正常的人都会明白，这两人根本不可能产生爱情。但是有一点倒可以肯定，那就是《红楼梦》中的林黛玉形象里面，多少包含有董小宛弱不禁风、多才多艺、聪明可人、多愁善感、追求纯洁爱情的影子。至少索隐派作如是观，这也正是索隐派立论的理论依据所在。

笔者认为，《红楼梦》与如皋，至少有上述三个方面的联系。

三

《红楼梦》的作者肯定不可能是出生于明万历三十九年（1611），卒于康熙三十八年（1699）之前（分别是1680年和1693年）的如皋人李渔、冒辟疆。

要解决这个问题，首先要搞清《红楼梦》到底写了什么内容？当然，对于《红楼梦》的内容与主题，争议颇多，至少有十多种不同说法。笔者在《红楼梦研究》一书中综合了为学术界大多数学者一致认同的综合主题说："《红楼梦》以贾宝玉的爱情、婚姻悲剧为线索，写贾宝玉的人生道路；以贾宝玉的人生道路为重点，写贾府的子孙不肖、后继无人；以贾府的子孙不肖、后继无人为中心，写贾府的衰败；以贾府的衰败为典型，写封建贵族统治阶级的衰败。"（《红楼梦研究》，苏州大学出版社，2002年）

我们认为，《红楼梦》主要是通过贾府写曹家的衰败，全书写了贾府一百年的历史，共计写了贾府五代人，就是"水"字辈（贾源、贾法）、"代"字辈（贾代化、贾代善）、"文"字辈（贾政、贾赦、贾敬）、"玉"字辈（贾珍、贾琏、贾珠、宝玉）、"草"字辈（贾兰）；重点写了最后二十年，从宝玉出生到十九岁出家。前八十回写了十五年时间。小说创作的规律告诉我们，一般带有自叙性质小说的作者都有意无意地把自己的形象和感情倾注在第一号正面人物身上，所以，原作者应该对应为小说的一号主人公贾宝玉。其他，如吴敬梓造《儒林外史》的杜少卿是"先生（吴敬梓）自况"；《家》中的觉慧身上有作者巴金的影子；曲波《林海雪原》中少剑波是作者的自画像；《青春之歌》作者借小说一号人物林道静形象寄托自我等等。那么，可以类推，贾母对应为曹寅母亲——康熙奶妈、一品夫人孙氏，曹寅则对应为贾政，早逝的曹寅之子曹颙对应为贾珠，曹寅之孙曹雪芹对应为贾珠之遗腹子贾兰，因为原作者对应为贾宝玉，所以，应为曹寅的儿子，应该比曹雪芹长一辈。袁枚所说的《红楼梦》作者为曹楝亭之子曹雪芹，是他不小心记错了作者的名字，而他说的作者的辈分是对的。《红楼梦》作者只能是曹家人，而且必须是曹寅的儿子辈。小说里有不少通过贾府写曹家的证据，现略举数例如下：

第五回，宁荣二公之灵嘱吾云："吾家自国朝定鼎以来，功名奕世，富贵流传，虽历百年，奈运终数尽，无可挽回者。"国朝定鼎，指清代开国的1644年，贾府随满清统治者入关，已经过了百年，那么，小说是写贾府在清朝开国后的一百年历史，原作者应该生活到18世纪中叶以后。

第十三回，秦氏道："……如今我们家赫赫扬扬，已将百载。"百载，百年，与第五回的"虽历百年"照应，两者用以互证。这可以证明，小说的创作时间，确实在18世纪中期。

第十八回，写元春省亲。学术界认为，其生活原型是康熙南巡，曹家接驾。甲戌本十六回有脂砚斋批语云："以省亲事写南巡，出脱心中多少忆昔感今。"据史料记载，曹家三代四人担任江宁织造近六十年，曹寅任职时间最长，从康熙三十一年（1692）到五十二年（1713），长达二十二年之久。曾经在康熙三十八年（1699）、四十二年（1703）、四十四年（1705）、四十六年（1707）接驾四次。小说第十六回借赵嬷嬷之口说："只预备接驾一次，花的银子像淌海水似的。""还有如今现在江南的甄家，嗳哟哟，好势派，独他家接驾四次。若不是我们亲眼看见，告诉谁谁也不相信。""江南的甄家"，就是贾家的影子，"假作真时真亦假"，其生活原型也就是曹家。在元春省亲具体场面描写的文字旁边，庚辰本侧有脂砚斋批语云："难得他写的出，是经过之人也。"评阅者脂砚斋的身份应是原作者的书童（沈新林《脂砚斋与〈红楼梦〉原作者》，《南京师范大学文学院学报》，2009年2期），他和原作者有相似的遭遇，曾一起经历过康熙南巡的接驾盛典，其言当属可信。那么，原作者肯定是亲身经历康熙南巡和曹家接驾的人。

综上所述，李渔（1611——1680）、冒襄（1611——1693）出生于明万历年间，均逝世于康熙三十八年（1699）之前，没有经历过康熙南巡，更没有经历过接驾，根本写不出《红楼梦》中关于接驾的内容和场面。可能有些持论者没有注意到小说中的这一系列描写，更没有搞清其生活原型及其深刻内涵，也没有看过脂砚斋批语，单纯考虑作者的文字表达水平而已，就充满自信，一厢情愿，马上得出大胆的猜测和结论。唯此，笔者郑重建议，凡染指《红楼梦》研究者，务必要认真读懂原著和相关评论，尤其是脂砚斋批语。毛泽东在《论十大关系》中，把《红楼梦》视为中华民族所具有的，与历史悠久、地大物博、人口众多相并列的特色之一。江苏海安籍著名红学家蒋和森先生则说过："中国可以没有万里长城，但不可以没有《红楼梦》。"在他看来，《红楼梦》的价值远远超过了万里长城。在浩如烟海的古代文学作品中，《红楼梦》最为伟大，最为复杂（没有之一），不仅是古代小说的高峰，而且是古代文学的高峰。《红楼梦》最不容易读懂，务必要下大力气，花大功夫，绝不能与其他一般小说等量齐观。笔者经常对学生们说："不读《红楼梦》，不是真正的中国文化人。"看来，普及《红楼》文化已经刻不容缓了。

顺便说一句，现在学术界所认同的曹雪芹为《红楼梦》作者，其实也不可靠。《红楼梦》原作者必须是和曹寅一起生活过，经历过康熙南巡接驾的人。这是无法改变的必要条件和刚性指标。而曹雪芹生年为1715（或1724）年，在其祖父曹寅死后方才出生，他没有见过曹寅，更没有接驾经历。雍正六年（1728）曹家被抄家，曹雪芹离开南京时年龄太小，也缺少创作动机。据资料记载，他只是诗人、画家，显然不可能创作出《红楼梦》。他作为曹家的后代，只是对《红楼梦》"批阅增删"的整理者，"纂成目录，分出章回"，并按照脂砚斋的要求，改写了第十回至十三回，交待了《秦可卿死封龙禁尉》的来龙去脉；并奉命写了不少回前诗；也做了一些评批工作，可谓最早的评批者之一。《红楼梦》的原始作者当另有其人。这个人应当是曹寅养子曹颜，是曹雪芹的伯父。当年曹寅三十无子，曾抱养一子，次年生下雪芹之父曹頫。曹颜，河北丰润籍，康熙二十六年（1687）出生，比曹雪芹大二十八岁，颖博聪慧，从小在江宁织造府长大，曾随曹寅在苏北仪征、扬州等地读书、生活多年，熟悉南京方言、苏北方言、吴方言，并亲历曹家接驾的盛典。后来因兄弟龃龉，不务正业，杂学旁收，对女性用情太多，有叛逆倾向，地位逐渐下降，遭到冷落，最后未能在曹寅身后接替江宁织造，并被遣返原籍。他"无材可去补苍天"，又经历过曹家的鼎盛时期，且目睹曹家的衰败，对曹家满腹牢骚，况又熟悉曹家的种种内幕和情弊，具有相应的思想水平和足够的才力，看到曹家衰亡的必然性，于是写下了传世巨著《红楼梦》。

甲午端午节于金陵亚东仙林茶苑百世堂

（沈新林，南京师范大学退休教授）

附录 3

简评冒辟疆是《红楼梦》作者的新奇观点

钱玉林

近日偶然读到香港《成报》的《石破天惊〈红楼梦〉作者不是曹雪芹》、《冒辟疆与〈红楼梦〉绝非巧合》、《〈红楼梦〉的真正作者?》三篇文章,真是梦想到了爪哇国或魔戒世界。主张者是如皋冒襄(辟疆)的后人,为祖先争跟他一点影子关系也没有的著作权,真是让人叹息。因主张者并无一条有力的证据,全是捕风捉影之谈,故不想费辞,只略加评析如次:

当代人江苏如皋高级工程师冒廉泉先生的说法,置康熙间文学名家曹寅(康熙帝的"奶兄"与侍卫、内务府属下的江宁织造)及其后代曹頫——曹雪芹家族的真实历史存在,以及乾隆时诸多人物的记载评论于不顾,硬把《红楼梦》这部伟大的小说附会到自己的祖先,明末遗老、蒙古裔名士、诗人冒襄(辟疆)的头上。文中所举的种种理由,没有一条是直接的可靠证据,全是牵强比附。不才以为,这纯然只能属于全无学术价值的异想天开一类。

按照冒廉泉先生的逻辑,我可以从反方向随意举一些例证,来证明《红楼梦》中的描写和明末诗人冒辟疆的生活有极大差别,《红楼梦》小说和他们冒家绝无丝毫关联:

1. 《红楼梦》中贾政有女儿元春进宫为贵妃,而且贾家的盛衰与元春本身的命运密切相关，冒襄（冒廉泉认为他是贾宝玉的原型）有这样一位身为皇家贵妃的姐姐吗？

2.《红楼梦》里揭露了贾家许多淫靡丑恶之事，如东府里贾珍与媳妇秦可卿的翁媳乱伦（《秦可卿淫丧天香楼》）、西府里王熙凤与侄子贾蓉的暧昧关系、贾琏与多姑娘的偷情等等，这些混账事情，一如奴仆焦大所骂的那些话，连柳湘莲也说"你们东府里除了那两个石头狮子干净，只怕连猫儿狗儿都不干净，我不做这剩忘八"。请问如皋冒家令祖上有这些人、这些事么？

3. 贾家东府里的贾珍职衔是世袭的将军，尽管他从来也没在军营里带兵当差，或驻守外地，冒家有没有这样世袭的武职？

4. 薛宝钗家是皇商，也即专门供应皇家需要的物资的大商人，请问冒家或冒的至戚，有没有做皇家采办生意的？

5.《红楼梦》中贾家因元春逝世，失宠于统治者（具体说是曹家失宠于雍正帝），遭到抄家籍没，这样的大事，明代冒家有没有经历过？

6.《红楼梦》里贾家的居住地，明显是在北京，因而贵妃元春可以在太监的保护簇拥下当天回家"省亲"，贾母、王夫人等女眷也可以在获准的情况下进宫探望娘娘。书里动不动还提到"回到南边去"，"南边"，指的是金陵（南京）。如果是写的冒家之事，那《红楼梦》全书的背景难道是在冒辟疆的故乡——苏北的一个县城如皋？

7.《红楼梦》里的林黛玉，是宦门小姐，老太太贾母的外孙女，冒辟疆的如夫人董白（小宛）是明末秦淮旧院中的著名歌妓；冒辟疆（1611—1693）与董小宛（1624—1651）年龄相差 13 岁，最终董小宛嫁了冒辟疆为妾，共同生活了若干年后病死。而贾宝玉和林黛玉年岁相若，却始终未成婚姻，以至于宝玉抱恨终天，为此而出家。这么大的区别，有哪一点可以证明冒、董就是贾宝玉、林黛玉这两个人物的艺术原型呢？冒辟疆最终又为了哪位女子而遁入空门了呢？他的《巢民诗集》、《巢民文集》如今俱在，一生行迹也清楚明白，凭什么说他就是《红楼梦》的作者？

8.《红楼梦》的语言，广收博采，除传统的文言语言外，和众多明清白话小说一样，采用的是以北京话为主体的长篇章回小说的语言，因作者的籍贯以及有早年在"南边"的经历，很自然地会在小说中吸收通用于南京等地的江淮方言词语。有哪一点能证明《红楼梦》用的是纯粹的如皋话？说《红楼梦》里有如皋方言词语，其实这些词语，在南京、镇江、扬州、泰州等地的方言中也在广泛使用，我们能不能据此就得出结论，说《红楼梦》的作者就是南京、镇江、扬州、高邮、泰州、淮阴或苏北其他什么地方的人呢？

牵强比附和主观臆想，非常容易，而且越看越"像"，但这不是学术研究，它不可能得出令人信服的结论。

附录 4

冒襄根本不可能是《红楼梦》的作者

姜光斗

  冒襄卒于康熙三十二年（1693），享年八十三岁，在当时，不仅是高寿，而且是寿终正寝的，理应写完《红楼梦》。那么，是否因身体不好而写不下去了呢？据冒广生所著《冒巢民先生年谱》载，冒襄八十三岁临终那一年仍精神旺健，创作诗词的兴致极高："会兴化王景州来访，甚喜，馆于家，联吟角胜，枕上构思八和景州赠诗原韵，八宵不寐。又与景州选订宁州公宪副公遗诗谈论。"（见《年谱》于〔康熙〕三十二年下所引行状）事实证明，冒襄直到临终那年卧床养病时，仍然能连续八夜不睡，与友人一起创作讨论诗歌。创作欲望如此强烈，如果《红楼梦》是他所作，何以只写到八十回就突然搁笔了呢？如果《红楼梦》是他所作，又何以要到1754年即在他死后六十多年《红楼梦》的手稿才在社会上流传？如果《红楼梦》是他所作，何以《同人集》和《巢民诗文集》中一点蛛丝马迹都没有？特别是长期生活于水绘园中的冒襄待如亲生儿子的友人之子陈维崧也一点儿都没有反应？如果《红楼梦》是他所作，为什么跟冒襄交往的许多文坛名人也都毫无反应？答案只有一个，那就是《红楼梦》根本不是冒襄作的。

  康熙南巡贾府接驾是《红楼梦》的重要情节，据《清史稿》记载，康熙第一次南巡是在康熙二十八年（1689）正月，这时冒襄已七十九岁，离去世还有四年，据《年谱》所载，这期间他根本没出过门，康熙后来的南巡，已在冒襄去世之后，难道冒襄是神仙，在他生前就预知在他死后康熙会南巡数次？

《红楼梦》中写四大家族的关系，官场的种种内幕，洞若观火，惟妙惟肖。冒襄一生未仕，又怎能写得如此真切？曹雪芹虽也一生未仕，但祖辈都当过高官，当是从小耳濡目染所致。

本来，以上这些理由就足以剥夺冒襄的《红楼梦》创作权，但为了让论敌信服，下面对发表在《江海春秋》2014年4、5期上的《冒辟疆著作〈红楼梦〉六大佐证》逐一驳斥。

所谓六大佐证，其一曰："冒辟疆是贾宝玉的生活原型。"

论文在这部分花了两千多字，主要论述了冒辟疆对科举考试的态度以及他不与满清统治者合作的名节，却没有一点过硬的证据来证明其论点。而恰恰相反，论文所述倒是证明了冒辟疆与贾宝玉的个性有很多不同。论文说："冒辟疆十六岁时至扬州参加郡试，考中秀才，以后每隔三年就要去南京参加一次乡试，先后六次，一次不落，但举人一次未中，仅两中副榜。"这就说明冒辟疆在年轻时非常热衷于科举考试，只是在入清后态度方变。而贾宝玉呢，不要说参加科举考试了，不论是谁提到此事，就会骂他是"禄蠹"，并转身就走。由于薛宝钗一直劝他走科举仕进之路，因此与薛宝钗越来越疏远。而名节呢？贾宝玉可从来不曾有过反满的言论和行为。

至于对女人的态度，两者也并不相同。贾宝玉虽"爱博而心劳"（鲁迅评语），但始终独钟情于林妹妹。而冒辟疆呢？他不仅出入于秦淮妓院，娶董小宛为妾，据《年谱》所载，他的侍妾还有蔡女罗、金晓珠、张氏等。

其二曰："秦淮八艳与金陵十二钗。"

论文花了近两千字的篇幅大谈秦淮妓院和八艳，没有任何证据证明秦淮八艳与金陵十二钗有多少相同之处。八艳是以身卖笑的娼妓，十二钗是知书识礼的大家闺秀，除了同是美女外，又有多少共同之点？难怪论者只能抽象地推测而无法具体论证了！

其三曰："水绘园与大观园。"

论文也仅是大谈水绘园，并否定红学界考证大观园园址的方法，然而论文作者却又在使用同样的方法。当年，水绘庵（园）是由数十亩荒地所构成的，其中有阔大的水面，烟水空蒙，鸟翔长空，鱼游碧水，可以放舟泛游。岸边有桃花、垂柳、古松、妙隐香林、悬溜、峭壁等自然景观和放生鱼池、回环故道等，其中有小三吾、一默斋、得全堂、寒碧堂、枕烟亭、湘中阁等建筑。平时演戏奏乐在得全堂，水上观剧赏乐在寒碧堂。湘中阁是陈维崧的住宿处。

而大观园呢，不仅格局与水绘园全然不同，就是具体到个别的建筑，也没有一处与水绘园中的建筑相同的。如三位主要人物的住处，贾宝玉所住的怡红院，林黛玉所住的潇湘馆，薛宝钗所住的梨香院，又与水绘园中哪一座建筑有相似之处？大观园有园林之美、建筑之美、工艺之美、诗学之美（按指各处的匾额和楹联及题咏），大多属于人工方面的。而水绘园则偏于自然之美。论者仅是笼统地比附与推测，毫无说服力。

其四，论文将冒襄居住过的匿峰庐和还朴斋说成就是曹雪芹十载批阅《红楼梦》的悼红轩，也仅是推测，没有任何过硬的证据。而极其可笑的是将水绘园荒芜了十年与曹雪芹在悼红轩中披阅十载相类比，并且十分惊喜地说什么"更有甚者，连作者在悼红轩披阅十载时间也完全一致"，其逻辑之混乱，令人惊讶！

其五曰："独特的文风和方言活现冒辟疆手笔。"

关于文风，论文仅举冒襄之《影梅庵忆语》描写美女不涉淫滥与《红楼梦》描写美女不涉淫滥相同，并以此证明《红楼梦》即冒襄所作。我国古代描写美女不涉淫滥的作品多得很，难道能说都是冒襄所写吗？《红楼梦》中还有许多笔法，比如描写秦可卿卧房的摆设以及宝玉睡在秦可卿床上的梦境，隐喻讽刺得很尖锐，这种手法，冒襄有吗？又如写薛蟠淫俗不堪的酒令，这种手法，冒襄有吗？再如像《葬花辞》那种凄怨缠绵的诗风，冒襄有吗？翻遍《巢民诗集》和《同人集》中冒襄七言歌行体作品，只有李杜豪放之风，却无张若虚、刘希夷、曹雪芹的凄怨缠绵的诗风。

再说方言，文中共举了"才刚、稿子、猴、哚、当下、劳什子、怪道、成日家、挺尸、伤了风了、肝火又盛了、越发上脸儿了"等十二个例证，几乎都不是如皋所特有的方言。比如"哚"，又可写成"噇"，我的小学同学徐铁生先生是研究方言的专家，他在《〈红楼梦〉作者冒襄说驳议》中说：实际上，同年出版的《汉语大字典》（第2版）也收录了这个字。按照该字典的说法，它是"噇"字的别体，是"（贪馋地）吃喝"，或者如"噇"字注所说的意为"毫无节制地大吃大喝"。在元代佚名《赚蒯通》和《谢金吾》中已经出现了"哚"字，说明《红楼梦》的作者并非首创"哚"字之人。而笔者在明代兰陵笑笑生的《金瓶梅》中，也发现多处出现"哜"字。例如第八回，潘金莲骂迎儿说："你害馋痨馋痞，心里要想这个角儿吃？你大碗小碗，哜搗不下饭去？"《金瓶梅》作者，根据其使用语言特点，当是山东诸城一带人，这就推翻了"哜"字是如皋特有的土话的谬论。而"噇"字早在唐人的作品中已经出现，宋代的《广韵》、《集韵》已经收录，并没有证据说明这是一个方言用字。而"哜"不过是"噇"字的俗写，其读音并没有两样，怎么成了如皋特有的"土话"呢？

又如"才刚"，周汝昌主编的《红楼梦辞典》中说："北京一带方言。刚才，刚刚。[例一]才刚带着人到后楼上找缎子。（三回）[例二]今儿奇怪，才刚太太打发人给我送了两碗菜来。（三十五回）[例三]你可别多心，才刚不过大家取笑儿。（四十回）说明：'才刚'和'刚才'的使用，前八十回与后四十回有明显不同。前八十回中，多用'才刚'，后四十回中，多用'刚才'。""成日家"，《辞典》说："北京一带方言。终日；整天。意指每天，每每。""怪道"，《辞典》说："北京方言。怪不得；难怪。"而对上举其他词语，《辞典》都是作为普通词语来解释的，并未列入方言。

再如"猴"、"挺尸"，我的家乡海门四甲通东方言中也一样有，怎么就是如皋所特有的方言呢？退一步讲，即使某一部著作中出现了一些某地所特有的方言，我们也不可武断地说作者就是某地人。如果这种逻辑能成立，那我说《红楼梦》的作者是海门四甲人，大家能信吗？何况语言作为人们交流思想的工具，它是灵活的，流动的，假如我的朋友中有一位南京人，一口南京方言，我虽没有去过南京，但与他朝夕相处，耳濡目染，我在写文章时不自觉地用了一些南京方言，你能说我是南京人吗？所以，要从方言的角度来确定作者的地域，必须是这部著作中大量使用某地方言方可（也不能作为唯一条件）。

其六曰："众多不可再生文物古迹共拥文学巨匠横空出世。"

论文所举文物古迹有：一方端砚，一方灵璧奇石，水绘园主落花觅句图，元镇南王后裔门厅，如皋贾府，水绘园，汪之珩所建水明楼等古建筑群，匿峰庐，还朴斋及古腊梅。论文除了下面这段文字外，并未论证这些文物古迹与《红楼梦》的关系。不知这些文物与古迹何以就能"共拥文学巨匠横空出世"？这种抽象的推测太没有说服力了！

而下面这段文字说："至今仍存贾府明代结构二十四间，大门、影壁、敞厅、穿堂、堂屋、厢房仍在，惜游廊和花圃不存，五间堂屋被改建为三间堂屋。其建筑特色分别与《红楼梦》林黛玉至贾母住宅和刘姥姥至王熙凤住宅所描写的相同。"靠一些与《红楼梦》毫无关系的文物古迹,靠三间房屋结构相同,就想推翻红学界百余年来无数专家皓首穷年所研究的结论,这也未免太天真了吧?

  《红楼梦》的研究永无止境。到目前为止,红学界所提出的除曹雪芹以外的作者也有几十人了,据我看,其力证都没有能超出曹雪芹的。但《红楼梦》是冒襄所作的论者,或者说曹雪芹其人虚无缥缈,或者说根本没有曹雪芹,那么,清代诗人敦诚《四松堂集》、敦敏《懋斋诗集》、张宜泉《春柳堂诗稿》中倡和、寄赠、怀念曹雪芹的许多诗都是向壁虚构的了?清代诗人永忠的《因墨香得观〈红楼梦〉小说吊雪芹三绝句》也是向壁虚构的了?

  当然,如果《红楼梦》确实是冒襄所作,可以使如皋增光,可以使南通增光;但是,如果是虚假的,只能使如皋蒙羞,只能使南通蒙羞!

2015 年 4 月 6 日于南通大学
(姜光斗,南通师院退休教授)

后 记

一、探索路上遇知音

2012年8月,拙著《关于冒辟疆著作〈红楼梦〉的初探》(下称初探)先后在《新民晚报·新如皋》和《佳弘小报》《民间文艺》几家小报发表。但,好长时间无人问津,连支持、商榷、质疑哪怕是反驳的音讯都渺茫,我很忐忑,难道名不见经传的人,参与文化交流就这么难?迷茫途中,我只好打印文章放到理发店、牙诊所、股票市场等人流量较多的地方,期望有人慧眼识珠……

峰回路转,一天,一个陌生电话打破了难熬的寂静,对方自称康健,说是我表弟洪民权的朋友,洪向他推荐了《初探》,赏阅后感觉文章很有研讨价值,并嘱托我最好多印几份,便于各方交流探讨。第二天他即带着夫人、女儿来到寒宅,我们一起广泛交流了对冒辟疆与《红楼梦》的看法。康健先生为人热心,人脉广泛,自此我们成为朋友。我通过他的关系,不断地将我的探讨新作付诸各界。

2013年8月,我的零碎杂谈通过康健先生整理汇集为《〈红楼梦〉作者解谜》,并打印成册,小册通过康兄传扬,得到如皋诸多方面的青睐,不少人提出要求印刷成册,付诸社会,共同探讨。不久如皋一知名企业家不具姓名,无偿出资使《解谜》得以付印。当我取到几百本《解谜》时,思绪万千,家乡人的历史底蕴,家乡人的淳朴坦荡,家乡人不图名、不谋利、讲史实、摆道理的求真精神,确实使我振奋。一年后我才知道那位不具姓名、无偿出资的先生就是全国人大代表、如皋"红研"支持者李玉坤先生。

　　如皋"红研"的崛起，根系退休老领导刘桂江、李秋实等，由于他们的关心和推进，如皋红楼梦研究会于2014年8月成立，《冒辟疆著作〈红楼梦〉汇考》第一辑问世，香港《亚洲新闻周刊》出版彩色画报《冒辟疆著作〈红楼梦〉》特刊。不久《如皋的〈红楼梦〉七十二证》、《冒著〈红楼〉汇考》第二辑付诸于众，如皋"红研"更是锦上添花。

　　如皋红研的初步成果，得到了社会各界特别是红学界的广泛关注，不少学者、专家发帖致函从不同角度进行商榷、辩证，百家争鸣、各抒己见，这正是文学探讨所必需的氛围，我之欣然。

　　在我《七十二证》的写作过程中，杭州土默热红学研究中心副主任、中国红学会理事王正康先生，欣然为拙作作序引路；土默热红学研究员、资深文学工作者王东华先生免费为拙作校检并提积极建议。他们两位不囿于门户的博大胸怀、文明平等的文化精神令人敬佩。

　　自从如皋开展"冒著《红楼》"研究以来，不断遇到知音，尤其是受到外地工作如皋籍人的关注，他们是定居济南的闻名国内外的染整技术专家、研究员邓美武先生，旅居美国的医学教授朱昌仁先生，原如皋电大校长、退居无锡的陈恒健先生，著名戏剧编辑、定居南京的韩勇先生，连云港的企业家冒加文先生，上海女作家冒怀科先生……许多朋友通过电话、邮件给我提供信息，甚至出谋划策，不断给予指导和帮助。在此深表谢意。

　　我不是"文学家"，只是将探寻《红楼梦》作者过程中的随想写成"感想"而已。如今把手头资料拾掇成册，实感心有余而力不足。在最后定稿付印前得到信谊印刷厂厂长吴咸宁帮助，他不但对文章编排做了技术性大调整，使之"成书可读"，而且对许多文字做了修正，其热心令人感动。

　　探索路上遇知音，这是我们如皋红学界的福祉。如皋红学研究"冒著《红楼》"如晨曦光束，方兴未艾，预示我们的研究将取得成功！

二、如派红学如旭日东升

　　2015年9月24日、11月7日、12月5日，短短60天内，在如皋连续召开了三次"《红楼梦》作者探讨座谈会"，来自北京、上海、香港、南京等近二十个城市五十多位专家学者与会，他们中有同济大学教授张振山、南广教授吕佩浩、闻名海内外的中医专家邹伟俊、省剧院编导韩勇、企业家王建予、媒体记者、退休老干部等等一大群红学爱好者。他们有的是应邀而来，有的是闻讯而来，有的是自荐而来……

小小如皋一时嘉宾云集，高朋满座。数百人次的文人雅士三次集会，正是"士之渡江而北者，渡河而南者，莫不以如皋为归"的再现，那是三百多年前文人对冒辟疆六十年倡和的胜赞。三百年前冒辟疆弃官不就、倾家荡产编辑倡和文人的《同人集》，为清初诗文辞章做出了不可磨灭的贡献。

而今天"莫不以如皋为归"的红友们，他们群集如皋是为了中国乃至世界的文学瑰宝《红楼梦》作者解谜而来，他们为如皋一批老年草根学者通过精读《红楼梦》文本探索得来了近百条证据而来，这些证据直指"冒辟疆用笔名曹雪芹著作了《红楼梦》"，这是石破天惊的话题！"冒著《红楼》"是座金矿，学者们企业家们将与如皋的"草根"们为挖掘这座金矿而群策群力！

他们是一群认真负责的红学家，是一群敢于担当的文人！他们中的黄金秋是第一个在如皋域外吹起"冒辟疆著作《红楼梦》"号角的勇士，使冒辟疆著作《红楼梦》探索在红学界兴起大浪！

韩勇则是一条天龙，腾云驾雾在大江南北，召唤来一拨一拨的名扬南北的专家学者，来到如皋开辟红学的新疆土！

刘桂江是如派红学的总导演，如派红学以一泻千里之势风起云涌，正是他高超的导演才能所致！

《北京日报》的记者路艳霞来了，回京后发表了《"红谜"的世界，你读懂了吗?》，正面报导了如派红学揭秘《红楼梦》作者是冒辟疆的新闻！

华夏出版社的编辑韩平来了，正式签署出版合同，不久将在国内外书店书架上看到本书。

北京三多堂媒体公司的电视制作人唐毓珉来了，她策划了九集电视片《如皋城里的红楼梦》，已经组成了阵容强大的制作团队。我们企盼着该片的播出。

北京的顾滨燕女士来了，从去年年底以来她两次自费来如皋考察，回北京把我们有关冒著红楼的书籍，送往北大、清华、人民大学、传媒大学……和许多知名人士、红学专家，她甚至把我们几套图书和成都的电视片托人带去英国！顾滨燕女士毫无私心、异无返顾为我们红学会服务，她自称是位志愿者，为我们在北京作铺垫，令我敬佩，令我感动！人说她已成了"如派红学"的铁杆粉丝，更有好心人调侃她是董小宛转世！

成都电视台纪者、编辑罗英姿和巫思义来了，他们走访了南京、如皋、上海三地，记录了如皋内外城河、水绘园、冒家巷的实景和"如皋冒辟疆研究会"成员论证冒辟疆著作了《红楼梦》的各种证据。制作了《红楼梦真正作者之谜》电视片，今年4月已在电视台播放。成都电视台把"如派红学"推向了全中国，其影响之大不可估量！

　　上海冒氏家族文化研究会会长冒宏远先生来了，他邀请了同济大学张振山教授、陈寿宜教授等诸多上海文化界人士，考察《红楼梦》中凹晶溪馆的"只一转弯"、"山环抱"、"近水"、"地洼"的四大特点，竟然与水绘园涩波浪获得相对一致的地形地貌的映证，表示对"如派红学"的证据叹为观止！还登上国内唯一依城而建的水绘园城墙，证实虚构的依城而建的大观园的原型确是如皋水绘园。

　　同济大学陈寿宜教授更带来一个令人振奋的消息，他把"如派红学"几本图书，赠送给美国哥伦比亚大学图书馆，他的朋友已将全套资料公置在该图书馆的书架上。预示着"如派红学"已跨出国门！

　　"如派红学"强大的引力把众多的"红迷"引到如皋，我们真诚地欢迎世界各地的朋友们！

2016年5月14日